CHRISTINE WESTENDORF

Totenprinz

Buch

Eine Frau liegt tot am Elbstrand. Zunächst scheint es sich um eine Einzeltat zu handeln – doch dann wird eine zweite Leiche in einer Kleingartensiedlung gefunden. Die Nachbarn hatten sich gewundert, dass die sonst so zuverlässige Hannelore Bloch tagelang das Licht hatte brennen lassen ... Als die Hamburger Kommissarin Anna Greve sich der beiden Mordfälle annimmt, erkennt sie schon bald Gemeinsamkeiten. Beide Frauen gingen leidenschaftlich gern tanzen. Doch nie mit einem festen Tanzpartner – und unglücklich darüber. Monika Jacobsen war unglücklich verheiratet; Hannelore Bloch im Beruf unterfordert und frustriert. Und beide waren auf der Suche nach einem neuen Mann fürs Leben.

Anna Greve berühren die Geschichten der beiden Frauen mehr, als ihr lieb ist – steckt sie doch selbst in einer privaten Identitätskrise. Liebt sie eigentlich ihren Mann und den Vater ihrer Kinder noch? Warum kann sie den One-Night-Stand mit dessen jüngerem Bruder nicht vergessen? Und was will der neue – zugegebenermaßen attraktive – Kollege von ihr? Doch würde sie bei aller Unsicherheit ihr Heil im Online-Dating suchen, so wie es die beiden toten Frauen versucht hatten?

Autorin

Christine Westendorf wurde 1960 in Hamburg geboren, wo sie nach einem Lehramtsstudium und einer Ausbildung zur Goldschmiedin auch langjährig freiberuflich tätig war. Heute lebt sie im Landkreis Harburg, wo sie an einem privaten Bildungsinstitut für Orthografie und Schreibtechnik arbeitet. Und sie schreibt natürlich auch selbst – »Totenprinz« ist ihr inzwischen dritter Roman um die sympathische Kommissarin Anna Greve.

Bei Blanvalet lieferbar:

Und jeder tötet, was er liebt (37074)
Liebeskind (37075)

Christine Westendorf

Totenprinz

Kommissarin Greves dritter Fall

blanvalet

FSC
Mix
Produktgruppe aus vorbildlich
bewirtschafteten Wäldern und
anderen kontrollierten Herkünften

Zert.-Nr. SGS-COC-001940
www.fsc.org
© 1996 Forest Stewardship Council

Verlagsgruppe Random House FSC-DEU-0100
Das FSC-zertifizierte Papier *Holmen BookCream*
für dieses Buch liefert Holmen Paper, Hallstavik, Schweden.

1. Auflage
Originalausgabe Oktober 2010 bei Blanvalet,
einem Unternehmen der Verlagsgruppe
Random House GmbH, München

Redaktion: Dr. Heike Fischer
Umschlaggestaltung: © S. Taufer / HildenDesign, München
lf · Herstellung: sam
Satz: Uhl + Massopust, Aalen
Druck und Einband: GGP Media GmbH, Pößneck
Printed in Germany
ISBN: 978-3-442-37438-0

www.blanvalet.de

Für Netti, Sabine, Gabi, Beba und Petra,
mit großem Dank für
Eure Unterstützung in harten Zeiten.

Liebste Freundinnen,
wie wäre es jetzt mit Frühstück
auf sonnendurchfluteten Terrassen?
Wo wir ausgelassen fröhlich sind
und nichts denken, außer – es ist heiß heute!

1

»Komm, lass uns ein bisschen spazieren gehen.«

Adam deutete auf den sandigen Uferstreifen der Elbe, der sich zu ihrer Rechten wie ein weißes Band am großen Fluss entlangstreckte. Übermütig zog er Monika mit sich dorthin, auch wenn es nur ein paar Schritte von der Uferpromenade entfernt bereits stockdunkel war. Sie schaute auf das sanft dahingleitende Wasser, auf dem soeben ein mächtiges Containerschiff an ihnen vorüber in Richtung Hamburger Hafen steuerte, und genoss die Stille, vor allem jedoch Adams Gesellschaft. Die letzten Stunden waren viel zu schnell vergangen. Im Nachhinein amüsierte sich Monika über die Fluchtgedanken, die sie überfallen hatten, als sie vorhin, ein paar Minuten vor der Zeit, an dem vereinbarten Treffpunkt gestanden und überlegt hatte, ob es nicht besser wäre, wieder von hier zu verschwinden. Doch als kurz darauf ein schlanker, dunkelhaariger Mann mit jungenhaftem Lächeln auf sie zugekommen war, wusste sie sofort, dass heute ihr Glückstag war.

»Darf ich dir helfen?«, hatte Adam ihr wenig später den Mantel abgenommen und sie zu ihrem am Fenster des kleinen Fischrestaurants reservierten Tisch geführt. »Was hältst du von Austern zur Vorspeise? Immerhin ist heute unser erstes Treffen«, sah er sie strahlend an, »und ich habe gehört, dass die Austern hier richtig gut sein sollen. Auch wenn ich für danach auf jeden Fall für etwas Deftiges bin.«

Sie beide schienen tatsächlich seelenverwandt zu sein, dachte Monika im Laufe des Abends. Denn ganz gleich worüber sie sprachen, herrschte Übereinstimmung zwischen ihnen. Ja, Adam war ihr kein bisschen fremd, und schon seit den ersten E-Mails, die sie einander geschrieben hatten, war es Monika so vorgekommen, als würde sie ihn bereits ihr ganzes Leben lang kennen.

Inzwischen hatten sie sich weit von den Laternen des befestigten Elbwanderweges entfernt, doch Monika fühlte sich wohl, ja geradezu behütet in Adams Gegenwart und hakte sich vertrauensvoll bei ihm unter. Sie war so sehr auf das Gespräch mit ihm konzentriert, dass sie weder die Dunkelheit registrierte noch die Tatsache, dass ihnen schon seit einer Weile kein Spaziergänger mehr entgegengekommen war.

»Vielleicht hättest du dein Gepäck besser im Restaurant abgeben sollen«, meinte Monika mit einem besorgten Blick auf den großen Aluminiumkoffer in seiner linken Hand.

»Stimmt, daran habe ich auch schon gedacht, aber es war mir einfach zu riskant, meine Fotoausrüstung der Obhut irgendeines Kellners zu überlassen. Schließlich schleppe ich ein paar sehr wertvolle Teile mit mir herum.«

»Das heißt, du hast tatsächlich deine Kameras dabei?« Sie tippte auf den Koffer, um sich anschließend zum Spaß in eine mannequinreife Positur zu stellen. »Wie ist es, willst du nicht ein Foto von uns beiden machen?«

»Später vielleicht«, winkte Adam ab und erzählte ihr, dass er den ganzen Tag über auf einem Fotoshooting gewesen und froh war, es gerade noch pünktlich zu ihrer Verabredung geschafft zu haben.

»Das soll natürlich nicht heißen, dass du kein ausgesprochen lohnendes Motiv wärest, aber vielleicht sollten wir zuerst einmal eine kleine Verschnaufpause einlegen und die Aussicht genießen«, schlug er vor und machte vor einer von ein paar Sträuchern geschützten Sandmulde Halt.

»Was meinst du, hier sieht es doch eigentlich ganz gemütlich aus.«

Als Monika sein Lächeln erwiderte und zustimmend nickte, stellte Adam seinen Alukoffer ab. Er zog eine kleine Flasche Moet & Chandon, eine dünne Plastikplane sowie eine Decke aus ihm heraus, die er so gut wie möglich in der Sandmulde ausbreitete – zuerst die Plane, dann die Decke –, um sich anschließend darauf niederzulassen.

Monika setzte sich neben ihn und warf dabei einen Blick in den geöffneten Koffer, der gerade von den Scheinwerfern eines vorbeifahrenden Schiffs angeleuchtet wurde. Unter einem zur Seite gerutschten Tuch kamen mehrere Zangen zum Vorschein. Einen Gegenstand, der auch nur im Entferntesten mit einer Fotoausrüstung zu tun hatte, konnte sie dagegen nicht entdecken.

Während Monika überlegte, wozu Adam wohl all die Werkzeuge und Seile benötigte, die sich im Koffer befanden, hörte sie neben sich den Korken aus der Flasche ploppen.

»Mist«, schimpfte Adam, »jetzt habe ich doch glatt die

Hälfte des Inhalts auf unsere Decke geschüttet.« Schnell sprang er auf und fing an, die Plastikplane so gut es ging mit einem Lappen trocken zu wischen.

Die dichte Wolkendecke, die den ganzen Abend über den Blick auf die Sterne verdeckt hatte, öffnete sich plötzlich an einigen Stellen und machte einem hell scheinenden Vollmond Platz.

Monika sah Adam über sich stehen und sie anstarren. Sie begann zu frieren und beschloss, den Abend besser enden zu lassen, ehe er eine Entwicklung nahm, die ihr für eine erste Verabredung alles andere als passend schien.

»Es ist spät geworden, außerdem bekomme ich langsam einen nassen Hintern vom Sekt«, sagte sie in bemüht lockerem Ton. Als er stumm blieb, nahm Monika ihre Handtasche unter den Arm und stützte sich ab, um aufzustehen. Doch bevor sie ganz auf die Beine gekommen war, stieß Adam sie auf den Boden zurück.

»Ach, bleib doch noch ein bisschen«, warf er sich lachend auf sie.

»Was soll ...?«

Monika kam nicht mehr dazu, ihren Satz zu beenden, denn bereits im nächsten Moment hatte Adam ihr den Mund mit einem Stück Isolierband verklebt.

Soll das irgendeine Art von Spiel sein, oder dreht er jetzt auf einmal durch?, fragte sie sich beunruhigt, während sie unter Adam im Elbsand lag und vergeblich versuchte, in sein Gesicht zu sehen. Das Gewicht seines Körpers auf ihren Oberschenkeln drückte Monika tiefer in den Sand hinein, während sich ein unter ihr liegender Ast schmerzhaft in ihren Rücken bohrte. »Hör endlich auf mit dem Scheiß«, wollte sie schreien, brachte aber nicht viel mehr als ein Grummeln heraus. Monika versuchte, das Klebeband von ihrem Mund zu reißen, denn es war höchste Zeit, Adam unmissverständlich klarzumachen, dass er zu weit gegangen war.

Der harte Faustschlag, der sie wie aus dem Nichts heraus mitten ins Gesicht traf, machte ihr jedoch augenblicklich bewusst, dass sie sich komplett in Adam getäuscht hatte. Monika spürte, wie ihr das Blut aus der aufgeplatzten Lippe am Kinn herunterrann. Mit aller Kraft schlug sie auf den über ihr keuchenden Adam ein, aber der bekam ihre Arme zu fassen und presste sie mit seinen großen Händen wie in einem Schraubstock zusammen. Zwischen seinen Zähnen steckte ein Stück Kabelbinder, mit dem er ihr die Arme nun in Höhe der Handgelenke fesselte.

Denk nach, du musst dir etwas einfallen lassen! Das Wichtigste war, dass sie wieder auf die Beine kam, denn nur dann hatte sie eine Chance zur Flucht. Verbissen versuchte sie, ihren Körper seitlich unter Adam wegzudrehen, um trotz des weichen Sandes unter und des kräftigen Mannes über ihr aufstehen zu können. Wenn er nur nicht so schwer gewesen wäre! So aber war es ein aussichtsloser Kampf, und als Monika trotz größter Anstrengung keinen Millimeter von ihm wegkam, versuchte sie erneut zu schreien. Selbst wenn ihrer Kehle wegen des Klebebands nicht viel mehr als ein Stöhnen entkam, musste sie dennoch versuchen, jemanden auf sich aufmerksam zu machen. Vielleicht war ja doch noch ein Spaziergänger in der Nähe.

Der zweite Schlag erwischte sie grob an der Wange.

»Lass das, du Miststück«, zischte Adam, während er sich über seinen Koffer beugte. Monika wimmerte leise, aber als sie spürte, dass sie plötzlich wieder etwas mehr Bewegungsfreiheit hatte, nutzte sie den Augenblick. Sie trat zu, mit aller Kraft.

Adam grinste, während er dem Tritt auswich. »Nanu, meine Liebe, du kannst ja richtig grob werden. So viel Wut hätte ich dir gar nicht zugetraut. Ja, es hätte tatsächlich sehr schön mit uns werden können«, sagte er weich. Dabei näherte er sein Gesicht dem ihren und strich ihr sorgsam eine Haarsträhne aus der Stirn. Vorsichtig entfernte er den Klebestreifen von ihrem Mund und kam noch etwas näher.

»Du wirst dich noch wundern, du Schwein«, spuckte sie ihn an. Mit undurchdringlicher Miene wischte er sich den Schleim aus dem Gesicht, ging in die Hocke und achtete einen Moment lang nicht mehr auf sie. Erneut trat Monika kraftvoll zu, und diesmal ging ihr Tritt nicht ins Leere. Ihr Fuß traf Adam hart in den Unterleib, und während er sich über ihr vor Schmerzen krümmte, versuchte sie erneut, auf die Beine zu kommen. Dabei schrie sie laut um Hilfe.

Adams nächster Faustschlag traf sie hart an der Stirn und ließ sie das Bewusstsein verlieren. Als sie wieder zu sich kam, hatte er auch ihre Füße gefesselt. Der Kabelbinder schnitt ihr tief in die Knöchel. »Blöde Fotze«, versetzte ihr Adam einen so heftigen Tritt in die Rippen, dass es knackte. Monika schrie vor Schmerzen auf, ihr Peiniger schien ihr tatsächlich ein paar Rippen gebrochen zu haben. Und das war sicher erst der Anfang, denn mittlerweile war sie geknebelt und an Händen und

Füßen gefesselt. Vollkommen wehrlos. Wenn nicht noch ein Wunder geschah, würde dieser Mann, dessen Charme ihr noch bis vor wenigen Minuten eine wohlige Gänsehaut über den Körper gejagt hatte, sie leiden lassen, sie vielleicht sogar töten.

Unterdessen war Adam ganz auf den Inhalt seines Koffers konzentriert. Sorgfältig breitete er seine Utensilien, eins nach dem anderen, auf der Decke vor ihr aus. Danach tauschte er seine ledernen Handschuhe gegen ein Paar weiße aus Gummi. Monika sah die Messer, die Zangen, die Seile und ein mit spitzen Widerhaken besetztes Eisenrohr. Verzweifelt versuchte sie trotz ihrer gebundenen Hände das Klebeband von ihrem Mund zu reißen.

»Zu spät, meine Liebe, du hattest deine Chance. Leider hast du sie vertan.«

Als er sich anschließend mit einem feinen Skalpell über sie beugte, war sein Gesicht nur mehr eine böse verzerrte Fratze.

2

Die junge Frau lag tot am feinsandigen Elbstrand des Falkensteiner Ufers in Hamburg-Blankenese. Vor einer Weile hatte es zu schneien begonnen, doch es war klebriger, nasser Schnee, der, kaum auf dem Boden angekommen, bereits wieder zu Wasser wurde. Ein Schnee, der nicht zärtlich bedeckte, was hier geschehen war.

Der Fundort der Leiche war großflächig mit rot-weißen Plastikbändern abgesperrt, hinter denen eine Handvoll Schaulustiger neugierig ihre Hälse reckte, um einen Blick auf das Geschehen zu werfen. Dr. Severin, der Dienst habende Rechtsmediziner, streifte gerade seine Gummihandschuhe ab, als die Kommissarin Anna Greve vom LKA Hamburg, gefolgt von ihrem Kollegen Lukas Weber, auf ihn zutrat.

»Moin, Frau Greve. Weber«, fügte er mit einem kurzen Kopfnicken in Richtung Annas Begleiter hinzu. »Der Arbeitstag fängt ja gut an. Komme soeben aus der Wohnung einer alten Dame in Altona, die, wie es aussieht, mindestens zwei Monate lang tot in ihrem Schlafzimmer gelegen hat, ohne von irgendjemandem vermisst zu werden. So etwas ist mir immer wieder…«

»Und was ist hier passiert?«, unterbrach ihn Weber.

»Die Frau ist erdrosselt worden. Wahrscheinlich mit einem Metalldraht oder etwas Ähnlichem.«

Dr. Severin wies auf die feine, blaue Linie am Hals des Opfers. »Die Schnittverletzungen in ihrem Gesicht und an den Händen sind dagegen nur oberflächlich. Außerdem war sie an Hand- und Fußgelenken gefesselt. Ich schätze, sie ist seit ungefähr zehn bis zwölf Stunden tot.«

Anna war unterdessen neben der Toten in die Hocke gegangen und versuchte zu erfassen, was sich hier abgespielt hatte. Die junge Frau trug einen hellbraunen Wollmantel, darunter einen schwarzen Rollkragenpullover, doch ihr Unterkörper war unbekleidet und blutverschmiert. Sie lag auf dem Rücken, die Beine geöffnet. Ihre Arme lagen am Oberkörper an, die mit Schnittverletzungen übersäten Hände waren zu Fäusten verkrampft. Die Augen waren starr aufgerissen, auch überall in ihrem Gesicht klebte Blut. Vorsichtig strich Anna der Toten eine Haarsträhne aus der Stirn und bemerkte dabei, wie weich sich das glatte, schwarze Haar anfühlte. Plötzlich wurde sie von einer unsäglichen Wut auf die Person gepackt, die dieser Frau das Leben genommen hatte.

Rasch kam die Kommissarin wieder auf die Beine und schüttelte Dr. Severin die Hand.

»Wann können wir mit den ersten Untersuchungsergebnissen rechnen, Doktor?«

»Wie immer werde ich mich so schnell wie möglich an die Arbeit machen, Frau Greve, aber vor ihr habe ich noch eine andere Leiche auf dem Tisch«, gab Dr. Severin zurück. »Ich melde mich.«

Suchend blickte sich Anna nach Weber um und entdeckte ihn beim Leiter der Spurensicherung.

»Wie sieht's aus, Weber?«

»Die Kollegen haben dort hinten in den Sträuchern einen Rock sowie Lederstiefel, einen Slip und eine Strumpfhose sichergestellt. Alles in Schwarz. Die Sachen sind schon auf dem Weg ins Labor.«

»Das ist gut«, entgegnete sie knapp. »Wissen wir inzwischen auch, wer die Frau ist?«

»Ja, wir haben ihre Brieftasche in der Innentasche ihres Mantels gefunden. Bei der Toten handelt es sich um Monika Jacobsen, wohnhaft in der Godeffroystraße 14, hier in Blankenese. Der Chef ist bereits auf dem Weg dorthin. Er wird auch ihre Angehörigen benachrichtigen.«

»Wieso denn das?«, wunderte sich Anna.

»Zufälligerweise hat Sibelius vorhin, als ich mit ihm telefonierte, den Kollegen Krüger im Tabea-Krankenhaus besucht. Und das liegt doch gleich bei der Godeffroystraße um die Ecke.«

»Und was ist mit der Handtasche der Toten? Hat man sie ebenfalls sichergestellt?«

Nachdenklich kratzte sich Weber am Kopf.

»Nein, bisher gibt es noch keine Spur von einer Tasche, Anna. Dabei wäre es wirklich ungewöhnlich, wenn die Frau ohne Handtasche aus dem Haus gegangen wäre.«

»Lassen Sie die Männer weitermachen, Weber. Und lassen Sie den Umkreis vergrößern, in dem nach weiteren Spuren gesucht wird.«

»Eine sehr schöne Frau«, meinte Anna Greve, nachdem sie mit der Brieftasche der Toten in den Händen zusammen mit Weber den Tatort verlassen hatte und sich auf dem Rückweg ins Präsidium befand. »Mit ihren hochgesteckten schwarzen Haaren, dem knabenhaft zierlichen Körper und den großen braunen Augen erinnert sie mich ein bisschen an die junge Audrey Hepburn.«

Weber sah seine Kollegin aufmerksam von der Seite an. »Wir kommen nur weiter, Anna, wenn wir uns ausschließlich auf die Fakten konzentrieren.«

»Das ist mir klar, deshalb dürfen wir auch keine weitere Zeit verlieren. Als Erstes nehmen wir uns Monika Jacobsens Brieftasche vor, und anschließend machen wir noch einmal persönlich Dampf bei der KTU. Die Kollegen sollen zusehen, dass sie sich mit dem Auswerten der Spuren beeilen.«

Amanda, die sehnsuchtsvolle Frau.

Der Mann in Amandas Träumen hatte sein Gesicht verloren. Früher hatte sie Henry immer vor sich gesehen, wenn sie zärtlich zu sich war. Wenn sie anfing, sich zu streicheln, musste sie nur an sein sanftes Lächeln denken, und schon wurde sie weich und weit und nass.

Aber Henry war fort, weshalb es auch keinen Sinn mehr machte, zärtlich zu sich zu sein. Dabei war nie wirklich etwas zwischen ihnen geschehen. Henry war der Pächter des Zeitschriftenladens im nächsten Ort gewesen, weiter nichts. Doch war er zu Amanda stets freundlicher als zu all seinen anderen Kundinnen gewesen. Einmal hatte er sie sogar auf ein Glas Wein nach Feierabend eingeladen und sie danach zum Abschied mit einer herzlichen Umarmung aus seinem Laden begleitet. Und wenn er Amanda die Einkäufe herüberreichte, berührte er dabei stets ihre Hände. Aber darüber hinaus war nie etwas passiert. Warum also war Henry schon in der ersten Nacht, nachdem Amanda ihn kennengelernt hatte, der Mann geworden, dessen Gesicht sie in ihren Träumen vor sich sah? Warum Henry?

Wie war es möglich, dass der Mann in Amandas Träumen niemals das Gesicht von Max gehabt hatte? Immerhin hatte sie Max geheiratet und lebte nun schon seit mehr als vierzehn Jahren mit ihm zusammen. Seitdem war er jeden Tag an ihrer Seite gewesen, und dennoch war er nicht der Mann in Amandas Träumen. Eine unumstößliche Tatsache, deren Ursachen und Gründe mittlerweile klar auf der Hand lagen.

Wenn Amanda zum Beispiel neben Max im Auto saß und während der Fahrt zärtlich seinen Nacken zu streicheln begann, nahm er ihre Hand sofort wieder von sich fort.

Ihre Kitzelei sei wirklich alles andere als angenehm und lenke ihn darüber hinaus vom Autofahren ab, erklärte er dann mit ruhiger Stimme, in der allerdings ein deutlich aggressiver Unterton mitschwang. Amanda lernte ihre Lektion schnell und ließ sich deshalb nur noch selten zu spontanen Zärtlichkeiten hinreißen. Doch dass auf seinem Gesicht niemals ein sanftes Lächeln zu sehen gewesen war, nicht einmal, wenn sie miteinander geschlafen hatten, konnte Amanda ihrem Mann nicht verzeihen. Und auch wenn Max' Hände schlank und beweglich waren, genau so, wie sie es bei einem Mann gern hatte, vermochte er sie leider überhaupt nicht zu gebrauchen. Die Liebe mit Amanda schien für Max kein wunderbares Spiel, sondern vielmehr ein Punkt auf einer Liste zu sein, den es allwöchentlich abzuarbeiten galt.

Wo blieb Max nur mit seiner Sehnsucht? Amanda

wusste es nicht, und mittlerweile bezweifelte sie sogar, dass er überhaupt zu tieferen Gefühlen fähig war. Max hatte in seinem Leben nun einmal ganz andere Prioritäten; für ihn war die Welt in Ordnung, wenn alles einen gewohnten Verlauf nahm. Er strebte keineswegs danach, wirkliche Nähe zwischen ihnen aufkommen zu lassen, ihm ging es vor allem darum, dass seine ihm lieb gewordenen Rituale stattfanden. Dazu gehörten die gemeinsam eingenommenen Mahlzeiten, die Amanda aufwändig zubereitete, oder auch die Wochenendausflüge mit ihrer Tochter Klara. Was die Ausflüge betraf, war Max sehr erfinderisch und ließ sich gern immer wieder mal etwas Neues einfallen. Beharrlich wählte er Orte aus, an denen sich glückliche Familien wohlfühlen mussten. Orte, an denen man mit Kinderkleidung, wärmenden Decken und jeder Menge Wegzehrung vollgeladene Bollerwagen sehen konnte. Orte, an denen man beobachten konnte, wie es war, wenn drei Generationen ein und derselben Sippe darüber stritten, wer die sperrigen Holzgefährte denn nun von einem Fleck zum nächsten weiterbefördern sollte. Und obwohl es doch wunderbar war, drei Generationen einer Familie ihre Zeit miteinander verbringen zu sehen, kam bei Amanda keine rechte Freude auf.

Max wählte Plätze wie zum Beispiel einen Streichelzoo als Ausflugsziel aus, ein Wildtiergehege oder ab und an auch einen Abenteuerspielplatz, wenn dieser am Rand eines Waldes gelegen war. Von allen Orten liebte er Wildparks jedoch am meisten. Einmal waren sie sogar hunderte von Kilometern mit dem Auto gefahren, um bei der Eröffnung eines solchen dabei zu sein. Sie waren so weit gefahren, um dann doch nur wieder im Vertrauten anzukommen.

Womit vertrieben sich eigentlich glückliche Familien ihre Zeit?

Nachdem sie vor dem Eingang des Wildparks geparkt hatten, stieg Amanda aus dem Wagen und schulterte den Rucksack mit dem Tagesproviant. Max achtete nicht weiter auf sie. Er ging mit Klara an der Hand bereits einige Schritte vor Amanda her, um seiner Tochter das Verhalten von Steinböcken näherzubringen, vor deren Umzäunung sie kurze Zeit später ankamen. Max wusste viel über alle möglichen Tierarten, zum Beispiel auch, warum Steinböcke so gut klettern konnten. Während er nun weiter dozierte, bis in welche Höhen man diese Tiere antreffen konnte, wobei er nicht die Meterhöhe über dem Meeresspiegel zu erwähnen vergaß, setzte sich Amanda auf eine dem Gehege gegenüberliegende Bank. Während sie von fern noch immer Max' brummenden Bass hörte, sah sie den Kindern, Eltern und Großeltern einer Sippe dabei zu, wie diese ihre für die freilaufenden Tiere mitgebrachten Gemüseabfälle auf den Spazierwegen verteilten. Und anschließend, wie sich eine Rotte Hängebauchschweine über die rohen Kohlrabischalen hermachte. Als schließlich eines der Schweine würgte und dann unter Krämpfen zusammenbrach, zog die Großfamilie schnell weiter. Ja, all das war im Eintritt inbegriffen, und genau in diesem Augenblick kam Max zu Amanda herüber und legte seinen Arm um sie.

»Es ist einfach schön, Natur so unmittelbar zu erleben«, sagte er.

Jeden Samstagabend studierte Max alle Werbeanzeigen der Regionalzeitungen, um herauszufinden, welches Ziel sich als Nächstes für einen Ausflug lohnen könnte. Vor ihrer Zeit mit Max war Amanda an den Samstagabenden meistens mit Freundinnen zum Tanzen in eine Bar oder ins Kino gegangen. Nun machte sie es sich im Wohnzimmer neben Max gemütlich und stellte den Ton des Fernsehers so leise, dass die Lautstärke ihren Mann nicht allzu sehr störte. Sie beobachtete Max dabei, wie er eine Anzeige ankreuzte oder auch mit seinem wiederauffüllbaren, silbernen Kugelschreiber unterstrich. Legte er die Zeitungen schließlich beiseite, nahm er die Fernbedienung des Fernsehers zur Hand und stellte den Ton lauter. Auch jetzt empfahl es sich nicht, Max anzusprechen, denn er wirkte noch immer abwesend und abweisend. Er schmatzte, und so kam es Amanda vor, als würde er auf den gerade gelesenen Ausflugsmöglichkeiten herumkauen wie damals die Hängebauchschweine im Park auf ihren Kohlrabischalen.

Jeden Montagabend begann Max dann seine mittlerweile ausgeschnittenen Werbeanzeigen neu zu sortieren. Solche, die aus der ersten Runde in die nächste weitergekommen waren, wurden von ihm in leuchtenden Farben markiert. Dabei machte er sich das Ampelsystem zunutze, ging jedoch umgekehrt vor. Entsprechend seiner Prioritätenliste stand die Farbe Grün für »ich weiß noch nicht«. Orange für »das könnten wir irgendwann mal machen« und Rot für »das liegt an«. Jeden Mittwochabend nahm Max den roten Stapel zur Hand, um das Ziel auszuwählen, das sie am darauffolgenden Wochenende gemeinsam besuchen würden.

Auch wenn ihr Max' Vorgehensweise manchmal seltsam und kompliziert erschien, ließ Amanda es sich nicht anmerken. Schließlich kümmerte er sich um die Familie und nahm ihr damit eine Entscheidung ab. Und Amanda war nicht gut darin, Entscheidungen zu treffen.

Früher hatte Amanda die gemeinsamen Ausflüge meist noch genossen. Wenn sie allerdings im Nachhinein daran dachte, wie es inmitten all dieser anderen glücklichen Familien gewesen war, hatte sie nachträglich noch ein pelziges Gefühl auf der Zunge.

»Alles Mutanten«, dachte sie heute. »Das war doch alles nicht echt.«

Verglichen mit den Familien aus der Nachbarschaft, die ihre freie Zeit fast immer nur bei sich zu Hause verbrachten, hatten Amanda, Klara und Max jedoch viel Abwechslung an den Wochenenden gehabt und eine Menge gesehen.

Mit der Abwechslung war es allerdings vorbei gewesen, nachdem das »Miniaturwunderland« mit seinen Spielzeugeisenbahnen in Hamburgs Speicherstadt eröffnet hatte. Klara war beim ersten Besuch noch ganz begeistert von den auf vielen Quadratmetern detailgetreu aufgebauten Eisenbahnstrecken samt Modellen gewesen, bis sie bemerkte, dass man mit den Eisenbahnen nicht spielen durfte. Wenn es jedoch nach Max gegangen wäre, hätten sie von nun an jeden freien Tag dort verbringen können. Ab sofort stellte Max seine Suche nach guten Ausflugsorten ein, denn er hatte den besten aller Orte gefunden.

Das »Miniaturwunderland« war ein Wirklichkeit gewordener Männertraum. Max konnte sich ganze Stunden, eingepfercht zwischen Busladungen von lärmenden Kinderhorden, daran erfreuen, wie die kleinen Züge durch ein ebenso kleines, nachgestelltes Leben fuhren.

Amanda hatte nach ihrem ersten gemeinsamen Besuch in der Zwergenwelt zumeist draußen auf Max und Klara gewartet und auf die Elbe geschaut. Manchmal war sie auch allein am Hafen entlanggeschlendert. Später hatte sie Klara an die Hand genommen, um ihr einmal etwas anderes als Züge zu zeigen. Doch die großen Schiffe, die Docks mit all ihren Kränen und die Elbe hatten ihre Tochter nicht besonders interessiert. Eines Tages hatten Klara und sie dann gar nicht mehr mitkommen wollen. Von da an war Max ganz allein durchs »Miniaturland« gestreift und hatte dort, wie Amanda heute wusste, zwischen all den Gleisen und Zügen eine andere Frau kennengelernt.

Eine Frau, die seine Leidenschaft für Modelleisenbahnen teilte. Eine Frau, der es genügte, neben ihm zu sein, die niemals auf oder unter ihm liegen wollte. Eine Frau, die sich damit zufriedengab, dass er nur gelegentlich in ihr war.

Amanda hatte das nie gereicht. Sie hatte unter der Kargheit seiner Gefühle gelitten, bis sie Henry kennenlernte. Danach hatte sie, während sich Max auf ihr abmühte, nur an Henry denken müssen, und schon war der Sex mit Max nicht einmal mehr so schlecht gewesen. Aber Henry war leider nicht mehr als ein Traum gewesen, für den sich ihre Sehnsucht ein Gesicht gesucht hatte.

Sollte das wirklich alles gewesen sein? Amanda betrachtete sich kritisch im Spiegel. Vielleicht war sie mit ihren siebenunddreißig Jahren nicht mehr die Frischeste, aber sie hatte einem Mann noch immer eine Menge zu bieten.

Amanda schaltete ihren Computer an und loggte sich auf die Homepage von »Gute Männer für Sie« ein.

Sie schrieb:

Sehnsuchtsvolle Frau, 37, sucht einen begeisterungsfähigen Mann, der das Gesicht in ihren Träumen sein will.

Amanda hatte es satt, weiter zu warten. Sie wollte jetzt einen neuen Gefährten finden. Sie war eine erwachsene Frau, und das bedeutete, dass sie handeln musste und nicht länger darauf warten konnte, dass sich die Dinge von allein fügten.

In den folgenden Tagen gingen einige Mails an Amanda ein. Zumeist von Spinnern, »Miniaturwunderländlern« oder pickeligen Muttersöhnchen, die sie treffsicher sofort als solche entlarvte, obwohl diese weder Fotos von sich geschickt noch verräterische Worte in ihren E-Mails hinterlassen hatten. Bisher hatte auch sie noch kein Foto von sich ins Netz gestellt, obwohl ihr mittlerweile klar geworden war, dass sie nur dann eine Chance hatte, einen interessanten Mann zu finden, wenn sie ein wenig mehr von sich zeigte. Außerdem war sie noch immer attraktiv und hatte nichts zu verlieren. Nur zu gewinnen.

Als Amanda an diesem Nachmittag ihre Freundin Doris im Supermarkt traf, fühlte sie sich beschwingt wie schon seit langem nicht mehr.

»Hast du Zeit für ’nen Kaffee? Ich muss dir unbedingt was erzählen.«

Doris deutete auf den Berg tiefgefrorener Lebensmittel in ihrem Einkaufswagen.

»Tut mir leid, aber ich muss zusehen, dass ich nach Hause komme. Ich will nicht riskieren, dass die Entenbrüste antauen. Was gibt’s denn?«

Amanda bugsierte Doris in den Gang mit den Putzmitteln hinein. Bis auf einen Mann im schwarzen Mantel, der in einigem Abstand von ihnen unschlüssig vor dem Regal mit WC-Reinigern stand, war weit und breit kein Mensch in Sicht.

»Ich werde mich von Max trennen«, verkündete Amanda mit ernster Stimme, »und noch mal ganz von vorne anfangen. Zuerst suche ich mir einen anständigen Mann, einen, der ein bisschen mehr Mumm in den Knochen hat. Schluss mit den Spatzen, ich will endlich einen Adler.«

Doris prustete los. »Einen Mann wie ein Adler«, rief sie laut. »Und Mumm-Sekt soll er trinken? Also so was Ähnliches wie ein Coq au vin?«

»Sei ruhig, muss das denn gleich der ganze Laden mitkriegen?«

»’tschuldigung, aber du hättest dein Gesicht sehen sollen, als du eben von diesem Supermann angefangen hast. Bisschen peinlich, wenn du mich fragst. Deine Idee, dich von Max zu trennen, scheint mir dagegen ziemlich vernünftig zu sein.«

»Meinst du, ›Gute Männer für Sie‹ ist die richtige Adresse dafür?«

»Wofür?«

»Na, um einen klasse Mann zu finden, mein' ich. Das ist doch diese neue Kontaktbörse im Internet.«

»Ist das so was wie ›Traumpartner‹?«

»Genau. Ich habe neulich einen Bericht über die im Fernsehen gesehen. Scheinen ganz seriös zu sein.«

»Hast du dich da etwa schon angemeldet? Unter deinem richtigen Namen?«

»Klar, aber die Antworten, die ich bis jetzt bekommen habe, sind nicht so prickelnd gewesen.«

»Amanda, zuerst musst du dir auf jeden Fall ein Pseudonym zulegen. In diesen ganzen Kontaktbörsen sind einfach viel zu viele Spinner unterwegs. Wie wäre es zum Beispiel mit ›Rotkäppchen‹?«

»Nee, das klingt nach Lolita, irgendwie albern.«

»Ich dachte, du suchst nach etwas Besonderem«, konterte Doris grinsend.

»Ja, aber doch nicht in dieser Richtung. Ich brauche einen Namen, der sich geheimnisvoll anhört. Vielleicht auch ein wenig nach Kunst, so etwas wie ›Madonna‹.«

»Auf keinen Fall, Amanda! Wenn du dich so nennst, musst du mit jeder Menge verdrehter Typen rechnen. Irgendwelche Fetischisten oder Masos, die dir die Stiefel lecken wollen, nee. Wie wäre es denn mit ›Helena‹, der Heldin aus der griechischen Mythologie? Immerhin ist deren rätselhafte Schönheit Auslöser für einen Krieg gewesen.«

»Klingt gut.«

»So, jetzt muss ich aber los.« Doris nahm ihre Freundin in den Arm. »Lass uns in den nächsten Tagen noch mal telefonieren. Vielleicht fällt mir bis dahin sogar noch ein besserer Name für dich ein.«

Zum Abschied schwenkte sie eine ihrer Geflügelpackungen durch die Luft. Dazu machte sie gackernde Geräusche, während sie erneut die Abteilung mit den tiefgefrorenen Lebensmitteln ansteuerte, um die mittlerweile angetauten Entenbrüste gegen einwandfreie Ware auszutauschen.

Einfach verrückt, dachte Amanda. Und so etwas wollte nun ihre beste Freundin sein. Eigentlich liebte sie Doris wegen ihres skurrilen Humors. Allerdings hätte ihre Freundin nun wirklich mit etwas mehr Ernsthaftigkeit auf ihre Eröffnung reagieren können.

Mit »Helena« hatte Doris allerdings direkt ins Schwarze getroffen. Der Name klang interessant und geheimnisvoll. Irgendwie nach Stärke und Mut. Er klang genau so, wie Amanda sich ihr neues Leben vorstellte. Ja, in Zukunft würde sie »Helena« sein, zumindest auf den Seiten dieser Kontaktbörse. Auch wenn sie wusste, dass sie im wirklichen Leben alles andere als eine rätselhafte, schöne Heldin und schon gar kein besonders mutiger Mensch war. Und da sie schon einmal bei der Wahrheit angelangt war, musste sie sich auch noch etwas anderes eingestehen. Auch wenn sie ihrem Max vorwarf, sie betrogen zu haben, wusste sie im Grunde doch, dass auch sie nicht immer ehrlich zu ihm gewesen war. Schließlich hatte sie so getan, als ob sie ihn liebte, und hatte selbst dann noch das eine oder andere von ihm erwartet, als ihr schon lange klar gewesen war, dass er niemals der Mann ihrer Träume sein würde. Tatsächlich konnte man von Max sagen, was man wollte, aber er war immer ehrlich zu ihr gewesen. Nie hatte er vorgegeben, etwas anderes zu sein als ein Spatz.

Umso ungeheuerlicher war es, dass er nun die Initiative ergriffen hatte. In dem gleichen Tonfall, in dem er ihr sonst mitteilte, wohin sie am Wochenende fahren würden, hatte er gesagt: »Es ist aus, Amanda.«

Hatte sich zuvor noch geräuspert, wie er es immer tat, wenn er etwas Wichtiges sagen wollte, sich dann ganz leicht auf seine Fußspitzen gestellt und auf Amanda herabgesehen.

Wann immer sie an diese Szene dachte, stieg Wut in ihr hoch. Ihre Beziehung war also gescheitert – aber weswegen denn? Und wann denn? Gestern oder vor einer Woche? Wo war Max überhaupt die ganzen vierzehn Jahre über gewesen, wenn sie wieder einmal nachts allein im Haus herumgestrichen war, weil sie nicht hatte einschlafen können. Wenn sie in fremde Fenster gestarrt und versucht hatte, zumindest ein wenig am Leben ihrer Nachbarn teilzuhaben, wenn sie selbst schon keines hatte. Und was hatte Max ihr schon zu geben vermocht außer Grabesruhe und den Anschein von Sicherheit.

Gut, immerhin hatten sie Klara gezeugt und somit das Einzige geschaffen, das in Amandas Leben von Bedeutung war. Aber auch in dieser Hinsicht würde das Ende ihrer Beziehung sein Gutes haben. Denn wenn sich Max von Amanda trennte, würde er ihr in Zukunft wenigstens nicht mehr in Klaras Erziehung hineinreden können. Max hatte die Begabung ihrer Tochter schließlich nie erkannt. Im Gegenteil, er hatte Amanda sogar vorgeworfen, dass sie Klara Flausen in den Kopf setzte. Ständig hatte er sich über die hohen Kursgebühren der staatlichen Jugendmusikschule beschwert. Aus dem Zetern war lautstarker Protest, schließlich sogar die Drohung geworden, ihr den Geldhahn zuzudrehen, als Amanda ihre Tochter auf einer noch viel kostspieligeren Privatschule angemeldet hatte. In einer Schule, die Klaras Begabung angemessen fördern sollte.

Überall sein, nur nicht hier, dachte Amanda und fragte sich, wann genau ihr Max unerträglich geworden war, zu welchem Zeitpunkt sie hätte feststellen müssen, dass es besser war, überall zu sein, nur nicht hier. Der Zeitpunkt, zu dem sie hätte handeln müssen und damit Max zuvorgekommen wäre. Amanda wusste es nicht mehr, und mittlerweile war es auch bedeutungslos geworden. Inzwischen ging es um ganz andere Dinge, wie zum Beispiel den heutigen Maklerbesuch.

»Amanda, denk dran, verkniffen verkauft es sich nicht so gut.«

Statt Max eine Antwort zu geben, hatte sich Amanda umgedreht und war in den Garten hinausgegangen.

»Verkniffen verkauft es sich nicht so gut.«

Max, der Idiot, nahm sich doch tatsächlich heraus, ihr vorzuschreiben, wie sie auszusehen hatte, wenn heute »die Kampas«, neue Kaufinteressenten für ihr Haus, kamen. Überhaupt ging Amanda plötzlich alles viel zu schnell. Wie war es nur zu dieser absurden Situation gekommen? Ein paar Tage nach seiner Feststellung, dass ihre Beziehung gescheitert wäre, hatte Max auch schon einen Makler beauftragt. Ihr Reihenhaus müsse nun so schnell wie möglich verkauft werden, hatte er entschieden, und in der darauffolgenden Woche war bereits die erste Annonce in der Zeitung erschienen. Seitdem verging keine Woche, in der sie nicht irgendwelche fremden Leute durch ihr Schlafzimmer führte. Aber egal, Amanda hatte dem Verkauf des Hauses zugestimmt und angefangen, die Räume von Grund auf zu reinigen. Wobei sie nicht einmal auf die Mithilfe ihrer Tochter Klara zählen konnte, und auf die von Max schon gar nicht.

Nun stand Amanda unter dem engen Vordach ihres Reihenhauses, drückte die Zigarettenkippe in einem Blumenkübel mit erfrorenen Dahlien aus und sah im spiegelnden Glas der Terrassentür, dass sie ihre Mundwinkel tatsächlich mürrisch nach unten gezogen hatte. Sie musste darauf achten, dass das nicht zur Gewohnheit wurde, sonst würde sich der traurige Ausdruck eines Tages noch in ihr Gesicht eingraben. Amanda machte ein paar schnelle Entspannungsübungen zur Lockerung ihrer Gesichtsmuskulatur und lief dann in den ersten Stock hinauf, um noch kurz das Bad aufzuräumen. Als es wenig später an der Haustür klingelte, setzte Amanda ihr charmantestes Lächeln auf. Verkniffen, dass sie nicht lachte!

Ja, das Haus würde nun schon bald verkauft werden, dachte Amanda, nachdem sie die Kampas hereingebeten hatte, und sie hatte auch bereits eine Idee, wo sie in Zukunft mit Klara leben wollte. Sie war schon lange nicht mehr so traurig und niedergeschlagen wie noch vor ein paar Wochen. Nein, je eher sie aus dieser Geschichte herauskam, umso besser für sie. Denn wenn Max auch ein Geizhals war, würde er doch in angemessener Form für ihren zukünftigen Lebensunterhalt aufkommen müssen. Und was angemessen war, würde Amanda in jedem Fall mitbestimmen. Ganz sicher musste sie zukünftig neben noch mehr Zeit und Kraft auch noch mehr Geld in ihr

Klärchen investieren. Schon damit die Kleine besser über die bevorstehende Trennung der Eltern hinwegkam. In dieser schwierigen Lage konnte auch niemand von ihr verlangen, dass sie sich zusätzlich noch einen Job suchte. Max schon gar nicht. Amanda baute jedenfalls darauf, dass sein schlechtes Gewissen dem Klärchen gegenüber verhindern würde, eine solche Forderung überhaupt erst zu stellen.

Also auf zu neuen Ufern, dachte Amanda. Und wenn die Hausbesichtigung vorüber war, würde sie auf der Stelle nachschauen, ob schon Nachrichten in ihrem Posteingang eingetroffen waren.

Werner, ein Mann mit Halbglatze und Schnurrbart, grinste Amanda großflächig vom Bildschirm entgegen. Sein angegebenes Alter, Mitte vierzig, war offensichtlich geschönt, oder aber Werner war durch irgendwelche Umstände frühzeitig gealtert. Nein, nein, das war alles nichts, auf diese Weise würde sie nie einen interessanten Mann kennenlernen. Also meldete sie sich erneut bei »Gute Männer für Sie« an, diesmal allerdings mit ihrem neuen, wunderbaren Benutzernamen. Amanda war zur »Helena« geworden! Jetzt passte alles zusammen, denn auch auf dem Foto, das Amanda von sich ausgewählt hatte, konnte sie locker als eine »Helena« durchgehen.

Sehnsuchtsvolle Frau, 37, sucht einen begeisterungsfähigen Mann, der der Mann ihrer Träume
sein will.
Ich bin gespannt,
Helena.

Als die Kommissarin Anna Greve an diesem Abend von der Arbeit nach Hause kam, brannte überall Licht. Mit mehreren Einkaufstüten bepackt, betrat sie den Flur, wo sie als Erstes über drei Paar riesenhafte Turnschuhe stolperte, die mitten im Eingang standen. Geistesgegenwärtig machte Anna einen großen Ausfallschritt zur Seite und verhinderte damit im letzten Moment den drohenden Sturz. Der Weidenkorb an ihrem rechten Arm schaukelte allerdings so stark, dass die zuoberst liegende Flasche feinsten italienischen Olivenöls aus ihm herausrutschte und mit einem lauten Knall auf den Steinfliesen zerbarst. Anna sah zu, wie das Öl aus der zersplitterten Glasflasche herausfloss und sich langsam über den Boden verteilte. Aus dem oberen Stockwerk wurde das Geschehen von lauter Hip-Hop-Musik begleitet.

»Ben, mach sofort die Musik leiser und hilf mir! Ben?«

Keine Antwort, was Anna bei dieser Geräuschkulisse auch nicht sonderlich verwunderte. Sie stellte ihre Einkaufstüten ab, schälte sich aus ihrem dicken Wintermantel heraus und kickte wütend die im Weg herumliegenden Monsterschuhe mit einem ihrer teerverkrusteten Fellstiefel durch den Flur.

Da lugte ein verschlafenes Jungengesicht um die Ecke des Wohnzimmers. Es war Paul, Annas dreizehnjähriger Sohn.

»Was machst du denn da?«

»Frag besser nicht, hilf mir lieber.«

Paul sah sie nur an, nahm die Einkaufstüten und trug sie in die Küche.

»Warum muss sie immer mich anmachen, wenn sie eigentlich auf Ben wütend ist?«, brummelte er vor sich hin, als Anna im selben Moment ihren Kopf zur Küchentür hereinstreckte.

»Tut mir leid, Kleiner. Danke, dass du das für mich machst.«

Im Badezimmer wusch Anna sich die Hände, nahm ihren Jogginganzug von der Heizung und schlüpfte hinein. Die Musik dröhnte noch immer mit solch ohrenbetäubender Lautstärke aus Bens Zimmer, dass Anna auf ein Klopfen an seiner Zimmertür verzichtete und stattdessen lieber nach unten lief, ihr Handy aus der Tasche nahm und die Nummer ihres älteren Sohnes wählte.

»Ich möchte, dass du auf der Stelle nach unten kommst!«

Sofort wurde die Musik leiser gestellt, und nur wenige Sekunden später stand Ben vor seiner Mutter in der Küche.

»Na, was gibt's?«

»Musst du die Musik denn immer so laut aufdrehen? Ich habe mir vorher fast die Seele aus dem Leib nach dir gebrüllt.«

»Wie soll ich denn wissen, wann du nach Hause kommst? Außerdem hab ich Besuch, Leo und Karl sind da.«

»Wieso sitzt du noch nicht am Schreibtisch und lernst mit Papa für die Mathearbeit? Wir haben das gestern doch lang und breit besprochen.«

»Weiß ich, Mum, aber kannst du unser Mathegenie vielleicht irgendwo entdecken?«

Richtig, dachte Anna. Der eigentlich Verantwortliche dafür, dass Ben nicht über seinen Büchern saß, war wieder einmal Tom.

»Papa wird bestimmt jede Minute kommen. Du kannst ruhig schon einmal allein anfangen und dir überlegen, wo es hakt. Habt ihr eigentlich schon etwas gegessen?«

»Nee, wie denn? Papa wollte uns doch was kochen.«

»Willst du etwa behaupten, dass du nicht dazu in der Lage bist, dir selbst ein paar Eier in die Pfanne zu hauen? Sonst betonst du schließlich auch bei jeder Gelegenheit, wie erwachsen du bist. Also, sieh zu, dass sich deine Freunde vom Acker machen, und fang endlich zu lernen an.«

Ben schaute seine Mutter ernst an.

»Wenn du wüsstest, worum es da oben gerade geht, würdest du das nicht von mir verlangen.«

»Was auch immer da oben los ist, du machst jetzt sofort, was ich dir sage, verstanden? Über alles andere können wir dann später reden.«

Paul hatte unterdessen die Küche aufgeräumt und auch den verdreckten Flur wieder in Ordnung gebracht. Anna sah sogar ihre Fellschuhe, die sie bei der heutigen Tatortbegehung völlig ruiniert hatte, auf der Matte neben der Haustür stehen und musste unwillkürlich wieder an die junge Frau denken, die am Ufer der Elbe ermordet aufgefunden worden war. Sie ging ihr einfach nicht mehr aus dem Sinn. Während des Sommers war das Falkensteiner Ufer ein beliebtes Ausflugsziel, aber um diese Jahreszeit und noch dazu bei Schneeregen verirrten sich höchstens ein paar Anwohner, die ihre Hunde ausführten, dorthin. Ein Hund war es auch gewesen, der die Tote im Unterholz nahe dem Leuchtturm aufgespürt hatte. Doch Anna schien es mehr als unwahrscheinlich, dass die Frau auch auf dem sandigen Uferstreifen getötet worden war, da der Sand, wie ihre Schuhe bewiesen, von vielen Teerklumpen durchsetzt war, die sich sofort festsetzten. An der Kleidung der Toten hatte jedoch kein einziger geklebt.

»Klasse hast du das gemacht, Paul. An dir ist wirklich ein Hausmann verloren gegangen. Vielen Dank noch mal. Sag mal, hat sich Papa noch gar nicht gemeldet?«

»Hab' ihn seit gestern Abend nicht gesehen, Mum. Ich musste heute doch erst zur zweiten Stunde in die Schule.«

»Hast du Hunger? Soll ich uns schnell ein paar Nudeln kochen?«

»Das wäre nicht schlecht«, entgegnete Paul, spähte in die Auffahrt und setzte hinterher: »Du, ich glaube, Paps ist da.«

Anna setzte gerade das Wasser für die Nudeln auf den Herd, als Tom in die Küche hereinkam und sie von hinten umarmte.

»Hattest du einen schönen Tag?«

Anna drehte sich um, ihre Augen funkelten zornig.

»Das sollte ich wohl besser dich fragen. Jedenfalls wüsste ich gern, warum du die Vergleichsarbeit von Ben vergessen hast.«

»Tut mir leid, ich konnte heute wirklich nicht früher aus der Druckerei fort, es gab ein Problem mit einer der Maschinen.«

Tom sah auf die Uhr und lächelte Anna an. »Aber wenn wir jetzt anfangen, bleibt uns immer noch genug Zeit.«

Anna riss eine Packung Nudeln auf und schaltete die Dunstabzugshaube ein, die geräuschvoll ihren Dienst aufnahm.

»Na, jedenfalls nimmst du es, wie meistens, leicht«, murmelte sie in das Rauschen hinein.

3

Als sich die Kommissarin am nächsten Morgen zur Arbeit aufmachte, musste sie ihre gefütterten Fellstiefel, trotz der Kälte, die an diesem Tag herrschte, notgedrungen zu Hause stehen lassen. Lukas Weber, Annas Kollege beim LKA, saß bereits im Büro und hatte sogar schon einen Kaffee für Anna aufgebrüht, als sie kurz darauf eintraf.

»Danke, Weber, klasse, dass Sie heute an mich gedacht haben«, bedankte sich Anna artig und holte ihre warmen Hausschuhe sowie ein Paar dicke Wollsocken, die sie sich sofort überzog, aus der untersten Schublade des Aktenschranks.

»Kalte Füße? Ihre hellen Stiefel sind bestimmt hinüber, oder? Rita hat gestern Abend ganz schön geflucht, als sie meine verdreckten Schuhe gesehen hat«, grinste Weber. »Bin froh, dass ich die nicht selbst wieder saubermachen muss. Ja, manchmal hat es auch sein Gutes, verheiratet zu sein.«

»Meine Güte, Weber. Soll das etwa heißen, dass Sie tatsächlich nicht dazu in der Lage sind, Ihren Dreck selbst wieder wegzumachen?«

Immer dasselbe mit den Männern, dachte Anna verärgert, fragte sich aber sofort, ob Weber wirklich die Ursache für ihre schlechte Laune war. Oder ihr Sohn Ben?

Immerhin bot der zurzeit mehr als genug Anlass, sich über ihn zu ärgern. Da waren einmal seine Musik, sein provozierendes Gehabe und auch sein Hang, sich über jedwede Regel des Familienlebens hinwegzusetzen. Doch Anna wusste, dass es ungerecht war, sowohl ihren ältesten Sohn als auch Weber für ihre miserable Stimmung verantwortlich zu machen. Auch das ausgelaufene Olivenöl und die Tatsache, dass Anna gestern einmal mehr nicht pünktlich hatte Feierabend machen können, waren nicht der wahre Grund.

Nein, zum Teufel, der wahre Grund war allein Toms Verhalten! Er war schuld daran, dass Anna diesen Tag mit einer Wut im Bauch begonnen hatte, die so groß war, dass sie Mühe hatte, sich voll und ganz auf ihre Arbeit zu konzentrieren. Selbst jetzt brauchte sie nur daran zu denken, dass Tom gestern Abend wieder einmal viel später als vereinbart nach Hause gekommen war, um auf hundertachtzig zu sein. Und dann das freundliche Lächeln, mit dem er über seine Unzuverlässigkeit hinweggegangen war. Eigentlich hätte nur noch gefehlt, dass Tom ihr, kaum dass er gemerkt hatte, dass er so nicht weiterkam, noch am selben Abend einen gemeinsamen Urlaub vorschlug. Eine Auszeit für sie beide. Wie sie in der Vergangenheit schon mehrfach eine genommen hatten, um ihre Ehe wieder zu kitten. Doch was sollte eine weitere Auszeit, wo es vor allem darum ging, dass sie beide den gemeinsamen Alltag nicht auf die Reihe bekamen, dass Tom sie mit fast allen Dingen alleinließ und sich für nichts verantwortlich fühlte. »Übrigens hatte ich, kurz bevor Sie kamen, ein sehr interessantes Telefonat mit einer gemeinsamen

Freundin von uns«, riss Weber seine Kollegin aus ihren Gedanken.

»Wie, wer soll das sein?«

»Na, unsere liebe Kollegin Lydia Markisch hat sich gemeldet. Sie wollte mal hören, wie wir ohne ihre Mitarbeit in unserer Abteilung zurechtkommen.«

»Und, was haben Sie ihr geantwortet?«

»Natürlich war ich charmant wie immer. Weshalb ich Lydia auch in Ihrem Namen zu verstehen gegeben habe, dass sie uns an allen Ecken und Enden fehlt.«

»Gut, dass ich das nicht mit anhören musste«, schnaufte Anna. »Die ›Giraffe‹ soll bloß bleiben, wo sie ist.«

»Wird sie auch, Anna, in der Hinsicht kann ich Sie beruhigen, denn Lydia hat durchblicken lassen, dass ihre Beförderung zur Hauptkommissarin des LKA Hannover noch dieses Jahr stattfinden wird.«

»Das hört sich richtig gut an«, lächelte Anna, plötzlich bestens gelaunt. »Darauf werden wir nachher anstoßen. Ich gebe einen aus, Weber, versprochen«, sagte sie, um sich wieder ihrem Schreibtisch zuzuwenden, auf dem sie bereits fein säuberlich den Brieftascheninhalt der Toten ausgebreitet hatte. Leider konnte sie außer den üblichen Papieren wie Personalausweis, Fahrzeugschein, Quittungen und ein paar Kinderfotos nichts finden, was für die weiteren Ermittlungen hilfreich gewesen wäre. Noch einmal nahm die Kommissarin den Personalausweis in die Hand und sah, während sie das Geburtsdatum las, Monika Jacobsen erneut tot vor sich im Elbsand liegen. Sie war gerade einmal einunddreißig Jahre alt geworden.

»Ich habe schon einmal mit der Recherche zu Monika

Jacobsen und ihrer Familie angefangen«, verschaffte sich Weber erneut Annas Aufmerksamkeit.

»Monika Jacobsen hat zwei Kinder, beide sind noch nicht im schulpflichtigen Alter, und sie war mit Malte Jacobsen, einem ziemlich bekannten Makler in Hamburg, verheiratet. Im Internet finden sich so einige Informationen über ihren Mann. Anscheinend vermittelt Herr Jacobsen seine Häuser und Grundstücke größtenteils an die Hamburger Hautevolee. Hier, schauen Sie sich das einmal an.«

Weber hielt Anna ein paar ausgedruckte DIN-A4-Seiten vor die Nase und setzte sich anschließend wieder vor seinen Computer.

Aufmerksam ging Anna die Referenzliste des Maklers durch und betrachtete anschließend das von ihm beiliegende Foto. Anna sah einen Mann Mitte dreißig, der beruflich nicht nur sehr erfolgreich zu sein schien, sondern dazu auch noch unverschämt gut aussah. Optisch gesehen, war er in jedem Fall ein passender Begleiter für eine Frau, die große Ähnlichkeit mit Audrey Hepburn in ihren besten Zeiten aufwies. Außerdem hatte ihn Günther Sibelius auf der gestrigen Dienstbesprechung als einen ausgesprochen sympathischen Mann beschrieben, den der Tod seiner Frau komplett aus der Bahn geworfen hatte.

»Ist die Handtasche von Frau Jacobsen inzwischen gefunden worden?«, fragte Anna.

»Nein, und mittlerweile haben die Kollegen der Spurensicherung die Suche am Fundort auch eingestellt.«

»Und wie sieht es mit Laborergebnissen über die Kleidung der Toten aus?« Weber schüttelte den Kopf. »Liegen noch nicht vor, ebenso wenig wie das Gutachten aus der Rechtsmedizin. War allerdings auch nicht anders zu erwarten, nachdem Dr. Severin ja schon gestern angedeutet hat, dass er sich nicht sofort an die Obduktion von Monika Jacobsen machen kann.« Weber warf einen Blick auf seine Uhr. »Kommen Sie, Anna, es wird Zeit für die Dienstbesprechung. Vielleicht erfahren wir auf ihr ja schon so etwas wie ein erstes vorläufiges Ergebnis aus der KTU.«

Die Mitarbeiter um Kriminalhauptkommissar Günther Sibelius, Abteilung 03 beim LKA im Hamburger Stadtteil Alsterdorf, trafen sich gegen zehn Uhr in ihrem Konferenzraum, um das weitere Vorgehen der Ermittlungen zu besprechen und festzulegen.

Anna Greve, Weber sowie die Kollegen Ferdinand Huber und Lars Haberland, die ihnen aufgrund des Fundorts der Leiche vom eigentlich zuständigen Kommissariat 26 im Blomkamp in Hamburg Osdorf zugeteilt worden waren, würden nach und nach die gesamte Nachbarschaft der Jacobsens vernehmen, und darüber hinaus auch jede andere Person, die Monika Jacobsen gekannt hatte. Von Malte Jacobsen, dem Ehemann der Toten, erhofften sich die Kommissare eine möglichst vollständige Aufstellung der sozialen Kontakte seiner Frau.

Zunächst würden sie sich die Freundinnen Monika Jacobsens vornehmen, später dann auch ihre beruflichen Kontakte sowie flüchtigere Bekanntschaften.

»Sie beginnen mit Malte Jacobsen«, wies Sibelius Anna und Weber an. »Ich durchleuchte währenddessen die finanziellen Verhältnisse der Familie, ihren Lebensstandard, mögliche Schulden, Testament, Lebensversicherungen und so weiter. Danach sehen wir weiter.«

»Kommen Sie, Weber«, klimperte die Kommissarin nach der Dienstbesprechung mit den Autoschlüsseln in ihrer Hand, »auf geht's zu Malte Jacobsen. Können wir?«

Seitdem Amanda ihre Kontaktanzeige bei »Gute Männer für Sie« mit einem Foto von sich versehen hatte und sich »Helena« nannte, häuften sich die Eingänge in ihrer Mailbox. Heute waren allein sieben neue Nachrichten für sie gekommen, doch die ersten fünf waren anzüglich und unverschämt gewesen. Und obwohl es noch nicht einmal Mittagszeit war, schenkte sich Amanda ein Glas Weißwein ein, zündete sich eine Zigarette an und begann die nächste Nachricht zu lesen.

Hallo, meine schöne Helena,
ich bin wirklich sehr leicht zu begeistern, vor allem wenn es um die Träume attraktiver Frauen geht.
Ruf mich an, dann können wir sie demnächst miteinander wahr werden lassen: 0172–8954583.
Bitte nur tagsüber versuchen.
Bis bald,
Ralf.

»Idiot«, entnervt drückte Amanda ihre Zigarette in dem seit Tagen von Kippen überquellenden Aschenbecher aus. Anschließend öffnete sie die letzte E-Mail des Vormittages.

Hallo Helena,
mir gefällt Dein Gesicht. Ich könnte mir gut vorstellen, nein, ich bin mir fast sicher, dass es zu einer ziemlich klugen und äußerst sympathischen Frau gehört. Aber jetzt mal ernsthaft, liebe Helena: Willst Du tatsächlich schon wieder fremde Männer dazu bringen, sich wegen Dir in Kämpfe zu verstricken? Oder was fängst Du sonst mit Deinem Leben an?
Fragt sich
Cornelius.

Erleichtert lehnte sich Amanda in ihrem Stuhl zurück. Endlich einmal eine Zuschrift, mit der sie etwas anfangen konnte. Cornelius, wie er sich nannte, war in seiner Mail zwar ebenfalls sehr direkt vorgegangen, doch auf eine ganz andere Art als die Männer vor ihm. Außerdem hatte er eine gute Frage gestellt. Überhaupt war Cornelius bisher der erste Mann, der etwas von Amanda wissen wollte, das nichts mit ihrer Körbchengröße, ihrer Meinung über »Natursekt« oder ihrer finanziellen Situation zu tun hatte.

Ja, was fing sie eigentlich mit ihrem Leben an? Gut, sie hatte Klara zu versorgen, ihre Tochter, die sehr unter der bevorstehenden Trennung ihrer Eltern litt, darüber hinaus mitten in der Pubertät steckte und schon allein deswegen schwierig war. Amanda hatte außerdem den Transport zur Musikschule übernommen und Klara damit ermöglicht, an den dortigen nachmittäglichen Unterrichtsstunden teilzunehmen. Für die fast tägliche Fahrerei von Harburg bis in die Hamburger Innenstadt opferte sie mittlerweile einen Großteil ihrer freien Zeit. Aber sie hatte diese Aufgabe gern übernommen, denn schließlich hatte Klara ihre Musikalität eindeutig von ihr geerbt. Max konnte ja nicht einmal am Heiligen Abend in der Kirche die Melodie von »Stille Nacht« mitsummen, ohne jeden Ton dabei falsch zu treffen. An nebligen Novembertagen holte Amanda auch heute noch manchmal ihr Cello hervor und spielte eine Sonate von Brahms. Ja, sie war jetzt vor allem Mutter – das fing sie mit ihrem Leben an. Ansonsten war sie nach wie vor auf der Suche nach etwas, was sie schon als kleines Mädchen vermisst und für das sie später als Halbwüchsige das Wort Sehnsucht gefunden hatte, um es greifbarer für sich zu machen. Seltsamerweise war die Sehnsucht niemals geringer, sondern mit jedem neuen Mann nur noch stärker geworden. Erst als sie Max kennenlernte, war endlich eine große Ruhe in sie eingekehrt. Zu jener Zeit hatte Amanda vor allem unbedingt ein Kind haben wollen, und Max schien ihr dazu der geeignete Partner zu sein. Eigentlich war es unfair, wenn sie sich im Nachhinein über seine fehlende Sehnsucht beklagte, schließlich hatte sie ihn sich zielbewusst ausgesucht. Damals wäre ein andersgearteter Mann als Max sogar niemals in Frage gekommen. Vor der Welt versteckt, beschützt, behütet sein – mehr hatte sie im Grunde nicht gewollt, als sie schwanger geworden war.

Wie hatte sie deshalb von Max, dem Spatzen, später nur erwarten können, dass er flog wie ein Adler, wo sie ihn doch vor allem wegen seiner Fähigkeit, ein sicheres Nest bauen zu können, ausgewählt hatte? Selbst wenn sie sich damals in erster Linie nach Liebe gesehnt hätte, wäre ihre Wahl dennoch auf einen Mann wie Max gefallen. Denn ein Adler hätte von seiner Gefährtin sicher erwartet, dass sie ihre Beute selbst erjagte. Und er hätte große Strecken mit ihr fliegen wollen, ganz hoch in den Himmel hinauf, wo es außer Adlern keine anderen Vögel mehr gab.

Durch ihre Entscheidung, sich mit Max zusammenzutun, war das Leben zwar berechenbar, mit der Zeit aber immer eintöniger geworden, so eintönig, dass Amanda selbst ihre Sehnsucht kaum noch gespürt hatte.

Damit war es jetzt jedoch, vor allem wegen der Mail von Cornelius, endgültig vorbei. Amanda setzte sich vor ihren Laptop und schrieb:

Hallo Cornelius,
freut mich, dass ich Dir gefalle. Aber warum soll ich denn Männer in Kämpfe verstricken? Oder meinst Du eher »Männer bestricken«? Mit Wollpullovern oder Socken? Häkeln wäre o. k., denn ein paar Luftmaschen würde ich zur Not gerade noch hinbekommen. Aber stricken? Nein, davon habe ich wirklich keine Ahnung.
Herzliche Grüße von
Helena.

Cornelius' Antwort kam prompt:

Ich habe ja nur gesagt, dass ich Dein Gesicht mag und es möglich wäre, dass bei Dir das Äußere mit dem Inneren übereinstimmt. Niemand kann etwas für sein Gesicht, es sei denn, es hätte einer mit scharfem Skalpell nach Deinen Wünschen Hand an Dich gelegt. Was man heutzutage wohl nur noch an winzigen Narben hinter den Ohren erkennen kann. Das muss ich mir bei Gelegenheit mal ansehen.

Helena, was tust Du, außer nicht zu stricken? Hand an Dich legen?

Neugierig geworden,
Cornelius.

Amanda überlegte, ob es nicht klüger wäre, Cornelius noch ein wenig zappeln zu lassen und erst morgen auf seine Mail zu antworten. Andererseits war sie viel zu sehr darauf gespannt zu sehen, wie es weiterging, um mit ihrer Antwort bis zum nächsten Tag zu warten.

Amanda schrieb:

Hand an mich legen? Kein Kommentar. Ich möchte dazu heute nur so viel sagen: Ich teile mein Bett schon viel zu lange mit einem Spatzen, der vom Hand-an-oder-auf-mich-Legen bedauerlicherweise nichts mehr wissen will.

Und Du so?

Herzlich,
Helena.

Wieder ging Cornelius' Antwort nur ein paar Minuten später ein.

Was, Du hast Dein Bett geteilt? Wie denn bloß? Hast Du für das Teilen eine Flex benutzt oder es ganz klassisch mit dem Fuchsschwanz probiert? Was hat denn überhaupt der Spatz dazu gesagt? Ist er aus eurem Nest ausgeflogen?

Mein Bett ist dagegen leider viel zu schmal, da lohnt das Teilen nicht.

Liebe Grüße,

Cornelius.

Mittlerweile begann Amanda das Geplänkel mit Cornelius richtig Spaß zu machen.

Sie schrieb:

Respekt, mein Lieber!

Du scheinst Dich ja auf Worte zu verstehen. Ich habe schon lange nicht mehr so gelacht und würde jetzt wirklich zu gern einmal Dein Gesicht sehen. Schickst Du mir ein Foto? Dann erzähle ich Dir vielleicht auch, was ich sonst noch so mache.

Ebenfalls neugierig,

Helena.

Während sie auf Cornelius' Antwort wartete und noch einmal ihre letzte Mail überflog, hörte sie die Haustür mit einem lautem Knall ins Schloss fallen. Kurz darauf steckte Klara ihren Kopf zur Küche herein, schaute neugierig auf Amandas Computer und durchquerte den Raum mit langen Schritten, bis sie hinter ihrer Mutter am Tisch stand. Schnell klappte Amanda den Laptop zu und sah Klara dann dabei zu, wie sie eine Flasche Mineralwasser aus dem Kühlschrank zog und, ohne sich ein Glas zu holen, aus ihr trank.

»Was gibt's denn zu essen?«

»Hackbraten. Ist bald fertig.«

»Ich bin so lange oben, ja?«

Im Hinausgehen warf Klara noch einen missbilligenden Blick auf das leere Weinglas auf dem Küchentisch und den überquellenden Aschenbecher.

»Musst du jetzt wirklich jeden Tag Wein trinken, Mama, und dermaßen viel rauchen, dass es in unserer Küche stinkt wie in einer Kneipe? Glaubst du wirklich, dass du damit ein gutes Vorbild für mich bist?«

Amanda überging Klaras freche Bemerkung, die, wie sie sich eingestehen musste, nicht ganz unberechtigt war, und setzte den Topf mit den geschälten Kartoffeln auf den Herd. Leider würde sie erst wieder spät am Abend, nachdem Max schlafen gegangen war, ungestört nachsehen können, ob Cornelius ihr geantwortet hatte.

Es war bereits kurz vor elf Uhr nachts, als Amanda ihren Computer wieder einschaltete. Noch einmal las sie ihre zuletzt gesendete Mail, anschließend Cornelius' Antwort.

Charmanter Versuch, liebe Helena, aber so geht das nicht. Schließlich habe ich Dich zuerst etwas gefragt. Bevor Du mir nicht ein bisschen mehr von Dir erzählt hast, wird es keine Bilder von mir geben. Weder von meinem Gesicht noch von meinem Bauch. Und von meinen schönen Füßen schon gar nicht.

Erwartungsfroh,
Cornelius.

Beharrlich, dachte Amanda. Nur, was sollte sie um Himmels willen auf seine Frage antworten? Wenn sie die Wahrheit sagte, nämlich, dass sie »nur« Hausfrau und Mutter war, würde ihr ein Mann wie Cornelius bestimmt sofort wieder von der Angel gehen. Doch bevor sie mehr von sich verriet, musste sie zuerst einmal sehen, mit wem sie es zu tun hatte...

Daher schrieb sie:

In Ordnung, Cornelius, Du hast gewonnen. Also, ich sitze den ganzen Tag träge in meinem Zimmer herum und schreibe Mails an fremde Männer in der Hoffnung, dass mal einer hängen bleibt. Nee, im Ernst, das ist wirklich eine schwierige Frage und mir im Moment zu persönlich. Aber es würde mir bestimmt helfen, mich zu öffnen, wenn Du Dich zeigst.

Ebenso erwartungsfroh,
Helena.

Lächelnd klappte Amanda ihren Laptop zu, doch als sie kurz darauf unschlüssig vor der Tür ihres Schlafzimmers stand, hatte die Wirklichkeit sie bereits wieder eingeholt. Wie gern hätte sie jetzt ihr Bett zur Not sogar mit einem Fuchsschwanz geteilt, um nur einmal ohne Max schlafen zu können. Amanda überlegte kurz, sich unten im Wohnzimmer aufs Sofa zu legen, doch möglicherweise würde Max ein solches Verhalten als Kampfansage betrachten und ihr das Leben zukünftig noch schwerer machen. Also legte sie sich wie immer neben Max ins Bett, der wie gewohnt schnarchte, und zog sich die Bettdecke über beide Ohren. Früher war es ihr meist noch gelungen, neben ihm einzuschlafen. Aber nun war es ihr schon seit längerem unmöglich geworden. Genauer gesagt, seit jenem entsetzlichen Abend Anfang Dezember, an dem Amanda zum letzten Mal versucht hatte, zu ihrem Mann durchzudringen.

Es war am sechsten Dezember gewesen, am Nikolaustag. Amanda hatte mit Max einen amerikanischen Weihnachtsfilm mit einem dickbäuchigen, rotwangigen Santa Claus angesehen, der fortwährend in alberne Verwicklungen geriet. An diesem Abend war Amanda richtig fröhlich, man könnte sogar sagen, zuversichtlich gewesen, auch was ihre Beziehung zu Max anging.

Während sie sich unruhig von einer Seite auf die andere drehte, versuchte Amanda, sich noch einmal daran zu erinnern, wie der genaue Wortlaut des Gespräches gewesen war, das für sie alles verändert hatte.

Amanda hatte Max' Hand genommen und mit sanfter Stimme gefragt: »Max, erinnerst du dich noch daran, was heute vor fünfzehn Jahren gewesen ist?«

»Ja, Nikolaus.«

»Heute vor fünfzehn Jahren haben wir zum ersten Mal miteinander geschlafen.«

Max hatte daraufhin die Augen verdreht und ihr seine Hand entzogen: »Bitte verschone mich doch mit diesem sentimentalen Scheiß!«

»Nein, bitte, sag mir doch, was du empfindest, wenn du an die vergangenen fünfzehn Jahre denkst!«

»Ich empfinde gar nichts dabei. Und jetzt lass uns weiter in Ruhe den Film ansehen.«

Damit Max ihre Tränen nicht sehen konnte, war Amanda schnell aufgestanden und nach draußen in den Garten gegangen, denn ihr selbst war der Nikolausabend von vor fünfzehn Jahren bis heute nicht aus dem Sinn gegangen. Es war die Nacht gewesen, in der sie sich in Max verliebt hatte. Er war ihr so stark vorgekommen, so Vertrauen erweckend. Ein Mann zum Anlehnen. Schon damals hatte er nicht viele Worte gemacht, aber Amanda hatte seine Wortkargheit geheimnisvoll gefunden. Wie oft hatte sie von dem herrlichen Moment geträumt, in dem Max sie zu seiner Vertrauten machen würde. Amanda war damals dazu bereit gewesen, sich ihm ganz zu öffnen und ihm alles über sich zu erzählen. Tatsächlich hatte sie bis heute fast alle ihre Geheimnisse preisgegeben, im Gegenzug dafür aber kein einziges von Max erfahren. Ja, ihre Ehe mit Max war von Anfang an zum Scheitern verurteilt gewesen, denn was sollte sie schon mit einem Mann anfangen, der nichts »dabei« empfand? Amanda schaltete ihre Nachttischlampe an und dämmte deren Lichtschein mit einem Seidenschal. Es war wirklich unumgänglich, dass sie sich von Max trennte, dachte sie, während sie auf den Spuckefaden starrte, der zwischen seinen halb geöffneten Lippen hing, und seinen gleich bleibenden schmatzenden Schlafgeräuschen lauschte. Unumgänglich? Hatte sie tatsächlich soeben in der Art und Weise ihres Mannes über ihre Zukunft nachgedacht? War es wirklich schon so weit gekommen, dass sie Worte ihres Mannes zu den ihren machte?

Amanda wollte endlich wieder ihre eigenen Worte haben. Nur hatte sie denn überhaupt jemals eine eigene

Sprache besessen? Amanda erinnerte sich nicht mehr, doch eines wusste sie ganz genau: In Zukunft kam für sie kein anderer Gefährte mehr in Frage als ein Adler. Und wer weiß, vielleicht hatte sie diesen Adler ja sogar schon in Cornelius gefunden?

Während Anna Greve zusammen mit Weber durch die Stadt nach Blankenese hinausfuhr, klingelte ihr Diensttelefon.

»Ja, hallo, Frau Greve, Severin hier. Ich habe mir Ihre Tote von gestern schon einmal etwas genauer angeschaut und bin dabei auf eine Sache gestoßen, die ich sofort an Sie weitergeben möchte. Die Frau ist, was auf den ersten Blick nicht zu sehen war, schlimm misshandelt worden.«

»Inwiefern?« Anna schaltete das Autoradio aus und aktivierte die Mithörfunktion ihres Telefons.

»Sie hat sehr schwere Verletzungen innerhalb der Scheide und des Anus. Ich bin wirklich allerhand gewöhnt, aber diese Geschichte hier stellt so ziemlich alles, was ich bisher in dieser Richtung gesehen habe, in den Schatten. Der Täter muss mit irgendetwas in der Frau herumgefuhrwerkt haben, das Widerhaken oder spitze Zacken besitzt.«

»Irgendeine Idee, was das für eine Sache gewesen sein könnte?«, fragte Anna nach.

»Nein, tut mir leid, Frau Greve. Dazu fällt mir auf Anhieb beim besten Willen nichts ein, aber ich werde darüber nachdenken. In jedem Fall wäre es gut, wenn Sie heute gegen fünf Uhr bei mir vorbeikommen und sich die Schweinerei selbst einmal anschauen könnten.«

»Meine Güte, Anna, dem Ehemann von Monika Jacobsen scheint auch wirklich nichts erspart zu bleiben«, merkte Weber mitleidig an, als die Kommissare wenig später vor dem schneeweiß getünchten und mit Reet gedeckten Anwesen der Familie Jacobsen in Hamburg-Blankenese angekommen waren.

»Wieso dem Mann, Weber? Ich würde eher sagen, der armen Frau Jacobsen ist nichts erspart geblieben«, hielt Anna dagegen. »Auf jeden Fall gehen wir nachher noch kurz in die Rechtsmedizin hinüber.«

Malte Jacobsen, der Ehemann der Toten, war ein schlanker, hochgewachsener Mann, dessen durchtrainierter Körper davon zeugte, dass er regelmäßig Sport trieb.

Seine Haltung, die tiefen Schatten um die Augen und sein blasses Gesicht machten jedoch deutlich, dass er mitgenommen und übernächtigt war.

»Fühlen Sie sich in der Lage, uns ein paar Fragen zu beantworten?«, begann Weber die Befragung und ließ sich dann, auf Jacobsens Nicken hin, zuerst einmal den genauen Verlauf und Inhalt des letzten Telefongespräches, das der Makler am vorgestrigen Nachmittag mit seiner Frau Monika geführt hatte, schildern.

»Monika hat mich im Büro angerufen und gefragt, ob es für mich in Ordnung wäre, wenn sie an diesem Abend ausginge. Sie hatte sich spontan mit ihrer Freundin Sabine zum Essen und anschließend ins Kino verabredet. Ich habe daraufhin rechtzeitig Feierabend gemacht, um mich um die Kinder kümmern zu können.«

»Und was haben Sie getan, nachdem Ihre Kinder im Bett waren, Herr Jacobsen?«, wollte Weber wissen.

»Nun, da ich am Nachmittag nicht mit meiner Arbeit fertig geworden bin, habe ich mich noch bis gegen Mitternacht an den Schreibtisch gesetzt und gearbeitet. Anschließend bin ich schlafen gegangen.«

»Kommt es öfter vor, dass Ihre Frau von einem Treffen mit einer Freundin erst so spät nach Hause kommt?«, erkundigte sich Anna.

»Eigentlich nicht, denn normalerweise verbringen wir unsere Abende gemeinsam. Aber da ich weiß, dass die Spätfilme im Kino erst lange nach Mitternacht enden, habe ich mir keine Sorgen um Monika gemacht.«

»Würden Sie uns bitte sagen, wie wir die Freundin Ihrer Frau erreichen können?«, setzte Anna nach. »Außerdem benötigen wir für unsere Ermittlungen noch ein möglichst aktuelles Foto Ihrer Frau.«

Malte Jacobsen nahm eine in Messing gerahmte Farbfotografie seiner Frau von der Wohnzimmerwand ab und reichte sie an Anna weiter. Anschließend schaltete er sein Handy ein und gab Weber die Telefonnummer und Adresse von Sabine Hofrath. Das Gesicht hinter den Händen verborgen, murmelte er: »Hab auch schon probiert, Sabine zu erreichen, aber bei ihr meldet sich immer nur die Mailbox.«

»Gut, dann wollen wir Sie fürs Erste nicht länger stören. Haben Sie Unterstützung bei der Betreuung Ihrer Kinder?«

»Danke, dass Sie nachfragen, Frau Greve. Meine Mutter ist bereits auf dem Weg hierher.«

»Das ist gut, Herr Jacobsen, und halten Sie sich bitte für weitere Fragen zu unserer Verfügung.«

Vor dem Haus der Jacobsens stieg Lukas Weber nicht gleich in den Vectra ein, sondern wählte noch in der Einfahrt stehend die Handynummer von Sabine Hofrath.

»Es nimmt tatsächlich niemand ab«, unterbrach er die Verbindung, um in seinem Notizblock zu blättern. »Also fahren wir jetzt direkt zu Frau Hofraths Arbeitsstelle in der Innenstadt.«

»Ich bin gespannt auf Sabine Hofraths Aussage, Weber. Nach Herrn Jacobsens Darstellung scheint es ja eher selten vorgekommen zu sein, dass sich seine Frau am Abend mit einer Freundin verabredet hat. Eventuell gab es sogar einen besonderen Grund für das Treffen.«

»Wie meinen Sie das?«

»Keine Ahnung, möglicherweise irgendeine Überraschung für ihren Mann. Vielleicht hat Herr Jacobsen demnächst Geburtstag, und seine Frau wollte zusammen mit ihrer Freundin ein Fest für ihn planen; irgendetwas in der Art.«

»Andresen, Hofrath und Zwingel« stand auf dem blank polierten Messingschild neben der Eingangstür zur Anwaltskanzlei, durch die Anna und Weber wenig später traten.

Kurz darauf saßen sie Sabine Hofrath gegenüber, deren Gesicht vom Weinen ganz verquollen war und die ganz offensichtlich auch jetzt Mühe hatte, ihre Tränen zurückzuhalten.

»Es ist einfach schrecklich«, begann die junge Frau. »Wenn ich doch Heiner nur etwas von Monis Plänen erzählt hätte. Vielleicht würde sie dann noch leben.«

Und als sie Webers fragenden Blick bemerkte, setzte

sie hinzu: »Heiner ist mein Mann. Wir sind beide gut mit den Jacobsens befreundet; Heiner und Malte spielen zusammen Tennis.«

Wie auf ein Stichwort hin klopfte es darauf an der Tür, und ein flotter Mittvierziger mit an den Schläfen bereits ergrautem Haar kam herein.

»Heiner Hofrath«, stellte er sich den Kommissaren vor. »Wenn es Ihnen recht ist, würde ich gern an diesem Gespräch teilnehmen.«

»Einen Moment noch, Herr Hofrath, wir bitten Sie gleich dazu«, entgegnete Anna und stellte, nachdem der Anwalt den Raum wieder verlassen hatte, ihre erste Frage.

»So, Frau Hofrath, nun erzählen Sie uns doch bitte, wie es sich mit Ihrem und Frau Jacobsens Treffen tatsächlich verhalten hat.«

»Moni hatte sich in einen anderen Mann verguckt und ist an diesem Abend zum ersten Mal mit ihm verabredet gewesen.«

»Können Sie uns sagen, wie der Mann heißt«, zog Anna Greve überrascht die Augenbrauen nach oben, »und wo genau die beiden sich treffen wollten?«

»Soviel ich weiß, wollten sie zusammen essen gehen, irgendwo unten an der Elbe, Richtung Blankenese. Der Mann nennt sich Adam, aber ich habe keine Ahnung, ob das auch sein richtiger Name ist. Moni hat ihn über eine Kontaktanzeige kennengelernt.«

»Hat Ihnen Frau Jacobsen diese Anzeige gezeigt?«, schaltete sich Weber ein. »Und haben Sie vielleicht sogar einmal ein Foto von dem Mann gesehen?«

»Nein, tut mir leid, Monika tat immer sehr geheimnisvoll, wenn es um ihren Schwarm ging. Sie hat mir leider überhaupt nichts weiter erzählt oder gezeigt, aber irgendwann erwähnte sie einmal, dass Adam als freiberuflicher Fotograf tätig ist.«

»Und Sie sind sicher, dass Frau Jacobsen an dem Abend, an dem sie getötet wurde, mit diesem Mann zusammen gewesen ist?«

»Sie hat es jedenfalls vorgehabt. Deshalb brauchte sie doch auch ein Alibi für den Fall der Fälle und hat mich um Hilfe gebeten. Also bin ich zuerst allein zum Essen und danach ins Kino gegangen.«

»Konnten Sie das Verhalten Ihrer Freundin nachvollziehen, Frau Hofrath?«, fragte Weber weiter. »Auf den ersten Blick scheint Herr Jacobsen durchaus ein netter Mann und alles andere als eine schlechte Partie zu sein.«

»Nun ja, es ist nicht so einfach mit den beiden. Ich habe Moni wirklich nur helfen wollen.«

Erneut wurde an die Tür geklopft, und als Heiner Hofrath wiederum seinen Kopf ins Zimmer streckte, machte sich Anna Greve zum Gehen bereit. Sie reichte Sabine Hofrath die Hand und meinte, an deren Ehemann gerichtet: »Wir werden in den nächsten Tagen noch einmal auf Sie zukommen«, als Weber sich direkt an Heiner Hofrath wandte.

»Eine kurze Frage vorab, Herr Hofrath. Wo haben Sie sich am Abend des Mordes aufgehalten?«

»Ich war zu Hause, in meinem Arbeitszimmer, wo ich die Zeit bis zu Sabines Rückkehr genutzt habe, um noch ein paar liegengebliebene Akten zu wälzen.«

»Gibt es Zeugen dafür?«

»Wie denn, Herr Kommissar, schließlich ist meine Frau bis kurz nach Mitternacht unterwegs gewesen.«

»Und Sie haben zwischendurch auch nicht eventuell einen Pizzadienst angerufen oder mit einem Freund telefoniert?«

»Nein, tut mir leid, damit kann ich nicht dienen.«

Bereits wieder im Auto sitzend, sagte Weber zu Anna: »In der Ehe der Jacobsens scheint es also doch das eine oder andere Problem gegeben zu haben.«

»Daher ist es umso wichtiger«, gab Anna zurück, »dass wir einen zweiten, genaueren Blick auf ihre heile Welt werfen, Weber. Auch hatte ich den Eindruck, als ob Heiner Hofrath unbedingt verhindern wollte, dass wir allein mit seiner Frau sprechen. Fragt sich nur, warum.«

»Kam mir auch so vor, aber das klären wir später, Anna. Jetzt wartet erst einmal Dr. Severin auf uns. Und gleich nachdem wir in der Rechtsmedizin fertig sind, klappern wir mit dem Foto von Monika Jacobsen alle in Frage kommenden Lokale an der Elbe ab. Vielleicht erinnert sich noch jemand an sie und ihren Begleiter.«

Am nächsten Morgen quälte sich Amanda müde aus dem Bett und schaltete, sofort nachdem Max und Klara das Haus verlassen hatten, ihren Computer ein.

Cornelius hatte bereits eine neue Mail an Amanda geschrieben:

Du suchst also einen an Dir hängenden Mann.
Wenn das mal gut geht. Ich glaube, in diesem Fall
bin ich wahrscheinlich doch nicht Deine

Kragenweite. Ist Dir ein Spatz denn immer noch nicht genug?

Erst Info, dann Foto.

Beharrlich,

Cornelius.

Amanda antwortete sofort:

Wenn ich Deiner unverschämten Neugier jetzt nachgebe, will ich postwendend Dein Gesicht sehen! Versprochen? Also, ich bin Musikerin, lieber Cornelius, ich spiele Cello. Außerdem beschäftige ich mich mit Keramik. Und Du?

Herzlich,

Helena.

Vielleicht ein bisschen dick aufgetragen, dachte sie, aber für diesen Zweck gar nicht einmal so schlecht. Und gäbe es Klara nicht, wer weiß, in welchem Orchester sie heute engagiert wäre. Die Sache mit der Keramik war ebenfalls nicht völlig an den Haaren herbeigezogen, immerhin hatte Amanda vor einer Weile einen Töpferkurs besucht, der ihr viel Spaß gemacht hatte. Auch konnten sich ihre während dieser Zeit angefertigten Arbeiten durchaus sehen lassen, und ihre Kursleiterin, Paula Antonis, hatte Amanda sogar eine ausgesprochene Begabung bescheinigt. Außerdem und zu guter Letzt musste sie sich schon ein wenig aufplustern, wenn sie einen interessanten Mann an Land ziehen wollte.

Liebe Helena,
hab ich's doch gewusst. Wir sind verwandte Seelen. Denk' gerade an dieses eine Lied von Udo Lindenberg… »Du spieltest Cello, in jedem Saal in unsrer Gegend. Ich saß immer in der ersten Reihe, und ich fand dich…« Scheint mir langsam wirklich so zu sein, als würde der Spatz überhaupt nicht zu Dir passen. Wie wäre es dagegen mal mit einem Adler?
Sehr herzlich,
Cornelius.

»Wie wäre es dagegen mal mit einem Adler?«

Amanda las den letzten Satz von Cornelius' Nachricht mit klopfendem Herzen. Weshalb hatte er sich gerade für dieses Tier entschieden? Warum hatte Cornelius nicht einen Bären oder einen Löwen gewählt, um sich selbst zu beschreiben? War das alles wirklich nur ein Zufall, oder bahnte sich hier tatsächlich die Beziehung an, von der Amanda bisher immer nur geträumt hatte?

Aufgeregt tippte sie:

Klingt fantastisch, aber langsam könntest Du zur Sache kommen. Zeig Dich!
LG,
Helena.

Liebe Helena,
ich habe gerade viel mit mir und meiner Arbeit zu tun, deshalb auch nicht die Zeit, Fotos von mei-

nen schön gewachsenen Füßen zu machen. Nächste Woche bin ich in meinem Atelier in Siena, um eine Skulptur fertigzustellen, auf die ein Kunde in Florenz schon viel zu lange warten musste. Und darum wirst leider auch Du erst einmal warten müssen. Sobald ich zurück bin, hören wir wieder voneinander.

LG,

Cornelius.

Ein Künstler war Cornelius also und höchstwahrscheinlich ein erfolgreicher. Wie sollte er sich auch sonst ein eigenes Atelier in Italien leisten können. Amanda kramte den Atlas aus Klaras Bücherregal hervor und schaute sich die Landkarte von Italien an. Da, Siena lag ungefähr fünfzig Kilometer südlich von Florenz inmitten der Toskana. Amanda hatte den Namen der Stadt schon einmal im Zusammenhang mit einer italienischen Rocksängerin gehört. Wie hieß die Frau doch gleich noch mal? Egal, auf jeden Fall hatte sie schöne Lieder gesungen und war ganz sicher aus Siena gekommen.

Siena, das klang nach Sonne und Sinnlichkeit. Amanda war leider noch nie in Italien gewesen.

Als Kind hatten ihre Eltern immer erfolgreich verhindert, dass sie in ein Land reisten, in dem es Nudeln mit Knoblauch gab und man den Leuten nachsagte, dass sie den ganzen Tag über sangen.

»Das Leben ist eben kein Zuckerschlecken«, hatte Amanda die weinerliche Stimme ihrer Mutter noch im Ohr. »Je eher du das begreifst, mein Kind, umso besser. Außerdem kann keiner von uns Italienisch, und was sollen wir denn in einem Land zum Essen bestellen, in dem

Tauben auf der Speisekarte stehen? Wir wissen ja nicht einmal, wie man sie zubereitet und ob sie überhaupt schmecken. Nein, wir fahren dieses Jahr wieder nach Oberbayern, so wie immer. Da weiß man schließlich, was man für sein Geld bekommt.«

Später hatte dann Max Amandas Reisepläne und ihre Sehnsucht nach dem Süden durchkreuzt. Ständig hatte er behauptet, die Hitze dort unten nicht zu vertragen und darüber hinaus an einer Sonnenallergie zu leiden. Auch konnte er mit der, wie er es nannte, liederlichen Unbesonnenheit der Südländer nichts anfangen. Viel zu teuer wäre es dort außerdem und sogar die Strände voller Müll.

»Die legen dort überhaupt keinen Wert auf eine intakte Natur«, dozierte Max. »Außerdem kostet ein Stück Pizza auf die Hand in Venedig auf dem Markusplatz mindestens sechs Euro. Glaubst du etwa, dass ich mich von denen verarschen lasse?«

Nein, für Max war immer nur der Norden Europas als Urlaubsziel in Frage gekommen, und daher hatten sie in den vielen Sommern ihrer Ehe vor allem Dänemark bereist. Auch ein schönes Land, dachte Amanda, aber eben »skandinavisch«. Dabei war ihr Dänemark von allen Nordländern sogar noch das liebste. Denn wenn sie ihre Sommertage an der dänischen Nordseeküste mit denen an irgendwelchen Seen in Schweden verglich, kam ihr das Meer dort fast schon paradiesisch vor. Wahrlich, dies waren keine Gegenden, in denen die Zitronen blühten.

Amanda starrte aus dem Fenster in den trüben Winterhimmel. Wie sehr sehnte sie sich doch nach Wärme und Licht. Und in Gedanken schaute sie Cornelius dabei zu, wie er mit seinen kräftigen Händen einer Skulptur den letzten Schliff gab. Wie es wohl sein mochte, von Händen wie den seinen berührt zu werden?

Es war bereits kurz vor sechs Uhr, als die beiden Kommissare vor der Rechtsmedizin in Hamburg-Eppendorf ankamen und wenig später die Tür des Obduktionssaales mit der Nummer eins öffneten. Dr. Severin hatte die Untersuchung von Monika Jacobsen inzwischen abgeschlossen. Er war gerade dabei, den Brustkorb der Toten wieder zuzunähen, und nickte Anna und Weber schweigend zu.

»Tut uns leid, dass wir zu spät sind. Aber wir mussten uns durch den abendlichen Berufsverkehr kämpfen«, lächelte Anna entschuldigend.

»Das war vielleicht auch besser so«, meinte der Rechtsmediziner. »Die inneren Verletzungen der Frau sind wirklich nichts für jemanden mit schwachen Nerven«, setzte er mit einem mitleidigen Blick in Richtung Weber hinzu. »Kommen Sie, gehen wir in mein Büro.«

»Ich weiß weder, was der Kerl mit der armen Frau veranstaltet, noch, womit er diese Schweinerei ausgeführt hat, aber eins ist sicher. Der Täter muss komplett die Kontrolle über sich verloren haben. Anus- und Scheidengang sind total zerstört, das Schambein ist zertrümmert worden.«

Als er in Webers betroffenes Gesicht sah, fuhr er fort: »Doch es gibt auch eine gute Nachricht. Monika Jacobsen muss zu diesem Zeitpunkt bereits tot gewesen sein, denn aus ihren Wunden ist kaum noch Blut ausgetreten.«

»Also ist sie vorher erdrosselt worden?«

»Ja, das steht mittlerweile zweifelsfrei fest, Weber. Wie ich schon vermutet habe, kommt aufgrund der Wundmale am Hals als Tatwerkzeug nur eine plastikummantelte Drahtschlinge, ein dünner Kabelbinder oder etwas Ähnliches in Frage. Aber ich kann wirklich nicht sagen, was ihre inneren Verletzungen verursacht hat. In jedem Fall muss es sich dabei um einen Gegenstand aus Metall handeln, denn in der Scheide der Toten haben sich winzige Rückstände von Eisenpartikeln befunden.«

»Gibt es sonst noch irgendwelche Hinweise auf den Täter? Wie sieht es mit Spuren von Sperma oder Hautpartikeln unter ihren Fingernägeln aus?«

»Leider Fehlanzeige«, schüttelte Dr. Severin den Kopf. »Es fand sich keinerlei Sperma in der Vagina der Frau oder an irgendeiner anderen Stelle ihres Körpers. Ein Umstand, der mich, falls der Täter kein Kondom benutzt hat, auch eine Vergewaltigung ausschließen lässt. Und sollte Monika Jacobsen ihren Mörder tatsächlich gekratzt oder gebissen haben«, er nahm ein Foto von den Händen der Toten aus der Akte und reichte es den Kommissaren, »so hat er alle Spuren hinterher aufs Sorgsamste entfernt. Der Mörder scheint sehr überlegt vorgegangen zu sein. Ich glaube, er hat sich sogar die Zeit genommen, seinem Opfer nach der Tat die Fingernägel zu schneiden, denn meiner Meinung nach passen die Hände nicht ins Bild dieser ansonsten sehr gepflegten Frau.«

Anna betrachtete das Foto, auf dem Monika Jacobsens Fingernägel allesamt bis auf die Fingerkuppen hinab geschnitten und mit abgesplittertem Nagellack zu sehen waren.

»Trotzdem ist es möglich, Doktor«, sagte Anna. »Wenn wir hier fertig sind, werde ich dieser Frage sofort nachgehen.«

»Darüber hinaus lässt sich zweifelsfrei sagen, dass Frau Jacobsen nach ihrem Tod in keine andere Liegeposition mehr gebracht worden ist als in die, in der wir sie gefunden haben.« Dr. Severin zog ein paar weitere Fotos aus der Akte heraus, um das Gesagte zu veranschaulichen. »Hier, sehen Sie die schmetterlingsförmigen Totenflecken im Gesäßbereich? So etwas kommt nur zustande, wenn eine Leiche eine Zeit lang nackt auf einer glatten Ablagefläche gelegen hat.«

»Geht der Elbsand denn überhaupt als glatte Oberfläche durch?«, wollte Weber wissen.

»Soweit es um den Härtegrad geht, durchaus. Aber da die Leiche weder sonderlich versandet noch von Teerflecken verunreinigt war, glaube ich eher, dass der Täter den Mord auf einer Plastikunterlage oder etwas Ähnlichem ausgeführt hat.«

»Das heißt also, der Fundort der Leiche ist zugleich auch der Tatort?«

»Davon können wir ausgehen, Frau Greve.«

»Wenn Sie richtigliegen, muss der Täter die Plane oder was immer er verwendet hat nach dem Mord unter der Toten herausgezogen haben, was heißt, dass er sie noch einmal bewegt haben muss. Wie kann es sein, dass er dabei keinerlei Fußabdrücke im Sand rund um den Fundort hinterlassen hat?«

»Das herauszubekommen gehört glücklicherweise nicht zu meinen Aufgaben, Frau Greve«, gab Dr. Severin zurück.

»Sie haben Recht, Doktor, jeder von uns trägt seinen Teil zur Lösung des Falles bei. Und genau wie Sie bin ich froh, dass ich meine Arbeit dabei nicht mit der ihrigen tauschen muss. Machen Sie es gut, bis dann«, lächelte Anna und verließ das Institut daraufhin wieder zusammen mit Weber.

»Ich besorge nur noch kurz ein Vollkornbrot, ich habe es Rita versprochen. Bin gleich zurück«, sagte Weber mit einem Blick auf die noch geöffnete, auf der anderen Straßenseite liegende Bäckerei und ließ Anna vor dem Vectra stehen.

Die Kommissarin zündete sich eine Zigarette an und wählte die Handynummer von Malte Jacobsen, der sich gleich nach dem zweiten Klingeln mit Namen meldete.

»Guten Abend, Herr Jacobsen, ich hoffe, ich störe Sie nicht allzu sehr, aber ich habe noch eine Frage zur Sache«, begann Anna Greve. »Würden Sie sagen, dass Ihre Frau Monika Wert auf gepflegte Fingernägel gelegt hat?«

»Selbstverständlich, Moni ist sehr stolz auf ihre langen Nägel gewesen, die nicht künstlich, sondern natürlich gewachsen waren. Warum fragen Sie danach?«

»Weil ihre Nägel jetzt bis zu den Fingerkuppen hinunter gekürzt sind.«

»Nein, es ist undenkbar, dass meine Frau so überhaupt aus dem Haus gegangen wäre.«

»Gut, das war es schon für heute, Herr Jacobsen, wir melden uns dann wieder bei Ihnen.«

Nachdem Anna aufgelegt hatte, zog sie noch einmal das Foto von Monika Jacobsen aus ihrer Tasche und stellte sich unter eine Straßenlaterne, um es ein weiteres Mal zu betrachten. Die gepflegten und rosa lackierten

Fingernägel der Toten waren gut darauf zu erkennen. Trotzdem rief Anna sofort noch einmal bei Sabine Hofrath an, die Malte Jacobsens Aussage bestätigte.

»Moni war immer von Kopf bis Fuß tipptopp gepflegt. Sie wäre nie mit abgesplitterten Fingernägeln herumgelaufen. Erst recht nicht bei ihrem ersten Treffen mit einem Mann, der für sie als potenzieller Liebhaber in Frage kam.«

Anna bedankte sich, steckte anschließend ihr Handy und das Foto wieder ein und schlug ihre Handflächen gegeneinander, während sie nach Weber Ausschau hielt.

»Bei der Scheißkälte hätten Sie mir wirklich den Autoschlüssel dalassen können, Weber!«, beschwerte sie sich, als ihr Kollege wenig später mit zwei Brottüten im Arm wieder zurückkam. »Übrigens haben mir Malte Jacobsen und Sabine Hofrath gerade bestätigt, dass die Ermordete sehr viel Wert auf gepflegte Fingernägel gelegt hat. Also hat der Doktor wahrscheinlich Recht mit seiner Vermutung, dass der Täter sie nach dem Mord geschnitten haben muss. Wir müssen dazu unbedingt auch noch in der KTU nachfragen. Haben die inzwischen etwas von sich hören lassen?«

Weber schüttelte den Kopf, worauf Anna Greve sofort bei ihren Kollegen von der Spurensicherung anrief, dort allerdings nur noch einen Anrufbeantworter mit automatischer Durchsage erreichte, der ihr mitteilte, dass die Dienststelle um diese Zeit nicht mehr besetzt war.

»Mist. Wie lautet gleich noch die Handynummer von Werner Freiwald, Weber?«

Hartnäckig wählte Anna kurz darauf die Mobilfunknummer des Leiters der KTU, bis sich nach wiederholtem Klingeln eine verschlafene Männerstimme meldete.

»Tut mir leid, wenn ich Sie gestört haben sollte, Kollege Freiwald«, begann Anna. »Aber es geht um den Mordfall Jacobsen. Bis wann können wir mit den ersten Untersuchungsergebnissen der am Fundort sichergestellten Kleidungsstücke rechnen?«

»Ich werde Ihnen gleich morgen früh rüberschicken, was wir in der Zwischenzeit an Material auswerten konnten, Frau Greve. Aber ich sage Ihnen gleich, dass die Ergebnisse bislang eher mager ausgefallen sind.«

»Wir haben gerade herausgefunden, dass der Täter Frau Jacobsen die Fingernägel geschnitten hat, um eventuell auf ihn verweisende Spuren zu beseitigen. Haben Sie vielleicht einen davon am Fundort der Leiche sicherstellen können?«

»Nein, tut mir leid, Frau Greve, keinen Nagel und auch keine Zigarettenstummel oder Ähnliches.«

»Und wie sieht es mit Fußspuren aus?«

»Auch hier Fehlanzeige, aber der Sand sah an einigen Stellen rund um den Fundort fast wie gefegt aus. So als hätte ihn jemand mit ein paar Zweigen oder etwas in der Art bearbeitet«, erwiderte Freiwald, während Anna im Hintergrund eine hysterisch klingende Frauenstimme laut seinen Vornamen rufen hörte.

»Gut, dann bis morgen«, sagte Anna schnell. »Und falls ich noch Fragen zum Bericht haben sollte, melde ich mich wieder.«

»Was meinen Sie, Anna, sollten wir das Abklappern der Lokale an der Elbe nicht besser auf morgen verschieben?«, sagte Weber mit besorgtem Blick auf seine Armbanduhr. »Ich fürchte, Rita wird echt wütend sein, wenn ich wieder erst gegen Mitternacht heimkomme.«

»Sie haben Recht, Weber, setzen Sie mich nur noch kurz vor dem Präsidium ab, dann machen wir Schluss für heute.«

Der Mann in Amandas Träumen hatte sein Gesicht verloren. Henry war fort und mit ihm zusammen auch das Gefühl, begehrt, verführt und geliebt zu werden. Amanda machte es sich auf ihrem Bett bequem, streichelte mit den Händen sanft über ihre Schenkel und stellte sich dabei die Hände eines Mannes vor. Jetzt wurden ihre Berührungen drängender, und ihre Finger nahmen wie von selbst den Rhythmus auf, den sie am liebsten hatte. Doch es gelang ihr einfach nicht, sich zu konzentrieren. Immer wieder tauchten Max' Hände vor ihrem geistigen Auge auf.

Wie sie dabei waren, Zeitungsanzeigen in leuchtenden Farben zu markieren. Wie sie Amanda ins Lenkrad des Wagens griffen, weil sie sich seiner Meinung nach wieder einmal nicht richtig eingeordnet hatte. Ruckartig setzte sich Amanda in ihrem Bett auf und starrte auf den neben ihr liegenden Berg sauberer Wäsche, den sie noch immer nicht zusammengelegt und sortiert hatte. Früher, wenn Max gelegentlich in ihr gewesen war, hatte Amanda nur selten etwas gespürt, was wohl an Max gelegen haben musste, obwohl es sich dabei ganz sicher nicht um ein physisches Problem gehandelt hatte. Sein Schwanz war ein ganz gewöhnlicher Männerschwanz gewesen, nur war der Rest seines Körpers, wenn er mit seinem Stängel grob in sie eindrang, nie bei der Sache gewesen. Seine Hände waren wie tot gewesen. Waren Hände, die nicht wussten, wohin. Waren Hände, die vieles konnten, aber eine Frau nicht so zu streicheln verstanden, dass es ihr Freude bereitete. Auch Max' Gesicht war wie tot gewesen, hatte sich von ihr weggedreht, und wenn seine Lippen tatsächlich einmal die ihren gesucht hatten, war auch das nie recht vergnüglich gewesen. Und dann seine Zunge, die sich in ihrem Mund breitmachte und dabei tief in ihren Rachen stieß. Manchmal sogar bis zum Halszäpfchen, was Amanda Schluckbeschwerden und im schlimmsten Fall sogar Übelkeit verursachte. Was hatte das um Himmels willen bloß mit Sinnlichkeit zu tun gehabt?

Sex mit Max, das war wie ein abendlicher Gang zur nächsten Kneipe im Nieselregen gewesen. Erst wenn man dort ankam, den Mantel wieder auszog und etwas zu trinken bestellte, merkte man, dass man nass geworden war. Genauso nass wie Amanda nach dem Sex mit Max, wenn sie sich, nachdem er sich von ihr heruntergerollt und ihre mit seinem Samen besprenkelten Oberschenkel mit einem Taschentuch abgerieben hatte, fragte, wo denn nur ihr Orgasmus geblieben war?

Wie mochte es heute wohl der Dame aus dem »Miniaturwunderland« ergehen? Spürte sie etwas, wenn Max in ihr war, oder erreichten die beiden ihre Höhepunkte etwa gar nicht beim Sex, sondern beim einträchtigen Synchronverschieben von Zwergengleisen?

Und wie mochte es sich wohl anfühlen, mit Cornelius zu schlafen?

Zehn Tage waren seit seiner letzten Nachricht nun schon vergangen. Am Morgen des zwölften hielt sie es nicht länger aus.

Amanda schrieb:

Wie wäre es mit einem Lebenszeichen, Adler!

Am Morgen des vierzehnten Tages wiederholte Amanda ihren Versuch:

Hallo, bist Du da? Weilst Du noch unter den Lebenden?, erhielt aber keine Antwort.

Endlich, am Abend des fünfzehnten Tages, traf eine neue Mail von Cornelius ein:

Entschuldige, aber ich bin so unendlich müde, Helena. Hab in diesen beiden Wochen nichts anderes getan, als meine Skulptur fertigzustellen. Manchmal, wenn ich draußen im Hof saß und in den Sternenhimmel geschaut habe, ist plötzlich Dein Gesicht vor mir aufgetaucht. Würdest Du jetzt etwas auf Deinem Cello für mich spielen? Vielleicht könnte ich dann endlich einschlafen. Und ich möchte unbedingt Deine Stimme hören. Ich stelle sie mir tief vor, vielleicht auch ein bisschen heiser. Auf jeden Fall wird sie ein Timbre haben, das wunderbar zum sanften Ausdruck Deiner Augen passt.

Gute Nacht, meine Schöne.
Schlaflos,
Cornelius.

Meine Güte, dachte Amanda und freute sich darüber, dass es ihr gelungen war, einen dermaßen romantischen Mann an Land zu ziehen, der sie allein schon mit seinen

Worten zu streicheln vermochte. Amanda musste ihn unbedingt kennenlernen, am besten schon morgen. Für heute würde sie sich allerdings damit begnügen müssen, sich auszumalen, wie er wohl aussehen mochte.

Amanda schrieb:

Du findest schöne Worte, doch ich muss unbedingt wissen, dass Du kein pickeliges Muttersöhnchen oder noch Schlimmeres bist. Zeig Dich! Vielleicht würde mir dann sogar einfallen, wie man Dich zur Ruhe bekommt.

Ganz liebe Grüße,
Helena.

Und Cornelius antwortete:

Ein sympathisches Gesicht ist für Dich also wichtiger als gute Gespräche und geistige Übereinstimmung? Interessant, aber ich möchte die Spannung noch ein wenig aufrechterhalten. Außerdem könnte ich Dir, wenn ich wollte, auch einfach das Foto eines Freundes mailen. Und was wäre dann? Er ist ein knackiger Typ, Surfer, eine echte Augenweide. Leider ein bisschen hohl in der braungebrannten Birne, aber wirklich sehr lieb. Soll ich Dich mal mit ihm bekannt machen?

Liebe Helena, bevor ich Dir meine Füße offenbare, sollten wir uns zuerst noch etwas besser kennenlernen. Doch wenn Du mir Deine Telefonnummer gibst, könntest Du schon heute mit mir sprechen und später dann die Vorstellung, die Du von mir hast, mit dem wirklichen Cornelius vergleichen. Überhaupt, wie muss das Gesicht eines Mannes denn beschaffen sein, damit es Dir gefällt?

Fragt sich der nach dem vielen hervorragenden Essen in Italien nur noch Körner kauende Cornelius.

Kampf dem Bauchspeck!

P.S. Ich habe Sehnsucht nach Deiner Stimme.

Mistkerl, dachte Amanda. Andererseits war Cornelius nach wie vor der einzige Mann, mit dem ihr ein Treffen lohnenswert erschien. Für den heutigen Tag würde jedoch erst einmal Schluss sein. Amanda klappte ihren Laptop zu und zog sich ihre rosafarbenen Plastikhandschuhe über. Bisher hatte sie die nach Norden gerichteten Fenster im oberen Stockwerk ihres Hauses bei ihrer wöchentlichen Putzaktion immer ausgelassen. Schließlich schien dort nie die Sonne herein, aber nun brauchte sie etwas, womit sie sich beschäftigen und von Cornelius ablenken konnte.

Als sie wenig später auf der Leiter stand, um den Holzrahmen des Flurfensters abzuwischen, waren ihre Gedanken aber schon wieder bei ihrer Internetbekanntschaft angekommen. Als bildender Künstler war Cornelius sicherlich ein eher unkonventioneller Mann. Einfallsreich und überraschend in seinem Handeln, mit einem lässigen Äußeren. Auf jeden Fall war er humorvoll, dabei sinnlich und sensibel, und das nicht nur sich selbst gegenüber. Doch wie konnte er nur aussehen?

Amanda sah einen Mann mit dichtem dunklem Haar vor sich, mit ausgeprägten Grübchen links und rechts des Mundes und hohen Wangenknochen. Er hatte schöne Hände mit langen, feingliedrigen Fingern und einen sehnigen, hochgewachsenen Körper. Vielleicht verbarg sich hinter Cornelius ja aber tatsächlich ein verhutzeltes Männchen mit vertrockneter weißer Haut. Mit Halbglatze, riesenhaften Ohren und dumpf glotzenden Augen. Oder ein dicklicher Zwerg, der seine nicht vorhandene Körpergröße durch orthopädisch angepasste Plateausohlenschuhe auszugleichen suchte? Schließlich war es doch äußerst ungewöhnlich, dass er sich weigerte, ihr ein Foto von sich zu schicken. Vor allem, wenn er einigermaßen gut aussehend war. Aber wenn sie noch länger hier herumputzte und schmollte, würde ihr das auch nicht weiterhelfen. Cornelius war ein Adler, und sie würde ihn nicht von der Angel lassen, nur weil er bestimmte, wo es langging.

Entschlossen stieg Amanda von der Leiter und goss sich ein großzügiges Glas Weißwein ein. Dann mailte sie Cornelius ihre Telefonnummer zu.

Am nächsten Morgen wollte Anna als Erstes Malte Jacobsen mit Sabine Hofraths Aussage konfrontieren. Sie war gespannt, wie er auf die Nachricht reagieren würde, dass seine Frau eine heimliche Verabredung mit einem anderen Mann gehabt hatte. Als sie jedoch in seinem Büro anrief und von seiner Sekretärin erfuhr, dass er zu seinen Eltern nach Bremen gefahren war, begann sie, den von Werner Freiwald angekündigten und auch pünktlich eingetroffenen Bericht der KTU zu studieren. Währenddessen nutzte Weber die Zeit im Büro, um weitere Informationen über Sabine und Heiner Hofrath einzuholen.

»Die Familie Hofrath ist hoch verschuldet. Die beiden scheinen einen ziemlich aufwändigen Lebensstil zu pflegen«, informierte er Anna und ihren gemeinsamen Chef Günther Sibelius auf der anschließenden Dienstbesprechung. »Dabei müsste das Pärchen finanziell eigentlich gut dastehen, nachdem sie über zwei Einkommen verfügen und keine Kinder haben. Außerdem sind die Hofraths nicht nur privat mit der Familie Jacobsen verbandelt, sondern Heiner Hofrath ist darüber hinaus auch noch der Firmenanwalt von Malte Jacobsen.«

»Unter Umständen könnte das sogar die Erklärung dafür sein, warum er das Sechsaugengespräch zwischen seiner Frau und uns unbedingt verhindern wollte«, überlegte Anna.

»Vielleicht hat er befürchtet, Sabine Hofrath könnte unbedacht irgendetwas ausplaudern, das nicht für unsere Ohren bestimmt ist«, führte Weber Annas Gedankengang weiter. »Andererseits könnte Heiner Hofrath möglicherweise selbst der unbekannte Lover von Monika Jacobsen sein und aus diesem Grund verhindern wollen, dass wir allein mit seiner Frau sprechen.«

»Das ist denkbar, Weber, also graben Sie noch ein bisschen tiefer in den Lebensumständen der Familie Hofrath«, entschied Günther Sibelius. »Und wie sieht es bei Ihnen aus, Frau Greve?«

»Aus dem Bericht der KTU geht hervor, dass sich an Monika Jacobsens Mantel wie auch an ihrer Hose Rückstände einer alkoholhaltigen Flüssigkeit befunden haben. Um welche es sich genau handelt, wird noch untersucht. Der Kollege Freiwald hat ausgeführt, dass der Mantel hinten im Sitzbereich regelrecht damit getränkt war. Das bestätigt auch die bereits geäußerte Vermutung, dass Frau Jacobsen nicht direkt im Sand, sondern auf einer wasserundurchlässigen Unterlage gesessen haben muss, da die Flecken ansonsten schneller getrocknet wären. Und es deckt sich nicht zuletzt mit der Aussage von Dr. Severin über die Ausprägung der schmetterlingsförmigen Totenflecken im Gesäßbereich der Toten. Das heißt, dass wir jetzt mit nahezu hundertprozentiger Sicherheit davon ausgehen können, dass der Fundort der Leiche auch der Ort ist, an dem Frau Jacobsen getötet wurde.«

»Dabei liegt der Todeszeitpunkt von Monika Jacobsen nicht einmal mitten in der Nacht«, warf Weber ein. »Kaum vorstellbar, dass es keinerlei Zeugen geben soll. Schließlich war es nicht besonders kalt an diesem Abend, und geregnet hat es auch nicht. Der Schneeregen hat erst in den frühen Morgenstunden eingesetzt.«

»Leider hat der Täter sonst keinerlei Spuren am Fundort hinterlassen«, fuhr Anna Greve fort. »Die Kollegen haben zwar ein dunkelbraunes Haar an Monika Jacobsens Mantelkragen sichergestellt, doch die Notiz, die Werner Freiwald dazu gemacht hat, lässt vermuten, dass es sich hierbei um ein Kinderhaar handelt. Deshalb werden wir uns schnellstmöglich Haarproben von den Jacobsenkindern und zur Sicherheit auch eine von ihrem Vater besorgen, nach der Vergleichsprobe wissen wir dann mehr.«

»Wann wird Herr Jacobsen denn zurückerwartet?«

»Irgendwann in den frühen Abendstunden, wir werden sofort informiert, wenn er wieder in Hamburg ist. Ein wenig ärgere ich mich schon über seine Abwesenheit, schließlich haben wir ihn gebeten, sich zu unserer Verfügung zu halten.«

»Gut, Frau Greve, vielleicht sollten Sie bei Ihrer nächsten Begegnung mit Malte Jacobsen etwas deutlicher werden. Denn wir bitten niemanden um irgendetwas, sondern wir ordnen an. Haben Sie inzwischen etwas von den Kollegen des Kommissariats im Blomkamp gehört? Wie sieht es mit deren Befragungen der Nachbarschaft und des weiteren persönlichen Umfelds von Monika Jacobsen aus?«

»Bislang gibt es noch nichts, wo wir einhaken können, Chef.«

»Dann beschäftigen Sie sich derweil mit Monika Jacobsens Biografie, Frau Greve. Anscheinend ist sie vor ihrer Ehe recht erfolgreich als Steuerberaterin tätig gewesen, und möglicherweise gehört der Täter ja auch ihrem beruflichen Umfeld an.«

»Ich werde einstweilen das Archiv nach Fällen durchforsten, die eine Ähnlichkeit zum Mordfall Jacobsen aufweisen. Wollen wir hoffen, dass Sie heute noch an die Haarproben der Jacobsenfamilie kommen«, nickte Sibelius Anna und Weber zu. »Anschließend beginnen Sie beide mit der Befragung des Personals in den in Frage kommenden Lokalen in Blankenese. Wir brauchen unbedingt einen ersten Ansatzpunkt, also an die Arbeit, Kollegen.«

Irgendwann hatte Amanda die Lust verloren, um ihre Ehe mit Max zu kämpfen. Und auch die Lust, sich schön zu machen. Warum auch, wenn es niemandem auffiel. Wenn sich Amanda im Spiegel betrachtete, konnte sie mittlerweile nicht mehr wohlwollend über ihre Falten hinwegsehen, sondern begegnete einer Frau mittleren Alters mit einem verbitterten Ausdruck im Gesicht. Inzwischen hatten sich tiefe Linien um ihre Mundwinkel herum gegraben, die auch ein Lächeln nicht mehr fortzuzaubern vermochte. Was Amanda jetzt dringend brauchte, war eine Abwechslung. Etwas, das sie endlich wieder einmal richtig zum Lachen brachte. Sie brauchte Cornelius! Sie konnte es kaum mehr erwarten, mit ihm zu telefonieren. Wie seine Stimme wohl klingen würde?

Am Vormittag hatte Amanda viele Besorgungen für das bevorstehende Wochenende erledigt, so dass es schon nahezu Mittag war, als sie wieder nach Hause kam und im Flur den Anrufbeantworter blinken sah. Sie setzte sich auf den Hocker vor dem Telefontischchen und drückte auf die Wiedergabetaste.

Ich möchte dir die Augen verbinden, vielleicht auch deine Arme über dem Kopf fixieren, damit du nicht so herumzappelst. Dann will ich dich nur anschauen und mit dir sprechen, um herauszubekommen, welches Spiel dir Freude machen könnte. Vielleicht wird es das mit der Feder sein. Ich nehme eine große, weiche Pfauenfeder in meine Hand. Kannst du sie an den Innenseiten deiner Schenkel spüren? Wie gefällt dir das?

Amanda spürte, wie ihr schwindelig wurde. Sie legte sich rücklings auf den Boden, legte ihre Beine auf den Hocker des Telefontischchens und atmete tief ein. Als sie sich wieder besser fühlte, ging sie langsam in die Küche, um kaltes Wasser über ihre Pulsadern laufen zu lassen. Dann wurde sie wütend.

»Der ist wohl verrückt geworden! Mein Gott, wenn Klara oder Max das abgehört hätten!«, schrie sie laut.

Überhaupt konnte ihre Tochter jeden Moment aus der Schule zurückkommen. Amanda trocknete sich die Arme ab und rannte dann ins Schlafzimmer hinauf, wo sie den altersschwachen Kassettenrekorder aus dem Schrank holte. Wieder unten im Flur, stellte sie das Gerät so ein, dass es Cornelius' Nachricht auf Kassette aufnahm. Anschließend löschte sie sofort das Band des Anrufbeantworters. Sie schaffte es gerade noch rechtzeitig, die Kassette aus dem Abspielgerät herauszunehmen und in ihre Hosentasche zu stecken, als ihre Tochter auch schon die Haustür aufschloss.

»Hi, Mum, was ist denn los? Du siehst ja richtig scheiße aus.«

»Bin eben ausgerutscht, aber es geht schon wieder. Du kannst gleich den Tisch decken, ich habe uns Brathähnchen mitgebracht.«

Während Klara in der Küche das Essen vorbereitete, brachte Amanda den Kassettenrekorder unauffällig ins Schlafzimmer zurück. Sie wollte Cornelius' Nachricht nachher gleich noch einmal abspielen.

»Kannst du sie an den Innenseiten deiner Schenkel spüren? Wie gefällt dir das?«

Gut, sehr gut sogar, gefiel ihr das. Während sie vor der Musikschule in Hamburg in ihrem Wagen saß und auf Klara wartete, schloss sie ihre Augen und spulte das Band immer wieder zurück, um sich Cornelius' Frage von neuem anzuhören. Noch niemals zuvor hatte ihr ein Mann einen solchen Vorschlag gemacht. Und auch wenn ihr die Vorstellung, an den Händen gefesselt zu werden und blind zu sein, nicht gefiel, entwickelten seine Worte doch eine Art Sog, dem sie sich nur schwer entziehen konnte. Fast hatte sie schon wieder vergessen, wie rücksichtslos sich Cornelius verhalten hatte, indem er ihr diese Nachricht einfach so auf Band gesprochen hatte. Andererseits konnte er nicht wissen, dass sie mit ihrem Mann noch immer unter einem Dach lebte. Schließlich hatte sie nur von einem Spatzen gesprochen, der aus ihrem Nest geflogen war. Und Klara hatte sie ihm gegenüber überhaupt nicht erwähnt.

Noch an diesem Abend würde sie Cornelius antworten. Dabei fiel Amanda ein, dass sie noch nicht einmal Cornelius' Telefonnummer kannte.

4

Als Anna und Weber gegen zehn Uhr vormittags vor dem Haus der Jacobsens in Hamburg-Blankenese eintrafen, sahen sie dort ein silbergraues Mercedescoupé neueren Baujahres mit Bremer Kennzeichen in der Einfahrt stehen.

»Hoffentlich ist Malte Jacobsen da und hat seine Kinder nicht nur schnell der Obhut seiner Eltern übergegeben, um danach gleich wieder zur Arbeit zu fahren«, meinte Anna, während sie aus dem Auto heraus einen Blick in die halb geöffnete Garage zu werfen versuchte. »Es ist nicht zu erkennen, ob sein Auto da ist.«

Nachdem Weber geklingelt hatte, öffnete eine für ihr Alter auffallend jugendlich gekleidete Dame in den Sechzigern die Tür und stellte sich den Kommissaren als Helene Jacobsen, die Mutter von Malte Jacobsen, vor.

»Malte frühstückt gerade, kommen Sie bitte herein.« Helene Jacobsen führte Anna und Weber ins Esszimmer, in dem ihr Sohn vor einem leeren Teller am gedeckten Frühstückstisch saß.

»So, ich lasse euch jetzt allein. Um die Kinder brauchst du dich heute nicht zu kümmern, Malte. Ich hole die beiden nachher von der Vorschule und aus dem Spielkreis ab.«

»Danke dir, Mama«, erwiderte der Makler und legte

sich, als er ihren besorgten Blick bemerkte, ein Croissant auf den Teller.

»Wir haben gestern ein Gespräch mit Frau Hofrath geführt, und es gibt Neuigkeiten, Herr Jacobsen«, begann Weber. »Ihre Frau ist, wie es aussieht, am Abend des Mordes mit einem unbekannten Mann verabredet gewesen, von dem Frau Hofrath nur wusste, dass er sich ›Adam‹ genannt hat. Sagt Ihnen der Name etwas?«

»Adam? Nein, nie gehört. Da muss Sabine wohl etwas falsch verstanden haben.«

»Frau Hofrath gibt außerdem an, dass Ihre Frau besagten ›Adam‹ schon des Öfteren erwähnt und über eine Kontaktanzeige kennengelernt hat. Am Tatabend wollten sich die beiden zum ersten Mal treffen.«

Malte Jacobsen starrte Weber ungläubig an.

»Was sich Sabine da nur wieder zusammenfantasiert. Warum sollte sich Monika denn nach fremden Männern umsehen? Dazu hatte sie überhaupt keinen Grund.«

»Wir wissen bislang auch noch nicht, ob an der Sache tatsächlich etwas dran ist, Herr Jacobsen«, meldete sich Anna zu Wort. »Trotzdem müssen wir jedem Hinweis nachgehen. Und für unsere weiteren Ermittlungen benötigen wir unbedingt eine Haarprobe von ihnen und ihren beiden Kindern, um diese mit einem am Tatort sichergestellten Haar zu vergleichen.«

»Warten Sie einen Augenblick«, meinte Malte Jacobsen, stand auf und ging die Treppe nach oben ins erste Stockwerk. Wieder zurück, händigte er der Kommissarin zwei Kinderhaarbürsten sowie seinen Kamm aus. Anna bedankte sich kurz, um dann mit ihrer Befragung fortzufahren. »Besitzt Ihre Frau eigentlich ein eigenes Zimmer in diesem Haus?«

Der Makler nickte.

»Dürfen wir einen kurzen Blick hineinwerfen?«

»Natürlich, wenn es die Ermittlungen voranbringt«, nickte Malte Jacobsen zustimmend. »Kommen Sie bitte mit.«

Während er vor einer verschlossenen Tür im oberen Stockwerk des Reetdachhauses Halt machte, fügte er an: »Hier ist es, sehen Sie sich nur in aller Ruhe um.«

Als Anna Greve das Zimmer betrat, fiel ihr sofort das geräumige Bett mit der sorgfältig darauf ausgebreiteten, rosengeblümten Tagesdecke auf.

»Das sieht mir aber nicht gerade nach einer provisorischen Übernachtungsmöglichkeit aus, Weber. Das ist alles andere als ein Notlager, das Monika Jacobsen nur ab und zu genutzt hat. Nein, vielmehr glaube ich, dass wir hier den ständigen Schlafplatz einer Frau mit einem Hang zu romantischen Details vor uns haben«, meinte sie, während sie über die rosafarbene, satinbezogene Nackenrolle strich, die am Kopfende des Bettes lag.

»Möglich«, murmelte Weber und startete den auf einem zierlichen, antiken Sekretär aus lackiertem Kirschbaumholz stehenden Laptop.

Anna untersuchte unterdessen den neben dem Bett stehenden Nachttisch. Im seinem obersten Schubfach lagen ein paar pflanzliche Medikamente gegen Schlafstörungen sowie ein Nasenspray, eine Packung Papiertaschentücher und ein Lippenpflegestift. In der darunterliegenden Schublade befanden sich ein paar zerfledderte Taschenbücher. Es waren Romane mit Titeln wie »Mein

Herz gehört Dir« oder »Der geheimnisvolle Fremde«. Man brauchte die jeweiligen Buchanfänge nur kurz zu überfliegen, um zu wissen, dass es hier um romantisch verklärte Liebesgeschichten ging. Um Geschichten, die von einem Prinzen auf dem weißen Pferd handelten, der seine Liebste nach vielen Verwicklungen von ihrem freudlosen Dasein erlöste. Was für ein grauenvoller Mist, dachte Anna, während sie die Schublade wieder schloss, um sich anschließend an die Untersuchung des Kleiderschranks zu machen.

»Und am Ende reiten die beiden zusammen in den Sonnenuntergang hinein«, meinte Anna kopfschüttelnd und erntete für diese Bemerkung einen fragenden Blick von Weber.

»Eine Frau, die Western liest? Charmante Vorstellung.«

»Blödsinn, Weber. Wie ist es, haben Sie etwas gefunden, das uns weiterhilft?«

»Ich habe ihre Mails gecheckt, sie hat zum Glück kein Passwort eingerichtet, aber auf den ersten Blick nichts Interessantes entdeckt. Und um die gelöschten Dateien, die sich nach wie vor noch auf der Festplatte befinden, untersuchen zu können, muss sowieso ein Spezialist ran«, meinte Weber, nahm Monika Jacobsens Laptop vom Schreibtisch und klemmte ihn sich unter den Arm. Und wie sieht es bei Ihnen aus?«

»Fehlanzeige«, antwortete Anna, während sie mehrere im Abfallkorb liegende Papierschnipsel einsammelte, die sie für weitere Untersuchungen in eine beschriftete Plastiktüte steckte. »Überhaupt frage ich mich, wo Monika Jacobsen ihre Arbeitsunterlagen aufbewahrt hat. Schließlich muss sie als Steuerberaterin doch auch heute noch eine Menge Akten besitzen, selbst wenn sie ihren Beruf nicht mehr ausübt. Soweit ich weiß, ist sie sogar gesetzlich dazu verpflichtet, alle Geschäftspapiere mindestens zehn Jahre lang aufzubewahren. Genauso wenig habe ich irgendeine persönliche Aufzeichnung, nicht einmal einen Terminkalender, einen Brief oder eine Urlaubspostkarte gefunden. Daraus folgt, dass Monika Jacobsen entweder noch ein Büro außerhalb dieses Hauses unterhält oder jemand nach ihrem Tod hier gründlich aufgeräumt hat.

Apropos aufräumen, Weber. Ich finde es nach wie vor mehr als ungewöhnlich, dass wir bei der Toten keine Handtasche gefunden haben. Dabei können wir mit einiger Wahrscheinlichkeit davon ausgehen, dass sie eine dabeigehabt hat. Welche Frau verabredet sich denn schon zum allerersten Mal mit einem Mann, ohne die Möglichkeit zu haben, sich den Lidstrich nachzuziehen, falls es nötig ist.«

»Sie haben Recht, Anna. Also muss die Tasche entweder vom Täter mitgenommen worden sein, oder eine dritte Person hat sie zufällig irgendwo in der Nähe des Tatortes gefunden und an sich genommen. Vielleicht sollten wir bei den umliegenden Polizeistationen einmal nachfragen, ob dort jemand eine Handtasche abgegeben hat.«

»Gute Idee, Weber, ich übernehme das. Aber falls es doch der Täter war, der die Handtasche beseitigt hat, frage ich mich, warum er andererseits Monika Jacobsens Brieftasche zurückgelassen hat. War er nur unachtsam, oder hat er vielleicht sogar gewollt, dass ihre Identität schnell geklärt wird? Und falls es kein Versehen gewesen ist, versucht uns der Täter damit nicht von Anfang an in eine ganz bestimmte Richtung zu locken? Vielleicht hatte Monika Jacobsen etwas bei sich, das für den Täter von großem Wert war, weshalb er nach dem Mord auch alles so arrangiert hat, dass wir nur ja nicht auf die Idee kommen, dass es sich bei diesem Verbrechen um einen Raubmord handeln könnte. Ja, möglicherweise haben wir es hier mit einem ganz gerissenen Kerl zu tun, Weber. Mit einem Täter, der die arme Frau postum verstümmelt hat, um uns auf eine falsche Fährte zu locken.«

»Wir werden sehen, aber wenn man bedenkt, wie brutal der Täter Frau Jacobsen misshandelt hat, sieht mir das doch eher nach einem Sexualdelikt aus. Sobald wir hier fertig sind, liefern wir den Laptop in der Dienststelle ab, schließlich haben wir noch immer nichts gefunden, was die Geschichte von Sabine Hofrath erhärtet. Aber hier drin«, Weber tippte auf den Computer, »könnte der entscheidende Hinweis auf das Tatmotiv sein.«

Mit diesen Worten wandte sich Weber um und ging, gefolgt von Anna, wieder in das Erdgeschoss hinunter, wo Malte Jacobsen mittlerweile an seinem Schreibtisch saß und telefonierte.

»Einen Moment, bitte«, nickte er Anna und Weber zu, um sich gleich darauf mit einem fragenden Blick auf den Laptop unter Webers Arm von seinem Gesprächspartner zu verabschieden.

»Wir würden den Computer Ihrer Frau gern an uns nehmen, um ihn von unseren Spezialisten prüfen zu lassen, Herr Jacobsen«, kam Weber dem Makler zuvor.

»Natürlich, nehmen Sie ihn nur mit. Haben Sie sonst noch etwas von Bedeutung in Monikas Zimmer gefunden?«

»Halten Sie es für möglich, dass Ihre Frau am Tatabend ohne eine Handtasche aus dem Haus gegangen sein könnte?«, fragte Anna unvermittelt dazwischen.

»Ganz sicher nicht. Monika ist ja nicht einmal zum Einkaufen gefahren, ohne ihre riesengroße, schwarze Ledertasche mitzuschleppen. Ich habe sie oft damit aufgezogen«, erinnerte sich Malte Jacobsen traurig. »Warum fragen Sie?«

»Nun, weil Ihre Frau kaum etwas bei sich hatte, als sie tot aufgefunden wurde.«

»Dann ist es vielleicht doch ein Raubmord gewesen«, überlegte der Makler.

»Dagegen spricht die Tatsache, dass sie ihre Brieftasche mit jeder Menge Bargeld noch in der Manteltasche hatte«, entgegnete Anna. »Haben Sie eigentlich noch das gemeinsame Schlafzimmer genutzt?«

»Nein, nur in den ersten Jahren unserer Ehe, aber nach der Geburt von Toni und Lena und besonders seitdem die Kleine oft mitten in der Nacht aufgewacht ist und dann nur noch geschrien hat, mussten wir eine andere Lösung finden. Ich bin viel unterwegs und habe einen anstrengenden Beruf. Da ist es absolut notwendig, dass ich zumindest nachts zur Ruhe komme.«

»Wo hat Ihre Frau eigentlich die Unterlagen aus ihrer Zeit als Steuerberaterin aufbewahrt? Haben Sie sie vielleicht hier im Haus in einem Kellerraum gelagert?«

»Nein, aber ich habe ein paar Regale in einem Abstellraum meines Büros für sie freigeräumt. Schließlich gehört das Kapitel von Monis Berufstätigkeit seit der Geburt unseres Sohnes der Vergangenheit an. Wir wollten die Akten daher nicht länger bei uns zu Hause aufbewahren.«

»Wenn es Ihnen recht ist, lassen wir die Akten sofort aus Ihrem Büro zur Untersuchung abholen«, schlug Anna vor, woraufhin der Makler zustimmend nickte.

»Besitzt Ihre Frau eigentlich einen Terminkalender?«, übernahm Weber.

»Selbstverständlich, normalerweise müsste er auf Monis Schreibtisch liegen.«

»Dort liegt er aber nicht. Auch haben wir keinerlei private Korrespondenz im Zimmer Ihrer Frau finden können.«

Der Makler sah den Kommissar verständnislos an.

»So etwas wie Geburtstagseinladungen oder Urlaubspostkarten?«, spezifizierte er Webers Frage. »Nein, solcher Kram wird bei uns nicht aufbewahrt, sonst bräuchten wir dafür noch ein Extrazimmer in unserem Haus. Sie glauben gar nicht, wie viel überflüssiges Papier sich im Laufe eines Jahres in einer vierköpfigen Familie ansammelt.«

»Gut, dann danken wir Ihnen für heute erst einmal«, verabschiedete sich Anna Greve. »Und falls Sie in der nächsten Zeit noch einmal verreisen müssen, setzen Sie uns bitte in jedem Fall vorher umgehend davon in Kenntnis«, fügte sie an, bevor sie zusammen mit ihrem Kollegen das Haus verließ.

»Ich kann Malte Jacobsens Plädoyer für getrennte Schlafzimmer absolut verstehen, Anna«, begann Weber, nachdem sie das Jacobsen'sche Anwesen verlassen hatten. »Schließlich ist es bei Rita und mir auch nicht viel anders gewesen, nachdem Johannes geboren war. Sehen Sie das etwa anders, oder warum waren Sie vorhin plötzlich so streng mit ihm?«

»Ach was, darum geht es doch gar nicht«, gab Anna zurück. »Ich frage mich nur, warum Malte Jacobsen bisher noch nie danach gefragt hat, wie seine Frau gestorben ist. Es ist doch ungewöhnlich, dass er so gar nichts darüber wissen will, es sei denn, er weiß über die brutalen Tatumstände bereits Bescheid.«

»Da könnte etwas dran sein, Anna.«

»Überhaupt glaube ich langsam ein Gefühl dafür zu bekommen, warum Monika Jacobsen all diese Kitschgeschichten gelesen und sogar versucht hat, sie mit einem anderen Mann Wirklichkeit werden zu lassen«, fuhr sie fort. »Auch frage ich mich, weshalb sie ihre Tätigkeit als Steuerberaterin komplett aufgegeben hat. Jedenfalls scheint es bei den Jacobsens nicht wirklich liebevoll zugegangen zu sein, Weber. Da ist der erfolgreiche, aber meist abwesende Gatte, der, wenn er tatsächlich einmal zu Hause ist, nicht gerade vor Aufmerksamkeit und Sinnlichkeit übersprudelt. Dazu ein Alltag ohne jegliche berufliche Bestätigung, zwei kleine Kinder am Rockzipfel und ein großes Haus, das in Ordnung gehalten werden muss. Ich würde mich daher nicht wundern, wenn die Kollegen in den Computerdateien von Monika Jacobsen etwas finden, was uns den Beweis für die Existenz des geheimnisvollen ›Adam‹ liefert.«

»Nun, ganz so negativ, wie Sie ihn darstellen, ist Malte Jacobsen nun auch wieder nicht. Immerhin hat er seiner Frau den Freiraum gelassen zu tun und zu lassen, was sie will. Denken Sie nur an unseren ersten gemeinsamen Fall mit diesem Alfred Lüdersen und erinnern sich daran, wie wenig einfühlsam der mit seiner Frau umgegangen ist.«

»Was soll das heißen, Weber? Glauben Sie wirklich, dass das tägliche Elend von Frau Jacobsen dadurch geringer wird, dass es bei anderen Leuten noch trostloser zugeht? Nein, was Sie da sagen, ist doch ausgemachter Blödsinn! So, und jetzt klappern wir die Lokale ab, kommen Sie, mit dem ›Strandweg‹ fangen wir an.«

»Können Sie sich diese Sache hier bitte so bald wie möglich ansehen?«, versuchte Bettina Husemann ihren neuen Kollegen bemüht liebenswürdig zu motivieren.

»Selbstredend, schöne Frau. Für Sie mache ich das doch gerne.«

Er lächelte einnehmend, und seine Augen blitzten verschwörerisch, doch während er mit ihr flirtete, gingen ihm Gedanken durch den Kopf, die alles andere als freundlich waren.

Blöde Fotze, dachte er, als sie sich endlich umdrehte und sein Büro verließ. Ja, schieb bloß ab mit deinem dicken Arsch, den sowieso kein Mann, der einigermaßen bei Verstand ist, jemals anfassen wird. Missmutig starrte er auf den riesigen Stapel Akten in seiner Ablage, dem die Kollegin soeben noch ein weiteres Exemplar hinzugefügt hatte. Er wickelte ein Kaugummi mit Pfefferminzgeschmack aus, schob es sich in den Mund und schmiss das zu einer kleinen Kugel geknetete Stanniolpapier in den Mülleimer.

Ja, er wusste, wenn er wollte, konnte er jede haben. Weiber sind so leicht zu durchschauen, dachte er. Du brauchst sie nur anzupieksen, und schon fangen sie zu reden an. Kehren ihr Innerstes nach außen und reiten sich dabei mit jedem Satz weiter in die Scheiße. Wenn es nicht so ärgerlich wäre, könnten sie einem fast leidtun. Sehen aus wie der Fettarsch eben, haben aber Ansprüche an uns Männer, dass man es kaum fassen kann. Dabei sind doch wir diejenigen, die im Nachhinein alles ausbaden und ihnen schöntun müssen, wenn wir überhaupt nur in die Nähe eines Ficks kommen wollen. Denn eine verzerrte Wahrnehmung ihrer selbst führt die Weiber dazu, sich einzubilden, sie könnten tatsächlich einen Mann an Land ziehen, der aussieht wie Richard Gere in seinen besten Zeiten und ein Seelenleben mindestens so weise und spannend wie das des Dalai Lama hat. Labern von Seelenverwandtschaft, Sehnsucht und Romantik, um es sich gleich danach im ausgeleierten Jogginganzug und mit Gurkenmaske im Gesicht vor der Glotze bequem zu machen, weil sie unbedingt ihre Lieblingssoap gucken müssen. Versuche dann einmal, an einen Fick zu kommen. Dann gibt es Gezeter, Gejammer, Geschrei, im besten Fall genervte Blicke. Nein, es ist wirklich nicht weit her mit der viel zitierten Romantik der Weiber.

Doch du kannst sie packen, wenn du erst einmal ihr Geheimnis kennst. Du musst nur in Erfahrung bringen, wonach sie sich sehnen, und ihre Vorlieben nach und nach herausbekommen. Sich dabei als Künstler auszugeben klappt fast immer, aber noch besser ist es, sich als erfolgreichen Künstler zu präsentieren. Schneller, als du gucken kannst, bist du plötzlich ihr Traumprinz und musst höllisch aufpassen, dich dabei nicht auch noch in eines dieser weich gepolsterten Fleischstücke zu vergucken. Denn wenn sie erst einmal merken, dass du an ihnen hängst, sind sie gnadenloser als Charles Bronson in »Ein Mann sieht rot«. Dann bist du derjenige, der den

Köder geschluckt hat und fortan nach ihren Wünschen herumhampeln muss wie eine erbärmliche Marionette aus Pinienholz.

Egal, ich habe das jetzt alles hinter mir. Ich lasse mich von den Weibern nicht länger verarschen. Sind alles Fotzen; ist doch ganz unwichtig, ob dünner oder dicker Arsch.

Inzwischen hatte er richtig gute Laune bekommen, und da die Kollegen mittlerweile alle zu Tisch gegangen waren, konnte er es wagen. Mit einem letzten prüfenden Blick in Richtung Tür loggte er sich in eine der zahlreichen Kontaktbörsen im Internet ein, bei denen er angemeldet war, um seine neu eingegangenen Mails zu checken. Helena hatte ihm geschrieben, seine gegenwärtige Favoritin. Er war gerade dabei, ihre Mail zu öffnen, als er draußen auf dem Gang Schritte hörte, die sich rasch näherten und vor seiner Bürotür Halt machten. Schnell schloss er die Datei wieder, ohne Helenas Nachricht gelesen zu haben, und warf stattdessen einen ersten Blick in die Akte, die ihm Frau Husemann zuvor gebracht hatte.

»Nanu, Sie sind ja immer noch da. Wollen Sie denn heute gar keinen Mittag machen?«, fragte Martin Volkers, wofür er von seinem neuen Kollegen mit einem freundlichen Lächeln bedacht wurde.

»Doch, gleich, ich habe überhaupt nicht bemerkt, dass es schon so spät ist«, entgegnete er. Mit einem Blick auf seine Armbanduhr schaltete er den Computer ab und zog sich, bereits im Gehen, seine Jacke über. »Bis nachher also.«

Dieser Kerl scheint sich tatsächlich auf unsere Kosten profilieren zu wollen, dachte Martin Volkers und sah seinem neuen Kollegen misstrauisch hinterher. Wenn der in diesem Tempo weiterarbeitete, würde er ihnen noch den Schnitt versauen.

Wie schön müsste es sein, wenn das Zusammenleben mit einem Mann nur einmal festen Gesetzmäßigkeiten folgen würde. Wie schön wäre es außerdem, wenn man, nachdem man sich erst einmal für einen Mann entschieden hatte, nur noch nach einer detaillierten Gebrauchsanweisung vorgehen müsste, und alles würde bestens funktionieren. Leider gab es aber keine Anleitungen für die Liebe, und mochte auch jeder Mann für sich gesehen durchaus Eigenheiten besitzen, waren sie einander in der Essenz doch alle gleich. Zumindest war das Amandas Fazit. Einander gleich und gleichzeitig Amandas eigenem Wesen gänzlich fremd. Jedenfalls war sie noch nicht dahintergekommen, wie Männer wirklich tickten, und sie hatte bisher auch noch keinen einzigen kennengelernt, der sie so fasziniert und verzaubert hätte, dass sie fortan nichts anderes mehr wollte, als in seiner Nähe zu sein. Amanda kannte nur ganz gewöhnliche Männer mit ganz alltäglichen Gewohnheiten und Macken, die sie meist schon nach wenigen Wochen verärgert, desillusioniert oder im günstigsten Fall gelangweilt hatten. Wer wollte es ihr da verübeln, dass sie den Glauben an die Existenz eines wirklich zu ihr passenden Gefährten schon fast aufgegeben hatte. Waren doch alle Männer, mit denen sie sich bislang eingelassen hatte, nur eine Reihe fortwährender Enttäuschungen gewesen, deren letzte ihre Ehe mit Max war. Deshalb trat sie auch noch immer auf der Stelle. Doch anstatt die Konsequenzen zu ziehen und Max zu verlassen, hatte Amanda nichts getan. Denn Angst hatte sich in ihr breitgemacht.

Sie wusste schlicht und einfach nicht, wovon sie leben sollte, wenn sie ihren Mann verließ. Dabei ging es nicht nur um sie, sondern auch um ihre Tochter Klara. Wie sollten sie beide nur durchs Leben kommen, wenn sie erst einmal ihren Ernährer verloren hatten? Selbst wenn es bisher keinerlei konkrete Anzeichen dafür gab, dass sich Max seiner finanziellen Verantwortung entziehen wollte, war für Amanda sonnenklar, dass er einen Weg finden würde, um nur das Allernötigste zu ihrem Unterhalt beisteuern zu müssen. Nein, nach ihrer Trennung würde nichts mehr so sein, wie es war. Amanda, die ihre täglichen Einkäufe stets mit einer von Max' Kreditkarten bestritt, würde sich in Zukunft eine eigene Kreditkarte anschaffen müssen. Einen eigenen Job und ein eigenes Leben. Doch womit sollte sie den Lebensunterhalt für sich und Klara überhaupt verdienen?

Zweifellos war Amanda eine gute Mutter. Auch verstand sie sich darauf, einen Haushalt zu führen und eine Familie zu umsorgen. Aber sie verfügte nun einmal über keinerlei Berufserfahrung. Bislang war sie noch nie gezwungen gewesen, selbst für ihren Lebensunterhalt zu sorgen; diese Aufgabe hatten immer ihre jeweiligen Lebenspartner übernommen. Und so kam es, dass ihr das gegenwärtige Zusammenleben mit Max im Vergleich zu einem Achtstundentag in einem Call Center oder hinter einer Käsetheke auf einmal gar nicht mehr so schlecht vorkam. Deshalb würde sie auch weiter stillhalten und, wenn sie ein wenig Dampf ablassen wollte, lieber eine Mail an Cornelius verfassen.

Amanda schrieb:

Hallo Cornelius,
sag mal, bist Du noch zu retten? Was fällt Dir ein, mir ganz ohne Vorwarnung etwas Derartiges auf Band zu sprechen?

Am liebsten würde ich Dir jetzt von Angesicht zu Angesicht sagen, wie unverschämt ich Dich finde! Aber ich kenne ja noch nicht einmal Deine Telefonnummer!

Wütend!!!
Helena.

Cornelius antwortete sogleich:

Liebe Helena,
es tut mir echt leid, dass meine Leidenschaft mit mir durchgegangen ist, denn ich habe nur an Dich gedacht und den Spatz darüber vergessen. Ich hoffe wirklich sehr, dass niemand außer Dir gehört hat, was nur uns beide angeht. Du kannst mich jederzeit unter der im Anhang stehenden Handynummer erreichen. Bitte nicht mehr böse sein.

Kleinlaut,
Dein Cornelius.

Kleinlaut bist du also, lächelte Amanda, von dieser Vorstellung augenblicklich zufriedengestellt, vor sich hin. Anscheinend hatte sie Cornelius mit ihrer deutlichen Reaktion auf seine Unverschämtheit tatsächlich verunsichert, und zum ersten Mal, seit sie ihn kannte, spürte

Amanda, dass sie am längeren Hebel saß. Daher würde sie jetzt auch keinesfalls sofort zum Telefonhörer greifen und ihn anrufen. Nein, von jetzt an würde Amanda bestimmen, wie es weiterging. Und das bedeutete, dass sie sich in den kommenden Tagen zusammenreißen und gar nichts tun würde. Sollte Cornelius doch ruhig für eine Weile sein Handy belauern und ihrem Rückruf entgegenfiebern.

Im Grunde genommen wusste Amanda ganz genau, was sie zu tun hatte. Wäre da nur nicht dieses Gefühl in ihr gewesen, das ihr das genaue Gegenteil zu tun befahl. Ruf ihn an, blöde Kuh! Amanda wollte Cornelius und sein Spiel mit der Feder einfach nicht mehr aus dem Sinn gehen.

»Kannst du sie an den Innenseiten deiner Schenkel spüren?«

Ja, das konnte sie sehr gut. Denn wenn Amanda nun auf ihrem Bett lag, um sich selbst Gutes zu tun, wenn es doch sonst schon niemand tat, stellte sie sich immer eine über ihren Körper streichende Pfauenfeder vor.

In einem Geschäft für Bastelbedarf, das Amanda auf der Fahrt zu Klaras Musikschule zufällig aus dem Auto heraus gesehen und kurz darauf betreten hatte, hatte sie im hintersten Winkel des Ladens tatsächlich ein paar Pfauenfedern entdeckt.

»Was sollen die kosten?«, hatte sie die Verkäuferin gefragt und war nur wenig später mit der schönsten und größten der Federn wieder aus dem Laden gegangen.

»Was willst du denn bloß mit diesem Kitschding, Mama?«, hatte Klara ihre Mutter später auf dem Rückweg in den Landkreis Harburg abfällig gefragt.

»Mal sehen«, hatte Amanda ihre Tochter durch den Rückspiegel ihres Autos angelächelt. »Da wird mir schon etwas Schönes einfallen.«

Ins Präsidium zurückgekehrt, begaben sich die Kommissare Anna Greve und Lukas Weber geradewegs in das Büro ihres Chefs.

»Wie sieht es inzwischen eigentlich mit der angekündigten Verstärkung für unsere Computerabteilung aus?«, kam Weber, der mit Monika Jacobsens Laptop in den Händen vor Sibelius' Schreibtisch stand, ohne Umschweife zur Sache. »Wir haben Arbeit für die Kollegen mitgebracht.«

»Gut, dass Sie nachfragen, Weber. Am besten, Sie beide kommen gleich einmal mit mir mit, damit ich Sie mit Herrn Hellweg, unserem neuen Computerfachmann, bekannt machen kann.«

Drei Zimmertüren weiter stellte ihnen Sibelius einen smarten Mann Ende dreißig vor, der in lässiger Haltung an seinem Schreibtisch saß, während er konzentriert auf die vor ihm liegende Computertastatur einhämmerte. Als sich Marc Hellweg umdrehte, um Weber und Anna zu begrüßen, fielen der Kommissarin sofort seine grünen Augen auf.

»Es wäre wichtig, dass Sie sich diesen Computer so schnell wie möglich anschauen«, reichte Weber ihm mit einem Nicken den Laptop von Monika Jacobsen. »Unter Umständen könnte er uns wichtige Informationen im Mordfall Jacobsen liefern, denn wie es aussieht, hat das Opfer seinen Mörder über eine Kontaktanzeige im Internet kennengelernt.«

»Kein Problem«, gab Marc Hellweg zurück. »Wenn die Frau nicht gerade eine professionelle Hackerin war, werde ich sogar die von ihr gelöschten Dateien wieder zurückholen können. Sobald ich hier fertig bin«, er deutete auf den vor ihm flimmernden Bildschirm, »mache ich mich an die Arbeit. Und falls ich fündig werden sollte, melde ich mich sofort bei Ihnen«, lächelte er Anna Greve freundlich an.

»Ich gehe kurz in die KTU rüber und gebe den Kamm und die Haarbürsten der Jacobsens ab«, sagte Anna, nachdem sie sich von Marc Hellweg verabschiedet hatten.

»Gut, wir sehen uns dann in fünfzehn Minuten zur Besprechung in meinem Büro«, entgegnete Günther Sibelius.

»Was hat die Befragung in den Restaurants an der Elbe ergeben? Konnte sich irgendjemand vom Personal dort an Monika Jacobsen erinnern?«, wollte Sibelius wissen, als er Anna und Weber kurz darauf bat, ihm gegenüber am Schreibtisch Platz zu nehmen.

»Leider haben die meisten der in Frage kommenden Lokale erst am Abend geöffnet«, entgegnete Weber. »Wir werden daher einen zweiten Anlauf machen müssen.«

»Darüber hinaus beschäftigt uns nach wie vor die verschwundene Handtasche des Mordopfers«, berichtete Anna. »Weber hatte die Idee, dass sie vielleicht von einem Passanten gefunden und abgegeben worden sein könnte. Ich werde deshalb gleich im Anschluss an unser Gespräch bei den umliegenden Polizeistationen nachhaken. Außerdem haben wir inzwischen auch die alten Steuerakten von Monika Jacobsen abholen lassen. Sobald wir ein wenig Luft haben, werden wir sie genau prüfen. Immerhin besteht die Möglichkeit, dass die Tote einem ihrer früheren Mandanten wegen eines Vergehens Druck gemacht hat. Woraufhin der wiederum seinen Kopf aus der Schlinge ziehen wollte und sie aus dem Weg geräumt hat.«

»Und da die Kollegin Greve sowieso nicht gern puzzelt, nehme ich mir inzwischen die Papierschnipsel aus Monika Jacobsens Mülleimer vor«, zeigte Weber auf die Plastiktüte, die ihm Anna Greve bei ihrer Ankunft im Präsidium übergeben hatte.

»Gut, dann machen Sie sich wieder an die Arbeit«, mit diesen Worten beendete Günther Sibelius die Besprechung und nickte den beiden Kommissaren zum Abschied noch einmal aufmunternd zu.

Die Außentemperatur hatte sich merklich abgekühlt, und in den Straßen direkt an der Elbe pfiff der scharfe Ostwind noch stärker um die Ecken der Häuser als im Zentrum der Stadt. Mittlerweile konnte man spüren, dass der Winter, der kalendarisch ohnehin bald begann, tatsächlich näherrückte. Anna setzte sich ihre Wollmütze auf, während sie zusammen mit Weber den Weg bis zu dem weit über die Grenzen von Blankenese hinaus bekannten Fischrestaurant entlangmarschierte. Es war kurz vor achtzehn Uhr, als sie mit der Befragung der Angestellten begannen. Im Speisesaal des Restaurants herrschte bereits geschäftiges Treiben. Dort wurden die letzten Tische eingedeckt, Menükarten und Servietten platziert, das Silberbesteck geputzt und jedes Teil dahingehend überprüft, ob es sich auch an seinem Platz befand, bevor das Abendgeschäft begann. Dass sich an diesem Ort allerdings niemand an Monika Jacobsen und ihren Begleiter erinnern konnte, verwunderte die Kommissarin kein bisschen. Schließlich kamen jeden Abend unzählige Gäste hierher, und durch die Nähe zu ihrem Wohnort sehr wahrscheinlich auch viele Bekannte der Jacobsens. Dies war ganz sicher nicht der richtige Platz für das heimliche erste Treffen einer verheirateten Frau mit ihrem eventuell zukünftigen Liebhaber.

»Kommen Sie, Weber«, machte sich Anna zum nächsten, gleich um die Ecke liegenden Restaurant auf, das ihr für eine solche Verabredung schon eher geeignet zu sein schien. Wie das Lokal zuvor lag auch dieses erhöht am Elbhang und bot einen fantastischen Ausblick auf den von beleuchteten Containerschiffen befahrenen Fluss. Als Anna der würzige Geruch von Hamburger Aalsuppe in die Nase stieg, meldete sich ihr Magen mit einem lauten Knurren. In ein oder zwei Stunden, wenn sie ihre Arbeit für heute getan hätte, würde auch sie endlich etwas zwischen die Zähne bekommen. Dann würde als Belohnung für die vielen Überstunden ein von ihrer Freundin Paula zubereitetes Essen auf sie warten, das in seiner Qualität dem eines Sternetempels in nichts nachstand.

Nachdem Anna und Weber drei weitere Restaurants besucht hatten, ohne dass sich irgendjemand an Monika Jacobsen und ihren Begleiter erinnern konnte, meldete sich ihr Magen erneut zu Wort, und auch Weber schien nicht mehr bester Laune zu sein.

»Von dieser ganzen Lauferei tun mir langsam die Füße weh, Anna. Machen wir Schluss für heute.«

Die Kommissarin deutete auf ein kleines, direkt an der Elbe liegendes Restaurant.

»Kommen Sie, Weber, diesen Laden schauen wir uns noch an, danach ist Feierabend.«

Als sie das Lokal mit dem Namen »Fischerhütte« betraten, wurde Anna sogleich von einer wohligen Wärme umfangen, die von einem in der Ecke stehenden alten Kachelofen ausging. Wie gerne hätte sie jetzt ihre Beine unter einem der rustikalen Holztische ausgestreckt, etwas Leckeres gegessen und dazu ein Glas guten Rotwein getrunken. Stattdessen kramte Anna ihren Dienstausweis aus der Tasche und begann mit der Befragung. Doch leider konnte sich auch in der »Fischerhütte« niemand an Monika Jacobsen erinnern, bis Verena Guse, die Pächterin des Restaurants, plötzlich meinte:

»Wenn ich es recht bedenke, habe ich an diesem Abend gar nicht gearbeitet, Frau Kommissarin. Da hat nämlich der Rudi den ganzen Service geschmissen, und er besitzt, ganz im Gegensatz zu mir, ein phänomenales Personengedächtnis. Am besten, Sie kommen morgen Abend noch einmal her, wenn der Rudi da ist.«

»Wie geht es denn Jan überhaupt?«, wollte Paula wissen, während sie zwei Stunden später eine wunderbar nach frischem Dill duftende Krabbensuppe vor Anna auf den Tisch stellte. Du hast schon lange nichts mehr von ihm erzählt.«

Anna, die sich eben noch über den Anblick ihrer von Kopf bis Fuß in einem ausgeleierten, babyblauen Fleece-Anzug steckenden Freundin amüsiert hatte, räusperte sich verlegen. Ihre kurze Affäre mit Jan, dem jüngeren Bruder ihres Mannes Tom, war zwar beendet, für Anna aber dennoch nicht richtig abgeschlossen. Denn in ihren

Gedanken beschäftigte sie Jan nach wie vor, weshalb sie auch beschlossen hatte, ihn so gut wie möglich aus ihrem Leben zu verbannen.

»Weiß nicht, aber ich glaube, bei denen ist alles im grünen Bereich«, meinte sie und führte den ersten Löffel Suppe zum Mund. »Ansonsten hätte mir Tom sicherlich schon etwas Gegenteiliges erzählt.«

»Nanu, warum so förmlich, Anna? So kenne ich dich gar nicht, erst recht nicht, wenn es um Jan geht«, reichte Paula ihrer Freundin den Brotkorb hinüber. »Habt ihr beide denn etwa gar keinen Kontakt mehr zueinander?«

»Seitdem Jan den Verein gewechselt hat und mit seiner brasilianischen Flamme zusammen in London lebt, hält er es offensichtlich nicht mehr für nötig, sich bei mir zu melden. Und außerdem wüsste ich auch gar nicht, wozu das gut sein sollte«, gab Anna heftig zurück, während sie ein Stück Weißbrot zwischen den Fingern zerkrümelte.

»Oha, da scheine ich mit meiner Frage ja in ein Wespennest gestochen zu haben. Tut mir leid, meine Süße, ich wollte dich nicht verärgern. Möchtest du auch Wein?«

»Überhaupt gehen mir diese ganzen glücklichen Paare um mich herum zunehmend auf die Nerven«, ging die Kommissarin über Paulas Frage hinweg. »Denn sobald du etwas genauer hinter die Kulissen schauen kannst, merkst du, dass das ganze Getue meist eh nicht echt ist. Da siehst du, wie dir ein total verliebt wirkendes Paar auf der Straße entgegenkommt. Du denkst: Was haben die beiden doch für ein Glück, und wirst dir im gleichen Augenblick deiner Einsamkeit bewusst. Aber vielleicht wollte der Mann, weil es Samstagnachmittag und Bundesligazeit ist, eigentlich viel lieber mit seinen Kumpeln in seiner Stammkneipe sitzen und Fußball gucken. Und nur weil seine Frau sich beklagt hat und er Angst haben muss, dass ihre samstägliche Nummer gestrichen wird, wenn er nicht spurt, hat er sich zu einem gemeinsamen Stadtbummel breitschlagen lassen. Und du bist den beiden ausgerechnet in dem Moment begegnet, in dem sie ihm sagt, wie viel ihr sein Entgegenkommen bedeutet, und er in Vorfreude auf den Sex am Abend glücklich vor sich hin lächelt.« Als Anna Paulas irritierten Blick bemerkte, fügte sie grinsend an: »Könnte doch sein, oder?«

»Klar, aber was hat das denn mit Jan zu tun? Willst du mir etwa durch die Blume stecken, dass seine Beziehung zu Paola unglücklich ist? Oder bezog sich deine ›allgemeine‹ Beobachtung eher auf Tom und dich?«

»Ach, ich weiß nicht, vielleicht liegt meine miese Laune einfach nur an der Arbeit oder daran, dass ich älter werde. Früher hatte ich so viel Lebensfreude in mir, doch die ist mir schon seit geraumer Zeit abhandengekommen. Wie gern würde ich endlich einmal wieder richtig lachen, Paula, oder eine Kissenschlacht mit Tom veranstalten, so wie früher. Aber mittlerweile ist nichts mehr so, wie es einmal war.«

»Solange du noch immer gute Gründe dafür hast, mit Tom zusammenzubleiben, besteht auch die Chance, dass sich an eurem Dilemma etwas ändern lässt. ›Love it, leave it, or change it‹ gilt für jeden von uns. So auch für dich und Tom. Aber jetzt erzähl mal, wie läuft es denn bei der Arbeit?«

Seitdem Amanda ihr Spiel mit der Feder begonnen hatte, reagierte ihre Haut wieder sensibler auf Berührungen, und ihr Körper sehnte sich noch intensiver nach einem Mann als zu Henrys Zeiten. Genauer: nach Cornelius' Händen auf ihrem Körper. Seit ihrem Vorsatz, ihn mindestens zwei Wochen lang warten zu lassen, waren gerade einmal drei Tage vergangen, als Amanda es nicht länger aushielt und zum Telefon griff, um ihn anzurufen. Doch bevor sie die letzte Ziffer gewählt hatte, legte sie den Hörer schnell wieder auf.

Um sich ein wenig von ihrer quälenden Sehnsucht nach Cornelius abzulenken, konzentrierte sich Amanda stattdessen auf Max, ihren Mann, der seine Tage noch immer gern mit einer Bemerkung wie »Gut geschlafen?« begann. Mit Bemerkungen, auf die er offensichtlich gar keine Antwort erwartete. Sätze wie dieser klangen eher immer wie eine Feststellung. Sie waren keine ernst gemeinten Fragen, sondern ritualisierte Phrasen, mit denen ein erfolgreicher Tag begann. Und erfolgreich war ein Tag für Max nur dann, wenn alles seinen gewohnten Gang nahm. Max hasste Überraschungen jeder Art. Eine Erfahrung, die Amanda schon des Öfteren, besonders schmerzhaft jedoch an einem ganz bestimmten Abend vor ein paar Monaten, hatte machen müssen.

Für diesen Abend, von dem Amanda zu diesem Zeitpunkt noch nicht gewusst hatte, dass es ihr letzter gemeinsam verbrachter werden würde, hatte sich Amanda etwas ganz Besonderes ausgedacht. Den ganzen Tag über war sie durchs Haus gewirbelt, hatte geputzt, Ordnung geschafft und gekocht, um ihren Mann mit etwas Außergewöhnlichem zu überraschen. Amanda erinnerte sich, wie sehr sie sich damals auf seine Rückkehr gefreut hatte.

In Gedanken sah sie sich noch einmal aus der Küche kommen und einen letzten prüfenden Blick auf das Ergebnis ihrer Schufterei werfen. Im Wohnzimmer, das Amanda komplett umgeräumt hatte, brannte eine Vielzahl weißer Kerzen. Das Feuer flackerte fröhlich im Kamin, vor dem sie eine bequeme Landschaft aus weichen Decken und Kissen aufgebaut hatte. Wie lange war es eigentlich her, dass sie zuletzt miteinander geschlafen hatten?

Als sie wenig später Max' Auto unter den Carport ihres Hauses fahren hörte, dimmte Amanda die Deckenbeleuchtung im Flur und betrachtete sich noch einmal kurz im Garderobenspiegel. Ihre Haare, die sie normalerweise zu einem Pferdeschwanz zusammenband, trug sie heute offen. Locker fielen sie ihr auf die Schultern herab, und das neue, tief ausgeschnittene schwarze Cocktailkleid betonte verführerisch ihre weiblichen Rundungen.

Schnell ließ sich Amanda auf Max' Platz am Esstisch nieder und schlug die Beine übereinander, wobei sich der Schlitz ihres Kleides öffnete und einen Blick auf ihre Schenkel freigab. Das schwarze Kleid hatte sie vor ein paar Tagen extra für diesen Anlass gekauft. Nun lächelte sie in der Gewissheit, schön zu sein, und in der Vorfreude auf Max' bewundernde Blicke.

Wenig später hörte Amanda ihren Mann zur Eingangstür hereinkommen, kurz darauf ein lautes Poltern im Flur und danach sein ärgerliches Schimpfen.

»Mist, warum müssen Klaras verdammte Skater denn nur immer im Weg herumliegen! Amanda?«

»Ich bin im Wohnzimmer, Schatz.«

Max, der im nächsten Moment um die Ecke kam, erfasste Amandas Stillleben mit einem Blick. »Was ist denn hier los?«, fragte er mit erstaunter Stimme.

»Eine Überraschung für dich.«

Amanda lächelte unsicher, denn Max machte keinerlei Anstalten, auf sie zuzukommen und sie in den Arm zu nehmen. Stattdessen stand er weiter unbeweglich im Türrahmen, wandte sich schließlich um und verließ das Wohnzimmer ohne ein weiteres Wort. Ob er nur in die Küche hinübergegangen war, um den Champagner zu holen? Nein, wahrscheinlich war er nach oben gegangen, um seinen ungeliebten Businessanzug auszuziehen und in gemütlichere Kleidung zu schlüpfen. Möglicherweise brauchte er auch etwas Zeit, um sich auf die unerwartete Situation einzustellen.

Doch als Max zurückkam, trug er noch immer seinen Anzug, und anstelle einer Champagnerflasche hielt er nur Amandas Frotteebademantel in seinen Händen.

»Komm, meine Liebe, es ist doch viel zu kalt zu dich«, lächelte er freundlich, um ihr den Mantel sogleich um die Schultern zu legen. »Was gibt es denn Schönes zu essen?«

»Lass dich überraschen«, brachte Amanda mühsam hervor und hetzte schnell ins Schlafzimmer hinauf. Tränen liefen ihr über das Gesicht, während sie am Reißverschluss ihres Kleides zerrte, anschließend in ihre alten Jeans schlüpfte und danach den dunkelgrünen Wollpullover überzog. Bevor sie wieder nach unten ging, atmete sie mehrmals tief ein und aus und nahm sich fest vor, sich ihre Enttäuschung auf keinen Fall anmerken zu lassen. Auch wenn sie sich tief gedemütigt fühlte, wollte Amanda das nun folgende Essen mit Haltung hinter sich bringen.

»Eigentlich ist es ganz nett geworden«, meinte Max großmütig, als er sich wenig später während des Essens im Wohnzimmer umsah und dabei seine Krawatte lockerte. »Trotzdem sollten wir jetzt kein Holz mehr nachlegen, schließlich sind wir hier nicht in der Sauna.«

Amanda nickte und trug schweigend die Erdbeeren und die selbst gemachte Zabaione auf. Aber als Max, kaum dass er seinen Nachtisch verspeist hatte, zum Fernseher hinüberging, um es sich davor gemütlich zu machen, war es mit Amandas gespielter Gelassenheit vorbei.

»Weißt du überhaupt, wie verletzend dein Verhalten ist?«, schrie sie ihn außer sich vor Zorn an.

»Tut mir leid, meine Liebe, aber ich stehe eben nicht auf derart gewollte Inszenierungen«, erwiderte Max ungerührt. »Allerdings kann ich mir schon vorstellen, was dahintersteckt. Und du hast auch Recht, Amanda, wir beide haben tatsächlich schon seit längerem nichts Besonderes mehr unternommen. Ich werde mir bei Gelegenheit etwas Schönes für dich einfallen lassen«, zwinkerte er ihr zu.

Anschließend stellte er den Ton des Fernsehers lauter, um den Anstoß des Champions-League-Fußballspiels, das er sehen wollte, nicht zu verpassen.

»Nein, Max, so geht das nicht, sprich mit mir!«

»Ich will dir wirklich nicht wehtun, Amanda, aber mir kommt das Ganze hier so vor, als hättest du eine solche Szene in einer deiner Liebesschnulzen gesehen und nun nachgestellt. Vielleicht hast du den Tipp dafür auch von irgendeiner deiner Freundinnen als Rezept gegen nachlassende Leidenschaft in der Ehe bekommen. Doch was bei deren trotteligen Männern unter Umständen Wirkung zeigt, kommt bei mir leider überhaupt nicht an.«

Mit einem letzten, nunmehr aber alles andere als freundlichen Blick drehte Max den Ton des Fernsehers noch etwas lauter, gähnte, streckte die Arme in die Höhe und legte gleichzeitig seine Beine gemütlich auf dem Hocker vor dem Fernsehsessel ab.

Amanda stand sprachlos daneben. In diesem Moment hätte sie Max am liebsten ins Gesicht geschlagen, gleichzeitig hatte sie nur noch den Wunsch, so schnell wie möglich aus dem Haus zu kommen. Amanda riss ihren Mantel von der Garderobe, stieg in ihr Auto und fuhr stundenlang ziellos durch die Gegend. Sie konnte jetzt mit niemandem reden, nicht einmal mit ihrer Freundin Doris. Und um sich alleine in irgendeine Bar zu setzen und gehörig zu betrinken, fehlte ihr der Mut.

Als Amanda in den frühen Morgenstunden wieder zurückkehrte, standen die Reste ihres Essens noch immer auf dem Tisch. Von Max war dagegen bis auf die Hinterlassenschaften des vergangenen Fernsehabends – drei geleerte Bierflaschen, die neben seinem Fernsehsessel auf dem Teppich standen – nichts zu sehen. Er war bereits vor einer ganzen Weile schlafen gegangen.

Ein paar Tage später hatte er Amanda großzügig zum Abendessen eingeladen. In das kleine, sündhaft teure französische Restaurant, von dem Amanda seit Monaten immer wieder geschwärmt hatte, weil sie es, wie die meisten ihrer Freundinnen, endlich auch einmal besuchen wollte. Danach hatten sie sich noch eine Liebesschnulze im Kino angesehen. Einen dieser Filme mit viel Pathos und jeder Menge durchsichtiger Verwicklungen, die über einen spärlichen Inhalt hinwegtäuschen sollten und die Amanda gerade deshalb so gut gefielen.

Am vierten Tag seit ihrem letzten Kontakt mit Cornelius begann Amandas Sehnsucht die Oberhand zu gewinnen.

Sie schrieb:

Hallo Cornelius,
Du hast echt ein Talent, mich aus der Ruhe zu bringen.

Verwirrt, hoffnungsvoll und trotzdem noch immer ärgerlich,

Helena.

Cornelius antwortete sofort:

Liebe Helena,
ich bin wirklich froh, von Dir zu hören. Meine Fantasie ist neulich mit mir durchgegangen, sorry noch mal. Ich weiß bis heute nicht, ob das an meiner Arbeit oder vielmehr an Deinen Augen gelegen hat. In keinem Fall möchte ich Dich verschrecken oder in Schwierigkeiten bringen. Du bestimmst das Tempo und auch den Zeitpunkt, zu dem wir uns treffen. Geht es Dir gut?

Fragt sich ebenso hoffnungsvoll

Cornelius.

P.S. Gefällt Dir meine Idee mit der Feder, odcr findest Du sie ganz und gar lächerlich?

»Bingo, jetzt hängt sie am Haken«, murmelte er gut gelaunt, während er Helenas E-Mail zusammen mit seiner Antwort von der Festplatte löschte. Obwohl er wusste, dass er ein hohes Risiko einging, wenn er seine privaten Mails im Büro checkte, ließ er es doch nicht bleiben. Verschaffte ihm doch genau dieser Umstand zusätzlichen Nervenkitzel.

Helena, du meine Güte, wie bescheuert das klang. Die blöde Kuh schlug ihre Zeit im Supermarkt tot und hatte dabei nichts Besseres zu tun, als sich über den armen Kerl, der sie ernährte, auch noch lustig zu machen. Eine einfältige Hausfrau, die sich aus einer Laune heraus plötzlich so fühlen wollte wie eine griechische Heldin und sich nach einem Mann sehnte, der wie ein Adler sein sollte. Andererseits war er durch ihr dummes Gerede, das er im Supermarkt zufällig mit angehört hatte, überhaupt erst auf sie aufmerksam geworden. Ja, manchmal hatte er wirklich Glück, und es war eine gute Idee gewesen, sich danach an ihre Fersen zu heften und so herauszubekommen, wie sie hieß und wo sie wohnte. Der nächste Glücksfall hatte darin bestanden, dass das Foto, das sie bei »Gute Männer für Sie« eingestellt hatte, tatsächlich sie und nicht irgendeine andere Frau zeigte. Amanda, die sich hinter dem Pseudonym »Helena« verbarg, musste sich wirklich nicht verstecken. Sie hatte beinahe so viel Klasse wie sein Audrey-Hepburn-Verschnitt, den er vor ein paar Tagen klargemacht hatte. Es war ihm eben doch nicht gleichgültig, ob er sich mit einem ausgeleierten oder einem attraktiven Frauenarsch vergnügte. In jedem Fall aber hatte er das beste aller Hobbys für sich gefunden. Und schon jetzt empfand er eine diebische Vorfreude, wenn er sich den Moment vorstellte, in dem seine griechische Heldin erkannte, dass ihr Künstler mit dem klangvollen Namen Cornelius alles andere als ein Traumprinz war.

Ein Klopfen an der Tür holte ihn augenblicklich in die Gegenwart zurück.

»Ich wollte gleich auf einen Kaffee in die Kantine hinüber«, steckte Martin Volkers seinen Kopf zur Bürotür herein. »Kommen Sie mit?«

»Sehr gern«, nickte er zustimmend, während er den Computer ausschaltete und dabei erleichtert feststellte, dass sein ungeliebter Kollege nichts von seinen privaten Spielchen mitbekommen hatte. Normalerweise war er es gewohnt, in einem Einzelbüro zu arbeiten, doch in dieser Abteilung war nicht nur die Kollegenschaft, sondern leider auch das Raumangebot sehr beschränkt.

»Und, haben Sie sich mittlerweile schon etwas bei uns eingelebt?«, fragte Martin Volkers höflich, als sie kurz darauf in der Kantine einander gegenübersaßen.

»Sehr gut sogar, was einem bei dem guten Betriebsklima, das hier herrscht, ja auch nicht weiter schwerfällt«, bejahte er freundlich. Amüsiert beobachtete er, wie sein kahlköpfiger Kollege nun krampfhaft nach einer Formulierung rang, die seine Neugier so gut wie möglich verbarg. Ihm war natürlich vollkommen klar, dass Martin Volkers nur deshalb an einem Tisch mit ihm saß, weil er seine Position durch ihn bedroht sah und sich daher vorgenommen hatte, so viel wie möglich über ihn in Erfahrung zu bringen.

»Wo sind Sie denn vorher beschäftigt gewesen, wenn ich fragen darf?«

»Ich habe in Hessen gearbeitet, und zwar ebenfalls für unseren Verein. Aber die Luft ist so stickig in dieser Gegend, und der Smog lag so oft über Frankfurt, dass ich mich wieder auf meine Wurzeln besonnen habe. Ich brauche eben einfach frischen Wind um die Nase, damit ich mich auf Dauer an einem Ort wohlfühlen kann.«

»Schön, dass Sie längerfristig bei uns bleiben wollen. Sie sind für unsere Abteilung wirklich ein großer Gewinn.«

»Das hört man gern«, erwiderte er und räumte die Reste ihrer gemeinsamen Kaffeepause auf das Förderband der Geschirrrückgabe. Als er anschließend erneut zusammen mit Martin Volkers im Büro an der Arbeit saß, bot er dem Kahlkopf großzügig ein paar seiner Lakritzschnecken an. Hinterher zeigte ihm ein flüchtiger Blick auf den nunmehr friedlich kauenden Blödmann, dass der sich nun tatsächlich in Sicherheit wiegte. Nicht nur die Weiber waren hier im Norden attraktiver als in Hessen, sondern auch das ganze Umfeld war besser dazu geeignet, seinem Hobby nachzugehen. Sollte da doch noch jemand behaupten, die Norddeutschen seien spröde, misstrauisch oder verschlossen. Nein, er wusste es besser. Es war wirklich eine gute Idee gewesen, sich hierher versetzen zu lassen.

Müde traf Anna am nächsten Morgen auf ihrer Dienststelle ein. Bis weit nach Mitternacht hatte sie mit ihrer Freundin Paula zusammengesessen und, wie schon mehrfach in letzter Zeit, auch bei ihr übernachtet. Während sie den Flur entlang zu ihrem Büro trottete, plagte sie das schlechte Gewissen, weil sie ihre Familie gestern vernachlässigt hatte. Dabei war Annas Besuch bei Paula nicht nur rein privater Natur gewesen, denn nach dem Essen hatten sich die Frauen noch vor den Computer gesetzt und im Internet recherchiert. Herausgekommen war eine umfangreiche Liste von Kontaktbörsen, die Anna eine nach der anderen durchforsten würde, um eventuell Hinweise auf Monika Jacobsen zu erhalten. Den heutigen Abend wollte sie jedoch ganz ihrer Familie widmen, und mit ein wenig Glück käme sie sogar noch dazu, auf dem Heimweg ein paar leckere Zutaten für ein gemeinsames Abendessen einzukaufen.

Weber saß bereits an seinem Schreibtisch und war gerade dabei, die Papierfetzen aus Monika Jacobsens Mülleimer wieder zusammenzusetzen, als Anna das Büro betrat.

»Wann findet die nächste Dienstbesprechung statt?«, wollte sie wissen, während sie ihren Mantel in den Schrank hängte.

»In gut zwei Stunden«, gab Weber mit einem Blick auf seine Armbanduhr zurück.

»Gut«, nickte Anna und machte sich sofort an ihre Recherchen, deren Ergebnisse sie, kaum dass Günther Sibelius die tägliche Besprechung am späten Vormittag eröffnet hatte, zusammenzufassen begann.

»Die Suche nach Monika Jacobsens Handtasche ist leider noch immer erfolglos. Auf der Wache in Osdorf ist zwar eine Tasche abgegeben worden, die sich bei genauem Nachsehen aber als umfunktionierter Schulranzen erwiesen hat. Außerdem habe ich wegen der Haarproben nachgehakt, und inzwischen steht zweifelsfrei fest, dass das dunkelbraune Haar auf Monika Jacobsens Mantelkragen von ihrem Sohn Toni stammt. Gleich nach der Besprechung werde ich anfangen die Steuerakten von Monika Jacobsen zu sichten. Bis zur Geburt ihres ersten Kindes hat Frau Jacobsen in einer großen Steuerkanzlei in der Hamburger Innenstadt gearbeitet, in der sie nach Aussage ihres Chefs ihren eigenen Mandantenstamm betreut hat. Frau Jacobsens ehemaliger Chef schwärmt noch heute in den höchsten Tönen von ihr. Er hat versucht, sie langfristig als Teilhaberin für seine Kanzlei zu gewinnen, und ist sehr überrascht gewesen, als Monika Jacobsen ihre Berufstätigkeit komplett an den Nagel gehängt hat. Außerdem habe ich eine Liste von Kontaktbörsen im Internet erstellt, in denen Frau Jacobsen möglicherweise gechattet haben könnte.«

»Danke, Frau Greve. Und wie weit sind Sie inzwischen gekommen, Weber? Was macht das Puzzle?«

»Malte Jacobsen kann für die Tatzeit kein Alibi vorweisen. Er gibt an, an diesem Abend zu Hause gearbeitet zu haben, doch es gibt niemanden, der seine Aussage bestätigen kann. Auch seine Kinder, die in der besagten Nacht durchgeschlafen haben, haben ihn erst wieder am Morgen des nächsten Tages gesehen, was bedeutet, dass er als Täter rein theoretisch in Frage kommt. Dasselbe gilt übrigens auch für Heiner Hofrath, der ebenso wenig wie Herr Jacobsen einen Zeugen für seinen Aufenthaltsort zur Tatzeit angeben kann. Ja, und mit dem Puzzle läuft es leider nicht so gut, da es sich offensichtlich nicht nur um ein einziges Dokument handelt. Was ich bisher an Fragmenten zusammengesetzt habe, lässt auf sieben verschiedene Schriftstücke schließen. Scheint allerdings vorwiegend belangloses Zeug zu sein. Bis auf das hier«, legte er einen von einer Klarsichthülle geschützten Zettel vor Anna und Günther Sibelius auf den Schreibtisch.

»Du Hure, lass endlich deine rot lackierten Krallen von meinem Mann!«, war auf ihm zu lesen.

»Ich bin gespannt zu erfahren, wie der Brief weitergeht, und vor allem, wer mit dem Miststück gemeint ist.«

»Geht mir genauso, Chef«, stimmte Weber zu. »Gleich nach der Besprechung mache ich mich wieder an die Arbeit. Übrigens liegt der Autopsiebericht jetzt vor. Wie wir von Dr. Severin bereits gehört haben, scheint der Täter komplett die Kontrolle über sich verloren zu haben. Dr. Severin sagt auch, dass es sehr viel Kraft kostet, einer Frau das Schambein von innen heraus zu zertrümmern. Und es muss jede Menge Blut geflossen sein. Die Kollegen von der KTU haben den Sandboden unter und neben der Leiche genau untersucht und sind zu dem Ergebnis gekommen, dass dort kaum mehr als ein paar Milliliter Blut eingesickert sind. Wie wir aber aufgrund der Ausprägung der Totenflecken an Rücken und Gesäß von Frau Jacobsen wissen, ist der Fundort der Leiche auch der Tatort gewesen. Der Täter muss daher tatsächlich so etwas wie eine Plane untergelegt haben, die das ausgetretene Blut von Frau Jacobsen aufgefangen und aufgrund ihrer glatten Oberfläche außerdem zur Ausbildung der schmetterlingsförmigen Totenflecken beigetragen hat.«

»Aber es ist doch kaum vorstellbar, dass er die blutverschmierte Decke, oder was immer er verwendet hat, anschließend wieder eingepackt und mitgenommen hat«, überlegte Anna. »Schließlich kann man nirgendwo in der Nähe des Fundortes ein Auto parken. Was wäre, wenn er sie stattdessen an Ort und Stelle vergraben hat? Haben die Kollegen von der Spurensicherung diese Möglichkeit bedacht?«

Weber zuckte mit den Schultern.

»Ein guter Hinweis, Frau Greve. Ich hake gleich in der KTU nach, und gegebenenfalls werden die Kollegen noch einmal ausrücken müssen«, entschied Günther Sibelius.

»Im Bericht der KTU bin ich außerdem auf ein weiteres interessantes Detail gestoßen«, fuhr Weber fort. »Bei der Flüssigkeit auf Monika Jacobsens Mantel und Hose handelt es sich um Champagner, den sie meiner Meinung nach zusammen mit ihrem Mörder vor Ort getrunken haben muss. Denn hätte Frau Jacobsen sich den Champagner schon zuvor im Restaurant über die Kleider geschüttet, wäre sie anschließend wohl kaum noch an der Elbe spazieren gegangen. Sie muss dem Mann vertraut haben, wenn sie sich von ihm an diesen abgelegenen Platz am Elbstrand führen ließ.«

»Denken Sie, dass der Täter den Mord vorher geplant hat?«, fragte Anna nach.

»Ich habe keine Ahnung, Anna, aber meine Nase sagt mir, dass wir es hier mit einem total gestörten Typen zu tun haben. Mit einem Täter, auf den es bislang noch keinen einzigen aktuellen Hinweis gibt, auch nicht in unseren Datenbanken. Wir können daher nur hoffen, dass es bei diesem einen Mord bleibt.«

»Apropos Datenbanken«, durchbrach Günther Sibelius die nach Webers letztem Satz aufgekommene Stille, öffnete den vor ihm liegenden Hefter und setzte seine randlose Lesebrille auf, um die Kollegen über seine eigenen Rechercheergebnisse zu informieren.

»Bei meiner Suche nach ähnlich gelagerten Fällen bin ich auf die Mordsache Strunz von vor ungefähr dreizehn Jahren gestoßen. Es ist bislang der einzige Fall, der Parallelen zu dem unseren aufweist. Helmut Strunz hat damals in Frankfurt und im angrenzenden Taunus fünf Frauen getötet, nachdem er sie brutal vergewaltigt und anschließend mit einem Metallstab gefoltert hat. Dabei hat er seinen Opfern jeweils das Schambein zertrümmert. Vor ungefähr einem halben Jahr ist Strunz nach einem Freigang zur Beerdigung seines Vaters nicht mehr in die Vollzugsanstalt zurückgekehrt und seitdem flüchtig. Allerdings passt sein Vorgehen nur bedingt zu unserem Fall, denn das Tatwerkzeug, das er damals benutzt hat, weist keinerlei scharfe Kanten oder Zacken auf. Außerdem war Monika Jacobsen bereits tot, als der Kerl sie misshandelt hat. Daraus folgt wiederum, dass Strunz sein Vorgehen mittlerweile entweder geändert haben muss oder aber nicht unser Täter ist. In jedem Fall habe ich eine Sofortfahndung nach Strunz eingeleitet und werde die Sache weiterverfolgen«, setzte Günther Sibelius seine Lesebrille ab und wandte sich anschließend Weber zu.

»Haben Sie sonst noch etwas über die Familie Hofrath herausbekommen?«

»Es ist nicht so einfach, an Informationen heranzukommen, Herr Sibelius. Dennoch möchte ich nicht in der Haut des Ehepaares Hofrath stecken, denn die beiden sind hoch verschuldet und laufen, wenn nicht noch ein Wunder geschieht, sogar Gefahr, ihr Haus zu verlieren. Auch scheint es darüber hinaus einige Unstimmigkeiten in der Kanzlei gegeben zu haben. Man munkelt, dass sich die Sozietät am liebsten eher heute als morgen von ihrem Partner Heiner Hofrath trennen würde. Außerdem macht das Gerücht die Runde, dass Hofrath mit Malte Jacobsen seinen besten Kunden zu verlieren droht. Leider wollte sich niemand so weit aus dem Fenster lehnen und mir die Gründe dafür nennen. Herr Hofrath scheint trotz allem ein beliebter Mann zu sein, da die Leute sogar jetzt noch dichthalten, obwohl sie wissen, dass wir in einem Mordfall ermitteln.«

»Dann sollten Sie als Nächstes Herrn Jacobsen selbst dazu befragen«, schlug Günther Sibelius vor. »Und anschließend nehmen Sie sich die Hofraths noch einmal vor. Wer weiß, vielleicht stoßen Sie bei einem der beiden sogar auf ein mögliches Mordmotiv. Also zurück an die Arbeit, Kollegen, es gibt viel zu tun.«

5

»Das darf doch alles nicht wahr sein, Weber!«, schimpfte Anna Greve. »Malte Jacobsen nimmt heute einen Termin auf Mallorca wahr. Er sei dort unabkömmlich, hat seine Sekretärin gesagt, aber schon ab morgen wieder in Hamburg zu erreichen. Was fällt dem Mann bloß ein, das Land zu verlassen, ohne uns vorher darüber in Kenntnis zu setzen! Schließlich kann er für die Tatzeit nach wie vor kein Alibi beibringen und gehört damit zum Kreis der potenziell Verdächtigen.«

»Das Land verlassen? Na, ich weiß nicht, Anna«, grinste Weber. »Ist Mallorca mittlerweile nicht viel eher eine deutsche Insel als eine spanische?«

Als Anna ihm daraufhin einen wütenden Blick zuwarf, lenkte er augenblicklich ein.

»Natürlich ist Malte Jacobsens Verhalten nicht in Ordnung, denn schließlich haben wir ihn angewiesen, sich zu unserer Verfügung zu halten. Auch wäre es gut, ihn zu befragen, bevor wir zu den Hofraths gehen. Aber erstens haben wir im Moment noch jede Menge Arbeit im Büro, und zweitens werden wir unsere Taktik unter diesen Umständen eben ändern, wenn wir den beiden nachher einen Besuch abstatten. Ich bin dafür, dass wir sie nicht nur mit meinen Rechercheergebnissen, sondern auch mit ein paar Morddetails konfrontieren. Wer weiß, wenn wir die Hofraths ein wenig schockieren, wirkt sich das vielleicht günstig auf ihre Gesprächsbereitschaft aus. Was meinen Sie, Anna?«

»Ich meine, wir unterbrechen unsere Recherchearbeit für ein oder zwei Stunden und erledigen das sofort«, schlüpfte Anna in ihren Wintermantel und klimperte dabei auffordernd mit den Autoschlüsseln in ihrer Hand.

»Also los, auf geht's, Weber.«

Zum Glück hatte Lukas Weber einen der raren Parkplätze in der mitten in Hamburg gelegenen ABC-Straße entdeckt. Er legte den Rückwärtsgang ein und dirigierte den Opel Vectra in eine Parklücke direkt vor dem Geschäftshaus, in dessen oberstem Stockwerk die Anwaltskanzlei Andresen, Hofrath und Zwingel lag.

»Heute werden wir den Hofraths ordentlich Dampf machen«, meinte Weber kampfeslustig, als er kurz darauf und Anna immer ein paar Schritte voraus das Treppenhaus hinaufstürmte.

Im Büro der Hofraths kam Lukas Weber ohne Umschweife zur Sache. Nachdem er die Brutalität, mit der der Täter im Mordfall Jacobsen vorgegangen war, in drastischen Worten geschildert hatte, sprach er die Beziehung von Monika und Malte Jacobsen direkt an. Heiner Hofrath hielt es nicht länger auf seinem Stuhl.

»Eigentlich ist es nicht unsere Art, uns in die Angelegenheiten anderer Leute einzumischen. Aber in diesem Fall«, drehte er sich fragend zu seiner Frau um.

»Du hast Recht, Heiner«, erwiderte Sabine Hofrath. »Ja, Monika war alles andere als glücklich in ihrer Ehe mit Malte. Kein Wunder, wenn man bedenkt, wie oft er sie allein gelassen hat. Ständig ist Malte unterwegs gewesen, sogar an Tonis sechstem Geburtstag im April hat er einen Geschäftstermin wahrgenommen, der ihm offensichtlich wichtiger war als seine Familie.«

»Wenn man beruflich engagiert ist, lässt sich so etwas leider manchmal nicht vermeiden«, relativierte Heiner Hofrath das Gesagte. »Was ich dagegen überhaupt nicht verstanden habe, ist, dass er seine Finger nicht von anderen Frauen lassen konnte.«

»Was wissen Sie konkret über Malte Jacobsens Affären, Herr Hofrath, und war vielleicht sogar eine feste Sache dabei?«, hakte Anna Greve nach.

»Soweit ich weiß nicht, allerdings hat sich Malte in der letzten Zeit regelmäßig um die Prokuristin seiner Dependance auf Mallorca gekümmert. Jedenfalls hat er sich seit ein paar Monaten viel häufiger als früher dort aufgehalten, obwohl er nicht mehr Abschlüsse auf der Insel getätigt hat als sonst auch.«

»Wie heißt die Frau?«, wollte Weber wissen.

»Ihr Name ist Vera Kaminski. Eine sehr attraktive Erscheinung, für meinen Geschmack allerdings ein wenig zu besitzergreifend.«

»Woher wissen Sie das?«, fragte Anna nach. »Hat sich Herr Jacobsen einmal dahingehend geäußert?«

»Malte ist ein echter Gentleman, der lieber genießt und schweigt, als dass er mit seinen Eroberungen herumprahlt. Doch soweit es Frau Kaminski betrifft, hat Malte durchblicken lassen, wie sehr er von ihr beeindruckt war. Er nannte sie einmal seine gefährliche Affäre.«

»Inwiefern gefährlich? Was hat er Ihnen erzählt?«, fragte Anna nach.

»Nein, mehr möchte ich dazu nicht sagen, schließlich ist Malte ein guter Freund. Ich denke, wenn Sie noch mehr zu diesem Thema wissen wollen, sollten Sie ihn selbst befragen.«

Sabine Hofrath zog mürrisch die Augenbrauen zusammen und sah ihren Mann herausfordernd an: »Auf jeden Fall lässt sich gut nachvollziehen, warum Moni unter diesen Gegebenheiten ihrerseits ein wenig nach Abwechslung gesucht hat.«

»Hat Frau Jacobsen eigentlich etwas von der Liebschaft ihres Mannes mitbekommen, Frau Hofrath?«

»Natürlich, Herr Kommissar. Moni hat Frau Kaminski des Öfteren angerufen und ihr auch gemailt, dass sie die Finger von ihrem Mann lassen soll, was jedoch, soweit ich weiß, nichts genutzt hat.«

»So weit, so gut, was diesen Punkt betrifft«, nahm Weber das Tempo aus dem Gespräch. Er schlug seinen Notizblock auf und zückte den Bleistift.

»Ist es richtig, dass Sie zurzeit in einem finanziellen Engpass stecken?«, setzte Weber nach.

»Ich weiß zwar nicht, was das mit dem Mord an Monika zu tun haben soll, aber wir haben im Moment in der Tat einige Außenstände, die allerdings schon im nächsten Monat wieder ausgeglichen sein werden«, gab Heiner Hofrath mit aggressivem Unterton zurück. »Außerdem ...«

»Wie bitte, Heiner, ich denke, das ist schon längst geschehen«, fiel ihm seine Frau Sabine ins Wort. »Schließlich hast du mir doch neulich erst versichert, dass finanziell gesehen wieder alles in Ordnung ist.«

»Ist es ja auch, Sabine, also mach jetzt bitte keine Szene.«

»Kommen wir nun zu einem weiteren Punkt«, übernahm Anna unversehens das Gespräch. »Sie beide geben an, mit den Jacobsens befreundet zu sein, wobei Ihre Treffen in der Vergangenheit nicht ausschließlich zu viert, sondern manchmal auch nur zwischen Frau Jacobsen und Ihnen, Frau Hofrath, stattfanden. Und Sie, Herr Hofrath, haben regelmäßig Tennis mit Herrn Jacobsen gespielt. In diesem Zusammenhang interessiert mich die folgende Frage: Sind Sie, Herr Hofrath, möglicherweise auch einmal nur mit Monika Jacobsen verabredet gewesen? Oder Ihre Frau allein mit Herrn Jacobsen?«

»Was wollen Sie damit andeuten?«, gab Heiner Hofrath barsch zurück. »Unterstellen Sie uns etwa, wir hätten so etwas wie ›Bäumchen wechsel dich‹ mit den Jacobsens gespielt?«

»Das sind Ihre Gedanken, nicht meine«, gab Anna lächelnd zurück. »Ich habe Ihnen nur eine einfache Frage gestellt.«

»Nein, ich habe mich niemals nur mit Malte getroffen«, stellte Sabine Hofrath klar. »Und das Gleiche gilt auch für meinen Mann und Monika.«

Als Weber daraufhin nachsetzen wollte, erhob sich Anna Greve kurzerhand von ihrem Stuhl. »So, vielen Dank, das wäre dann für heute erst einmal alles«, meinte sie und reichte Sabine und Heiner Hofrath, unter Webers verblüfftem Blick, zur Verabschiedung die Hand.

»Wir müssen uns um Vera Kaminski kümmern, Weber«, erklärte Anna, kaum dass sie die Anwaltskanzlei verlassen hatten. »Falls sie tatsächlich Malte Jacobsens Geliebte ist und Jacobsen seine Frau wegen ihr nicht verlassen wollte, ist das ein klassisches Tatmotiv.«

»Trotzdem verstehe ich nicht, warum Sie die beiden so plötzlich aus den Fängen gelassen haben, denn Heiner Hofrath kann genauso wenig wie Malte Jacobsen ein Alibi vorweisen. Außerdem hat Sabine Hofrath Ihre Frage nach einem möglichen Treffen zwischen ihrem Mann und der Ermordeten für meinen Geschmack ein wenig zu hastig verneint. So gesehen kommt Hofrath, zumindest theoretisch, nach wie vor als Liebhaber von Monika Jacobsen, vielleicht sogar als ihr Mörder in Frage.«

»Wenn das der Fall sein sollte, haben wir ihn mit unseren Fragen jetzt aber ordentlich aufgeschreckt. Und wer nervös wird, läuft Gefahr, einen Fehler zu begehen.«

»Sie können einem den Spaß aber auch wirklich verderben, Anna. Ich hätte nur zu gern Sabine Hofraths Gesicht gesehen, wenn sie erfährt, dass ihr liebender Gatte kurz davorsteht, seinen besten Mandanten zu verlieren.«

»Dafür ist immer noch Zeit. Außerdem fand ich unseren Besuch noch in einer ganz anderen Hinsicht aufschlussreich, Weber, denn Monika Jacobsen scheint tatsächlich gute Gründe gehabt zu haben, aus ihrem Ehealltag ausbrechen zu wollen.«

»Hat sich Marc Hellweg eigentlich schon wegen der Auswertung der Computerdateien bei Ihnen gemeldet?«, fragte Weber auf dem Rückweg ins Präsidium.

»Nein, und bei Ihnen?«

»Fehlanzeige. Ich werde, sobald wir zurück sind, gleich einmal zu ihm rübergehen und ihm ein bisschen Druck machen. Anschließend kümmere ich mich um Vera Kaminski.«

»Tun Sie das«, entgegnete Anna und dachte mit Schrecken an den nach wie vor auf ihrem Schreibtisch liegenden Berg von Steuerakten aus Monika Jacobsens früherer Kanzlei, den zu überprüfen sie noch immer nicht geschafft hatte. »Es wäre nicht schlecht, wenn wir noch ein paar Dinge im Büro abarbeiten könnten, bevor es heute Abend wieder nach Blankenese geht.«

Kurz nach achtzehn Uhr betraten Anna und Weber erneut das kleine, an der Elbe gelegene Restaurant mit dem Namen »Fischerhütte«. Wie bereits am Tag zuvor bollerte der Kachelofen in der Ecke des Gastraums gemütlich vor sich hin, und Anna nahm sich vor, hier demnächst einmal zusammen mit Paula einzukehren. Verena Guse, die Pächterin des Lokals, hatte die beiden Kommissare bereits kommen sehen und bat sie, an einem Tisch Platz zu nehmen.

»Rudi ist schon hier, er zieht sich gerade hinten um«, sagte sie, als sich auch schon ein hagerer Mann in schwarzem Hemd und Hose zu ihnen gesellte.

Aufmerksam betrachtete der Kellner die Fotografie von Monika Jacobsen.

»Ja, ich bin mir ganz sicher, die Frau ist vergangenen Donnerstag mit einem Mann bei uns zu Gast gewesen«, nickte er. »Hier in der Ecke hat sie gesessen.« Rudolf Wallner zeigte auf einen kleinen Tisch am Fenster. »Die beiden sind ziemlich vergnügt gewesen. Sie haben einen richtig verliebten Eindruck gemacht.«

»Erinnern Sie sich vielleicht auch noch daran, wie der Begleiter von Frau Jacobsen ausgesehen hat?«, fragte Anna erwartungsvoll.

»Natürlich, schließlich gehört es zu meinem Job, mir

unsere Gäste und ihre kulinarischen Vorlieben ganz genau einzuprägen. Der Mann stand auf Austern und so ’n Zeug.«

»Können Sie beschreiben, wie er aussah?«, fragte Weber dazwischen.

»Na klar, zumal er recht attraktiv war, Herr Kommissar. Ein Mann, der bei Frauen gut ankommt. Überhaupt hatte er eine nette Art an sich, und das Trinkgeld, das er mir gegeben hat, war auch nicht gerade schlecht.«

»Wären Sie bereit, uns ins Präsidium zu begleiten, damit wir nach Ihren Angaben ein Phantombild des Mannes anfertigen lassen können?«

»Jetzt sofort?«, schaute sich Rudolf Wallner fragend zu Verena Guse um, die ihm daraufhin beruhigend eine Hand auf die Schulter legte.

»Geh schon, Rudi, ich komme heute Abend auch alleine klar. Immerhin geht es hier um einen Mord.«

Amanda war dabei, sich gedanklich völlig an Cornelius zu verlieren. Auch wenn ihr Verstand sie zur Vorsicht mahnte, riet ihr ihr Gefühl, doch lieber heute als morgen auszuprobieren, ob sie mit ihm nicht endlich den richtigen Mann gefunden hatte. Den Mann, bei dem sie sich wirklich aufgehoben fühlte, weil er in der Lage war, sie zu verstehen.

Amanda schrieb mit klopfendem Herzen:

Wie wäre es nächsten Freitag?
Helena

Cornelius antwortete:

Das klingt wunderbar, aber wie wollen wir es machen? Soll ich zu Dir kommen, willst Du mich besuchen, oder treffen wir uns besser an einem neutralen Ort?

P.S. Ich habe eine Dachwohnung mit großer Terrasse in der Gertrudenstraße, von der Du, wenn Du Dich auf die Zehenspitzen stellst, sogar noch ein kleines Stück der Binnenalster sehen kannst. (Gilt allerdings erst ab einer Körpergröße von einem Meter sechzig.)

Hoffnungsvoll,
Cornelius.

Amandas Finger zitterten leicht, als sie antwortete:

Hört sich gut an, also treffen wir uns um sieben Uhr am Freitagabend bei Dir. Wie ist Deine Adresse?

Ich bin gespannt,
Helena.

Mit dem Zettel, auf dem sie Cornelius' Anschrift notiert hatte, in der Hand, stand Amanda wenig später vor der Haustür ihrer Freundin Doris. Als diese öffnete, ließ Amanda die Notiz in ihre Manteltasche gleiten.

»Ich brauche deine Hilfe«, überfiel sie Doris, kaum dass sie in den Hausflur getreten war.

»Nun mach mal halblang, Amanda. Zieh doch bitte erst mal deinen Mantel aus.«

»Ja, ja«, entgegnete Amanda ungeduldig. »Wie gesagt, brauche ich deine Hilfe. Du musst mir für den kommenden Freitag unbedingt ein Alibi verschaffen, Doris. Geht das, oder bist du da schon mit Peter verabredet?«

»Nee, aber was liegt denn überhaupt so Wichtiges an, dass du dermaßen aufgeregt bei mir hereinschneist?«

»Ich habe am Freitagabend eine Verabredung und will unter keinen Umständen, dass Max etwas davon mitbekommt.«

»Ach, geht es etwa noch immer um deine Männersuche im Internet, meine schöne Helena?«, schmunzelte Doris. »Pass lieber auf und lass dich nicht gleich wieder auf eine feste Beziehung ein, meine Liebe. Genieße stattdessen doch besser erst einmal eine Weile die Vorteile des Singledaseins.«

»Wie auch immer, ich muss Cornelius auf jeden Fall so schnell wie möglich kennenlernen, verstehst du? Er ist so ein interessanter Mann, und er schreibt so wunderbare sinnliche Mails. Ich kann nicht riskieren, dass er mir jetzt von der Angel geht.«

»Mensch, du bist ja echt beeindruckt. Erzähl mir mehr von deinem Traumprinzen.«

»Cornelius ist Maler und Bildhauer«, begann Amanda mit unverhohlenem Stolz in der Stimme. »Er lebt in Hamburg direkt an der Alster, außerdem unterhält er noch ein zweites Atelier in Siena.«

»Liegt das nicht in der Toskana?«

»Genau«, erwiderte Amanda weltmännisch. »Und nun hat er mich eingeladen, ihn in seiner Wohnung in Hamburg zu besuchen. Hilfst du mir?«

»Natürlich helfe ich dir, aber meinst du nicht, dass es

klüger wäre, sich das erste Mal lieber an einem neutralen Ort zu treffen?«

»Normalerweise hast du Recht, Doris, aber Cornelius ist nun wirklich kein Mann, vor dem man Angst haben muss.«

»Wie du meinst, ich gebe dir dein Alibi, auch wenn ich mich über deine an Naivität grenzende Sorglosigkeit wundere. Und welche Geschichte soll ich erzählen, falls Max nach dir fragt?«

»Danke, das weiß ich wirklich zu schätzen. Ich glaube zwar nicht, dass Max mich fragt, mit wem ich ausgehe. Falls er es aber doch tun sollte, reicht es, wenn du ihm bestätigst, dass ich den Abend und die Nacht über bei dir gewesen bin. Erzähl ihm von mir aus irgendwas von einem ausgelassenen Frauenabend mit viel Alkohol, nach dem ich hinterher keinesfalls noch mit dem Auto fahren konnte.«

»In Ordnung, werde ich machen. Aber jetzt möchte ich erst einmal alles über deinen Cornelius erfahren. Also, ich höre.«

»Ich muss dem Mann erst mal in die Augen sehen«, wich Amanda ihrer Freundin aus. »Und wenn er tatsächlich so ist, wie ich ihn mir vorstelle, erzähle ich dir die ganze Geschichte im Nachhinein, in Ordnung?«

»Wie du meinst, aber gib mir bitte für alle Fälle den kompletten Namen und die genaue Anschrift deines Traumtypen, Amanda. Schließlich könnte das Ganze auch eine miese Falle sein. Sei auf jeden Fall vorsichtig, wenn du dich mit ihm triffst.«

»Also wirklich, Doris, ich bin doch kein Kind mehr. Ich werd' schon auf mich aufpassen.«

Nachdem Amanda ihrer Freundin Doris Cornelius' Anschrift mitgeteilt und ihr das Versprechen gegeben hatte, gut auf sich Acht zu geben, kehrte sie beschwingt nach Hause zurück.

Und obwohl ihr Treffen mit Cornelius erst in zwei Tagen stattfand, überlegte sie jetzt schon, was sie anziehen und ob sie ihr dunkelbraunes, schulterlanges Haar hochstecken oder doch besser offen tragen sollte. Die Vorstellung, sich endlich wieder einmal mit jemand Erfreulicherem als Max beschäftigen zu können, tat ihr gut und lenkte sie gleichzeitig ab.

Denn jetzt, wo Max' Absicht, sich von ihr zu trennen, immer konkreter wurde, bekam Amanda es immer mehr mit der Angst zu tun. In den letzten Tagen hatte er mehrfach verlauten lassen, dass er keine Lust mehr habe, so weiterzumachen wie bisher. Eine Aussage, die, wie Amanda besorgt feststellen musste, sich vor allem auf seinen Arbeitseinsatz bezog.

»Ich werde das Leben zukünftig etwas gemächlicher angehen«, hatte er Amanda eröffnet. »Schließlich habe ich mich jahrelang für die Familie krummgelegt. Jetzt ist es an der Zeit, wieder etwas mehr an mich zu denken.«

Demnächst würde Amanda den Gürtel also etwas enger schnallen müssen. Vor allem was ihre Suche nach einem neuen Zuhause für sich und Klara anging. Schließlich war der Ort, in dem sie zurzeit lebte, insbesondere was Wohnungsmieten betraf, alles andere als preiswert. Doch irgendwie würde es schon weitergehen, sie würde in der näheren Umgebung von Harburg schon etwas Günstiges für sich und Klara finden, so dass sie drei einander auch weiterhin schnell und unproblematisch sehen und besuchen könnten. Am gestrigen Abend hatte Max Amandas Zukunftsperspektiven jedoch mit einem weiteren Statement gewaltig durchkreuzt.

»Mir ist es egal, wo du in Zukunft leben wirst, Amanda«, stellte er klar. »Mit Klara hat das Ganze sowieso nichts zu tun, denn selbstverständlich werde ich meine Tochter sehen können, wann immer ich möchte.«

»Und was ist mit mir? Willst du mich denn überhaupt nicht mehr treffen? Max, ich wünschte, wir könnten Freunde bleiben«, fügte Amanda leise hinzu. »Immerhin sollten wir doch schon Klaras wegen miteinander verbunden bleiben, und es wird auch immer mal wieder etwas geben, das wir miteinander besprechen müssen.«

»Dafür gibt es schließlich ein Telefon. Nein, Amanda, wenn wir erst aus diesem Haus ausgezogen sind, wird es keine Gemeinsamkeiten mehr zwischen uns geben. Es mag ja durchaus traurig sein, dass wir auf diese Weise auseinandergehen, und doch fällt mir der Abschied leicht.«

Amanda war nicht in der Lage, ihm eine passende Entgegnung darauf zu geben, denn diesmal traf sie sein gezielter Verbalschlag bis ins Mark, und Amanda fühlte sich wie nach dem Gong zur zehnten Runde in einem schier aussichtslosen Boxkampf gegen einen der Klitschko-Brüder.

»Es gibt Neuigkeiten«, kam Weber zur Bürotür herein und unterbrach Anna bei der Durchsicht der Steuerakten von Monika Jacobsen. »Die Kollegen von der Spurensicherung haben die Gegend um den Fundort der Leiche noch einmal gründlich nach weiteren Spuren abgesucht und dabei in einem dornigen Gebüsch unweit des Fundortes in Richtung Promenadenweg ein Stück Plastikplane gefunden, auf dem sich Blutspuren befinden. Die Kollegen untersuchen noch, ob es sich dabei um Monika Jacobsens Blut handelt. Ich gehe gleich einmal in die KTU hinüber und frage nach, wie weit sie mit der Analyse sind. Währenddessen könnten Sie ein Foto von Heiner Hofrath organisieren, damit der Kellner aus der ›Fischerhütte‹ einen Blick darauf werfen kann.«

»Ich kümmere mich darum, Weber. Haben Sie inzwischen Kontakt zu Vera Kaminski aufgenommen?«

»Hab's versucht, aber bisher leider vergeblich. In ihrem Büro sagte man mir, dass sie den heutigen Tag frei hätte. Ach ja, Anna, und es gibt eine weitere Neuigkeit, die Sie vielleicht freuen wird, denn ich habe inzwischen endlich alles für mein Gewächshaus beisammen«, sagte Weber mit leuchtenden Augen. »Und obwohl ich sicher bin, dass es Rita überhaupt nicht in den Kram passen wird, werde ich es in den freien Tagen zwischen Weihnachten und Neujahr zusammenbauen. Besonders mein Gomera-Greiskraut kümmert hier im Büro so vor sich hin«, fügte er mit besorgtem Blick auf eine wenig dekorative Pflanze mit dickfleischigen Blättern an. »Aber ich will es nicht wieder nach Hause holen, bevor ich nicht einen Platz gefunden habe, zu dem Rita keinen Zugang hat. Sonst wird auch noch der letzte Rest meiner Pflanzensammlung an zu viel Wasser eingehen.«

»Gute Idee, es wird auch langsam Zeit, dass Ihre Fleisch fressenden Ungetüme von unserer Fensterbank verschwinden. Dann wird auch das ewige Besprühen ein Ende haben und das Klima im Büro wieder erträglicher werden«, gab Anna ernst zurück, während sich auf ihrem Gesicht ein kesses Grinsen ausbreitete.

»Wieso Fleisch fressend? Ich besitze kein einziges Exemplar dieser Gattung. Außerdem dachte ich bislang immer, dass meine Pflanzen Sie nicht stören.«

»Stimmt ja auch, ich hab' doch nur Spaß gemacht. Von mir aus können Ihre Töpfe hier stehen bleiben, so lange Sie wollen. Machen Sie sich also bloß keine Sorgen.«

Nachdem Anna eine Fotografie von Heiner Hofrath von der Homepage seiner Anwaltskanzlei kopiert und ausgedruckt hatte, nahm sie erneut die Phantomzeichnung des Täters zur Hand. Sie verglich sie mit dem Foto von Heiner Hofrath und dem des nach wie vor flüchtigen Serienmörders Strunz und stellte fest, dass sie leider sowohl auf Heiner Hofrath als auch auf Helmut Strunz passte, die wie der Täter beide um die vierzig, mittelgroß und schlank waren sowie dunkles Haar hatten. Noch heute Abend würde die Zeichnung in den Spätnachrichten des regionalen Fernsehsenders gezeigt werden, doch Anna zweifelte stark daran, dass es Zeugen geben würde, die den Mann anhand der ungenauen Beschreibung wiedererkennen würden. In diesem Moment klopfte es dreimal an ihrer Bürotür.

»Haben Sie einen Moment Zeit für mich?«, steckte Marc Hellweg, der neue Computerspezialist des Hamburger LKA, seinen Kopf zur Tür herein.

»Natürlich, kommen Sie rein.«

»Ist das der Mann, nach dem Sie suchen?«, fragte er mit einem Blick auf die Phantomzeichnung in ihren Händen, während er sich auf einen Stuhl vor ihrem Schreibtisch setzte.

»Ja, dieses Bild ist gestern Abend nach Angaben eines Zeugen erstellt worden.« Anna legte das Blatt auf ihren Schreibtisch zurück und seufzte. »Ich hatte mir mehr von der Aussage des Zeugen versprochen, aber der war sich nicht einmal mehr bezüglich der Körpergröße und Augenfarbe seines Gastes sicher. Seine Beschreibung ist daher relativ vage ausgefallen und wird uns bei der Suche nach dem Täter nur wenig helfen.«

»Da ist etwas dran, Frau Greve«, gähnte Marc Hellweg. »Sie haben nicht zufällig einen Kaffee für einen erschöpften Kollegen?«

Als Anna aufstand und zur Kaffeemaschine hinüberging, spürte sie Hellwegs Blick in ihrem Rücken.

»Milch und Zucker?«, fragte sie, ohne sich umzuwenden.

»Weder noch, danke. Ich habe gehört, dass Sie mit Jan Greve verwandt sind, stimmt das?«

»Ja«, gab Anna lässig zurück. »Wenn Sie wollen, besorge ich Ihnen bei Gelegenheit gerne ein Autogramm meines Schwagers.«

»Danke, darüber würde ich mich wirklich freuen, denn ich bewundere seine Art, Fußball zu spielen. Für mich ist er viel mehr als ein klassischer ›Sechser‹, zumindest hat er in Hamburg viele geniale Ideen gehabt und zielgenaue Pässe in die Tiefe des Raumes geschlagen.«

»Das hört sich an, als würden Sie wirklich etwas von Fußball verstehen«, grinste Anna. »Klasse, dann habe ich zukünftig ja endlich jemanden im Büro, mit dem ich mich vernünftig darüber unterhalten kann.«

»Von mir aus sehr gerne, und wenn Sie wollen, können wir uns zusammen auch mal ein Heimspiel des HFC im Stadion am Hamburger Volkspark ansehen«, lächelte Marc Hellweg. »Früher habe ich selbst einmal Fußball gespielt, meistens als Rechtsaußen. Und das gar nicht mal so schlecht, ich hab es immerhin bis in die dritte Liga geschafft.«

»Respekt, mein Lieber«, klopfte Anna ihrem Kollegen auf die Schulter. »Ja, ich glaube, mit Ihnen würde ich gern einmal ins Stadion gehen.«

»Ich bin jederzeit bereit, Anna. Sie müssen mir nur sagen, welches Spiel Sie anschauen wollen, und schon kann es losgehen.«

»Gut, dann hätten wir das geklärt«, schmunzelte sie, um anschließend wieder auf ihren Fall zurückzukommen. »Haben Sie etwas herausbekommen, das uns weiterhelfen könnte?«

Marc Hellweg nahm seinen Kaugummi aus dem Mund, verpackte ihn in ein Stück Stanniolpapier, das er aus der Hosentasche gezogen hatte, und trank einen Schluck Kaffee.

»Wer sich mit den gelöschten Daten eines Computers beschäftigt, fördert dabei fast immer etwas zutage, Anna. Nur fürchte ich, dass die Dateien, die ich bisher wiederhergestellt habe, nicht besonders interessant für Sie sein werden.«

»Wir werden sehen«, erwiderte Anna. »Schießen Sie los.«

Hellweg sah seine mitgebrachten Notizen durch und meinte dann:

»Bei den meisten der gelöschten Dateien handelt es

sich um Alltagskram wie Monika Jacobsens Korrespondenz mit Handwerkern, Sportvereinen oder der schriftlichen Kündigung einer Kinderfrau. »Dazu kommen in den Papierkorb verschobene Spam-Mails wie etwa die Werbeschreiben verschiedener Firmen.«

»Und darüber hinaus haben Sie sonst nichts gefunden?«

»Doch, es gibt eine Sache, die unter Umständen aufschlussreich für Sie sein könnte. Einen Mailkontakt zwischen Monika Jacobsen und einer Frau namens Vera Kaminski«, schob er Anna die entsprechenden ausgedruckten Seiten hinüber, »die offensichtlich das Jacobsen'sche Maklerbüro auf Mallorca leitet.«

Anna überflog die Seiten und registrierte den feindseligen Ton der E-Mails.

»Danke, das untermauert einen Hinweis, den wir schon von anderer Seite erhalten haben und an dem wir bereits dran sind. Aber einen Anhaltspunkt auf einen möglichen Liebhaber haben Sie nicht gefunden?«

»Ich würde Ihnen wirklich gern eine Freude machen, Anna, aber nein, ich habe diesbezüglich nichts gefunden, bleibe aber weiter dran.«

»Was heißt das, Marc?«

»Nun, bei den gelöschten Dateien, die ich wiederhergestellt habe, handelt es sich allesamt um Dokumente, die sich im Papierkorb befunden haben, damit aber nach wie vor auf der Festplatte des Laptops vorhanden sind. Wenn Sie ein Dokument in den Papierkorb verschieben, ist es trotzdem noch erreichbar und problemlos zu rekonstruieren. Ganz anders sieht es dagegen aus, wenn Sie das Dokument endgültig aus dem Papierkorb entfernen, weil in diesem Fall die Sprungadressen freigegeben werden.«

»Wie, das verstehe ich nicht. Was bedeutet das?«

Marc Hellweg nahm sich ein Blatt Papier von Annas Schreibtisch und begann darauf zu zeichnen. »Ich werde versuchen, es sehr vereinfacht darzustellen. Die Festplatte eines Computers ist in viele einzelne Segmente aufgeteilt, und wenn Sie eine Datei speichern, werden nicht hintereinanderliegende Segmente der Festplatte mit der Datei gefüllt, sondern es wird munter zwischen ihnen hin und her gesprungen. Um zueinandergehörende Segmente auf der Festplatte anschließend wiederzufinden, besitzt ein jedes an seinem Anfang und Ende einen Verweis auf das vorherige beziehungsweise das folgende Segment. Das ist die sogenannte Sprungadresse. So geht die Ordnung und richtige Reihenfolge Ihres Dokuments nie verloren. Wenn nun aber Sprungadressen gelöscht werden, ist es ein reiner Glücksfall, eine Datei wiederherstellen zu können. Meist klappt es nur, wenn der Löschvorgang noch nicht allzu lang zurückliegt. Das heißt, entweder ich löse das Problem schnell oder niemals, und genau das habe ich mit dranbleiben gemeint, da ich bisher noch keine Datei wiederherstellen konnte.«

»Dann ist es gut, wenn Sie es weiter versuchen und dadurch vielleicht doch noch einen entscheidenden Hinweis zutage fördern, Marc. Wir dürfen nichts unterlassen, was uns in diesem Fall voranbringt.«

Und als er sie anschließend anlächelte, dachte Anna bei sich, dass ihr neuer Kollege nicht nur ein ziemlich attraktiver, sondern auch ein sehr sympathischer Mann war.

Während Anna diesem Gedanken nachhing, platzte plötzlich Weber, ein belegtes Brötchen in der Hand, zur Tür herein und durchbrach die zwischen Anna und Marc Hellweg entstandene Stille.

»Ach, der Herr Hellweg«, bemerkte er kauend. »Gibt es etwas Neues bei Ihnen?«

»Noch nicht, aber Ihre Kollegin versteht es, meinen Ehrgeiz anzustacheln. Also werde ich noch einmal tiefer graben, und sobald ich etwas finde, melde ich mich wieder.«

Weber nickte und schob sich den letzten Happen des Brötchens in den Mund. »Das Blut auf dem Stück Plastikplane stammt tatsächlich von Monika Jacobsen«, wandte er sich an Anna, nachdem Marc Hellweg das Büro verlassen hatte. »Darüber hinaus hat die KTU einige Haare auf der Plane sichergestellt, die nicht von der Toten stammen. Sollte eines dieser Haare mit seiner Wurzel erhalten sein, sind die Kollegen in der Lage, die DNS daraus zu isolieren. Dann haben wir endlich einen handfesten Hinweis auf den Täter.«

»Das sind gute Neuigkeiten. Wie wäre es jetzt mit einer kleinen Pause«, hakte sich Anna bei ihrem Kollegen ein. »Und was ich Sie schon längst habe fragen wollen, Weber, meinen Sie nicht, dass es langsam an der Zeit ist, ›Du‹ zueinander zu sagen?«

»Glauben Sie wirklich?«, fragte Weber schüchtern nach. »Manchmal hat ein ›Sie‹ auch Vorteile, zum Beispiel wenn man miteinander arbeitet und öfter nicht der gleichen Meinung ist.«

»Kann schon sein, aber da stehen wir doch drüber, oder?«

»Auf jeden Fall fühle ich mich sehr geehrt, Anna, und werde Ihren Vorschlag überschlafen.«

Viel zu lange hatte es gedauert, bis er über die Sache mit Melissa hinweggekommen war. Denn damals war geschehen, was nie hätte geschehen dürfen. Er hatte sich tatsächlich in sie, in ihr weich abgepolstertes Fleisch, verliebt. Doch kaum hatte Melli ihn am Haken gehabt, hatte sie die Daumenschrauben unerbittlich angezogen. Sie fing an, ihn herumzukommandieren und seine Gewohnheiten zu ändern, was ihn allerdings kaum störte. Im Gegenteil, er genoss selbst noch ihr schrillstes Gezeter, vermittelte es ihm trotz allem doch ein Gefühl von Zusammengehörigkeit. Und er hatte keinerlei Zweifel daran, dass Melli ihn liebte, denn warum sonst hätte sie versucht, ihn ändern zu wollen? So war er unmerklich immer mehr zu ihrer Marionette geworden, was Melli ihm am Ende damit dankte, dass sie ihm Hörner aufsetzte.

Glücklicherweise betrachtete er die Weiber mittlerweile aber wieder aus einem anderen Blickwinkel. Und endlich hatte er erkannt, was sie wirklich waren: Fotzen.

Beim zweiten Mal war es mehr als leicht für ihn gewesen. Mühelos hatte er das Vertrauen seiner Favoritin gewonnen und eine Situation herbeigeführt, in der er ganz und gar ungestört mit ihr war. Wäre es nach ihm gegangen, hätte er sich noch etwas mehr Zeit gelassen, die geplante Vorgehensweise noch öfter durchgespielt und sich optimal vorbereitet.

Aber die blöde Kuh in der Laube hatte nun einmal das Tempo forciert und ihm letztlich keine Wahl gelassen.

Allein Hannes Ungeduld hatte den Ausschlag für das heutige Treffen gegeben. Es war mehr als ärgerlich, dass ein Mann wie er, der für seinen Lebensunterhalt hart arbeiten musste, selbst noch in seiner Freizeit irgendwelchen Sachzwängen ausgeliefert war. Ja, es kam einer Nötigung gleich, wenn mittlerweile sogar schon sein Hobby in Arbeit auszuarten drohte.

Die Schlampe war wirklich selbst schuld, wenn er bereits heute handelte, dachte er, als er mit seinem Koffer in der Hand durch den Schneematsch der winterlichen Laubenkolonie schlidderte. Schließlich hatte sie ihn dermaßen naiv und unbedarft gleich bei ihrem ersten Treffen zu sich eingeladen, dass er gar nicht anders konnte, als ihr zu geben, was sie verdiente. Gut, er würde die Sache mit Hanne also heute zu Ende bringen, doch danach wollte er sich unbedingt ein paar Tage frei nehmen. Denn das darauffolgende Projekt erforderte zweifellos noch ungleich mehr Fingerspitzengefühl und könnte sogar sein Meisterstück werden. Ja, mit seiner griechischen Heldin würde er sich alle Zeit der Welt lassen.

Während er unbeobachtet durch die Gartenpforte schlüpfte, stellte er sich vor, wie das Weib in der Laube schon seit einer Weile geschäftig irgendeinen Fraß zusammenbrutzelte. Höchstwahrscheinlich in der Hoffnung, dass die Liebe auch in seinem Fall durch den Magen gehen würde. Möglicherweise entwickelte Hanne, während sie kochte, bereits naive Visionen einer gemeinsamen Zukunft, in der auch ein Urlaub zu zweit seinen Platz hatte. Was für ein grauenhafter Mist, grinste er gehässig. Wenn sie wüsste, dass es zu keiner weiteren Verabredung mehr kommen würde, würde sie sich wohl kaum noch die Mühe machen, ausgerechnet ihn beeindrucken zu wollen.

Eigentlich hasste er nichts mehr, als andere Menschen weinen und schreien zu sehen. Daher war es mehr als logisch und verständlich gewesen, dass er der Schlampe beim ersten Mal den Mund verklebt und erst ganz zum Schluss zum Wesentlichen gekommen war. Erst nachdem sie sich nicht mehr gerührt hatte, war er in der Lage gewesen, seine Träume in die Tat umzusetzen. All seine Fantasien von solch einer Intensität, dass sie ihn schon seit langem nicht mehr schlafen ließen, forderten immer dasselbe: Nicht nur Melli, alle Fotzen gehörten aufgerissen!

Beim ersten und auch noch beim zweiten Mal war ihm das Töten unglaublich schwer von der Hand gegangen. Eine schlimme Viecherei war es gewesen, mit ansehen zu müssen, wie Menschen starben, selbst wenn es nur Schlampen waren. Und doch hatte er gespürt, dass er aus diesen Erfahrungen gestärkt hervorgegangen war. Mehr noch, er hatte eine Menge daraus gelernt und war sich mittlerweile ganz sicher, das Richtige zu tun. Aber hatten ihn die Taten auch mutiger gemacht? Würde seine Courage diesmal ausreichen, den Weg bis ganz zu Ende zu gehen?

Unbemerkt schlich er sich zur Tür der Gartenlaube hinein, um wieder auf der schäbigen Ausziehcouch vor dem gedeckten Tisch Platz zu nehmen. Anschließend versteckte er seinen Koffer schnell unter einem neben dem Sofa stehenden Sessel, klebte seinen Kaugummi unter die Tischplatte und nahm sich ein Stück Brot aus dem Korb, das er genüsslich zu essen begann. Als Hanne im selben Augenblick mit geröteten Wangen und einer gestreiften Schürze, die sie sich über ihr tief ausgeschnittenes Kleid gebunden hatte, aus der Kochnische kam, hielt sie zwei Cocktailgläser in den Händen. Zum ersten Mal an diesem Abend erwiderte sie seinen tiefen Blick und lachte dabei ein wenig nervös.

»Möchtest du auch einen Aperitif vor dem Essen, Gregor?«

»Das Untersuchungsergebnis von dem Stück Plastikplane am Elbstrand liegt jetzt vor, Anna«, stürmte Weber am nächsten Morgen zur Bürotür herein. »Die Haare stammen zweifelsfrei von einem Menschen, und der KTU ist es auch gelungen, die DNS zu isolieren. Außerdem konnten erneut Rückstände einer alkoholhaltigen Flüssigkeit bestimmt werden. Und was glauben Sie wohl, von was für einer?«, schaute Weber seine Kollegin erwartungsvoll an und gab dann gleich selbst die Antwort. »Champagner natürlich, und zwar in der gleichen Zusammensetzung, wie sie die KTU auch auf der Kleidung des Opfers festgestellt hat.«

»Das heißt also, Monika Jacobsen hat am Elbstrand tatsächlich ein Gläschen Sekt mit ihrem Mörder getrunken«, überlegte Anna und registrierte gleichzeitig, dass Weber sie nach wie vor siezte. Daher beschloss sie, ohne weiter darauf einzugehen, es fürs Erste ebenfalls beim Sie zu belassen. »Dann muss der Mann wirklich zwei Gesichter haben. Was glauben Sie, Weber, haben wir es möglicherweise doch mit einer Beziehungstat zu tun? Oder suchen wir nach einem völlig durchgeknallten Psychopathen?«

Weber zuckte mit den Achseln. »Wir müssen einfach weitermachen, dann werden wir am Ende auch Antworten auf unsere Fragen bekommen. Übrigens habe ich inzwischen das Puzzle aus Monika Jacobsens Mülleimer gelöst«, nahm er eine computerbedruckte DIN-A4-Seite in die Hand. »Du Hure, lass endlich deine rot lackierten Krallen von meinem Mann«, wiederholte Weber noch einmal den ersten und ihnen bereits bekannten Satz des Briefes, den Monika Jacobsen an ihre Rivalin geschrieben hatte. »Ich warne Dich, Vera! Wenn du nicht auf der Stelle damit aufhörst, sorge ich dafür, dass du schneller aus Maltes Büro herausfliegst, als du ›ficken‹ sagen kannst. Willst Du Deinen schönen Job auf Mallorca tatsächlich wegen einer Affäre aufs Spiel setzen?«

»Haben Sie Vera Kaminski inzwischen erreicht?«, fragte Anna.

»Ja, vor ein paar Minuten hatte ich ein ziemlich unerfreuliches Telefonat mit ihr. Frau Kaminski verhält sich nicht gerade besonders kooperativ«, fuhr er fort. »Sie weigert sich doch glatt, für eine persönliche Befragung nach Hamburg zu kommen. Sie habe viel zu viele Termine vor Ort, hat sie behauptet, um mir anschließend gnädig anzubieten, ich könne ja stattdessen zu ihr nach Mallorca reisen, wenn es denn so wichtig wäre. Auf meine Nachfrage hin hat sie angegeben, zur Tatzeit an einem Geschäftsessen in Palma teilgenommen zu haben. Ich habe die Namen der daran beteiligten Personen notiert.«

Anna schüttelte den Kopf.

»Was soll's, wir werden ihr Alibi ganz genau überprüfen, und das können wir auch von Hamburg aus tun.

Ärgern Sie sich nicht, Weber, wir kümmern uns später um Frau Kaminski. Aber jetzt haben wir erst einmal die nächste Dienstbesprechung, auf der wir unsere weiteren Schritte mit dem Chef abklären müssen.«

Im Konferenzraum herrschte bereits geschäftiges Treiben, als Anna und Weber das Zimmer betraten. Nachdem das Phantombild in den Nachrichten des regionalen Fernsehsenders gezeigt worden war, war bereits eine große Menge von Hinweisen aus der Bevölkerung eingegangen, deren Anzahl sich im Laufe des Tages durch die Veröffentlichung in der Tagespresse sicherlich noch steigern würde. Um der zu erwartenden Flut von eingehenden Anrufen und Schreiben Herr zu werden, hatte ihre Abteilung mittlerweile personelle Unterstützung aus anderen Bereichen innerhalb des LKA angefordert und erhalten. Günther Sibelius, der die neuen Kollegen bereits in den Mordfall Jacobsen eingewiesen hatte, trat nun auf Anna Greve und Lukas Weber zu und nahm sie beiseite.

»Bis zum Mittag kommen wir hier auch ohne Sie beide klar. Wir werden Ihre Unterstützung beim Auswerten der Hinweise erst so gegen vierzehn Uhr benötigen. Sie können die Zeit bis dahin also anderweitig nutzen.«

»Hat die Sofortfahndung nach Strunz inzwischen ein Ergebnis gebracht?«, wollte Weber wissen.

»Nein«, entgegnete Sibelius, »es gibt nach wie vor keine Spur von dem Mann.«

»Gut, dann schnappen wir uns jetzt gleich noch einmal Rudolf Wallner, den Kellner aus der ›Fischerhütte‹, und halten ihm die Fotos von Heiner Hofrath und von Helmut Strunz unter die Nase«, meinte Weber und zog sich seinen gefütterten Parka über.

»Er könnte es gewesen sein, doch ich bin mir nicht sicher, Herr Kommissar.« Erneut betrachtete Rudolf Wallner das Foto von Heiner Hofrath. »Typ und Haarfarbe stimmen, aber ich glaube, dass der Mann, den Sie suchen, ein paar Jahre jünger gewesen ist. Zu dem anderen Mann kann ich leider auch nicht viel mehr sagen«, sagte er und tippte auf das Bild des früheren Serienmörders Helmut Strunz. »Auch er passt vom Aussehen her, und irgendwie habe ich sogar das Gefühl, ihn schon einmal gesehen zu haben, aber ich weiß wirklich nicht mehr, wann und wo das gewesen sein könnte. Tut mir leid, wenn ich Ihnen keine große Hilfe bin«, schüttelte er bedauernd den Kopf und gab Lukas Weber die Fotografien zurück. »Aber mein normalerweise gut funktionierendes Personengedächtnis hat in diesem Fall offensichtlich komplett versagt.«

»Schade, dass sich der Zeuge nicht mehr erinnern kann«, meinte Weber, während er den Vectra startete. »Aber es wäre ja auch zu schön gewesen, wenn einer der ersten beiden Verdächtigen gleich ein Volltreffer gewesen wäre.«

»Die Beschreibung ist einfach zu ungenau. Und rein hypothetisch kann sich unser Täter die Haare auch getönt oder eine dunkle Perücke aufgesetzt haben, womit dann auch Malte Jacobsen nach wie vor zum Kreis der Verdächtigen gehören würde.«

»Da haben Sie Recht, Anna, möglich wäre das schon. Übrigens, was ich wegen gestern noch sagen wollte…«

Weber verstummte, und als Anna merkte, worauf er hinauswollte, offensichtlich aber große Schwierigkeiten hatte, die richtige Formulierung zu finden, kam sie ihm zu Hilfe.

»Es ist schon in Ordnung, vergessen wir die Duzerei.«

»Das heißt wirklich nicht, dass ich Sie nicht leiden kann. Im Gegenteil, dennoch glaube ich, dass wir besser weitermachen sollten wie bisher.«

Anna gab ihm einen freundschaftlichen Stoß in die Seite. »Lassen Sie uns auf dem Rückweg ins Büro noch einen kleinen Umweg über Malte Jacobsen machen, um ihm die Phantomzeichnung und das Foto von Helmut Strunz unter die Nase zu halten«, erwiderte sie.

»Wir haben Sie doch gebeten, uns vorher in Kenntnis zu setzen, wenn Sie die Stadt verlassen«, stellte Anna kurz darauf Malte Jacobsen gegenüber klar. »Schließlich sind Sie nach wie vor unser wichtigster Ansprechpartner im Fall Ihrer Frau. Also noch einmal in aller Deutlichkeit, Herr Jacobsen: Sie unternehmen keinerlei Reisen mehr in der nächsten Zeit, sondern haben sich zu unserer Verfügung zu halten, bis der Mord an Ihrer Frau aufgeklärt ist.«

»Natürlich, Frau Greve, es tut mir leid, ich bin zurzeit manchmal einfach nicht ganz bei der Sache«, begann der Makler schuldbewusst. »Es ist nur im Moment alles andere als leicht für mich, ganz normal weiterzumachen, den Kindern eine Stütze zu sein und mich gleichzeitig ums laufende Geschäft zu kümmern, mit dem es ja trotz allem weitergehen muss. Das alles funktioniert überhaupt nur, weil mir meine Mutter den Rücken frei hält.

So lange, bis ich ein geeignetes Kindermädchen gefunden habe.« Der Makler nahm seine Aktentasche in die Hand und zog sich im Gehen seinen Wintermantel über. »Können Sie mir Ihre Fragen unterwegs im Auto stellen, Frau Kommissarin? Heute geht tatsächlich alles drunter und drüber, nachdem meine Sekretärin den Termin mit Ihnen versehentlich doppelt vergeben hat.«

»Nein, Herr Jacobsen, Sie werden sich jetzt Zeit für uns nehmen müssen. Also kommen wir am besten gleich zur Sache«, lehnte Anna die Bitte des Maklers ab und hielt ihm stattdessen die Phantomzeichnung des mutmaßlichen Täters unter die Nase.

»Haben Sie diesen Mann hier schon einmal gesehen?«

Malte Jacobsen nahm Anna das Bild aus der Hand und schaute es lange schweigend an, dann schüttelte er den Kopf.

»Nein, Frau Greve. Ich habe den Mann niemals zuvor gesehen. Soll das heißen, dass Moni tatsächlich mit einem anderen zusammen gewesen ist? Wo hat man die beiden denn gesehen?«

»Ihre Frau hat am Tatabend mit diesem Mann in einem Restaurant an der Elbe zu Abend gegessen.«

»Mein Gott, dann ist es wirklich wahr«, murmelte der Makler.

»Und wie sieht es mit ihm hier aus?«, reichte Anna ihm die Fotografie von Helmut Strunz herüber. »Kennen Sie diesen Mann?«

»Ja«, tippte Jacobsen bekräftigend gegen das Bild. »Wenn ich mich recht erinnere, ist das ein verurteilter Frauenmörder. Warum zeigen Sie mir ein Bild von ihm?«

»Strunz passt ins Täterprofil, aber kommen wir jetzt zu

einem anderen Thema«, übernahm Weber. »Zuerst einmal hätten wir gern Genaueres über Ihre Geschäftsbeziehung zu Heiner Hofrath erfahren. Wir haben gehört, dass es einige Unstimmigkeiten zwischen Ihnen geben soll.«

»Nun ja, ich überlege gerade, meine Geschäftsbeziehung zur Kanzlei Andresen, Hofrath und Zwingel aufzukündigen. Schließlich ist Heiner mittlerweile einer meiner engsten Freunde, und ich glaube nicht, dass es auf Dauer gut ist, Privates und Berufliches allzu eng miteinander zu vermischen.«

»Weshalb hat Ihre Frau Monika ihre Berufstätigkeit nach der Geburt ihres ersten Kindes eigentlich vollständig aufgegeben?«, warf Anna ein.

»Das ist keine einsame Entscheidung meiner Frau gewesen, vielmehr waren Monika und ich uns von Anfang an darin einig, Frau Kommissarin. Kinder brauchen nun einmal ihre Mutter, und außerdem verdiene ich mehr als genug Geld für uns vier.«

Ja, genauso hatte sie es damals auch gemacht, schweifte Anna in ihren Gedanken ab. Was für ein fataler Fehler, schließlich rührte Toms Gleichgültigkeit ihr und dem Rest der Familie gegenüber doch nur daher, dass sie die ganzen Jahre über stets verfügbar gewesen war. Wieder spürte Anna eine ungeheure Wut auf Tom in sich aufsteigen, versuchte aber, sie zurückzudrängen und sich auf ihre nächste Frage zu konzentrieren.

»Wieso haben Sie sich bis zum heutigen Tag noch nie nach den genauen Morddetails erkundigt? Interessiert es Sie denn gar nicht zu erfahren, wie Ihre Frau gestorben ist, Herr Jacobsen?«, schickte Anna den letzten Satz in einem etwas zu scharfen Ton hinterher.

»Leider konnte ich es nicht vermeiden, mit den Schlagzeilen in den Zeitungen konfrontiert zu werden«, entgegnete der Makler mit brüchiger Stimme. Augenblicklich wurde Anna klar, dass sie zu weit gegangen war, und murmelte eine Entschuldigung.

»Meine Kollegin hat es nicht persönlich gemeint«, sprang Weber ein. »Wir wissen beide, dass jeder Mensch das Recht hat, mit seiner Trauer umzugehen, wie er es für richtig hält. Und es tut mit wirklich leid, Herr Jacobsen, dass ich Sie trotzdem noch zu einem weiteren Punkt befragen muss. Was können Sie uns über Ihre Beziehung zu Vera Kaminski sagen?«

»Vera ist eine langjährige Mitarbeiterin, auf die ich mich hundertprozentig verlassen kann. Daher leitet sie auch unsere Dependance auf Mallorca.«

»Uns geht es vor allem um Ihr persönliches Verhältnis zu Frau Kaminski«, fuhr Weber fort. »Ist es richtig, dass Sie eine sexuelle Beziehung zu ihr unterhalten?«

Malte Jacobsens Miene verfinsterte sich.

»Wir haben ein- oder zweimal miteinander geschlafen, wenn Sie das meinen«, erwiderte er. »Aber ich frage mich wirklich, was das mit dem Tod meiner Frau zu tun haben soll. Sind Sie denn inzwischen mit der Datenauswertung von Monikas Laptop vorangekommen?«

»Unsere Spezialisten haben eine interessante Korrespondenz zwischen Vera Kaminski und Ihrer Frau auf dem Computer gefunden, die alles andere als freundlich ist. Es scheint so, als hätten sich die beiden Damen einen erbitterten Kampf um Sie geliefert. Haben Sie das gewusst, Herr Jacobsen?«

»Nein, davon höre ich heute zum ersten Mal, Herr

Kommissar, außerdem hätte ich Monika schon allein wegen der Kinder niemals verlassen. Ich habe Vera von Anfang an klargemacht, dass es unter keinen Umständen mehr als ein unverbindliches Verhältnis zwischen uns geben wird. Bis heute hatte ich auch nicht den Eindruck, dass sie mit unserem Arrangement in irgendeiner Weise Schwierigkeiten gehabt hat. Auch bin ich bis heute davon ausgegangen, dass meine Frau nichts von unserer Affäre wusste. Aber vielleicht hat Monika, obwohl ich ihr gegenüber genauso aufmerksam gewesen bin wie sonst, dennoch etwas mitbekommen.«

»Demnach hat Ihre Frau also durchaus einen Grund dafür gehabt, sich ihrerseits nach einem Verhältnis umzusehen.«

»Das hieße ja mit anderen Worten, dass ich an Monikas Tod schuld bin«, murmelte der Makler betroffen.

»Nein, das heißt es nicht, Herr Jacobsen. Schließlich sind wir nach wie vor auf der Suche nach einem brutalen Mörder«, stellte Anna klar und fragte sich dabei einmal mehr, warum die meisten Männer zu nichts anderem in der Lage zu sein schienen, als um sich selbst zu kreisen.

Auch Tom entwickelte sich immer mehr zu einem dieser Männer, machte sich Anna sorgenvoll bewusst, während sie mit Weber nach der Befragung von Malte Jacobsen durch die Hamburger Innenstadt fuhr. Und seitdem er vor kurzem auch noch angefangen hatte, Golf zu spielen, verbrachten sie noch weniger Zeit miteinander als früher. Ihrer beider Alltag war voller Verpflichtungen, und die wenigen freien Stunden, die sie gemeinsam verbrachten, wurden zunehmend von heftigen, kompromisslosen Streitereien beeinträchtigt, bei denen keiner von ihnen bereit war, auch nur einen Millimeter von seinem Standpunkt abzurücken. Wie zum Teufel hatten sie dermaßen blind füreinander werden können? Und warum waren sie nicht in der Lage, auch nur einen Bruchteil ihrer über viele Jahre gereiften Erfahrung und gewonnenen Einsichten zugunsten ihrer Beziehung zu nutzen?

»So, wir sind da«, holte Weber seine Kollegin wieder in die Gegenwart zurück, während er auf dem Behördenparkplatz vor dem Gebäude des LKA in Hamburg-Alsterdorf parkte und den Motor des Vectra ausmachte.

»Das wird wohl wieder nichts mit dem pünktlichen Feierabend«, meinte er mit grimmigem Blick. »Dabei habe ich Johannes versprochen, dass ich heute Abend zu seinem Fußballspiel kommen werde.«

Nachdem Günther Sibelius den Kommissaren zwei weitere Stunden Zeit gegeben hatte, bevor sie ihren Kollegen bei der Auswertung von Hinweisen bezüglich des Phantombildes helfen mussten, machten sich Anna und Weber wieder an ihre Recherchen. Anna kämpfte sich weiter durch die Steuerakten von Monika Jacobsen, während Weber diverse Partnerschaftsforen im Internet nach Hinweisen auf Frau Jacobsens mysteriösen Adam durchforstete. Beide Kommissare waren ganz in ihre Arbeit vertieft, als Marc Hellweg, ohne vorher angeklopft zu haben, in ihr Büro stürmte.

»Es gibt Neuigkeiten, Anna«, begann er. »Es ist mir gelungen, Fragmente einer endgültig gelöschten Datei in Frau Jacobsens Laptop wiederherzustellen. Ursprünglich ist diese Datei wesentlich umfangreicher gewesen, doch das Wenige, das ich retten konnte, hört sich vielversprechend an.«

Er gab Anna zwei computergeschriebene DIN-A4-Seiten, die diese sofort zu lesen begann.

Hallo, meine Schöne,

hieß es auf der ersten Seite,

schläfst Du gerade? Oder liest Du vielleicht Zeitung in diesem Moment? Möglicherweise sitzt Du auch mit Freunden zusammen und isst etwas Leckeres. Oder kann es möglich sein, dass Du jetzt in diesem Augenblick an mich denkst, so wie ich jede Minute an Dich denke?

Liebe Monika, auch wenn ich Dich überhaupt noch nicht kenne, vermisse ich Dich schon jetzt.

Schlaflos,
Dein Adam.

»Also lernen wir dich doch noch kennen«, meinte Anna befriedigt und reichte Weber das erste Blatt Papier hinüber, um sich selbst die zweite Seite vorzunehmen.

Meine Schöne,
Deine Idee, nun nicht mehr allzu lange mit unserem ersten Treffen zu warten, hört sich wunderbar an. Und auch wenn ich mich ein wenig davor fürchte, die große Nähe, die ich mittlerweile zu Dir aufgebaut habe, in der Realität möglicherweise nicht in der gleichen Intensität wiederzufinden, freue ich mich doch sehr auf unsere Verabredung.

Bis dahin werde ich weiter mitten im Winter Erdbeeren essen und mir dabei vorstellen, es wäre Dein Mund, den ich schmecke.
Erwartungsfroh,
Adam

»Dieser Adam scheint tatsächlich zwei Gesichter zu haben«, sagte Anna, während sie Weber die zweite Seite herüberreichte. »Und er nimmt richtig Fahrt auf, gibt sich alle Mühe, als wahrer Romantiker daherzukommen. Als ein Mann, den eine Frau kennenlernen will und der alles andere als bedrohlich wirkt. Dabei ist sein Vergleich mit den Erdbeeren gar nicht mal so schlecht. Was halten Sie davon, Weber?«

»Ja, das könnte in der Tat eine heiße Spur zum Täter sein. Ich überlege nur, wie wir an die Identität unseres geheimnisvollen Adam kommen können. Haben Sie vielleicht eine Idee? Wie sieht es zum Beispiel mit seinem Passwort für die Internetplattform aus? Haben Sie das schon herausfinden können?«, wandte er sich mit fragendem Blick an Marc Hellweg.

»Mit dem Passwort muss ich Sie enttäuschen. Und sonst? Nun ja, normalerweise hinterlässt jede E-Mail unverwechselbare Hinweise auf den Computer, von dem aus sie gesendet wurde. Leider ist die Datei in diesem Fall weitgehend zerstört, so dass ich die IP-Adresse des Rechners bisher nicht herausbekommen habe. Aber ich werde mich sofort wieder an die Arbeit machen, selbst wenn das Überstunden bedeutet«, schloss er und lächelte Anna dabei auf eine Art und Weise an, die sie schmerzhaft an ihren Schwager Jan erinnerte.

Obwohl er von einem heftigen Schneeregenschauer überrascht worden war, setzte Horst Eckart seinen täglichen Rundgang durch den Kleingartenverein »Hermannsthal« am Hamburger Volkspark, ganz in der Nähe des Fußballstadions gleichen Namens, fort. Dabei war es mehr als beschwerlich, auf den vereisten Wegen der Gartenkolonie voranzukommen, zumal er mit seinen zweiundsiebzig Jahren auch nicht mehr so gut zu Fuß war wie früher. Ja, seine Frau Marianne schien wieder einmal Recht zu behalten. Langsam war es wirklich an der Zeit, dass sich die Gartengemeinschaft nach einem neuen Vorsteher umsah.

Als Horst Eckart an der Laube von Hannelore Bloch vorüberkam, wunderte er sich über die eingeschaltete Außenbeleuchtung am Eingangszaun. Er war sich sicher, dass sie am gestrigen Vormittag noch nicht gebrannt hatte. Außerdem war es gestern den ganzen Tag über lausig kalt gewesen, und Hannelore Bloch war nicht gerade dafür bekannt, dass sie sich im Winter allzu oft auf ihrem Grundstück sehen ließ. Und doch musste sie irgendwann im Laufe des vergangenen Tages da gewesen sein. Aber sollte Hanne tatsächlich vergessen haben, ihr Licht auszuschalten, als sie wieder fortgegangen war? Nein, es war in jedem Fall besser, noch einmal nachzusehen, ob alles seine Ordnung hatte, entschied Horst Eckart, während er die Eingangstür zu Hannelore Blochs Grundstück öffnete. Auf dem schneebedeckten Hauptweg entlang der mit Tannenzweigen abgedeckten Blumenbeete und Rabatten waren noch zahlreiche Fußspuren zu erkennen, die sich jetzt, im einsetzenden Regen, jedoch immer mehr auflösten. Dennoch konnte der Alte noch zweifelsfrei erkennen, dass es sich ihrer Größe nach um zwei sehr unterschiedliche Fußspuren handelte. Neben kleinen, fast zierlichen Abdrücken befanden sich breite, beinahe doppelt so große Abdrücke, die wohl eher von einem Mann als von einer Frau stammten.

Horst Eckart umrundete die Laube, wobei er gewissenhaft prüfte, ob auch alle Fenster und Türen fest verschlossen waren. Zum Schluss schaltete er noch das Licht vor dem Eingang aus und nahm sich vor, seine Frau zu fragen, ob es vielleicht irgendwelche Neuigkeiten in Bezug auf Hannelore Bloch gab, von denen er noch nichts wusste. Möglicherweise hatte Hanne, die immer noch sehr fesch und im besten Alter war, ja einen neuen Begleiter gefunden. Das würde zumindest die riesigen Fußspuren auf ihrem Gartenweg erklären.

Horst Eckart schob die Kapuze seines Anoraks noch tiefer in die Stirn, während er die letzten Meter bis zu seiner eigenen Parzelle hinüberschlurfte. Er freute sich auf die behagliche Wärme in seiner Gartenlaube und auch auf den heißen Tee, den er gleich zusammen mit Marianne genießen würde.

Was war eigentlich so schön daran, verliebt zu sein?, fragte sich Amanda ratlos. Ja, sie war verliebt, was vielleicht auch die Erklärung dafür war, dass sie seit Wochen nicht mehr richtig schlief oder aß. Überhaupt war Amanda bei allem, was sie tat, nicht mehr recht bei der Sache. Sie konnte sich auf nichts mehr richtig konzentrieren. Ein ganzes Buch zu lesen war unmöglich, die Schlagzeilen der Boulevardpresse aufzunehmen war alles, was sie noch schaffte, und selbst die hatte sie im nächsten Moment schon wieder vergessen. Stattdessen stellte sich Amanda in einem fort vor, wie es wohl sein würde, zukünftig mit einem Mann wie Cornelius zu leben. Bestimmt würde mit ihm alles ganz anders sein als mit Max.

Aber nun musste sie nicht mehr lange warten. Schon morgen würde es so weit sein. Schon morgen hatte Amanda ihre erste Verabredung mit Cornelius. Schon morgen würde sie überprüfen können, ob der reale Cornelius mit dem Mann ihrer Träume mithalten konnte.

Bereits seit dem frühen Morgen bearbeiteten Anna Greve und Lukas Weber mit mehreren Kollegen die Hinweise, die nach der Veröffentlichung der Phantomzeichnung aus der Bevölkerung beim LKA eingegangen waren. Doch vor der anstehenden Dienstbesprechung brauchte Anna unbedingt noch eine kleine Pause. »Ich bin mal kurz vor der Tür, Weber«, sagte sie, warf sich ihren Mantel über und ging nach draußen. Vor dem Eingang des Präsidiums kramte sie ihre Zigaretten aus der Tasche. Dabei zog sie mit ihnen zusammen versehentlich auch das Farbfoto von Monika Jacobsen heraus, das zu den Akten zu nehmen sie bislang vergessen hatte. Eigentlich war es traurig, dachte Anna, dass eine so schöne Frau an der Seite ihres Mannes so einsam gewesen war, dass sie eine Kontaktanzeige aufgegeben hatte, um einen anderen Mann kennenzulernen. Dass sie sich im Folgenden dann für einen entschieden hatte, der sich gut auszudrücken vermochte und darüber hinaus noch zu romantischen Gefühlen fähig zu sein schien, war für die Kommissarin nur eine logische Konsequenz.

Was wäre geschehen, wenn sie selbst diesem Mann auf

der Suche nach einer neuen Liebe begegnet wäre, kam Anna plötzlich in den Sinn. Hätte sie sich auch von seiner charmanten Art beeindrucken lassen? Wäre sie ihm ebenfalls in die Falle gegangen?

Monika Jacobsen tat ihr unendlich leid. Denn obwohl sie sich gegen ihren Beruf und für ein Dasein als Hausfrau und Mutter entschieden hatte, schien sie dennoch mit beiden Beinen fest im Leben gestanden zu haben. Der Täter musste außerordentlich geschickt und subtil vorgegangen sein, um sie an den menschenleeren Elbstrand locken zu können. Ja, Adam oder wie er auch immer in Wirklichkeit hieß, würde auch anderen Frauen, die sich nach Liebe sehnten, gefährlich werden können. Er schien ein Mann zu sein, der sich äußerst gut verstellen konnte. Ein Mann, der zwei Gesichter besaß. Und möglicherweise hatte Weber sogar Recht mit seiner Befürchtung, dass es nicht bei diesem einen Mord bleiben würde, wenn der Täter tatsächlich ein Psychopath war. Doch das würde Anna mit allen Mitteln zu verhindern suchen.

Entschlossen drückte sie ihre Zigarette im Aschenbecher aus und machte sich auf den Weg in den Konferenzraum, der schon gut gefüllt war, als sie ihn betrat. Schnell setzte sich Anna auf einen freien Stuhl neben Weber, als Günther Sibelius die Dienstbesprechung eröffnete.

»Vorab ein Ermittlungsergebnis in eigener Sache. Leider ist die Fährte zu Helmut Strunz, dem flüchtigen Sexualstraftäter, im Sande verlaufen, Kollegen. Der Mann hat ein handfestes Alibi, er ist zur Tatzeit mit einem gestohlenen Wagen auf einer Bremer Umgehungsstraße in eine Radarfalle geraten. Danach haben wir seine Spur wieder verloren, fahnden aber natürlich weiter nach ihm. Denn auch wenn Strunz für den Mord an Monika Jacobsen nicht in Frage kommt, muss er so schnell wie möglich wieder hinter Gitter. Der Mann ist einfach brandgefährlich.«

Nachdem Sibelius geendet hatte, erteilte er dem Kollegen Huber, den er zusammen mit Lars Haberland, einem weiteren Kriminalkommissar des Kommissariats sechsundzwanzig, als Unterstützung für die Bearbeitung des Falls angefordert hatte, das Wort.

»Vorhin ist ein interessanter Hinweis eingegangen«, begann Ferdinand Huber. »Er bezieht sich auf einen Mann namens Samic, der bereits in seiner Heimat Polen wegen Vergewaltigungsdelikten aktenkundig ist. Die Personenbeschreibung stimmt weitgehend mit unserem gesuchten Verdächtigen überein, zudem lautet sein Vorname ›Adam‹. Zwei Kollegen von der Schutzpolizei sind bereits zur letzten bekannten Adresse von ihm unterwegs. Falls sie ihn dort antreffen, bringen sie ihn umgehend zur Befragung ins Präsidium.«

Günther Sibelius nickte, dann wandte er sich an Weber. »Wo steckt eigentlich der Kollege Hellweg?«

»Ich habe keine Ahnung, Chef, aber ich werde gleich einmal nachfragen«, antwortete Weber und tippte die Durchwahl der Computerabteilung ins Display des auf dem Tisch stehenden Telefons. Als er Sibelius wenig später darüber informierte, dass sich Marc Hellweg den heutigen Tag frei genommen hatte, erinnerte sich dieser auch, dass er Hellwegs Urlaubsantrag gestern selbst noch unterschrieben hatte, rief den Computerspezialisten aber sofort auf dessen Handy an, wobei er die Mithörfunktion der Telefonanlage aktivierte.

»Haben Sie gestern noch etwas Neues über ›Adams‹ Identität herausbekommen?«, kam Günther Sibelius ohne weitere Einleitung sofort zur Sache.

»Nein, und ich befürchte, da wird auch nichts mehr zu machen sein, Herr Sibelius. Die IP-Adresse, also die Signatur des Computers, von dem aus die E-Mails an Monika Jacobsen gesendet wurden, ist leider unwiederbringlich zerstört.«

»Gut, das war's dann schon. Danke vielmals für die Auskunft und noch einen schönen Tag. Und wenn es ansonsten nichts Neues mehr gibt«, sagte Sibelius und schaute, nachdem er den Hörer aufgelegt hatte, in die Runde, »machen sich alle anderen sofort wieder an die Arbeit. Wir treffen uns erneut gegen neunzehn Uhr, um den jeweiligen Stand der Ermittlungen abzugleichen und ein vorläufiges Fazit zu ziehen.«

Horst Eckart überflog gerade die letzte Seite der Morgenzeitung, als seine Frau Marianne atemlos zu ihm in die Küche kam.

»Du, Horst, ich mache mir große Sorgen um Hannelore, ich glaube, da ist etwas passiert«, platzte sie noch mit ihrem Wintermantel in den Händen und der Wollmütze auf dem Kopf heraus.

»Wie? Hat es einen Unfall gegeben?«

»Ich komme gerade von Hannelores Wohnung und habe sie dort schon wieder nicht angetroffen.«

»Na und, nun beruhige dich doch erst einmal«, nahm Horst Eckart seiner Frau den Mantel ab. »Eventuell hat sie einen Arzttermin, musste kurzfristig arbeiten oder ist vielleicht auch nur auf einem ihrer zahlreichen Einkaufsbummel in der Spitalerstraße. Das ist doch wirklich kein Grund, dermaßen aufgeregt zu sein, Marianne.«

»Aber du hast selbst gesagt, dass wir uns um Hanne kümmern müssen. Außerdem hält sie sonst immer regelmäßig Kontakt zu mir und meldet sich sofort, wenn ich ihr, wie gestern Vormittag, eine Nachricht auf dem Anrufbeantworter hinterlasse. In der letzten Zeit gefällt sie mir überhaupt nicht, so niedergeschlagen wie sie oft ist, und erst neulich hat sie zu mir gesagt, dass ihr Leben überhaupt keinen Sinn mehr hätte. Und jetzt habe ich Hanne schon so oft vergeblich übers Telefon zu erreichen versucht, dass ich deshalb heute früh bei ihr vorbeigegangen bin.«

»Und nur weil sie nicht zu Hause gewesen ist, fängst du gleich zu weinen an?«

»Meine Güte, Horst, nein, du begreifst überhaupt nicht, worum es geht. Ich habe ein paar Nachbarn im Haus gefragt, aber niemand hat sie seit vorgestern gesehen. Sie hat noch nicht einmal ihr Paket mit der Salzkristallleuchte, auf die sie sich schon seit Wochen freut, bei ihrer Nachbarin Frau Pelche abgeholt. Horst, das ist so gar nicht ihre Art, da stimmt was nicht. Wir müssen unbedingt etwas unternehmen.«

Mürrisch zog Horst Eckart seine Augenbrauen zusammen.

»Du und deine Bedenken«, schnaufte er. »Wer weiß, vielleicht hat Hanne nur einen neuen Bekannten und ist mit ihm für ein paar Tage verreist. Überhaupt, was stellst du dir denn vor, das wir unternehmen sollen? Etwa die Polizei rufen?«

»Nein, aber wenn Hanne jemanden kennengelernt hätte, wüsste ich davon. Ich weiß doch auch nicht, was wir machen sollen, aber wenn du nachher deinen Rundgang durch die Gartenanlage machst, werde ich dich begleiten. Lass uns auf Hannes Grundstück noch einmal gemeinsam nach dem Rechten sehen.«

Endlich einmal ausschlafen und faulenzen können, anstatt die Zeit damit zu verbringen, neue Herausforderungen annehmen zu müssen. Vielleicht sollte er sich heute zur Feier des Tages wieder einmal etwas Leckeres kochen, überlegte er, denn schließlich hatte er in den letzten Wochen beinahe ausschließlich von miesem Kantinenfraß, Fastfood und Konserven gelebt. Erneut brachte sich sein Magen durch ein unangenehmes Ziehen in Erinnerung. In Zukunft musste er wirklich mehr auf sich achten, wenn er sich nicht schon wieder ein schmerzhaftes Magengeschwür einfangen wollte. Ja, sein Magen war von jeher seine Schwachstelle gewesen; genau das richtige Zipperlein für einen sensiblen Menschen wie ihn. Möglicherweise kam der unangenehme Druck in seinem Bauch aber auch daher, dass mittlerweile ein Phantombild von ihm in der Zeitung abgedruckt worden war – wenn auch kein besonders gutes.

Natürlich war es ein Fehler gewesen, sich mit Moni an einem öffentlichen Ort zu zeigen. Den zweiten Fehler hatte er auf seinem Rückweg nach der Tat begangen, als er übersehen hatte, dass ein Stück von der Plastikplane, die er zusammen mit der blutgetränkten Decke in einer

Tüte transportiert hatte, abgerissen war und irgendwo in der Nähe des Tatortes zurückgeblieben sein musste. Aber er hatte dazugelernt, und solche Schnitzer würden ihm nicht noch einmal unterlaufen. Er gähnte geräuschvoll, während er sich behaglich in seinem Bett ausstreckte. Vorsichtig stellte er Hannes Laptop, den er aus der Gartenlaube mitgenommen hatte, beiseite und drehte sich gemütlich auf den Rücken. Da hörte er etwas knistern, und im gleichen Moment fiel der neben ihm liegenden DIN-A4-Hefter auch schon zu Boden. Träge richtete er sich auf, um ihn wieder aufzuheben. Trotz seines Vorsatzes, heute einmal nicht an die vor ihm liegende Aufgabe zu denken, konnte er es nicht lassen, einen Blick in Helenas Akte zu werfen.

Ordnung war das halbe Leben, und daher hatte er sich angewöhnt, von jeder seiner Favoritinnen eine Art Exposé anzufertigen. Kurze Beschreibungen ihrer Vorzüge und Besonderheiten, fast schon in der Art, in der ein Hausmakler seine zu verkaufenden Objekte anpries. Hinter diese Seiten hatte er die vermutlich zu seiner jeweiligen Favoritin passende Biografie ihres Traumprinzen geheftet, an der er stets so lange herumfeilte, bis alles passte und ein rundes Bild abgab. Er konnte wirklich stolz auf sich sein, denn sowohl bei Moni als auch bei Hanne hatte jedes Detail gepasst. Weshalb auch beide Schlampen, zumindest für kurze Zeit, genau das bekommen hatten, wonach sie sich ihr ganzes Leben lang gesehnt hatten: ihren Ritter auf dem weißen Pferd. Einer, der sie verstand, einer, der mit allem, was ihn ausmachte, genau zu ihnen passte. Vielleicht sollte er sich tatsächlich einmal überlegen, ob es nicht sinnvoller wäre, seinen ungeliebten Bürojob hinzuschmeißen und stattdessen seine überragenden Fähigkeiten in bare Münze zu verwandeln, indem er zukünftig professionell und hauptberuflich Paare zusammenführte.

Helenas Ordner war inzwischen deutlich der umfangreichste, dabei hatte er noch nicht einmal richtig zu recherchieren begonnen. Vor allem benötigte er für sie noch zusätzliches Futter, musste von irgendwoher ein paar Fotos organisieren, um Cornelius' Biografie weiter auszubauen. Denn bei seiner griechischen Heldin sollte alles genau so verlaufen, wie er es sich vorstellte.

Leider waren die Fotos, die er hinterher von den ersten beiden Schlampen aufgenommen hatte, eher enttäuschend ausgefallen. Hatten sie doch weniger Geilheit und Sehnsucht nach dem Leben als großen Schmerz und Todesangst widergespiegelt. Doch heute wusste er, dass er Melli, Monika und Hanne nur zum Üben benötigt hatte. Helena jedoch könnte sein Meisterstück werden, denn aus jeder Zeile, die sie ihm bisher geschrieben hatte, sprach ihre große Sehnsucht nach Unterwerfung. Ja, Helena brauchte den Schmerz. Aber bis es so weit wäre, sollte sich seine griechische Heldin noch weiter nach Cornelius verzehren. Bis zu dem Moment, in dem sie sterben musste. Möglicherweise würde es ihm ja diesmal gelingen, die Geilheit in ihrem letzten Blick kurz vor dem Tod zu konservieren. Er musste nur schnell genug sein.

»Hast du eigentlich einen Schlüssel für Hannes Laube, Horst?«, fragte Marianne Eckart ihren Mann, als sie schnellen Schritts durch die Anlage des Kleingartenvereins »Hermannsthal« ging.

»Nun warte doch mal, ein alter Mann ist schließlich kein D-Zug mehr«, schimpfte Horst Eckart ärgerlich. »Natürlich nicht, es wird auch sicherlich nicht nötig sein, in die Hütte hineinzugehen.«

Marianne Eckart antwortete nicht, verlangsamte ihr Tempo aber erst, als sie vor Hannelore Blochs Parzelle angekommen war. Dort wartete sie auf ihren Mann und warf dabei unbehagliche Blicke auf das vor ihr liegende Holzhaus. Die Sache gefiel ihr nicht.

Zusammen umrundeten die beiden Alten die Gartenlaube, konnten auf den ersten Blick jedoch nichts Ungewöhnliches entdecken. Zumal der Schnee mitsamt den Fußabdrücken mittlerweile völlig weggetaut war.

»Siehst du, Marianne, hier ist überhaupt nichts los. Und für die Fußspuren, die ich gestern gesehen habe, gibt es ganz bestimmt eine vernünftige Erklärung. Nun komm schon, es ist kalt«, stupste Horst seine Frau in die Rippen.

»Nein, zuerst will ich noch einen Blick in die Laube werfen«, erwiderte Marianne und deutete auf die ein klein wenig zur Seite geschobene Gardine hinter dem Panoramafenster des Gartenhauses.

»Ach, mach doch, was du willst. Ich setze jedenfalls schon mal das Teewasser auf«, wandte sich Horst zum Gehen, um einen Moment später zu seiner aufschluchzenden Frau zurückzueilen.

Horst Eckart legte seine Hände gegen die Fensterscheibe und spähte durch den schmalen Spalt, den die Gardine offen ließ, in Hannelore Blochs Laube hinein. Das Erste, was er sah, waren große braune Flecken und zahlreiche braune Spritzer auf der weiß tapezierten

Wand direkt ihm gegenüber. Dann entdeckte er das blutverschmierte, nackte und in die Höhe gereckte Bein einer Frau.

6

»Was werfen Sie mir eigentlich vor? Ich kenne die Frau, von der Sie die ganze Zeit über reden, überhaupt nicht«, sagte Adam Samic und schaute nervös zwischen den Kommissaren Greve, Weber und Sibelius hin und her. »Und nur weil ich nicht mehr weiß, was ich vergangenen Donnerstag gemacht habe, dürfen Sie mich nicht ewig hier festhalten!«

»Es ist zwölf Uhr fünfundvierzig«, gab Günther Sibelius mit einem Blick auf die Uhr zu Protokoll. »Die Befragung des Zeugen Adam Samic wird an dieser Stelle unterbrochen und um vierzehn Uhr fortgesetzt werden.«

Sibelius nickte Rüdiger Hoizer, einem Kollegen von der Schutzpolizei, zu, dann verließen die drei Kommissare den Verhörraum.

»Er hat Recht, Chef«, gab Weber draußen vor der Tür zu bedenken. »Ohne ein konkretes Indiz können wir den Mann nicht länger hierbehalten.«

»Nach der Mittagspause versuchen wir eine DNS-Probe von Adam Samic zu bekommen, dann sehen wir weiter. Wenn Samic wirklich nichts mit dem Mord zu tun hat, wird er auch sicher nichts dagegen haben, uns den Beweis für seine Unschuld zu liefern«, meinte Sibelius und ging dann den Flur zu seinem Büro entlang.

»Schauen Sie doch bitte schon einmal, was es heute

Leckeres zu essen gibt, Anna«, schlug Weber seiner Kollegin vor. »Ich komme gleich nach.«

Anna nickte und machte sich gehorsam auf den Weg. Als sie sich wenig später in der Kantine anstellte und Marc Hellweg nur ein paar Schritte vor sich in der Schlange stehen sah, verließ sie ihren Platz und stellte sich neben ihn.

»Wie ich hörte, haben Sie sich gestern eine Auszeit genommen«, berührte sie ihren Kollegen ganz leicht am Arm. »Hatten Sie denn einen schönen Tag?«

»Na ja«, entgegnete dieser gequält lächelnd, »falls Sie es unterhaltsam finden, an Ihrem freien Tag lang aufgeschobene Behördengänge erledigen zu müssen, dann hatte ich gestern richtig viel Spaß.«

Anna nickte mitfühlend, während sie erleichtert registrierte, dass es tatsächlich Dinge zu geben schien, die sogar ihrem unentwegt gut gelaunten Kollegen Hellweg zu schaffen machten.

»Was nehmen Sie denn heute?«, wandte er sich erneut an Anna. »Das Geschnetzelte nach Jägerart sieht nicht gerade sehr appetitlich aus, und auf Eisbein mit Sauerkraut habe ich noch nie gestanden.«

»Das sehe ich genauso«, stimmte sie Marc Hellweg zu.

»Einen Teller Gemüsesuppe«, bestellte Hellweg sein Essen, als er an der Reihe war.

Gute Idee, dachte die Kommissarin und wollte es ihrem Kollegen gerade gleichtun, als Weber neben ihr auftauchte.

»Tut mir leid, Anna, aber wir werden das Essen auf später verschieben müssen. Eine weitere Frauenleiche ist gefunden worden.«

Der Kleingartenverein mit dem Namen »Hermannsthal« war genau so, wie sich die Kommissarin eine Schrebergartensiedlung immer vorgestellt hatte. Und so seufzte Anna auch nur, als sie die mit Sichtschutzwänden sorgfältig voneinander abgegrenzten Parzellen betrachtete, auf deren hinterem Teil jeweils eine Gartenlaube stand. Nahezu alle Grundstücke, die sie von der Straße aus einsehen konnte, bestanden aus einem größeren Nutz- und einem kleineren Ziergartenanteil, in dem sich Gartenzwerge tummelten. Weber war gerade dabei, den Vectra direkt vor dem Schlagbaum am Eingang des Geländes einzuparken, als ein alter Mann in Bundeswehrparka und brauner Jerseyhose mit akkurater Bügelfalte aufgeregt winkend auf ihren Wagen zukam.

»O Mann, Weber, da ist auch schon der Blockwart«, stöhnte Anna entnervt auf.

»Hier ist das Parken verboten!«, schimpfte der Alte, verstummte jedoch augenblicklich, als Weber ihm seinen Dienstausweis vor die Nase hielt.

»Tut mir leid, dass ich Sie so angefahren habe, Herr Kommissar. Aber ich dachte, Sie wären auch einer von diesen Aasgeiern.«

Als Weber den Mann fragend anschaute, fügte er hinzu: »Ich meine die ganzen Leute von der Zeitung, die hier überall herumschwirren. Die Nachricht von Hannes Tod hat sich hier sehr schnell verbreitet, und irgendeiner meiner Nachbarn hat sich wohl gleich damit wichtigmachen müssen. Dabei weiß doch überhaupt noch niemand etwas Genaues.«

»Sind Sie Herr Eckart?«, fragte Weber.

»Ja, ich habe Hannes Leiche zusammen mit meiner

Frau Marianne gefunden und die Polizei verständigt«, gab der Mann mit einem kräftigen Händedruck Weber die Hand. »Eine schlimme Sache.«

»Würden Sie uns bitte erzählen, wie Sie die Tote entdeckt haben?«, meldete sich Anna zu Wort.

Als Horst Eckart dann im Folgenden kurz und präzise seine Beobachtungen auf Hannelore Blochs Grundstück nur wenige Tage zuvor sowie das Auffinden der Toten schilderte, musste Anna ihren ersten Eindruck von dem Mann revidieren. Denn auch wenn er wie ein typischer Blockwart wirkte, schien er sich keinesfalls damit aufzuhalten, seine Nachbarn tagtäglich auszuspionieren und schlecht über sie zu reden.

Inzwischen hatte sich Sebastian Voss, ein junger Kollege von der örtlichen Revierwache, zu ihnen gesellt, um die Kommissare zum Fundort der Leiche zu führen. Dabei wurde Annas vorschnelles Urteil über Horst Eckart ein zweites Mal in Abrede gestellt, denn der zog sich daraufhin sofort zurück, anstatt wie erwartet weiter mit ihnen mitzugehen.

»Wenn Sie mich brauchen sollten, weiß Ihr junger Kollege, wo ich zu finden bin«, nickte er ihnen kurz zu.

Als die Kommissare das Parzellengrundstück mit der Nummer hundertfünfzehn betraten, ließ sich Anna Greve nicht länger von Schubkarren schiebenden Gartenzwergen und anderen Skurrilitäten ablenken, sondern konzentrierte sich ganz auf die vor ihr liegende Aufgabe.

Vor der Eingangstür zur Gartenlaube streiften sie sich die ihnen von Alexander Hosemann, dem neuen Assistenten der rechtsmedizinischen Abteilung, gereichten Handschuhe über. Kurz darauf standen die Kommissare in einem circa fünfzehn Quadratmeter großen Raum, von dem mit Hilfe einer weiß lackierten Sperrholzplatte eine kleine Küchenzeile abgetrennt worden war.

»Sind das alle Räume?«, wollte Weber von Sebastian Voss wissen.

»Falls Sie auf ein Badezimmer anspielen, das suchen Sie hier vergeblich, Herr Kommissar. Eine Dusche existiert auch nicht, da es auf Hannelore Blochs Parzelle weder einen Wasseranschluss noch einen Brunnen gibt. Aber gleich nebenan steht eine Chemietoilette«, deutete Voss auf einen an die Gartenlaube angrenzenden Holzschuppen.

Zuerst fiel Annas Blick auf die blutverschmierte Wand neben der Toten. Aus Erfahrung wusste sie, dass es sich aufgrund der großflächig verteilten Spritzer um arterielles Blut handeln musste, denn nur eine verletzte Arterie ließ das Blut mit einem solchem Druck aus dem menschlichen Körper herausschießen, dass es Spuren wie diese hinterließ.

Während sie sich dem Sofa näherte, registrierte sie kurz die umgestürzte Lampe und das zerbrochene Geschirr auf dem Tisch, dann wendete sie sich der ermordeten Hannelore Bloch zu.

Das rote Kleid war der Frau weit über die Taille geschoben worden, darunter war sie nackt, und zwischen ihren Beinen klebte verkrustetes Blut. Auf ihrem schmerzverzerrten Gesicht fanden sich Spuren von Erbrochenem. Ihr Mund war weit geöffnet und wirkte mit seinem weit über den Rand hinaus verschmierten dunkelroten Lippenstift bizarr. Und auch wenn Hannelore Bloch um einiges älter und ein wenig korpulenter als Marianne Jacobsen war, war für Anna Greve doch sofort augenfällig, dass alle beide dem gleichen femininen Frauentyp angehörten. Hannelore Bloch trug lange Haare. Sie waren zwar nicht schwarz, sondern dunkelbraun und ein wenig gelockt, erinnerten aber stark an Monika Jacobsens Haarpracht. Darüber hinaus hatte die Tote ebenfalls sehr fein geschnittene Gesichtzüge und ausdrucksvolle braune Augen.

Hannelore Bloch lag rücklings auf dem Sofa, ihr linkes Bein war mit einem Seil an der oberen Holzverzierung der Rückenlehne festgebunden, das rechte Bein war dagegen mit Hilfe eines groben Seils weit vom Körper abgespreizt und in die Höhe gezogen worden. Um das Seil zu fixieren, hatte der Täter es an einem an der Zimmerdecke der Gartenlaube befindlichen Haken befestigt. Exakt dieses Bein musste Marianne Eckart entdeckt haben, als sie auf der Suche nach ihrer Bekannten zum Fenster der Gartenlaube hineingespäht hatte.

Die Körperstellung der Toten war die einer Patientin auf dem Behandlungsstuhl eines Gynäkologen. Das viele Blut zwischen den Beinen der ermordeten Frau ließ Anna wiederum sofort an die postmortalen Misshandlungen und das zertrümmerte Schambein von Monika Jacobsen denken, weshalb sie auch vermutete, dass die Obduktion der vor ihr liegenden ermordeten Frau ein ähnliches Ergebnis zutage fördern würde. Doch es gab einen entscheidenden Unterschied zum Fall Jacobsen, überlegte Anna. Hannelore Bloch musste noch gelebt haben, als der Täter sie gefoltert hatte. Auch das war den Blutspuren deutlich zu entnehmen.

»Damit dürfte Adam Samic entlastet sein«, unterbrach Weber ihre Gedanken. »Wir sollten den Chef anrufen, damit er den Mann gehen lässt.«

»Was sagt denn der Doktor zur Tatzeit?«

»Dr. Severin meint, dass der Mord ungefähr sechsunddreißig bis achtundvierzig Stunden zurückliegt. Theoretisch könnte Samic also durchaus der Täter sein, aber ich glaube nicht, dass er dermaßen kaltblütig ist. Denn das hieße, dass er von uns kassiert worden ist, gleich nachdem er Hannelore Bloch ermordet hat. Ich weiß nicht, Anna, aber meiner Meinung nach ist Samic dafür während des Verhörs viel zu ruhig gewesen.«

Wahrscheinlich hat Weber Recht, dachte Anna. Doch selbst wenn sie nach einem Mann mit einer gänzlich anderen Persönlichkeitsstruktur suchten, würden sie trotzdem das Ergebnis des DNS-Abgleichs abwarten, bevor sie Samic auf freien Fuß setzten.

Sie suchten nach einem Mann, der jetzt bereits zum zweiten Mal getötet hatte und der in seinem Wahn höchstwahrscheinlich weiter morden würde, wenn es ihnen nicht gelang, ihn vorher zu stoppen.

»Wir müssen erst das Autopsieergebnis abwarten, Weber. Und wenn es tatsächlich Parallelen zum Mordfall Jacobsen gibt, was ich glaube, werden wir Unterstützung anfordern müssen.«

»Sie meinen, wir brauchen eine Soko für die Bearbeitung der Mordfälle?«

»Weber, warum fragen Sie das denn, wo Sie doch ganz genau wissen, dass das bei zwei Fällen, die auf ein und denselben Täter verweisen, die gängige Praxis ist.«

»Ich meine ja nur, wie das so kurz vor dem Wochenende noch alles klappen soll?«

»Abwarten, Weber, wir werden sehen, was Sibelius entscheidet.«

Amanda stand vor dem großen Schlafzimmerspiegel, um das schwarze Kleid, das sie zu ihrem ersten Treffen mit Cornelius tragen wollte, noch einmal anzuprobieren. Sie versuchte sich vorzustellen, wie es wohl sein würde, wenn sie ihm zum ersten Mal gegenüberstand. Amanda besaß keinerlei Erfahrungen mit »Blind Dates«, bislang hatten sich ihre Affären immer ganz beiläufig auf einer Party oder beim Sport ergeben. Situationen, in denen sich Amanda stets auf sich selbst verlassen konnte, denn sie besaß Spontaneität, Charme und ein Lächeln, das die Männer anzog. Doch diesmal würde sie erstmalig einen Mann aufgrund einer Kontaktanzeige treffen und mit der erklärten Absicht, einen neuen Partner zu finden. War das nicht eine unsäglich peinliche Vorstellung? Und was wäre, wenn sich Cornelius nur einen Spaß mit ihr erlaubt hatte und in Wirklichkeit überhaupt nicht an ihr interessiert war? Nein, bevor sie sich aufs Glatteis begab, musste sie sich noch ein letztes Mal rückversichern, dass sie sich in ihrem Gefühlsüberschwang nicht völlig naiv in eine Geschichte hineingesteigert hatte, die der Realität keine Sekunde standhalten würde.

Amanda klappte ihren Laptop auf und schrieb:

Bleibt es bei morgen Abend?
Aufgeregt,
Helena.

Hallo, meine Schöne,
bestimmt würdest Du breit grinsen, wenn Du mich jetzt vor dem Spiegel stehen sehen könntest. Wie ist es nur möglich, dass ich auf einmal verschreckt wie ein hypnotisiertes Kaninchen all meine kleinen Mängel registriere, anstatt selbstbewusst und stolz an meinem Körper hinunterzuschauen?

Ja, liebste Liebste, ich bin so zittrig, dass mein Kaffee aus dem Becher schwappt. Aber das ist nicht einmal das Schlimmste, Helena, denn ich mache mir große Sorgen, Dich mit meinem Geschreibsel vielleicht in ernsthafte Schwierigkeiten zu bringen. Was ist, wenn der Spatz etwas von uns mitbekommt? Läufst Du nicht Gefahr, vor der Zeit aus dem Nest geworfen zu werden, wenn er erst über uns Bescheid weiß? Wäre es daher nicht besser, Du löschst vorsichtshalber alle Mails? Oder hast Du das bereits getan?

Fragt sich beunruhigt
Dein Cornelius.

Natürlich hatte Amanda die Mails von ihrer Festplatte gelöscht, doch dass sie sie zuvor noch auf eine CD kopiert hatte, würde ihr kleines Geheimnis bleiben. Amanda schrieb:

Mach Dir keine Sorgen, die Mails sind längst gelöscht.

Und ich habe nach wie vor keine Ahnung, wie ich die letzten Stunden bis morgen herumbringen soll.

Schlaflos,
Deine Helena.

»Lassen Sie uns einen kleinen Umweg über die Rechtsmedizin machen, bevor wir ins Präsidium zurückfahren«, schlug Anna ihrem Kollegen Weber vor. »Ich möchte vor der Dienstbesprechung unbedingt noch mit Severin reden.« »Das heißt also, dass Sie ebenfalls einen Zusammenhang zwischen den beiden Frauenmorden vermuten«, fasste Anna Greve wenig später Dr. Severins Vortrag zusammen.

»Wie gesagt, waren das nur meine ersten Eindrücke. Es mag augenfällige Ähnlichkeiten zwischen den beiden Fällen geben, aber Genaueres kann ich Ihnen erst nach der Obduktion von Hannelore Bloch sagen.«

»Die heute noch stattfinden wird?«, setzte Anna nach.

»Am besten, Sie rufen mich gegen siebzehn Uhr noch einmal an, Frau Greve. Ich werde versuchen, Ihnen bis dahin das endgültige Untersuchungsergebnis vorzulegen.«

Im Präsidium machten sich Anna und Weber sofort auf den Weg in den Konferenzraum, in dem sie Günther Sibelius wie auch Ferdinand Huber und Lars Haberland, die Kollegen aus dem Kommissariat sechsundzwanzig, über den Stand der Untersuchungen im Mordfall Hannelore Bloch informierten.

»Wenn sich der erste Eindruck erhärtet und wir es hier tatsächlich mit einem Wiederholungstäter zu tun haben, wird eine Soko gebildet«, entschied Günther Sibelius. »Und sollte Dr. Severin in wenigen Stunden diesbezüglich bereits definitive Aussagen treffen können, werden wir noch heute Abend Nägel mit Köpfen machen. Ich hänge mich gleich ans Telefon, um zu sehen, welche Kollegen für die Soko in Frage kommen, während Sie bitte mit Hochdruck so viel wie nur möglich über das zweite Opfer herauszufinden versuchen. Richten Sie Ihr Augenmerk dabei vor allem auf mögliche Parallelen und Überschneidungen in den Biografien von Monika Jacobsen und Hannelore Bloch. Gegen neunzehn Uhr treffen wir uns dann wieder hier.«

»Lass es dir schmecken«, stellte Amanda den wunderbar knusprigen, nach frisch geriebenem Pecorinokäse duftenden Nudelauflauf vor ihren Mann auf den Tisch und lächelte.

»Wo treibt sich Klara nur wieder herum?«, knurrte Max, während er seinen Teller füllte.

»Sie ist oben in ihrem Zimmer und lernt für eine Englischarbeit. Ich werde ihr gleich etwas zu essen hochbringen.«

»Warum bekommt unsere Tochter eigentlich immer eine Extrawurst gebraten, Amanda? Es wird ihr doch trotz Schularbeiten wohl noch möglich sein, kurz mit uns zu Abend zu essen. Wieso muss es in unserer Familie immer wie im Zirkus zugehen?«

»Reg dich bitte nicht so auf, mein Lieber«, gab Amanda milde zurück und wunderte sich, dass Max auf einmal wieder Wert auf ein gemeinsames Familienleben zu legen schien. Möglicherweise hatte er ja Ärger mit seiner Tusnelda aus dem Miniaturwunderland gehabt, überlegte sie, bevor sie fortfuhr. »Versuche dich stattdessen lieber einmal daran zu erinnern, wie du dich in Klaras Alter verhalten hast. Wenn ich den Erzählungen deiner Mutter Glauben schenken darf, lieber Max, hast du auch nicht immer zur reinsten Freude deiner Eltern beigetragen.«

»Zumindest haben wir unsere Mahlzeiten stets zusammen eingenommen«, hielt Max dagegen und fragte sich, was wohl der Grund für Amandas ausgesprochen gute Laune sein könnte. War sie inzwischen bei einem Anwalt gewesen, der ihr eine perfide Strategie aufgezeigt hatte, mit der sie aus ihm, Max, noch einmal mehr Geld herauspressen konnte?

Überhaupt kamen ihm in den letzten Tagen des Öfteren Zweifel, ob es wirklich so klug war, seine Familie schon zum jetzigen Zeitpunkt zu verlassen. Und seine aktuelle Geliebte Jessica trug auch nicht gerade unwesentlich zu seiner schwankenden Gemütsverfassung bei. Ihr ständiges Gerede von einer gemeinsamen Zukunft ging ihm gehörig auf die Nerven, und ihre Treffen hatten schon lange den Reiz des Neuen verloren. Was sprach also dagegen, sein Arrangement mit Amanda noch ein paar Jahre in bewährter Weise fortzusetzen? Zumindest so lange, bis sie einen Job gefunden hatte und finanziell auf eigenen Beinen stand.

»Tut mir wirklich leid, meine Liebe, dass ich im Moment so wenig Zeit für die Familie habe«, begann Max gespielt reumütig. »Es ist schon viel zu lange her, dass wir beide einmal ein Glas Wein zusammen getrunken haben«, schenkte er ihr nach. »Erzähl doch mal, wie es dir geht und womit du dich in letzter Zeit beschäftigt hast.«

»Nun ja, mit dem Üblichen halt«, zog Amanda irritiert die Augenbrauen hoch. »Warum fragst du?«

»Ach, ich weiß auch nicht. Ich habe nur manchmal den Eindruck, dass wir vielleicht zu schnell aufgegeben haben. Vielleicht sollten wir es noch einmal miteinander versuchen, was meinst du?«

»Dafür ist es unwiederbringlich zu spät, Max! Schließlich hast du dich ganz eindeutig gegen deine Familie entschieden. Dein Verhalten hat mich zunächst sehr verletzt, aber inzwischen habe ich mich damit abgefunden. Übrigens werde ich den morgigen Abend mit Doris verbringen. Warte also nicht auf mich, es kann spät werden.«

Besser hätte es nicht laufen können, dachte Amanda, während sie den Tisch abräumte und die Reste des Auflaufs in eine kleine Schüssel füllte. Max schien doch tatsächlich ein schlechtes Gewissen zu haben. Er würde ihr den morgigen Abend deshalb ganz sicher gönnen, ohne ihn groß zu hinterfragen.

»Habe gerade die ersten Autopsieergebnisse von der Rechtsmedizin erhalten, Chef«, stürmte Anna in den Konferenzraum und läutete damit die letzte Dienstbesprechung des Tages ein.

»Hannelore Bloch ist ursächlich an einer arteriellen Stichverletzung am linken Bein verblutet«, berichtete sie. »Vorher ist sie jedoch noch auf ähnlich schwere Weise misshandelt worden wie Monika Jacobsen; auch ihr Gesicht und ihre Hände weisen eine Vielzahl von oberflächlichen Schnittverletzungen auf. Erhebliche Verwundungen finden sich in ihrem Unterleib, ihr Schambein wurde ebenfalls zertrümmert. Daher geht Dr. Severin davon aus, dass wir es mit ein und demselben Täter zu tun haben. Es gibt jedoch einen entscheidenden Unterschied zum Fall Jacobsen. Wegen der starken Blutungen im Bereich von Scheide und Anus ist sich Dr. Severin sicher, dass Hannelore Bloch ihr Martyrium bei vollem

Bewusstsein erleiden musste. Das heißt, der Täter hat Hannelore Bloch gefoltert, als sie noch am Leben war. Genaueres über die Schwere der inneren Verletzungen wird Dr. Severin erst nach weiteren Untersuchungen sagen können.«

»Danke, Frau Greve«, übernahm Günther Sibelius. »Haben wir inzwischen das Ergebnis des DNS-Abgleichs zwischen Adam Samic und dem Täter vorliegen?«, wandte er sich an Weber, der verneinte. »Gut, dann machen wir für heute Schluss und treffen uns morgen früh in alter Frische um neun Uhr wieder. Ich werde sehen, welche Kollegen ich bis dahin für die Soko zusammentrommeln kann.«

Anna ging zusammen mit Weber den Hauptflur des Dienstgebäudes in Richtung Ausgang, wo sie auf Marc Hellweg stießen, der für heute ebenfalls Feierabend machte.

»Ich bin schon sehr gespannt auf morgen, Kollegen«, sagte er. »Es ist für mich das erste Mal, dass ich in einer Soko mitarbeite.«

»Und was macht Sie so sicher, dass Sie überhaupt dabei sein werden?«, gab Weber mürrisch zurück. »Überhaupt könnte man, wenn man Sie so reden hört, meinen, dass Ihnen bei Ihrer täglichen Arbeit der besondere Kick fehlt, lieber Hellweg. Nein, ich für meinen Teil würde sehr gern auf die Suche nach einem durchgeknallten Psychopathen verzichten«, fügte er hinzu und verabschiedete sich mit einem kurzen Nicken zu Anna in Richtung Hinterausgang.

»Was hat er denn nur?«, fragte Marc Hellweg erstaunt.

»Nun ja, so viel Vorfreude im Hinblick auf eine Soko fand ich nun auch nicht gerade angebracht«, entgegnete Anna und wandte sich um. »Also bis morgen.«

»In welche Richtung fahren Sie jetzt?«, folgte Marc Hellweg ihr über den Parkplatz.

»Ganz sicher in eine andere Richtung als Sie, denn ich wohne im Landkreis Harburg.«

»Und dorthin wollen Sie sich jetzt sofort auf den Weg machen? Hätten Sie denn nicht Lust, vorher noch ein Glas Wein mit mir zu trinken, Anna?«

»Warum eigentlich nicht«, erwiderte diese und hakte sich lächelnd bei Marc Hellweg ein.

Als sich Anna gegen Mitternacht ins Bett schlich, war sie so angespannt, dass sie nicht einmal ihre Beine unter der Bettdecke ruhig halten konnte. Dabei hatte sie einen sehr schönen Abend mit Marc Hellweg verbracht, in dessen Verlauf sie beide beschlossen hatten, einander von nun an zu duzen.

»Mmmmh«, murmelte Tom verschlafen. »Was ist denn los?«

»Nichts, ich hatte nur einen harten Tag. Schlaf weiter, mein Lieber«, entgegnete Anna mühsam, während sie sich fragte, wann genau sie begonnen hatte, sich ihrem Mann gegenüber zu verschließen. Denn wenn sie ehrlich zu sich war, konnte sie die Veränderungen zwischen Tom und sich nicht allein auf die kurze Affäre mit seinem Bruder zurückführen. Schließlich hatte Anna schon lange vor ihrer Liaison mit Jan damit begonnen, ihr Leben auf später zu verschieben. Sie hatte gewartet, gehofft und geglaubt, mit Tom irgendwann wieder an den

Punkt zurückkehren zu können, an dem sich ihr gemeinsamer Weg einst getrennt hatte.

Wann hatte sie nur aufgehört, um ihre Liebe zu kämpfen? Weshalb sah sie inzwischen nur noch zu, wie sie sich immer weiter voneinander entfernten? War dies der Anfang vom Ende ihrer Ehe? Und ihre Teilnahmslosigkeit nur der Ausdruck eines aussichtslosen Kampfes?

Punkt neun Uhr betrat Anna Greve den Konferenzraum. Und trotz der vergangenen schlaflosen Nacht und ihrer Erschöpfung spürte sie das Adrenalin sofort in ihre Adern strömen, als sie sich auf den einzigen noch freien Platz neben Weber an den Tisch setzte. »So, nachdem Frau Greve eingetroffen ist und wir damit vollzählig sind, können wir auch gleich beginnen«, sagte Günther Sibelius mit einem Blick in die Runde. »Da ich dazu bestimmt wurde, die Ermittlungen dieser Soko in Zusammenarbeit mit dem zuständigen Staatsanwalt Dr. Reinhardt zu leiten«, deutete er auf den zu seiner Linken sitzenden Mann, »möchte ich zu Beginn jeden der hier Anwesenden kurz vorstellen, auch wenn die meisten von Ihnen einander schon kennen.«

»Klasse, dass Reinhardt die Sache macht«, raunte Anna Weber zu, die den Staatsanwalt gut leiden konnte. Dr. Sebastian Reinhardt war ein überaus erfahrener Mann, der sich weder in beruflicher noch privater Hinsicht scheute, Verantwortung zu übernehmen. Reinhardt bekannte sich offen zu seiner Homosexualität und lebte mit einem stadtbekannten Konditor zusammen, dessen beide Kinder, ein zehnjähriges Mädchen und ein zwölfjähriger Junge, die Familie komplettierten.

»Joachim Mettmann, einer unserer Kriminalpsychologen, wird uns dabei helfen, ein Täterprofil zu erstellen«, nickte er einem schlanken Mann in den Vierzigern mit randloser Brille und einem von zahlreichen Hautunreinheiten übersäten Gesicht mit schütterem dunkelblondem Haar zu. »Neben ihm«, deutete Sibelius auf eine attraktive, langhaarige Blondine Mitte dreißig, »sitzt unsere allseits geschätzte Kollegin aus der KTU Verena Mendelson, die ich dem Kollegen Freiwald nur unter größter Mühe für unsere Soko abschwatzen konnte. Der Kollege Ferdinand Huber aus dem Kommissariat sechsundzwanzig im Blomkamp«, wies Sibelius auf einen klein gewachsenen Mittfünfziger mit gedrungenem Körperbau und gutmütig in die Runde blickenden braunen Augen, »unterstützt uns bereits seit einigen Tagen bei der Auswertung der aus der Bevölkerung eingegangenen Hinweise. Ich freue mich sehr, dass ich ihn für uns gewinnen konnte, denn wir alle werden möglicherweise noch von seiner langjährigen Erfahrung als Verhörspezialist profitieren können. Sein junger Kollege, Kriminalhauptmeister Lars Haberland, ebenfalls aus dem Kommissariat sechsundzwanzig, wird sich seine Sporen dagegen erst noch verdienen müssen«, nickte er einem schlanken, dunkelhaarigen Mann in den Zwanzigern freundlich zu, der daraufhin schüchtern lächelte und unruhig auf seinem Stuhl hin- und herrückte. »Kommen wir jetzt zu den Kollegen, die schon von Anfang an mit den beiden Mordfällen befasst sind. Da ist zum einen Dr. Severin aus der Rechtsmedizin, den sicher jeder von Ihnen kennt, was, denke ich, auch für die Kommissare Anna Greve und Lukas Weber gilt. Unseren Computerspezialisten dagegen muss ich Ihnen sehr wohl vorstellen, da Marc Hellweg erst seit Anfang dieses Monats in unserer Abteilung ist.«

»So, das wäre also unser Team«, rieb sich Günther Sibelius zufrieden die Hände. »Und damit wir sofort an die Arbeit gehen können, habe ich für jeden von Ihnen eine Mappe mit der bisherigen Faktenlage erstellt. Die neu hinzugekommenen Kollegen möchte ich bitten, sich einen Überblick über den Stand der Ermittlungen zu verschaffen, bevor wir uns gegen sechzehn Uhr erneut hier treffen.«

»Ziemlich hübsch, die Kleine«, kommentierte Weber und warf Verena Mendelson einen anerkennenden Blick hinterher, als er sich nach der Dienstbesprechung zusammen mit Anna auf den Weg zu Hannelore Blochs Privatadresse in Hamburg-Lurup aufmachte.

»Stimmt auffallend, passen Sie deshalb bloß auf, dass Sie sich nicht an ihr verheben, Weber. Meiner Meinung nach haben wir es hier mit einer Frau zu tun, die genau weiß, was sie will.«

»Übrigens ist mir aus Werner Freiwalds näherer Umgebung zu Ohren gekommen, dass Frau Mendelson ab und an ein wenig mehr als nur seine persönliche Assistentin sein soll«, gab Weber grinsend zurück. »Intern hat ihr das bei einigen männlichen Kollegen den Spitznamen ›Diwan‹ eingebracht.«

»Ich wäre vorsichtig mit solchen Gerüchten, Weber. Denn eine schöne Frau wie Verena Mendelson hat bestimmt eine Menge Neider, und das nicht nur im Hinblick auf ihren Job als Freiwalds persönliche Assistentin.«

»Wahrscheinlich haben Sie Recht, Anna, selbst wenn solche Gerüchte fast immer ein Körnchen Wahrheit enthalten. Also schauen wir erst einmal, wie die Mendelson arbeitet, bevor wir uns ein Urteil über sie erlauben. Trotzdem hoffe ich, dass sie keine unnötige Unruhe in die Soko hineinbringt. Sind Ihnen Lars Haberlands schmachtende Blicke denn überhaupt nicht aufgefallen?«

»Nun ja«, gab Anna lächelnd zurück, »mir ist vor allem aufgefallen, wie sehr Sie selbst von Frau Mendelson beeindruckt zu sein scheinen, Weber. Kein Wunder, denn sie ist zweifellos eine Augenweide. Was mich dagegen wirklich wundert, ist, dass es der Mettmann in die Soko geschafft hat. Wo er mit seinen Täterprofilen in der Vergangenheit doch meist danebengelegen haben soll. Zumindest hat er mit ›Mettwurst‹ einen passenden Spitznamen verpasst bekommen. Sehen Sie sich bloß einmal sein pickeliges Gesicht mit all den roten Flecken an, dann wissen Sie Bescheid, Weber.«

Kurz vor der Ausfahrt »Volkspark« auf der A7 drosselte Lukas Weber das Tempo, um sich auf die Fahrspur in Richtung Hamburg-Lurup einzufädeln. Nun hatten sie es nicht mehr weit bis zu dem Mietshaus am Tannenberg, in dem Hannelore Bloch bis zu ihrem Tod gewohnt hatte. Mehrere Schlüssel zu ihrer Wohnung hatte die KTU, die bereits vor Ort war, schon in der Gartenlaube der Ermordeten sichergestellt.

»So, hier müsste es sein«, parkte Weber den Vectra kurz darauf vor einem rot geklinkerten Mehrfamilienhaus ein. Als sie die Zweizimmerwohnung im ersten

Stockwerk betraten, trafen die Kommissare dort auf Werner Freiwald und Verena Mendelson, die im Flur gerade einen von Hannelore Blochs Aktenordnern mit der Aufschrift »Altersvorsorge« studierten.

»Ich dachte mir, ich beginne am besten gleich vor Ort«, erklärte Verena Mendelson ihre Anwesenheit. »So kann ich eventuelle Ergebnisse nachher gleich aus erster Hand weitergeben.«

»Sind Sie denn überhaupt schon dazugekommen, sich anhand von Günther Sibelius' Mappe einen ersten Überblick über den Fall zu verschaffen?«, wollte Weber wissen.

»Natürlich nicht, lieber Kollege«, tat Verena Mendelson Webers Frage lächelnd ab. »Aber ich verspreche, das am kommenden Wochenende nachzuholen.«

Unterdessen löste sich Anna Greve von ihren Kollegen und begann sich in der Wohnung der Ermordeten umzusehen. In Hannelore Blochs Schlafzimmer war mit Hilfe eines durchsichtigen Vorhangs ein kleiner Arbeitsplatz abgeteilt worden, den Anna genau in Augenschein nahm.

Die getötete Frau war als Sekretärin in einer nahe gelegenen Klempnerei angestellt gewesen und schien, wie einige Geschäftspapiere in ihrer Schreibtischablage zeigten, auch von zu Hause aus gearbeitet zu haben. Die Kommissarin überflog die Schriftstücke, bei denen es sich größtenteils um Auftragsangebote und Werkstoffrechnungen handelte. Schon wollte sie sich die Schubladen des Schreibtisches vornehmen, als Weber und Werner Freiwald das Zimmer betraten.

»Haben Sie Frau Blochs Computer bereits sichergestellt?«, wandte sich Anna mit einem Blick auf das lose auf dem Fußboden herumliegende Netzkabel an den Chef der KTU.

»Nein, denn in der Wohnung wurde bislang keiner gefunden.«

»Und wie sieht es in der Gartenlaube aus?«

»Tut mir leid, Frau Greve, auch dort sind wir auf keinen Computer gestoßen.«

Merkwürdig, dachte Anna und bekam mit einem kurzen Anruf bei Hannelore Blochs Arbeitgeber ihr Gefühl, dass hier etwas ganz und gar nicht stimmte, bestätigt.

»Frau Bloch hat sich ihren neuen Laptop erst vor zwei Monaten angeschafft«, informierte der Klempnereibesitzer Harry Mohnsen die Kommissarin. »Ich habe sogar die Hälfte des Kaufpreises für den Computer, der ohne Modemkabel auskommt, beigesteuert, damit Hannelore bei schönem Wetter auch in ihrem Garten arbeiten konnte.«

»Kommen Sie, Weber, wir machen eine Runde durch das Haus«, forderte Anna ihren Kollegen, der sich nur schwer von Verena Mendelson lösen konnte, auf, sie zu begleiten.

Nachdem sie bereits bei drei von insgesamt sechs Mietparteien geklingelt und nie jemanden angetroffen hatten, versuchte es Anna im Erdgeschoss. Dort wurde die Tür mit dem Namensschild »Pelche« schon nach dem ersten Läuten von einer schwer atmenden Frau in den Siebzigern geöffnet. Über Pullover und Hose trug sie einen wild geblümten Arbeitskittel, und in ihren Händen hielt sie ein tropfnasses Wischtuch.

»Mein Gott, die arme Hanne«, begann Elisabeth Pelche

ansatzlos. »Dabei war sie immer so nett und freundlich. Da fällt mir ein, dass ich noch immer die von ihr bestellte Lampe bei mir habe. Wo soll ich denn jetzt bloß damit hin?«

»Vielleicht besprechen wir das am besten in Ihrer Wohnung«, sagte die Kommissarin und hielt Frau Pelche ihren Dienstausweis unter die Nase. »Ich heiße Anna Greve, und das hier ist mein Kollege Lukas Weber.«

»Darf ich Ihnen eine Tasse Kaffee anbieten?«, begann Elisabeth Pelche in ihrer Küche herumzufuhrwerken.

»Nein, vielen Dank«, lehnte Anna freundlich ab, um sofort zum Tagesgeschäft überzugehen.

»Sie scheinen Frau Bloch recht gut gekannt zu haben.«

»Nun ja, wie man seine Nachbarn halt so kennt. Obwohl, die Hanne war schon etwas Besonderes, denn sie hat sich immer um mich gekümmert. Und wenn ich mal nicht so gut zu Fuß gewesen bin«, sie strich sich über den rechten Unterschenkel, unter dessen Hosenbein eine hautfarbene Bandage zum Vorschein kam, »hat sie für mich eingekauft oder mir etwas zu essen heruntergebracht.«

»Frau Bloch hat allein gelebt?«

»Das ja, obwohl Hanne von Zeit zu Zeit auch Männerbesuch empfing.«

»Ist es immer ein und derselbe Mann gewesen? Und können Sie ihn vielleicht näher beschreiben?«

»Nein, das kann ich leider nicht, Frau Greve«, bedauerte Elisabeth Pelche. »Die beiden sind jedes Mal so schnell an meiner Wohnung vorbeigegangen, dass ich ihn nicht genau sehen konnte.«

»Aber wenn Frau Bloch ohne Mann unterwegs war,

haben Sie sich schon einmal im Hausflur getroffen und miteinander geredet, stimmt's?«, warf Weber ein.

»Genau so ist es gewesen, Herr Kommissar.«

»Hatte Frau Bloch bei diesen Gelegenheiten auch manchmal einen Computer bei sich?«

»Das weiß ich nicht, aber ich habe Hanne in der letzten Zeit öfter mit einer schwarzen Aktentasche unter dem Arm herumlaufen sehen. Einmal hat sie mir erzahlt, dass sie nun endlich ihr neues Baby bekommen habe. Ich habe zwar nicht verstanden, was genau sie damit gemeint hat, aber bestimmt ist es um ihre Arbeit gegangen. Hanne war sehr fleißig, müssen Sie wissen. Vielleicht war sogar eine neue Schreibmaschine in ihrer Tasche. Inzwischen soll es ja schon Geräte geben, die man ohne Schwierigkeiten transportieren kann, weil sie ganz klein und leicht sind.«

»Die Kollegin Mendelson ist bereits auf dem Weg ins Präsidium und wird in Kürze eintreffen«, eröffnete Günther Sibelius am Nachmittag die erste offizielle Dienstbesprechung der neu gegründeten Soko und erteilte anschließend Ferdinand Huber das Wort.

»Wir haben uns in der Zwischenzeit mit den Biografien der zwei ermordeten Frauen beschäftigt«, begann dieser und machte dabei mit dem Kopf eine Bewegung in Richtung seines Mitarbeiters Lars Haberland. »Auf den ersten Blick scheint es keine Überschneidungen zu geben. Monika Jacobsen war vor allem mit ihren häuslichen Aufgaben beschäftigt und hat sich darüber hinaus ehrenamtlich für den Deutschen Kinderschutzbund engagiert. Hannelore Bloch war alleinstehend und als Sekretärin in einer Klempnerei angestellt. In ihrer Freizeit hat sie sich vor allem um ihr Gartengrundstück in ›Hermannsthal‹ gekümmert. Nebenbei soll sie gern zum Tanzen gegangen sein, einen Spanischkurs in der Volkshochschule besucht und einmal in der Woche zusammen mit ein paar Freundinnen gekocht haben. Aber bitte nageln Sie uns nicht auf die genannten Ergebnisse fest, bevor wir diese nicht Punkt für Punkt auf ihre Richtigkeit hin überprüft haben.«

»Trotzdem bemerkenswert, wie viele Ansatzpunkte Sie in der kurzen Zeit in Erfahrung gebracht haben«, lobte Günther Sibelius. »Also recherchieren Sie weiter, Kollegen. Wer weiß, möglicherweise stoßen Sie doch noch auf Überschneidungen, und die beiden Frauen haben sich im gleichen Tanzkurs kennengelernt, oder aber sie besaßen ein und dasselbe Theaterabonnement. Und wie sieht es bei Ihnen aus, Herr Hellweg?«, wendete er sich an den Computerspezialisten. »Haben Sie inzwischen in einer der Kontaktbörsen im Internet eine Spur der Ermordeten gefunden?«

»Bislang noch nicht, Chef, doch so etwas braucht Zeit, allein schon weil die Anzahl der in Frage kommenden Plattformen und Foren sehr groß ist. Aber ich bleibe dran«, schloss er, als Verena Mendelson zur Tür hereinschlüpfte und sich leise neben ihn setzte.

»Wir glauben, dass der Täter Hannelore Blochs Laptop mitgenommen hat, Chef«, meldete sich Anna Greve zu Wort. »Es steht zweifelsfrei fest, dass sie einen Computer besaß, der allerdings spurlos verschwunden ist.«

»In Hannelore Blochs Küche befand sich ein Kochbuch,

in dem ein Rezept für eine Lammschulter provenzalischer Art mit einem Merkzettel versehen war«, berichtete nun Verena Mendelson. »Daraufhin habe ich die dafür benötigten Zutaten mit der Liste der in der Gartenlaube sichergestellten Essensreste verglichen. Ein Volltreffer, Kollegen, Frau Bloch hat dieses Gericht am Abend ihres Todes zubereitet.«

»Höchstwahrscheinlich für ihren Traumprinzen, der sie dann zum Nachtisch getötet und den Computer an sich genommen hat, um damit jede Spur, die auf ihn verweist, löschen zu können«, stellte Weber fest.

»Das könnte ich mir auch gut vorstellen«, stimmte Verena Mendelson zu. »Übrigens haben wir jetzt auch das Ergebnis des DNS-Abgleichs vorliegen, Chef. Adam Samics Speichelprobe stimmt nicht mit der DNS des Täters überein.«

»Gut, dann veranlassen Sie, dass er wieder aus dem polizeilichen Gewahrsam entlassen wird. Außerdem möchte ich Sie alle bitten, mögliche Motive, die sich aus der früheren Berufstätigkeit von Monika Jacobsen ergeben, nicht aus den Augen zu verlieren, damit wir einen Tatzusammenhang auf dieser Ebene ausschließen können. Teilen Sie daher die beschlagnahmten Ordner mit den Steuerakten untereinander auf, und nehmen Sie sie sich noch einmal gründlich vor«, wies Günther Sibelius die Mitglieder der Soko an. »Die Kollegin Greve wird Ihnen jeweils einen Teil der Akten übergeben.«

Dreißig Minuten vor der vereinbarten Zeit machte sich Amanda von der S-Bahn-Station Jungfernstieg in Richtung Gertrudenstraße zu ihrem Treffen mit Cornelius auf. Dabei schlug sie den Fußweg in Richtung Ballindamm ein, der dem Ufer der Binnenalster folgte. Trotz ihrer Aufregung zwang sich Amanda, langsam zu gehen, um den Weg entlang der vierspurigen Straße von nicht einmal zehn Minuten auf eine halbe Stunde auszudehnen. Schließlich wollte sie keinesfalls zu früh bei Cornelius eintreffen.

Punkt neunzehn Uhr stand Amanda vor dem ihr genannten Haus in der Gertrudenstraße. Sie spähte auf die im Eingangsbereich des weiß gestrichenen Mehrfamilienhauses angebrachten Klingelknöpfe und entdeckte in der obersten Reihe links den Namen »Cornelius Landmann«.

Nervös kramte Amanda in ihrer Handtasche nach den Filterzigaretten. Ihr Herz klopfte heftig, während sie sich eine Zigarette anzündete. War es wirklich klug, sich ganz ohne Netz und doppelten Boden in ein solches Abenteuer zu stürzen? Hatte Doris recht, und sollte sie die Freundin nicht doch noch anrufen und einen Kontrollanruf mit ihr vereinbaren? Immerhin verschaffte sie sich damit die Option, das Treffen sofort abbrechen zu können, falls es unangenehm verlief. Amanda warf die Zigarettenkippe auf den Asphalt und begann in ihrer Tasche nach dem Handy zu suchen, als der von Westen kommende Wind plötzlich auffrischte und es zu regnen begann. Die Windböen trieben die Wassertropfen bis unter das Vordach, und Amanda spannte schnell ihren Schirm auf, damit ihre frisch geföhnten Haare nicht nass wurden. Verflixt, sie musste auf der Stelle aus dem Regen heraus. Entschlossen drückte sie auf Cornelius' Klingelknopf. Mit Doris konnte sie, sollte es brenzlig werden, ja immer noch heimlich von Cornelius' Toilette aus telefonieren. Ungeduldig wartete Amanda auf das Summen des Türöffners, doch nichts geschah. Sie versuchte es erneut, wobei sie die Klingel deutlich länger gedrückt hielt als beim ersten Mal. Als sich jedoch wieder nichts tat, trat Amanda ein paar Schritte auf die Straße hinaus, um zu der linken Dachgeschosswohnung hinaufschauen zu können. Hinter den Fenstern, die zur Dachterrasse hinausführten, war es stockdunkel. Sollte Cornelius ihre Verabredung etwa vergessen haben?

Amanda fand ihr Handy und wählte seine Mobilfunknummer, unter der sich bereits nach dem zweiten Läuten die Mailbox einschaltete.

Wahrscheinlich ist er durch irgendeinen Job aufgehalten worden, dachte sie und sah sich suchend nach einem geeigneten Platz um, wo sie im Trockenen auf Cornelius' Kommen warten konnte. Am Ende der Gertrudenstraße entdeckte sie die rote Leuchtreklame eines Lokals und marschierte los. In der Kneipe angekommen, bestellte sie sich ein großes Bier vom Fass, obwohl sie sich vorgenommen hatte, vor ihrer Verabredung mit Cornelius keinen Alkohol zu trinken. »Zum Teufel mit den guten Vorsätzen«, nahm sie, kaum dass das Glas vor ihr stand, sofort einen großen Schluck und fragte, ob man hier rauchen durfte.

»Stecken Sie sich ruhig eine an«, ermunterte sie die ein wenig zerrupft aussehende Kellnerin hinter dem Tresen. »Wir sind ein eingetragener Raucherclub. Von mir aus können Sie heute einen Schnuppertag bei uns machen, aber wenn Sie öfter hierherkommen, müssen Sie unserem Verein beitreten. Ist allerdings nicht so schlimm«, zwinkerte sie Amanda freundlich zu, »die Mitgliedschaft kostet einmalig nur fünf Euro.«

»Danke, ich werde es mir überlegen«, entgegnete Amanda. »Haben Sie vielleicht etwas zu schreiben für mich?«

Kurz darauf saß Amanda bereits vor dem zweiten Bier und dachte über den Inhalt der Nachricht nach, die sie Cornelius schreiben und in den Briefkasten stecken wollte.

»Zahlen bitte«, sagte sie zur Kellnerin, nachdem mittlerweile mehr als eine Stunde vergangen war und sie halbherzig ein paar Worte auf ein Blatt Papier gekritzelt hatte.

Warum hast Du mich versetzt?
Ich bin echt sauer!
Helena.

Amanda ging zu Cornelius' Haus zurück und sah erneut zum obersten Stockwerk hinauf, wo alle Fenster nach wie vor dunkel waren.

Trotzdem wartete sie noch ein paar Minuten unter dem Vordach des Hauses, bevor sie ihre Nachricht in Cornelius' Briefkasten warf.

»Mistkerl!«, fluchte Amanda so laut, dass sich ein Mann, der auf der anderen Straßenseite gerade aus seinem Wagen ausstieg, nach ihr umdrehte. Sie würdigte ihn keines Blickes, machte auf dem Absatz kehrt und lief auf kürzestem Weg zur S-Bahn-Station am Jungfernstieg zurück. Als sie wenig später missmutig durch das Fenster der Bahn in die Dunkelheit hinausstarrte, wusste sie nicht, ob sie lachen oder weinen sollte. Noch nie zuvor in ihrem Leben war sie so dreist von einem Mann versetzt worden.

7

Anna hob die letzte Getränkekiste vom Boden des Carports und stellte sie im Abstellraum des Kellers neben die anderen. Anschließend räumte sie ihre Einkäufe in den Kühlschrank und atmete beruhigt durch, als ihr Blick auf die Wanduhr fiel. Es war gerade einmal zwölf Uhr, und sie hatte bereits alle Besorgungen für Pauls Geburtstagsfeier erledigt. Und da sie schon vor ihrer Einkaufstour sowohl das Essen als auch den Kaffeetisch für ihren jüngsten Sohn und seine Gäste vorbereitet hatte, konnte sie sich nun mit gutem Gefühl ein paar Minuten entspannt zurücklehnen. Es würde ihr letzter ruhiger Moment bis zum Abend sein, denn Tom, mit dem zusammen sie noch die Strecke für die Schatzsuche präparieren wollte, musste jeden Augenblick eintreffen.

Anna war erleichtert, dass Pauls Geburtstag diesmal auf einen Samstag fiel. Die Feier des letzten Jahres hatte ohne sie stattgefunden, weil sie während der Woche bis spät in die Nacht hinein hatte arbeiten müssen. Paula hatte ihr am Tag danach dann berichtet, dass alles gut gelaufen war. Aber obwohl Paul ihre Abwesenheit tapfer ertragen hatte, erinnerte sie sich noch genau, wie sehr es sie bedrückt hatte, an seinem Geburtstag nicht da gewesen zu sein. Dazu hatte es an diesem neunzehnten November auch noch wie aus Eimern geschüttet, weshalb sogar die obligatorische Schnitzeljagd ausgefallen war.

Heute jedoch schien die Wintersonne warm zum Küchenfenster herein, und die Vorstellung, nachher zusammen mit einer Horde Kinder durch den Wald zu streifen, versetzte Anna in große Vorfreude. Höchstwahrscheinlich würde es so oder so das letzte Mal sein, denn Paul wurde heute zwölf Jahre alt, und wenn er seinem großen Bruder Ben auch nur ein wenig gleichkam, würden die zukünftigen Geburtstage wohl ganz anders ausfallen.

Anna stellte die Zettel mit den Hinweisen und Rätseln, die Schatzkiste sowie zwei Eimer voller Sägespäne bereit und fragte sich nach einem erneuten Blick auf die Uhr, wo Tom nur so lange blieb. Sie überlegte schon, ob sie ihren Mann anrufen sollte, als das Telefon zu klingeln begann.

»Gut, dass du dich meldest, Tom. Es wird Zeit, wenn wir bis vierzehn Uhr mit den Vorbereitungen fertig sein wollen«, begann sie ansatzlos.

»Anna?«, meldete sich ihre Mutter Elisabeth am anderen Ende der Leitung zu Wort. »Ist alles in Ordnung bei euch? Kann ich etwas für dich tun?«

»Ja, das wäre wirklich klasse, Mama«, entschied Anna, die es leid war, noch länger auf Tom zu warten, spontan. »Hast du denn jetzt sofort Zeit? Ich könnte deine Hilfe gut gebrauchen.«

Müde und zerschlagen kämpfte sich Amanda aus dem Bett. Schließlich war es höchste Zeit, das Familienfrühstück zuzubereiten. Während sie ihren Morgenmantel vom Garderobenhaken im Badezimmer angelte, murmelte Amanda ihrem Mann, der sich vor dem Waschbecken rasierte, ein kurzes »Guten Morgen« zu. Sie rang sich sogar ein Lächeln ab, denn Max sollte auf keinen Fall merken, wie elend sie sich fühlte. Dabei lagen auch noch zwei volle Tage zähen Familienlebens vor ihr. Vielleicht war es doch nicht so klug gewesen, ihrem Mann zu verstehen zu geben, dass sie sich mit seinen Entscheidungen arrangieren wollte, denn seitdem suchte er auf einmal wieder ihre Gesellschaft. Trotzdem musste es ihr gelingen, für eine Weile ungestört zu sein. Das missglückte Treffen mit Cornelius ging ihr einfach nicht aus dem Sinn. Sie musste unbedingt im Internet recherchieren, ob der Mann, in den sie sich rettungslos verliebt hatte, auch wirklich existierte. Die Gelegenheit dazu bot sich schneller, als sie gedacht hatte, denn Max rief ihr durch den Flur zu, dass er schnell ein paar frische Brötchen besorgen gehe.

Sollte sie es jetzt wagen? Der Frühstückstisch war gedeckt und aus Klaras Zimmer noch kein Laut zu hören. Amanda startete ihren Laptop und gab »Cornelius Landmann« in die Suchmaschine ein.

»So, meinetwegen kann es losgehen«, sagte Tom, als er eine Viertelstunde nach ein Uhr zu Anna und ihrer Mutter Elisabeth in die Küche kam.

»Danke, aber wir haben schon alles erledigt«, gab Anna kurz zurück.

»Meine Güte, Anna, ich denke, meine Hilfe ist so wichtig für dich. Hab' mich beeilt wie ein Blöder, nur um pünktlich zu Hause zu sein. Dabei hätte ich die Zeit in der Druckerei noch gut gebrauchen können.«

»Von mir aus kannst du gleich wieder dorthin verschwinden, Tom. Wir kommen hier auch ohne dich zurecht.«

»Na, na, hört auf, euch zu zanken«, versuchte Elisabeth zu beschwichtigen. »Ihr werdet eurem Paul doch nicht den Geburtstag vermiesen wollen, oder?«

»Du hast Recht, Mutter«, gab Anna nach. »Setz dich, Tom, du hast bestimmt noch nichts gegessen«, fügte sie an ihren Mann gewandt noch hinzu und schob ihm ein belegtes Brötchen und einen Becher Kaffee über den Tisch.

In der folgenden Nacht wachte Anna, eng an Tom geschmiegt, plötzlich auf. Sie legte eines ihrer verschwitzten Beine über seinen Bauch und fing an, seine Brust zu streicheln, als ihr bewusst wurde, dass sie den guten Sex von gerade eben nur geträumt hatte. Leise stand sie auf, ging in die Küche hinunter, setzte sich auf einen Stuhl und fragte sich, wie es nur möglich war, dass Tom und sie trotz aller Bemühungen nach wie vor auf der Stelle traten. Warum gelang es ihr nicht, eine erfüllte Beziehung auf Augenhöhe mit ihm zu führen? Und überhaupt hatte sie derart intensive Gefühle wie gerade eben im Traum in der Realität bisher nur einmal, und zwar mit Jan, erlebt. Sie konnte es drehen und wenden, wie sie wollte, aber ihre kurze Affäre mit Toms zehn Jahre jüngerem Bruder verfolgte sie noch immer.

Unter dem Namen »Cornelius Landmann« spuckte die Suchmaschine keinen einzigen Treffer aus, der auch nur entfernt mit Kunst zu tun hatte. Genau genommen fand

Amanda außer einigen Links zu genealogischen Seiten und dem Hinweis auf einen Mann gleichen Namens, der 1751 in den Niederlanden geboren und 1801 gestorben war, überhaupt nichts über einen Cornelius Landmann. Während sie den Suchvorgang noch einmal wiederholte, um sicherzugehen, dass ihr in der Hektik kein Eingabefehler unterlaufen war, verfestigte sich ihr Misstrauen ebenso wie die Befürchtung, dass sich Cornelius oder wie er auch immer hieß, einen derben Spaß mit ihr erlaubt hatte. Der zweite Suchdurchgang brachte auf den ersten Blick kein anderes Ergebnis als der erste, und angesichts der lauten Musik aus Klaras Zimmer blieb Amanda auch nicht mehr die Zeit, alle Treffer noch einmal in Ruhe durchzugehen.

Nun war geschehen, was er bereits seit Tagen befürchtet hatte. Der Druck in seinem Magen hatte sich auf eine ihm wohlbekannte Art und Weise verschlimmert, die die Diagnose eines Arztes überflüssig machte. Akute Magenschleimhautentzündung. Wenn es so weiterging, würde er eines Tages noch mit einem ausgewachsenen Magengeschwür dastehen, das möglicherweise sogar operiert werden musste. Auf keinen Fall durfte er den Schmerz auf die leichte Schulter nehmen oder gar ignorieren, schließlich wäre er nicht der Erste, der an den Folgen dieser Krankheit krepierte. Zum Glück hatte er das Ruder gerade noch einmal rechtzeitig herumgerissen. Noch ein bisschen Geduld, Schonkost, Bettruhe, und er würde wieder ganz der Alte sein.

Neben seinem Bett stapelten sich die Hinterlassenschaften eines in vollkommener Untätigkeit verbrachten

Wochenendes: mehrere Teller und Müslischalen mit den Resten vertrockneten Haferschleims. Aber was machte das schon? Er musste unbedingt Kräfte sammeln, schließlich sollte das Spiel mit Amanda schon bald in die nächste, alles entscheidende Runde gehen. Und wenn er seinen Magen bis dahin nicht in den Griff bekam, würde er auch nicht in der Lage sein, die Aufgabe zu meistern. Immerhin kostete es jede Menge Anstrengung und Körperkraft, einen Menschen zu töten. Obwohl er sich deshalb auf zierliche und leicht zu überwältigende Opfer beschränkt hatte, war es immer noch eine ziemliche Plackerei, einer Frau so lange den Hals zuzuschnüren, bis sämtliches Leben aus ihr herausgepresst war. Außerdem ahnte er schon jetzt, dass er es mit Amanda noch schwerer haben würde als mit den Frauen vor ihr. Zeugten ihr Gang und ihre Bewegungen doch von großer Lebensenergie.

Wahrscheinlich war sie überhaupt nur aus diesem Grund derart auf Cornelius Landmann, den freien Künstler, abgefahren. Ja, Cornelius war zweifellos genau der richtige Typus Mann für eine Frau wie Amanda. Diesmal hatte er seine Hausaufgaben gut gemacht. So gut, dass er es sich sogar leisten konnte, Amanda bei der ersten Verabredung mit ihrem Traummann ins Leere laufen zu lassen. Zwar wohnte in dem Apartment in der Gertrudenstraße tatsächlich ein Mann mit Namen Cornelius Landmann. Der überwinterte zu dieser Zeit jedoch regelmäßig auf Teneriffa, wie er recherchiert hatte, aber natürlich lag trotzdem ein gewisses Risiko in seinem Vorgehen. Was, wenn sich Amanda aus Ärger über das geplatzte Date von Cornelius abwandte? Andererseits lag gerade hierin der Reiz. Er wollte Amanda besser kennenlernen, musste in Erfahrung bringen, wo ihre Grenzen lagen. Wie sehr würde sie sich erniedrigen lassen, um Cornelius kennenzulernen? Aber wahrscheinlich machte er sich sowieso viel zu viele Gedanken, und Amanda würde sich genau wie die beiden Frauen vor ihr ganz ohne Argwohn in eine Situation hineinbegeben, aus der es kein Entrinnen mehr gab.

Bei diesem Gedanken angekommen, stellte er mit Erleichterung fest, dass der Druck in seinem Magen nachgelassen hatte. Mit etwas Glück würde er morgen wieder arbeitsfähig sein und den Kopf zum Nachdenken frei haben. Schließlich musste er die Wartezeit für Amanda in Grenzen halten und sich darüber hinaus eine Erklärung einfallen lassen, die sie überzeugte und beruhigte. Ja, schon morgen sollte Amanda ein begeisterndes Lebenszeichen von Cornelius erhalten, das sie noch mehr in seinen Bann ziehen würde.

Heute würde er jedoch gar nichts mehr tun. Er angelte mit der Hand nach der Fernbedienung, um sich einen alten Schwarzweißfilm mit Heinz Rühmann in der Rolle eines Tankwarts anzusehen. Genau das Richtige für einen faulen Sonntagnachmittag im Bett.

Als Anna Greve gefolgt von Weber am Montagmorgen die Klempnerei Mohnsen betrat, wurden die Kommissare schon von Hannelore Blochs Arbeitgeber, Herrn Harry Mohnsen, erwartet und sogleich in das an die Werkstatt angrenzende Büro geführt.

»Das hier war Hannes Arbeitsplatz«, blieb er vor einem im Unterschied zum Rest des Raumes akkurat aufgeräumten Schreibtisch stehen. »Ich weiß gar nicht, was wir ohne sie anfangen sollen«, klagte er. »Hanne hatte den ganzen Verwaltungskram fest im Griff, sie war eine echte Perle. Kommen Sie mit dem Ding auch allein zurecht?«, fragte Mohnsen und wies dabei auf Hannelore Blochs Computer. »Ich weiß gerade einmal, wie man ihn einschaltet. Wenn was ist, ich bin gleich nebenan.«

Als Weber nickte, ging Harry Mohnsen sichtlich erleichtert in die Werkstatt und an seine Arbeit zurück.

»So, dann wollen wir mal sehen«, startete Weber den Computer, während Anna begann, Hannelore Blochs Schreibtischschubladen zu durchsuchen.

Nachdem Weber als Erstes das Programm für Spam-Filter und anschließend alle darin gespeicherten Konten aufgerufen hatte, winkte er Anna zu sich heran.

»Bingo, ich glaube, wir haben etwas. ›Hanne69@t-online.de‹ klingt jedenfalls nicht gerade nach der Adresse eines Handwerkerbetriebes. Das hört sich eher nach einem privaten Konto an. Es sind auch keine Mails in ihm gespeichert, was dafür spricht, dass wir tatsächlich eine von Hannelore Blochs persönlichen Internetadressen gefunden haben.«

»Könnte stimmen, Weber. Soweit ich weiß, wurde Frau Bloch im April 69 geboren«, lächelte Anna ihren Kollegen an, bevor sie sich erneut an die Arbeit machte. Nach einer Weile hatten sie Hannelore Blochs Arbeitsplatz gründlich durchsucht, aber nichts mehr von Bedeutung gefunden. Weber drängte zum Aufbruch.

»Einen Moment noch«, meinte Anna und ging in die Klempnerwerkstatt hinüber. »Wir benötigen eine Liste mit den Namen Ihrer Angestellten«, wendete sie sich an

Harry Mohnsen. »Außerdem brauchen wir eine Aufstellung aller Lieferanten, Vertreter und Kunden des laufenden Jahres. Kriegen Sie das hin?«

»Die Namen meiner Mitarbeiter finden Sie hier, Frau Kommissarin«, meinte er und reichte Anna ein DIN-A4-Blatt herüber, »die andere Liste muss meine Frau erst für Sie zusammenstellen. Zum Glück hat sie, wenn Hanne im Urlaub oder krank gewesen ist, ab und an mal im Büro ausgeholfen. Wir mailen Ihnen die Aufstellung rüber. Aber glauben Sie ernsthaft, dass irgendjemand von uns etwas mit Hannes Tod zu tun haben könnte?«

»Das ist reine Routine, Herr Mohnsen. Deshalb müssen wir leider auch den Computer Ihrer Mitarbeiterin für eine gründliche Überprüfung an uns nehmen.«

»Das können Sie doch nicht machen, Frau Kommissarin! In dem Ding steckt schließlich unsere gesamte Buchhaltung.«

»Ganz bestimmt wird es irgendwo Sicherungskopien der betreffenden Dateien geben, Herr Mohnsen. Fragen Sie Ihre Frau danach, Sie werden sehen, dass Sie sich unnötig sorgen. Ich gebe Ihnen außerdem mein Wort, dass Sie den Computer so schnell wie möglich wieder zurückbekommen werden.«

»Untersuchen Sie bitte so bald wie möglich Hannelore Blochs Computer aus der Klempnerei«, bat Weber Marc Hellweg auf der anschließenden Dienstbesprechung. »Wenn Sie wollen, helfe ich Ihnen nachher beim Tragen. Das Ding befindet sich nämlich noch immer im Kofferraum unseres Vectra.«

Nachdem Weber die Information über Hannelore

Blochs private Internetadresse in die Runde gegeben hatte, erteilte Günther Sibelius Kriminalkommissar Ferdinand Huber aus dem Kommissariat sechsundzwanzig das Wort.

»Mein junger Kollege hat etwas sehr Wichtiges herausgefunden«, wandte sich Huber an Lars Haberland. »Ich denke, er sollte Ihnen die Sache selbst erzählen.«

»Ja, ich bin dem Hinweis über Frau Blochs Begeisterung für das Tanzen nachgegangen«, begann Kriminalhauptmeister Haberland stockend, »und habe recherchiert, dass sie regelmäßig Tanzveranstaltungen im Curiohaus besucht hat. Eine ehemalige Arbeitskollegin, die Frau Bloch ab und an zu einem Salsaabend begleitet hat, gab mir den Tipp, mich einmal vor Ort umzuschauen. Sie meinte, dass es bei diesen Veranstaltungen nicht nur ums Tanzen geht, sondern auch um erste, diskrete Kontaktanbahnungen.«

»Dann sollten wir uns das Curiohaus wirklich einmal genauer ansehen, was meinen Sie?«, schlug Verena Mendelson mit einem fragenden Blick in die Runde vor. »Ich stelle mich freiwillig für eine Recherche vor Ort zur Verfügung.«

»Falls es tatsächlich nötig ist, wird sich der Kollege Haberland an Ort und Stelle umsehen«, entgegnete Günther Sibelius. »Auch denke ich, dass wir keinesfalls selbst das Tanzbein schwingen müssen, um mit unseren Ermittlungen voranzukommen«, fügte er augenzwinkernd an. »Gibt es sonst noch etwas Neues, Herr Haberland?«

»Allerdings, denn soweit es das Tanzen betrifft, hat sich tatsächlich eine Parallele zwischen den Mordopfern aufgetan«, setzte der junge Assistent seinen Bericht fort.

»Frau Jacobsen ist wie Frau Bloch eine leidenschaftliche Tänzerin gewesen. Und da sich ihr Mann nach eigener Aussage nicht sehr für ihr Hobby begeistert hat, soll auch Monika Jacobsen von Zeit zu Zeit allein ins Curiohaus gegangen sein. Leider bin ich noch nicht dazugekommen, mich diesbezüglich in Frau Jacobsens Umfeld umzuhören.«

»Gut, in jedem Fall müssen wir dem Hinweis nachgehen, Kollegen«, entschied Günther Sibelius. »Wer weiß, vielleicht führt uns Monika Jacobsens Mailkontakt mit dem bisher nicht identifizierten Mann namens ›Adam‹ ja gar nicht zu ihrem Mörder, sondern zu einem ganz normalen Mann auf Partnersuche, während sich der wahre Täter seine beiden Opfer auf den Tanzveranstaltungen im Curiohaus ausgesucht hat.«

Sibelius nahm hierzu eine Aktennotiz ins Protokoll auf und schaute danach auffordernd zu Joachim Mettmann, dem Kriminalpsychologen, hinüber. Als dieser, anders als die Referenten vor ihm, von seinem Platz aufstand, um sich umständlich seine Lesebrille auf die Nase zu setzen, stieß Anna ihrem Kollegen Weber grinsend einen Ellbogen in die Rippen.

»Zum Täterprofil«, begann Joachim Mettmann. »Es handelt sich um einen Mann Mitte bis Ende dreißig ohne Migrationshintergrund.«

»Das soll wohl heißen, er ist Deutscher«, flüsterte Weber Anna Greve zu.

»Der Täter geht wahrscheinlich einer geregelten Arbeit nach, wofür die Tatzeiten am Abend und am Wochenende sprechen. Angesichts seiner ausgesprochen attraktiven Opfer hält er sich möglicherweise selbst für einen außergewöhnlichen Menschen, er könnte also zur Selbstüberschätzung neigen. Wie wir durch Zeugenaussagen wissen, ist er äußerlich sehr attraktiv, seinem Wesen nach dagegen eher schüchtern und introvertiert. Zudem lassen die vaginalen Verstümmelungen der Opfer auf erhebliche sexuelle Probleme schließen. Möglicherweise ist er in seiner Kindheit selbst einmal Opfer sexuellen Missbrauchs gewesen. In keinem Fall glaube ich, dass der Täter die Frauen im direkten Vergleich mit anderen Männern, also beispielsweise auf einer Tanzveranstaltung, kennengelernt hat. Dafür sind seine sozialen Ängste viel zu groß.«

»Also suchen wir einen verklemmten Psychopaten mit Potenzstörungen, der Frauen hasst, aber trotzdem etwas an sich hat, das die Opfer in seinen Bann zieht«, gab Anna zu bedenken. »Immerhin hat Monika Jacobsen an der Elbe Champagner mit ihm getrunken, und Hannelore Bloch hat ihn sogar zu sich nach Hause eingeladen. Beide Frauen sind nicht mit Gewalt zum Tatort geschleppt worden, sondern haben sich freiwillig dorthin begeben.«

»Gerade deshalb spricht auch viel dafür, dass der Täter den ersten Kontakt zu seinen Opfern virtuell hergestellt und auf diese Weise die Voraussetzungen dafür geschaffen hat, dass sich die Frauen mit ihm treffen wollten. Denken Sie nur an die Mailfragmente aus Monika Jacobsens Computer, die seine Wortgewandtheit wie auch seinen Charme belegen. Wenn es dann allerdings zur realen Begegnung kommt, hat er ein Problem.«

»Aber wie Herr Sibelius vorhin zu Recht betont hat, gibt es bisher noch keinen Beweis dafür, dass es sich beim Verfasser der Mails und dem Täter um ein und dieselbe Person handelt«, widersprach Anna dem Psychologen.

»Trotzdem ist es denkbar, dass der Täter den ersten Kontakt über das Internet gesucht hat. Als schüchterner Mensch braucht er eine Aufwärmphase und den persönlichen Abstand, den allein ein virtueller oder telefonischer Austausch ermöglicht.«

»Ich weiß nicht, Weber, ich finde Mettmanns Ansatz ziemlich oberflächlich und unausgegoren«, raunte Anna ihrem Kollegen zu.

»Wie auch immer, wir sollten uns jetzt nicht länger damit aufhalten«, kam Günther Sibelius einer weiteren Entgegnung Annas zuvor. »Denn selbst wenn Sie mit Ihrer Internettheorie Recht haben, Herr Mettmann, müssen wir trotzdem weiterhin in alle Richtungen ermitteln. Die Tanzveranstaltungen im Curiohaus sind ein konkreter Ansatz, auch wenn es nicht in Ihr Täterprofil passt, dass der Mann auf direkte Art und Weise in Kontakt mit seinen Opfern getreten ist. Übernehmen Sie die Sache, Herr Haberland, und suchen Sie sich hierfür bitte selbst eine passende Kollegin als Begleiterin aus. Apropos in alle Richtungen ermitteln, können wir inzwischen Herrn Jacobsen als potenziellen Täter ausschließen? Wie verhält es sich mit seiner Geliebten? Und wie sieht der Stand der Ermittlungen in Bezug auf Monika Jacobsens frühere Mandanten aus?«, richtete Sibelius seine nächsten Fragen an die Runde.

»Malte Jacobsen hat nach wie vor kein Alibi und ist damit weiterhin im Rennen«, antwortete Weber.

»Vera Kaminski hat zur Tatzeit dagegen nachweislich

an einem Geschäftsessen in Palma de Mallorca teilgenommen, und die Durchsicht der Steuerakten hat nach wie vor keinen einzigen Hinweis auf ein mögliches Tatmotiv ergeben«, sagte Ferdinand Huber. »Ich bleibe dennoch weiter dran, Chef.«

»Einen Satz noch«, meldete sich Mettmann erneut zu Wort. »Der Täter steigert sich, er ist bei der zweiten Tat im Vergleich zur ersten wesentlich brutaler vorgegangen. Und ich denke, er ist noch nicht an seinem Ziel angelangt.«

»Ja, das sehe ich ähnlich«, sagte Sibelius. »Deshalb müssen wir auch alles in unserer Macht Stehende tun und dem Albtraum so schnell wie möglich ein Ende bereiten.«

Was meinen Sie, wollen wir heute einmal auswärts essen?«, schlug Weber seinen Kollegen im Anschluss an die Dienstbesprechung vor. »Gleich um die Ecke gibt es einen Imbiss mit mediterraner Küche. Bin am Morgen zufällig dort vorbeigekommen, und die Angebote zum Mittagstisch haben mich echt begeistert. Also, wie sieht es aus, wer kommt mit?«

»Gute Idee, Weber«, erwiderte Ferdinand Huber. »Ich bin dabei.«

Kurz darauf saßen mit Ausnahme von Verena Mendelson sämtliche Mitglieder der Sondereinheit »Totenprinz«, wie Anna ihre Soko insgeheim nannte, zusammen an einem Tisch. Die Kommissarin hatte zwischen Weber und Marc Hellweg Platz genommen und beobachtete staunend, mit welchem Vergnügen Weber seinen Krabbencocktail in sich hineinlöffelte, den er und

Lars Haberland noch zusätzlich zum Hauptgericht geordert hatten.

»Übrigens findet heute wieder ein Salsaabend im Curiohaus statt«, warf Lars Haberland kauend in die Runde.

»Dann wissen Sie ja bereits, wo Sie Ihren Abend verbringen werden, Kollege«, entgegnete Günther Sibelius. »Haben Sie schon entschieden, mit wem Sie dorthin gehen wollen? Frau Mendelson schien mir nicht gerade abgeneigt zu sein.«

Zwei Stunden später krümmten sich sowohl Weber als auch Lars Haberland vor lauter Schmerzen über der Toilette.

»Mit dem Krabbenzeug ist etwas nicht in Ordnung gewesen. Wenn ich wieder fit bin, schicke ich denen die Gewerbeaufsicht auf den Hals«, beschwerte sich Weber bei Anna, bevor er sich kreidebleich für den Rest des Tages krankmeldete.

Kurz darauf wurde die Kommissarin ins Büro ihres Chefs bestellt, wo Sibelius zusammen mit Marc Hellweg schon auf sie wartete.

»Wir dürfen den Abend nicht ungenutzt verstreichen lassen«, begann Sibelius. »Deshalb werden nun Sie beide ins Curiohaus gehen, um dort vor Ort zu ermitteln.«

Inzwischen hatte Amanda alle Einträge gelesen, die es im Internet über Cornelius Landmann gab, und festgestellt, dass sie in der Tat einem Betrüger aufgesessen war. Ja, sie hatte sich in ein Phantom verliebt, in das Bild eines Mannes, den es in Wirklichkeit gar nicht gab.

Dennoch träumte sie, sobald sie sich schlafen legte, noch immer davon, wie Cornelius sie in den Arm nahm, sie streichelte und mit ihr in ein neues, wunderbares Leben aufbrach. Ja, sie hatte sich nun einmal mit Haut und Haaren in Cornelius verliebt, weshalb es sie in den vergangenen Tagen auch eine Menge Kraft gekostet hatte, ihre Enttäuschung und Niedergeschlagenheit vor ihrer Familie zu verbergen. Wie sollte es jetzt nur weitergehen?

Liebe Helena,
so ein verdammter Mist! Warum musste ich ausgerechnet am Freitagnachmittag dermaßen bescheuert im Badezimmer ausrutschen! Während ich stundenlang auf dem Flur der chirurgischen Ambulanz herumgesessen habe, musste ich die ganze Zeit daran denken, dass Du jetzt in der Gertrudenstraße vor verschlossener Tür auf mich wartest. Als es mir dann endlich gelungen war, meinen leicht vertrottelten Nachbarn zu erreichen und zu veranlassen, dass er nach Dir schaut, bist Du nicht mehr da gewesen.

Die Ärzte haben mich sofort operiert, ein gerissenes Innenband an meinem linken Knie wieder zusammengeflickt, und inzwischen bin ich sogar schon wieder zu Hause in meinen eigenen vier Wänden. Warum habe ich Dich bloß nicht um Deine Handynummer gebeten? Dann hätte ich mich zumindest auf der Stelle bei Dir entschuldigen können.

Gibst Du mir noch eine Chance?
Fragt sich unruhig
Cornelius.

Amanda: *Wer bist Du, Arschloch?*

Auf keinen Fall Cornelius Landmann!

Den habe ich nämlich inzwischen gegoogelt, was ich schon gleich nach Deiner ersten Mail hätte tun sollen. Und siehe da… einen Künstler dieses Namens gibt es überhaupt nicht.

Also rück endlich raus mit der Sprache, Du krankes Hirn!

Was für ein Spiel treibst Du? Und warum ausgerechnet mit mir?

Cornelius: *Liebe Helena,*
bin echt erleichtert, von Dir zu hören!

Deine vergebliche Suche nach Cornelius Landmann im Internet lässt sich zum Glück sehr leicht erklären, da ich mir für meinen Beruf als bildender Künstler ein Pseudonym zugelegt habe. Und auch wenn ich in der Kunstszene nicht ganz unbekannt bin, wirst Du über meine Arbeit wohl eher etwas auf englischsprachigen oder italienischen Seiten finden als auf deutschen.

Von Anfang an habe ich mir vorgenommen, Berufliches von Privatem zu trennen, daher kennt kaum jemand meinen richtigen Namen. Und es ist meine private Seite, die Dich so gerne näher kennenlernen will. Der gänzlich unbekannte Cornelius Landmann, von dem es weder eine Homepage noch irgendwelche Treffer im Internet gibt.

Seit Tagen habe ich ein Bild in meinem Kopf, von dem ich Dir unbedingt erzählen möchte.

Ich sehe uns beide in einem Garten am Meer. Viel-

leicht irgendwo auf einer kleinen Insel im Pazifik. Ich arbeite gerade an einer neuen Skulptur, als mich plötzlich ein Licht dermaßen blendet, dass ich die Augen schließen muss. Als ich sie wieder öffne, sehe ich Dich mit einer Hacke im Gemüsebeet stehen und die Erde umgraben. Die metallene Fläche des Gartengeräts muss für einen Moment das Sonnenlicht in meine Richtung reflektiert haben. Am Abend finde ich das Bild wieder, diesmal in Form eines Sterns am Himmel, der heller leuchtet als alle anderen. Ich sehe Dich neben mir auf der Terrasse sitzen, ein Glas Wein in Deiner Hand, und denke: Genauso unverrückbar und strahlend wie dieser Stern ist Dein Platz in meinem Herzen.

Bitte, liebe Helena, lass Dich von einem unbedeutenden Missverständnis nicht weiter verwirren. Schließlich könnten wir beide füreinander bestimmt sein.

Bekomme ich eine zweite Chance von Dir?

Dein Cornelius

Amanda: *Wozu sollte das gut sein? Damit Du weitere kitschige oder unwahre Geschichten absondern kannst?*

Cornelius: *Ich würde Dich gern in eine Puccini-Oper einladen und anschließend an einen ganz besonderen Platz entführen.*

Willst Du?

Ja, mehr als alles andere wollte Amanda die Frau an Cornelius' Seite sein. Doch von nun an würde sie vorsichtiger sein und sich nicht noch einmal in eine Situation hineinbegeben, ohne sich zuvor einem Menschen anvertraut zu haben.

»Hast du einen Moment Zeit für mich?«, stand Amanda kurz darauf unangemeldet vor Doris' Haustür. »Ich könnte deinen Rat gut gebrauchen.«

»Wenn du dich auf diesen Cornelius einlässt, meine Liebe, ist dir wirklich nicht mehr zu helfen.« Doris sah ihre Freundin ernst an. »Der Kerl spielt nur mit dir! Und falls er tatsächlich derjenige ist, für den er sich ausgibt, was ich bezweifle, verschwendest du trotzdem deine Zeit, Amanda. Nein, setze deine Energie lieber dafür ein, dich von Max zu trennen und dir zusammen mit Klara ein neues Leben aufzubauen. Hast du überhaupt schon einmal überlegt, wovon du in Zukunft leben willst? Was für einen Beruf hast du überhaupt erlernt, Amanda? Kennst du dich mit Büroarbeit aus? Dann kann ich dich ja vielleicht in meiner Firma oder bei einem Bekannten unterbringen. Am Anfang wirst du nicht sehr viel verdienen, aber du wirst immerhin dein eigenes Geld in der Tasche haben.«

»Gelernt habe ich außer Cello zu spielen nichts, aber ich kenne mich ganz gut mit Computer und Textverarbeitung aus. Tippen kann ich auch recht schnell, solange nicht von mir erwartet wird, dass ich es mit zehn Fingern mache«, ließ sich Amanda, um ihre Freundin nicht zu kränken, halbherzig auf das Gespräch über ihre beruflichen Perspektiven ein. Doch als Doris weitere Details über ihre Fähigkeiten erfragte, hörte ihr Amanda nur noch mit halbem Ohr zu. Gedanklich war sie schon wieder bei Cornelius.

Eigentlich war seine Erklärung, weshalb er sie versetzt hatte, ziemlich plausibel. Auch würde ein einziger Blick auf Cornelius' linkes Bein ausreichen, um zu überprüfen, ob er die Wahrheit gesagt hatte oder nicht.

Und zu guter Letzt hatte Amanda schon lange keine klassische Musik mehr gehört, und in der Oper war sie ebenfalls seit Jahren nicht mehr gewesen. Schließlich konnte Max das »Geklimper und Gewimmer«, wie er es nannte, nicht ausstehen. Ja, es würde wunderbar sein, sich mit ihrem Liebsten über Musik auszutauschen und mit ihm gemeinsam die Staatsoper zu besuchen. Doch sollte sie sich wirklich von einem Mann, der sie bisher nur an der Nase herumgeführt hatte, an einen unbekannten Ort entführen lassen?

»Danke dir für deine Geduld und Unterstützung, Doris«, unterbrach Amanda den nicht enden wollenden Wortfluss ihrer Freundin. »Ich werde mir Gedanken machen, wie es in Zukunft finanziell mit mir weitergehen soll. Du hast bestimmt Recht damit, dass ich mir eine Strategie überlegen muss, aber bisher hat mir Max den Geldhahn noch nicht zugedreht. Und ich gebe dir in jedem Fall Bescheid, falls ich mich noch einmal mit Cornelius treffe«, fügte Amanda im Hinausgehen noch hinzu und ließ ihre Freundin völlig perplex zurück.

»Meine Güte, sieht der attraktiv aus«, ging es Anna durch den Kopf, als sie Marc Hellweg gegen einundzwanzig Uhr mit dunklem Anzug und offenem weißem Hemd unter einem grauen Wollmantel auf der anderen Straßenseite der Rothenbaumchaussee auf sich zukommen sah. Anna betrachtete die klassizistische Fassade des

Curiohauses, in dem in den zwanziger Jahren so manches Faschingsfest gefeiert worden war, und fand, dass, wäre dies eine private Verabredung gewesen, der Rahmen dafür nicht besser hätte gewählt werden können. Als Anna an ihre Bluse und die braune Cordhose dachte, bedauerte sie ein wenig, sich im Unterschied zu ihrem Kollegen Hellweg kein bisschen feingemacht zu haben.

Doch Marc Hellweg beruhigte sie wenig später mit einem »Klasse siehst du aus, Anna«, als sie kurz darauf im unteren Stockwerk des Curiohauses ihre Mäntel an der Garderobe abgaben. Anschließend folgten sie dem Strom der anderen Besucher an die Bar.

»Was möchtest du trinken?«, fragte Marc Hellweg. »Irgendwie habe ich seit dem Mittagessen so ein ganz merkwürdiges Gefühl in der Magengegend. Und wenn ich nur an die Aioli denke, die ich vorhin noch gegessen habe, wird mir ganz schlecht. Aber ich denke, ein Gläschen Sekt wird mir trotzdem nicht schaden. Was meinst du, soll ich dir eins mitbringen?«

Anna nickte zustimmend.

Mit ihrem Glas Sekt in der Hand ging sie wenig später die Treppe in den ersten Stock hinauf und trat an die Balustrade des offenen Treppenhauses, von wo aus sie einen guten Überblick über den darunterliegenden, kleinen Saal hatte. Dort fing die Band gerade zu spielen an, und die Tanzfläche begann sich sofort zu füllen.

Anna zählte an die dreißig Paare, wobei ihr ein dunkelhaariger, schlanker Mann, der eine ebenso attraktive Blondine aufgefordert hatte, besonders auffiel. Er sah nicht nur gut aus, sondern bewegte sich auch sehr gut. Außerdem besaß er ein sympathisches Lächeln, das, wie

Anna beobachtete, seiner Tanzpartnerin ebenfalls zu gefallen schien. Sie löste ihren Blick von den beiden und ließ ihn weiter umherschweifen. Anna musterte die Frauen und Männer, die teilweise sehr eng miteinander tanzten, obwohl sich viele von ihnen erst wenige Minuten zuvor kennengelernt hatten. Unwillkürlich kam ihr ein Satz in den Sinn, den sie irgendwann einmal gehört hatte.

»Tanzen ist die Möglichkeit, Grenzen zu überschreiten, ohne Grenzen zu verletzen.«

»Darf ich bitten?«, unterbrach Marc Hellweg ihre Gedanken. »Ich könnte mir vorstellen, dass wir beide ganz passabel miteinander tanzen, außerdem schadet es nicht, ein wenig näher am Geschehen zu sein.«

Marc Hellweg war ein angenehmer Tanzpartner, und Anna genoss es, in seinen Armen über das Parkett zu fliegen. Doch deshalb waren sie nicht hierhergekommen, rief sie sich zur Ordnung. Sie durfte die Menschen um sich herum keinesfalls aus den Augen verlieren, schließlich waren sie nach wie vor auf der Suche nach einem Frauenmörder.

»Wenn dieses Lied zu Ende ist«, rief sie daher gegen das gerade einsetzende Trompetensolo an, »sollten wir wieder nach oben gehen. Von dort aus haben wir einen besseren Überblick.«

Nachdem sie sich diesmal in Begleitung ihres Kollegen wieder an die Balustrade begeben hatte, konzentrierte sie sich erneut auf das Geschehen im kleinen Saal. Dabei fiel ihr der dunkelhaarige Mann von vorhin, der inzwischen mit einer anderen Frau tanzte, zum zweiten Mal auf. Sie zog die Phantomzeichnung, die nach den

Angaben des Kellners aus der »Fischerhütte« angefertigt worden war, aus ihrer Handtasche, um sie mit dem Tänzer zu vergleichen. Dabei war es weniger die äußerliche Ähnlichkeit, die Anna stutzen ließ, als vielmehr etwas, was der Kellner in Bezug auf Monika Jacobsens Begleiter gesagt hatte. »Er ist ein Typ, der bei Frauen gut ankommt. Ja, der Mann hatte insgesamt eine liebenswerte Art an sich.«

Natürlich, überlegte Anna, nur ein charmanter Mann hatte eine Chance gehabt, bei Frauen wie Monika Jacobsen oder Hannelore Bloch zu landen.

Genau wie der Dunkelhaarige, der im Stockwerk unter ihr auf dem Parkett des Curiohauses tanzte. Wie er sich freundlich und entspannt einmal mit dieser, einmal mit jener Frau unterhielt, war auch Anna ausgesprochen sympathisch. Sogar so sehr, dass sie unter anderen Umständen selbst gern einmal mit ihm getanzt hätte. Auf jeden Fall hinterließ er, wie Anna bemerkte, bei den Frauen, mit denen er gesprochen hatte, einen bleibenden Eindruck.

Mittlerweile war seine Wahl auf eine zierliche Frau mit langen schwarzen Haaren gefallen, die er nach einigen Tänzen in der darauffolgenden Bandpause zu einem Drink an die Bar einlud. Wenn er wirklich ein professioneller Herzensbrecher war, dann sicher ein ausgesprochen erfolgreicher, dachte Anna. Denn die Art und Weise, in der seine Begleiterin die Haare zurückwarf und sich in Positur drehte, wie sie lachte und ihm dabei tief in die Augen sah, war ein eindeutiger Beweis dafür. Es würde in jedem Fall nicht schaden, den Mann zu überprüfen, dachte Anna, als der Dunkelhaarige genau in diesem Augenblick den Kopf hob und nach oben schaute. Für einen Moment trafen sich ihre Blicke, und der gehetzte, aber auch furchtsame Ausdruck in seinen Augen ließ Anna stutzen.

Anna sah sich nach Marc Hellweg um, den sie ein paar Meter von sich entfernt an der Balustrade entdeckte, und machte ein paar schnelle Schritte auf ihn zu.

»Hast du den Mann dahinten an der Bar gesehen, Marc? Er passt verdammt gut auf unser Phantombild«, begann Anna, als sie plötzlich etwas Kaltes, Nasses an ihrer Brust spürte. Marc Hellweg hatte sich so abrupt zu ihr umgedreht, dass er dabei den Inhalt seines Rotweinglases über sie geschüttet hatte.

»So ein Mist, Anna! Tut mir leid, ich habe nicht aufgepasst.«

Während Hellweg umständlich mit einem Stofftaschentuch an Annas Bluse herumwischte, kehrte ihr Blick erneut an die Bar und an den Platz zurück, an dem die dunkelhaarige Schönheit mit ihrem attraktiven Verehrer zuletzt gestanden und etwas getrunken hatte.

»Das ist jetzt auch egal«, nahm Anna ihrem Kollegen das Taschentuch aus der Hand. »Komm mit!«

Gemeinsam suchten sie das untere Stockwerk bis auf den letzten Winkel ab. Auch auf der Straße hielten sie vergeblich nach dem Paar Ausschau. Sie gingen wieder hinein, und Anna hastete noch einmal die Treppe in das obere Stockwerk hinauf.

»Bist du dir sicher wegen des Mannes?«, meinte Hellweg, der ihr keuchend hinterherlief. »Du hast selbst gesagt, wie ungenau die Beschreibung des Kellners ist.«

»Natürlich bin ich mir nicht sicher, aber ich denke, es

könnte nicht schaden, den Mann zu überprüfen. Zuletzt habe ich ihn in Begleitung einer dunkelhaarigen Frau gesehen. Marc, sie ist derselbe Frauentyp wie Monika Jacobsen und Hannelore Bloch! Die beiden haben dort hinten an der Bar gestanden und etwas miteinander getrunken, aber danach waren sie plötzlich verschwunden. Deshalb sollten wir uns als Nächstes einmal den Veranstalter schnappen und ihn und das Personal nach dem Mann befragen.«

»Tut mir leid, ich kenne keinen Gast, auf den Ihre Beschreibung zutreffen könnte«, sagte Heribert Rohde, der Manager der Salsatanzabende, kurz darauf zu Marc Hellweg. »Allerdings bin ich während der Veranstaltungen auch meistens hinten in meinem Büro. Am besten, Sie unterhalten sich mit Sebastian darüber, er ist einer unserer Barmänner. Warten Sie bitte einen Moment, ich bringe Sie gleich zu ihm hinüber.«

Sebastian Kemper, der junge Mann, der hinter der Bar im Erdgeschoss arbeitete, konnte sich gut an den Mann erinnern.

»Martin ist ein netter Kerl«, meinte er. »Er hat einen unheimlichen Erfolg bei den Damen und knausert nicht mit dem Trinkgeld.«

Mehr wusste Kemper zur Person des Tänzers allerdings auch nicht zu sagen, denn obwohl sie ab und an ein paar Worte miteinander gewechselt hatten, war es dabei immer nur um die anwesenden weiblichen Gäste gegangen.

»Haben Sie Martin vielleicht schon einmal mit einer Frau von hier fortgehen sehen, die heute ebenfalls unter den Gästen ist?«, hakte Anna Greve nach.

»Tut mir leid«, verneinte der Kellner. »Bei der Hektik in meinem Job habe ich keine Zeit, mich ausführlich mit den einzelnen Gästen zu beschäftigen. Aber fragen Sie doch einmal bei Bettina nach«, deutete er auf die große Blondine, mit der der dunkelhaarige Mann zuerst getanzt hatte und die nun wenige Meter von ihnen entfernt an der Bar saß. »Ich glaube, die beiden haben sich schon öfter einmal miteinander unterhalten.«

Bettina Carstens bestätigte die Aussage des Barmannes, konnte darüber hinaus jedoch nichts weiter über den Mann sagen. »Martin ist immer allein zu den Salsaabenden gekommen, doch verlassen hat er sie jedes Mal mit einer anderen Frau«, sagte sie knapp, und in ihrer Stimme klang eindeutig das Bedauern darüber mit, dass sie selbst offensichtlich noch nie von ihm zum Mitkommen eingeladen worden war.

»Ist heute zufällig eine seiner früheren Begleiterinnen hier?«, fragte Anna nach.

Die Blondine sah sich um, dann schüttelte sie den Kopf. »Nein, ich kann keine von ihnen entdecken.«

Anna dankte Bettina Carstens und machte sich in Richtung Garderobe auf, um die Befragung dort fortzusetzen, während Marc Hellweg mit Hinweis auf seinen lädierten Magen an die Bar zurückging, um noch einen weiteren Drink zu nehmen.

Die Garderobiere konnte bestätigen, dass Martin das Fest in Begleitung einer dunkelhaarigen Frau verlassen hatte, und hob dabei wie ihr Kollege an der Bar seine außerordentliche Großzügigkeit hervor. Auch ihr war, genau wie Bettina Carstens, aufgefallen, dass er selten allein nach Hause ging.

»Können Sie sich noch an weitere Einzelheiten erinnern? Oder haben Sie ihn vielleicht sogar einmal mit einer dieser beiden Frauen bei einer Tanzveranstaltung gesehen?«, fragte Anna, wobei sie der Garderobiere die Fotos der ermordeten Frauen sowie eine ihrer Visitenkarten hinüberreichte.

»Nein, ich bedaure, diese Frauen habe ich noch nie gesehen, aber ich werde noch einmal über unseren Gast nachdenken. Falls mir noch etwas einfallen sollte, melde ich mich bei Ihnen.«

»Vielen Dank«, verabschiedete sich Anna und wünschte der Garderobiere einen schönen Feierabend.

Müde zog sie sich den Mantel über ihre eingenässte Bluse und trat auf die Straße hinaus, wo sie vor dem Eingang fröstelnd auf ihren Kollegen wartete.

»Der Barkeeper hat mir erzählt, wie das Anbaggern in diesem Schuppen vor sich geht«, grinste Hellweg, als er sich kurz darauf zu Anna gesellte. »Scheint kein schlechter Ort zu sein, wenn man jemanden kennenlernen will. O Mann«, fuhr er plötzlich in besorgtem Tonfall fort, »da quatsche ich dich mit belanglosem Zeug voll und merke überhaupt nicht, wie sehr du frierst. Nein, Anna, so sollstest du dich nicht auf den langen Weg nach Hause machen, sonst fängst du dir noch eine Erkältung ein. Komm besser kurz mit zu mir, damit ich dir einen warmen Pullover borgen kann. Meine Wohnung ist nicht weit von hier.«

»Du hast schon schlechtere Ideen gehabt«, willigte Anna dankbar ein.

In Hellwegs Wohnung angekommen, tauschte sie ihre Bluse sogleich gegen einen seiner Pullover und begann dann sofort, sich alle Einzelheiten zum Aussehen des attraktiven Tänzers und seiner Begleiterin zu notieren. Unterdessen hatte Marc Hellweg schwarzen Tee gekocht, den er nun zusammen mit einer Flasche Rum auf den Tisch stellte, bevor er sich zu Anna auf das Sofa setzte.

»Möchtest du auch?«, fragte er, während er sich einen Schuss Rum in seinen Tee kippte.

»Geht leider nicht, schließlich muss ich gleich noch Auto fahren.«

Anna klappte ihr Notizbuch zu und umfasste den heißen Teebecher mit beiden Händen.

»So, das wäre erledigt«, lehnte sie sich in die Sofakissen. »Vorhin hast du mich wirklich überrascht, Marc. Ich hätte nicht gedacht, dass du so gut tanzen kannst.«

»Ich würde sagen, das hat vor allem an dir gelegen, Anna, schließlich kann ich immer nur so gut führen, wie meine Partnerin es zulässt. Wir sind eben ein gutes Team«, strich er ihr eine Haarsträhne aus der Stirn. »Dein Mann hat wirklich Glück, eine Frau wie dich zur Partnerin zu haben.«

»Na ja, ich weiß nicht so recht.«

»Was soll das heißen, zweifelst du etwa an deinen Qualitäten?«

»Nein, viel eher frage ich mich, ob es tatsächlich nur die reine Freude ist, mit mir verheiratet zu sein. Ich weiß nicht, Marc, in unserem Beruf sind wir oft bis an die Schmerzgrenze belastet. Wenigstens ist es bei mir so, dass ich manchmal gar keinen Kopf mehr für private Dinge habe.«

»Ja, das stimmt schon, und genau deswegen ist wohl auch meine Ehe in die Brüche gegangen. Leider hatte ich nie ein besonderes Talent dafür, meine Arbeit bei Büroschluss beiseitezulegen, sondern habe meistens immer noch einen Fall mit nach Hause genommen. Wenn ich überhaupt einmal pünktlich Feierabend gemacht habe! Ja, auch die ewigen Überstunden und Wochenendschichten sind meiner Frau gehörig auf die Nerven gegangen. Und wenn ich dann mal zu Hause war, saß ich meist wortkarg herum und hatte keine Kraft mehr für die Familie. Im Grunde genommen kann ich es meiner Frau nicht einmal verdenken, dass sie sich mit einem früheren Arbeitskollegen zusammengetan hat. Einem kaufmännischen Angestellten, der verlässlich ist, pünktlich Feierabend macht und sich dabei auch noch rührend um unsere kleine Tochter Dani kümmert. Wenn ich noch einmal von vorn beginnen könnte, würde ich auf jeden Fall vieles anders machen.«

»Ja, ich glaube, das sollte ich ab sofort auch tun, vielleicht ist es noch nicht zu spät, das Ruder herumzureißen. Marc, ich habe das Gefühl, dass die Ehe mit meinem Mann kurz vor dem endgültigen Aus steht.«

»Und das wirklich nur wegen des ganzen Alltagskrams? Bei mir war der Auslöser dafür, dass sich meine Frau von mir getrennt hat, eine ganz bestimmte Sache, die überhaupt nichts mit Alltagsdingen zu tun hatte. Anna, ich erzähle dir jetzt eine Geschichte, die kaum jemand von mir weiß. Ich habe damals eine Riesendummheit begangen, indem ich eine Affäre mit der Verlobten meines Bruders angefangen habe. Henrik ist durch einen dummen Zufall dahintergekommen und hat die Sache sofort meiner Frau erzählt.«

»O.k., das ändert natürlich die Sachlage«, entgegnete

Anna, die sich auf der Stelle an ihre Affäre mit Jan erinnerte. »Gut, du hast es damals verbockt, aber ich bin mir sicher, dass du irgendwann eine zweite Chance bekommen wirst, Marc. Ganz bestimmt hast du aus deinem Fehler gelernt und wirst es mit einer neuen Partnerin anders und besser machen. Doch jetzt muss ich wirklich los«, sagte sie mit einem Blick auf ihre Armbanduhr. »Danke für den Pullover.«

»Klar, und nimm dir ab sofort vor, deinem Mann gegenüber dein Bestes zu geben. Es war wirklich schön, sich mit dir zu unterhalten, Anna.«

Was für ein angenehmer Mensch Marc Hellweg doch ist, dachte Anna, als sie sich auf die A7 in Richtung Süden einfädelte. Auch wenn er ein sehr idealisiertes Bild von ihr zu haben schien, das mit ihrer realen Person nicht viel gemein hatte. Denn hätte Marc gewusst, dass sie eine Affäre mit Toms Bruder gehabt hatte, würde er sie zweifellos in einem ganz anderen Licht sehen.

Noch vor der morgendlichen Dienstbesprechung hatte Anna mit Hilfe des Computers und eines Kollegen ein recht treffendes Phantomfoto des attraktiven Tänzers aus dem Curiohaus erstellt. Schweigend saß sie nun schon seit einer geraumen Weile an ihrem Schreibtisch und betrachtete es.

»Es wird Zeit, Anna. Die Kollegen warten«, legte Weber ihr eine Hand auf die Schulter und holte sie ins Hier und Jetzt zurück.

»Da sind Sie ja endlich«, wurden die beiden kurz darauf von Günther Sibelius begrüßt. »Der Kollege Hellweg hat die Ergebnisse Ihrer gestrigen Ermittlungen im Curiohaus bereits vorgetragen. Was hat es denn nun genau mit dem Mann auf sich, der Ihnen aufgefallen ist, Anna?«

»So ungefähr hat er ausgesehen«, heftete Anna das Phantombild an die Pinnwand neben die Zeichnung, die Monika Jacobsens Begleiter aus dem Fischrestaurant darstellte.

»Eine erstaunliche Ähnlichkeit«, pfiff Ferdinand Huber durch die Zähne. »Es könnte tatsächlich ein und derselbe Mann sein.«

»Haben Sie eine Gästeliste und eine Aufstellung der Mitarbeiter aus dem Curiohaus mitgebracht?«, wollte Sibelius von Anna Greve wissen.

»Hier ist die Liste der Mitarbeiter, allerdings gibt es keinerlei Übersicht über die anwesenden Gäste des Salsaabends«, sagte Anna und begann, die von ihr kopierte Liste der Angestellten an die Mitglieder der Soko zu verteilen.

»Auch ich habe uns ein bisschen Lesestoff mitgebracht«, meldete sich Weber zu Wort. »Die Telefonunterlagen der Jacobsens«, schwenkte er in jeder Hand einen Stapel Blätter. »Aus- und eingehende Telefonate.«

Er legte beide Packen ordentlich nebeneinander vor sich auf den Tisch.

»Für welchen Zeitraum?«, fragte Anna, während sie sich über den Tisch beugte.

»Die letzten sechs Monate.«

»Das sind dann aber nicht gerade viele«, sagte Anna. Immerhin waren die Jacobsens eine vierköpfige Familie, und wenn sie die Anzahl der geführten Telefonate mit der ihrer Familie verglich, kam allein schon ihr Sohn Ben im gleichen Zeitraum auf eine ähnliche Menge.

»Wir teilen die Arbeit folgendermaßen auf«, entschied Sibelius. »Der Kollege Huber nimmt sich die Mitarbeiterliste aus dem Curiohaus vor, während sich Herr Haberland um die Telefonlisten der Jacobsens kümmert. Ach ja, und die Fahndung nach Helmut Strunz war endlich erfolgreich. Unsere Kollegen in Bremerhaven haben ihn bei dem Versuch, ein weiteres Auto aufzubrechen, festnehmen können. Wir werden informiert, sobald das Ergebnis des DNS-Abgleichs vorliegt, schließlich wollen wir in beiden Fällen auf Nummer sicher gehen. Haben Sie inzwischen alle Steuerakten von Monika Jacobsens ehemaligen Mandanten ausgewertet?«, wendete er sich noch einmal an Ferdinand Huber.

»Ja, aber die Akten sind unauffällig, und es findet sich in keiner einzigen ein Hinweis auf ein mögliches Mordmotiv«, gab dieser zurück.

»Und wie weit sind Sie mit der Untersuchung der Internet-Kontaktforen gekommen? Haben Sie in diesem Zusammenhang einen Ansatzpunkt in Hannelore Blochs Computer aus der Klempnerei Mohnsen gefunden?«

»Ich bin gestern Abend nicht mehr dazugekommen, mir den Rechner anzusehen, Chef«, entgegnete Marc Hellweg. »Aber ich nehme ihn mir gleich nach der Dienstbesprechung vor.«

»Und sonst? Gibt es irgendwelche neuen Ansatzpunkte?«

»In der Tat. Wir sind bei der Spurensicherung in Hannelore Blochs Gartenlaube auf eine Sache gestoßen, die wir gerade untersuchen«, meldete sich Verena Mendelson zu Wort. »Wir haben einen unter dem Esstisch klebenden Kaugummi sichergestellt, der zurzeit mit der DNS des Haares, das wir auf der Plastikplane gefunden haben, verglichen wird. Ich leite das Ergebnis der Analyse direkt an Sie weiter, sobald es vorliegt.«

»Gut, ich werde den Stand der Dinge an Dr. Reinhardt, der heute leider nicht an unserer Besprechung teilnehmen kann, weitergeben. Und wenn keine weiteren Fragen mehr zu klären sind, heißt es jetzt zurück an die Arbeit, Kollegen.«

»Und sonst?«, fragte Weber Anna nach der Besprechung auf dem Weg zurück in ihr Büro. »Ist der Kollege Hellweg tanztauglich?«

»Kann man so sagen«, schmunzelte sie. »Aber ich freue mich vor allem, dass es Ihnen wieder besser geht, und wenn Sie mögen, probieren wir bei nächster Gelegenheit auch einmal aus, wie es mit dem Tanzen klappt.«

In diesem Moment wurden die beiden auf dem Flur von Verena Mendelson und Marc Hellweg überholt, der lächelnd zu Weber sagte: »Ja, mein Lieber, alles in allem war der gestrige Abend sehr erfreulich. Stimmt's, Anna?«

»Da wäre ich nur zu gern dabei gewesen«, fügte Verena Mendelson an. »Aber wie ist es denn jetzt, kann der Kollege Hellweg tatsächlich tanzen?«

»Kein Kommentar«, grinste Anna und öffnete die Tür zu ihrem Büro.

Gegen Mittag hatte Anna die Aussagen der Angestellten des Curiohauses ergebnislos nach weiteren möglichen Anhaltspunkten durchforstet. Und so beschloss sie im nächsten Schritt, Malte Jacobsen erneut, aber nunmehr mit zwei Phantombildern, zu konfrontieren, als Marc Hellweg ihr Büro betrat.

»Die Adresse Hanne69@t-online.de ist ein Treffer, Kollegen. Hannelore Bloch war früher unter dieser Adresse in einem Kontaktanzeigen-Portal angemeldet.«

»Und was für ein Verein ist das?«, fragte Weber.

»Im Unterschied zu Partnervermittlungen im Internet, bei denen man zuerst viel Zeit mit dem Erstellen eines detaillierten Psychogramms verbringen muss, bieten Kontaktanzeigen-Portale die Möglichkeit für einen schnellen Flirt. Deshalb sind sie auch weniger für die seriöse Partnersuche geeignet. Viele ihrer Nutzer haben überhaupt kein Interesse daran, einen neuen Lebenspartner zu finden, sondern suchen nur nach etwas Zerstreuung und Spaß. Hannelore Bloch war Mitglied in einem solchen Kontaktanzeigen-Portal mit dem Namen ›Gute Männer für Sie‹.«

»Aber weshalb sagen Sie, Frau Bloch sei dort früher angemeldet gewesen? Hat sie sich denn bereits vor ihrem Tod dort abgemeldet?« »Das gerade nicht, Weber. Interessanterweise sind aber ihre Mailkontakte genau am vergangenen Samstag, also einen Tag nach ihrer Ermordung, gelöscht worden.«

»Das heißt, jemand anderer als sie selbst hat sie gelöscht. Dazu passt auch, dass Frau Blochs Laptop verschwunden ist. Wahrscheinlich hat der Täter den Computer an sich genommen und danach alle Spuren, die auf ihn verwiesen haben, beseitigt.«

»Ja, genau so sieht es aus.«

»Sind die in Frau Jacobsens Computer sichergestellten

Mailfragmente ebenfalls über dasselbe Kontaktanzeigen-Portal gesendet worden?«, hakte Anna nach.

»Tut mir leid, Anna, das lässt sich anhand der wenigen wiederhergestellten Daten unmöglich feststellen. Aber ich gebe nicht auf, vielleicht bekomme ich über Frau Blochs E-Mail-Adresse noch ein paar andere Hinweise, die uns weiterbringen. Eventuell kann ich schon in der nächsten Dienstbesprechung etwas Konkretes dazu sagen. Also bis dann«, nickte Hellweg ihnen zu und verließ das Büro.

»So weit, so gut, Weber, dann schlage ich vor, dass wir Malte Jacobsen jetzt noch einmal die Phantombilder unter die Nase halten.«

»Haben Sie Ihre Frau manchmal zu Tanzveranstaltungen begleitet, Herr Jacobsen?«, kam Weber kurz darauf im Haus der Jacobsens ohne Umschweife zur Sache.

»Zu Beginn unserer Ehe schon ab und zu, obwohl ich mich dort nie besonders wohlgefühlt habe. Ich bin alles andere als ein geborener Tänzer, was mir Moni aber niemals zum Vorwurf gemacht hat. Und nachdem sie erkannt hat, dass sie ohne mich mehr Spaß beim Tanzen haben würde, war ich dieser Pflicht zum Glück enthoben.«

»Haben Sie diesen Mann hier vielleicht schon einmal gesehen?«, zog Anna das Phantombild des Tänzers aus dem Curiohaus hervor, um es Malte Jacobsen in die Hand zu drücken.

»Nein, wer soll das sein? Hat er mit dem Mord an meiner Frau zu tun?«

»Bisher ist er nur eine von mehreren Spuren, denen wir nachgehen müssen.«

»Tut mir leid, Frau Kommissarin«, schüttelte Malte Jacobsen den Kopf. »Ich kenne den Mann nicht.«

»Ist es Ihnen eigentlich schwergefallen, Ihre Frau allein zum Tanzen gehen zu lassen?«, stellte Anna ihre nächste Frage.

»Am Anfang schon, aber mit der Zeit wurde mir immer klarer, wie wichtig es ist, dass jeder von uns, auch ohne den anderen stets dabeizuhaben, seinen Interessen und Hobbys nachgehen kann. Man hat sich dann mehr zu erzählen, das hält die Liebe jung. Außerdem ist meine Frau ja so gut wie nie allein unterwegs gewesen. Soweit ich weiß, war sie immer in Begleitung einer Freundin auf den Tanzveranstaltungen.«

»Können Sie uns die Namen der in Frage kommenden Freundinnen nennen?«

»Nein, damit wenden Sie sich am besten an Sabine Hofrath, die beiden haben sich schließlich fast täglich gesehen oder gesprochen.«

Während sich die Kommissare auf den Weg zu Sabine Hofraths Arbeitsstelle machten, meinte Weber: »Ich würde meine Frau niemals allein zum Schwofen gehen lassen. Gelegenheit macht Diebe.«

Die anschließende Befragung von Sabine Hofrath bestätigte Malte Jacobsens Angaben. Die beiden Frauen hatten gemeinsam öfter Tanzveranstaltungen in Hamburg besucht, unter anderem auch einige im Curiohaus, doch wie schon Malte Jacobsen hatte Sabine Hofrath den Mann auf der Phantomzeichnung noch nie gesehen. Auch die Fotografie des Serienmörders Helmut Strunz, die Anna anschließend aus der Tasche zog, um sie Sabine Hofrath vorzulegen, sagte der Zeugin nichts.

»In der letzten Zeit habe ich Moni allerdings mehrfach ziemlich kurzfristig absagen müssen«, fügte Sabine Hofrath an. »Meinem Mann hat es nicht gepasst, dass ich so oft ohne ihn ausgegangen bin. Also haben wir einen Kompromiss geschlossen.«

»Das heißt, Ihre Freundin ist manchmal also doch allein unterwegs gewesen«, fasste Weber das Gesagte zusammen, »und hätte bei einer solchen Gelegenheit auch durchaus jemanden kennenlernen können, von dem Sie nichts wussten.«

»Das halte ich für unwahrscheinlich, schließlich hat Monika mir ihre Erlebnisse hinterher jedes Mal haarklein erzählt, aber es ist denkbar.«

Ja, vor allem, wenn ihre Männerbekanntschaft auf Diskretion bestanden hätte, fügte Anna in Gedanken hinzu, bevor sie sich von Sabine Hofrath und danach von Weber verabschiedete, um an diesem Abend zur Abwechslung einmal pünktlich nach Hause zu kommen.

Als Anna in die Einfahrt zu ihrem Haus einbog, sah sie Toms Volvo bereits unter dem Carport stehen. Kaum zu glauben, wie sehr man sich über den Anblick eines Autos freuen kann, dachte die Kommissarin, als sie die Haustür aufschloss. Sie hatte sich fest vorgenommen, den Abend mit Tom zu genießen. Ja, sie hatte sich sogar geschworen, in Zukunft nicht mehr so viel an ihm herumzukritisieren und alles dafür zu tun, dass ihr Zusammenleben wieder harmonischer verlief.

»Wie war dein Tag?«, umarmte Anna ihren Mann, der in seinem Wohnzimmersessel saß und Zeitung las.

»Viel Arbeit, wie immer, aber im Großen und Ganzen

ist es ganz gut gelaufen. Immerhin ist der Folgeauftrag für die Prospektbeilage von Sport Hoffmann aus Buchholz seit heute unter Dach und Fach«, sagte er erleichtert. »Das heißt, dass ich für die nächsten Monate genügend Aufträge habe und niemanden entlassen muss. Übrigens hat sich Jan bei mir gemeldet, Anna. Wenn alles so klappt, wie er es sich vorstellt, kommt er uns demnächst für ein paar Tage besuchen.«

»Wird ihn seine Freundin wieder begleiten? Ihr schwärmt ja alle in den höchsten Tönen von ihr, nur ich hatte bisher noch keine Gelegenheit, sie näher kennenzulernen.«

»Wie es aussieht, kommt er allein, da Paola die Gelegenheit nutzen und das Weihnachtsfest mit ihrer Familie in São Paulo verbringen will. Ach, bevor ich es vergesse, Anna, kurz bevor du nach Hause gekommen bist, hat jemand für dich angerufen.«

Tom beugte sich über den Wohnzimmertisch und zog einen Zettel unter der ausgelesenen Tageszeitung hervor.

»Marc Hellweg heißt der Mann, er bittet darum, dass du ihn heute noch zurückrufst. Ist er ein Zeuge in deinem Mordfall?«

»Nein, Marc ist ein neuer Kollege aus unserer Computerabteilung«, entgegnete Anna.

»Der offensichtlich etwas dermaßen Wichtiges in Erfahrung gebracht hat, dass er nicht bis morgen früh damit warten kann. Dabei hatte ich gehofft, dass wir beide heute endlich einmal wieder etwas Zeit für uns haben«, fügte Tom in gereiztem Tonfall hinzu.

»So wird es auch sein, Tom. Lass mich nur kurz das Telefonat erledigen.«

»Gut, dann werde ich jetzt mal besser nach oben verschwinden, damit du deinen Kollegen ungestört zurückrufen kannst.«

»Ich komme gleich nach, versprochen. Soll ich dir ein Glas Weißwein oder Rotwein mitbringen?«

»Rotwein, danke, und beeil dich bitte.«

»Na, Marc, was gibt's denn?«, fragte Anna kurz darauf ihren Kollegen.

»Hallo, Anna, ich hoffe, ich störe nicht allzu sehr. Du, ich habe vorhin noch zwei Karten für das Europa-League-Spiel am nächsten Samstag ergattert. Wenn du mitkommen willst, gehört dir die zweite Karte.«

»Das hört sich gut an. Ich sage dir morgen Bescheid, geht das in Ordnung?«

»Geht klar, übrigens hört sich dein Mann am Telefon sehr sympathisch an. Hab einen schönen Abend, Anna.«

»Was gab es denn so Wichtiges, dass es nicht bis morgen Zeit gehabt hätte? Gibt es eine neue Spur?«

»Nein, Marc wollte mich nur für kommenden Samstag zum Fußball einladen. Er kann ja nicht wissen, dass wir über Jan noch immer Vorteile beim Kartenvorverkauf haben.«

»Na, da scheint mir dein Verhältnis zu Hellweg dann aber doch eine Spur zu privat zu sein. Zumindest hört es sich nach mehr als einer reinen Arbeitsbeziehung an.«

»Das sehe ich anders, Tom. Außerdem finde ich es schön, dass es in der Abteilung endlich jemanden gibt, mit dem ich über Fußball reden kann.«

»Meinetwegen, aber nenne mir bitte einen vernünftigen Grund dafür, warum ihr so etwas noch nach Dienstschluss besprechen müsst. Kann man das nicht während der Arbeitszeit erledigen? Schließlich könnte es sein, dass man das Privatleben seines Kollegen stört, wenn man ihm sogar noch am Abend mit so etwas auf die Nerven geht.«

»Klar könnte es sein, aber ich fühle mich von Marc keinesfalls belästigt, Tom. Im Gegenteil, ich habe mich sehr über seinen Vorschlag gefreut. Was soll die Empfindlichkeit?«

»Na ja, mir vermittelt deine Sicht der Dinge eher das Gefühl von Beliebigkeit, und ich komme langsam zu der Erkenntnis, dass ich bei dir nicht mehr an erster Stelle stehe.«

»Du meine Güte, hast du ausgerechnet heute, wo wir beide endlich einmal Zeit füreinander haben, tatsächlich kein anderes Thema, über das du mit mir sprechen willst? Außerdem frage ich mich doch auch nicht, ob ich bei dir noch vor oder erst nach deiner Druckerei komme«, reichte Anna ihm das Rotweinglas herüber. »Also schließen wir Frieden, oder willst du hier weiter in der Ecke herumsitzen und schmollen?«

»Frieden, in Ordnung«, prostete Tom ihr zu und machte es sich neben Anna auf dem Bett gemütlich. »Komm her«, nahm er sie in den Arm. »Und nun erzähl mal, wie ist denn dein Tag gewesen?«

8

Amanda stand am Esszimmerfenster und schaute in den Garten, in dem eine Krähe auf einem kleinen Rasenstück hin und her hüpfte. Sie konnte Rabenvögel nicht ausstehen, obwohl sie mit ihrem glänzend schwarzen Federkleid sehr schön anzusehen waren. Ihr durchdringendes Krächzen verursachte Amanda jedoch jedes Mal, wenn sie es hörte, eine Gänsehaut.

Plötzlich hob die Krähe den Kopf, und es kam ihr so vor, als würde der große Vogel sie durch das Fenster hindurch beobachten. Klara, die noch immer am Frühstückstisch saß, riss Amanda aus ihren Gedanken.

»Gibt es denn gar keine Salami mehr?«, maulte das Mädchen. »Was soll ich jetzt bloß auf mein Pausenbrot tun?«

»Was meinst du, Klara«, ging Amanda über die Frage ihrer Tochter hinweg, »wollen wir beide demnächst einmal zusammen in die Staatsoper gehen? Ich finde, du musst die dortige Atmosphäre unbedingt einmal erleben.«

»Wozu soll das gut sein, Mum? Ich habe so oder so keine Lust mehr auf den ganzen klassischen Mist. Die Gesangsausbildung ist ja ganz o.k., schließlich will ich später in einer Band als Sängerin unterkommen. Aber lass mich bitte bloß endlich mit deinem Geklimper und Gewimmer zufrieden.«

Inzwischen hatten sich zwei weitere Krähen draußen im Garten eingefunden. Zusammen mit der ersten standen sie nun auf dem mit Laub bedeckten Rosenbeet und hackten mit ihren scharfen Schnäbeln in der Erde herum.

»Sieh nur«, zeigte Amanda in den Garten.

»Die fressen doch irgendwas«, sprang Klara auf. »Ich sehe mal nach, was sie machen.«

Als ihre Tochter über den Rasen lief, flogen die Krähen laut krächzend davon, um sich nur wenige Meter entfernt auf dem Nachbargrundstück wieder niederzulassen.

Klara bückte sich und starrte, die Hände in die Hüften gestemmt, auf eine bestimmte Stelle im Blumenbeet.

»Komm, Klara, es wird Zeit für die Schule«, rief Amanda in den Garten hinaus.

»Was war denn los?«

»Da liegt eine verweste Ratte«, grinste Klara begeistert. »Ein Riesending, sag ich dir!«

Kaum war Klara fort, schaltete Amanda ihren Laptop ein und schrieb:

Nein, Cornelius, bevor ich mich überhaupt noch einmal mit Dir einlasse, muss auf der Stelle Schluss sein mit Deinen Geheimnissen!

Ich lasse mich von Dir nirgendwohin entführen, hast Du verstanden? Und ich will endlich sehen, mit wem ich es zu tun habe.

Solltest Du also tatsächlich ein Foto und einen begeisterungsfähigen Vorschlag parat haben, raus damit! Ansonsten ist für mich hier und heute Schluss, schließlich gibt es auch noch andere Adler.

Also, entweder oder,
Helena.

Liebe Helena,
Du hast ja so Recht. Jetzt ist Schluss mit dem Versteckspiel, das ich im Übrigen sehr anregend fand.

Im Anhang findest du ein paar Fotos von mir. Leider habe ich es nicht mehr geschafft, eines von meinen wunderbaren Füßen beizulegen, denn die sind beinahe das Beste an mir.

Jetzt aber zu meinen konkreten Vorschlägen, die Dich hoffentlich begeistern!?!?

Ich habe Karten für Puccinis »Madame Butterfly« reserviert.

Möglich, dass ich mit meiner Auswahl ein Risiko eingehe, denn die meisten Leute, die ich kenne, finden die Oper im Allgemeinen und »Madame Butterfly« im Besonderen ziemlich kitschig. Aber ich mag sie und wollte einer Cello spielenden Dame nicht mit etwas kommen, das jedermanns Gefallen findet. Und selbst wenn ich mich in Deinen Augen damit als sentimentales Weichei oute, sage ich aus tiefster Überzeugung »Ja« zu Puccini und zu »Madame Butterfly«.

Zur »Entführung«: Ich habe ein Hausboot für uns gemietet, denn eine leise Stimme in meinem Inneren sagt mir, dass Du das Wasser liebst. Außerdem wollte ich Dir ganz adlermäßig etwas Besonderes bieten.

Also, wie ist es? Willst Du meine Vorschotfrau sein?

Auf unserem Boot könnten wir ein paar ungestörte Stunden inmitten der Stadt genießen. Ganz für uns in unserer eigenen Welt sein.

Helena, ich möchte wirklich nicht Gefahr laufen, Dich zu verlieren, noch bevor ich Dich überhaupt richtig kennengelernt habe. Wenn Du also darauf bestehst, dass ich Dir hier und jetzt jedes Detail meiner Überraschung verraten soll, mache ich das natürlich gern. Auch wenn das Vergnügen dadurch etwas geschmälert wäre.

Wichtig ist nur, dass Du mitkommst.

Also, wie sollen wir es machen?

Ich hab die Regenhose bereits an und die Angel gezückt.

Dein Cornelius

Inzwischen war das Spiel vorhersehbar, teilweise sogar schon langweilig geworden, dachte er. Ein kleiner Stoß genügte, und schon fingen die Puppen an zu tanzen.

Ja, manchmal beunruhigte ihn die Macht, die er über Frauen besaß, geradezu. Aber konnte man Frauen wie Helena überhaupt zur Spezies Mensch zählen?

Weiber waren so leicht zu durchschauen. Dennoch fiel es ihm schwer, ihnen zu widerstehen. Dabei hatte er noch keine Einzige kennengelernt, die ihm auch nur ansatzweise ebenbürtig gewesen wäre. Doch was machte das schon, schließlich wollte er ja auch keine Partie Schach mit ihnen spielen.

Weiber hatten Titten. Und Weiber hatten eine Möse, die

ihn ungeheuer anzog und gleichzeitig wehrlos machte. Weiber waren der Schlüssel zum Leben und der Nagel zum Sarg ihrer Männer. Und Weiber wollten leiden, ja, sie waren geradezu ganz versessen darauf.

Wie verteufelt schnell und effektiv sie sich untereinander vernetzen konnten. Es war nahezu unmöglich, eine einzelne Frau kennenzulernen, ohne nicht auch gleich den Kreis ihrer Freundinnen mit am Hals zu haben. Eine Tatsache, die sie unberechenbar und auch gefährlich machte.

Melli war die einzige Ausnahme von der Regel gewesen. Ganz allein und ohne den Beistand ihrer Freundinnen hatte sie sich weit aus dem Fenster gelehnt. Hatte ihn eingefangen und so lange umworben, bis er vollkommen wehrlos wie eine Stubenfliege im Spinnennetz gewesen war. Doch dann hatte sie ihr wahres Gesicht gezeigt. Bei jeder Kleinigkeit hatte sie gezetert und an ihm herumkritisiert. Ganz gleich, was er tat und um was es ging, sie hatte ihm immer die Hölle heißgemacht. Für eine Weile war sie die Siegerin in einem armseligen Spiel gewesen und hatte ihren Triumph zusätzlich noch ausgekostet, indem sie ihn zu einer Witzfigur gemacht hatte. Denn viel lieber als mit ihm hatte Melli mit anderen Kerlen herumgevögelt.

Zum Glück hatte er sich irgendwann aus ihrem Spinnennetz befreit und war zum Schluss als wahrer Sieger aus dieser Geschichte hervorgegangen. Doch das war alles lange her, und seitdem hatte er große Fortschritte gemacht. Ja, inzwischen war er auf dem Weg zu einem selbstbestimmten Leben, in dem es keine Niederlagen mehr gab. Die Zukunft, das war Helena, in deren sehnsuchtsvolle Augen er zu gegebener Zeit hineinstechen würde. Seine Seele war so rein wie die eines neugeborenen Jungen. Von nun an würde er kein Opfer mehr sein, sondern nur noch Täter.

»Das Ergebnis des DNS-Abgleichs zwischen dem in der Gartenlaube sichergestellten Kaugummi und der auf der Plastikplane gesicherten Haarprobe ist da, Chef«, ergriff Verena Mendelson auf der morgendlichen Dienstbesprechung das Wort. »Es gibt eine hundertprozentige Übereinstimmung.«

»Danke, dann können wir also ab heute mit Sicherheit davon ausgehen, dass wir es in beiden Fällen mit ein und demselben Täter zu tun haben«, sagte Günther Sibelius. »Und es gibt auch etwas Neues zum Autopsieergebnis von Hannelore Bloch«, gab er das Wort an Dr. Severin weiter.

»Wie zu vermuten war, haben sich in der Vagina des zweiten Opfers wie schon beim ersten winzige Rückstände der gleichen Metalllegierung befunden«, begann der Rechtsmediziner. »Doch im Unterschied zu Monika Jacobsen haben wir im Anus von Hannelore Bloch keinerlei Spuren davon entdeckt. Was möglicherweise mit der Tatsache zusammenhängt, dass Frau Bloch noch gelebt hat, als ihr die vaginalen Verletzungen zugefügt worden sind. Insgesamt lässt sich sagen, dass ihre Wunden auch weit weniger tief gewesen sind.«

»Hört sich tatsächlich so an, als ob das Schwein noch üben würde«, meinte Ferdinand Huber. »Der Kerl muss sich wohl erst an das Gefühl gewöhnen, dass seine Opfer noch leben, während er sie quält.«

»Ja, es ist offensichtlich, dass sich die Wut des Mannes beim letzten Opfer noch gesteigert hat«, stimmte Joachim Mettmann zu. »Und es steht für mich auch außer Frage, dass er weitermorden wird.«

»Haben Sie mittlerweile eine Idee, welche Art von Gegenstand als Tatwerkzeug in Frage kommt?«, wandte sich Günther Sibelius an Dr. Severin.

»Ja, das Tatwerkzeug ließ mir einfach keine Ruhe, daher habe ich ein wenig im Internet recherchiert. Irgendwie drängte sich mir im Zusammenhang mit der Art der Verletzungen der Gedanke an ein mittelalterliches Folterwerkzeug auf, das ich irgendwann einmal gesehen habe. Also bin ich auf die Homepage eines italienischen Waffenmuseums gegangen und bin dort tatsächlich auf einen interessanten Artikel gestoßen.«

Dr. Severin zog ein Foto aus der vor ihm liegenden Akte und reichte es herum.

»Auf dem Bild sehen Sie ein Folterinstrument, das ausschließlich bei Frauen Verwendung fand.«

Anna betrachtete die Abbildung einer auf den ersten Blick unscheinbar aussehenden, vom Durchmesser her circa vier Zentimeter großen metallenen Kugel, die sich am Ende eines ebenfalls aus Metall gefertigten Stiels befand.

»Die Grausamkeit der Waffe wird erst auf dem nachfolgenden Foto sichtbar«, reichte er eine zweite DIN-A4-Seite herum.

Anna sah darauf ein Foto derselben Kugel, aus der nun eine Vielzahl messerscharfer Widerhaken herausragte.

»Die Kugel wurde den Frauen in die Vagina eingeführt. Danach wurde durch Druck am Ende des Stiels ein grausamer Mechanismus ausgelöst. Metallspitzen, die sich im Innern der Kugel befinden, fuhren heraus und bohrten und verhakten sich im Muskelfleisch. Dann wurde die Waffe mit einem Ruck wieder aus der Vagina herausgezogen. Die armen Opfer, zumeist waren es Frauen, die der Hexerei bezichtigt worden waren, sind daraufhin qualvoll verblutet.«

»Meine Güte, wie viel Angst müssen die Männer in diesen patriarchalischen Zeiten vor dem weiblichen Geschlecht und seiner Macht gehabt haben, dass sie zu so etwas fähig waren«, murmelte Anna in sich hinein.

»Aber kann man mit einer solchen Waffe ebenfalls das Schambein einer Frau von innen heraus zertrümmern?«, wollte Weber wissen. »Mir scheinen die Kugel und der Metallstiel nicht groß und lang genug zu sein, um eine dafür ausreichende Hebelwirkung zu entfalten.«

»Da gebe ich Ihnen vollkommen Recht, Weber. Ich glaube auch nicht, dass es sich bei diesem Folterinstrument um die Tatwaffe handelt. Allerdings könnte der Täter davon inspiriert worden sein und etwas Ähnliches verwendet oder sogar konstruiert haben.«

»Wozu er ein Mann mit außergewöhnlichen handwerklichen Fähigkeiten sein müsste«, fügte Werner Freiwald an.

»Hat Ihre Suche nach dem Unbekannten aus dem Curiohaus inzwischen Ergebnisse gebracht?«, wandte sich Günther Sibelius an Anna, die kopfschüttelnd verneinte, um anschließend die Ergebnisse von Malte Jacobsens und Sabine Hofraths Befragung zusammenzufassen.

»Und wie sieht es sonst aus? Was ist mit der Telefonliste der Jacobsens?«

»Auch dazu gibt es nichts Neues«, meldete sich Lars Haberland zu Wort. »Wir haben alle Nummern überprüft, sind dabei jedoch auf keinen der Familie unbekannten Teilnehmer gestoßen. In der Zwischenzeit haben wir uns auch alle Bewohner der Schrebergartensiedlung, in der Hannelore Bloch ermordet wurde, noch einmal systematisch vorgenommen. Wie es aussieht, war die Siedlung am Abend der Tat so gut wie menschenleer, und den wenigen Leuten, die sich zur bewussten Zeit dort aufgehalten haben, ist nichts Verdächtiges aufgefallen. Kein Wunder, zumal das Wetter an diesem Abend nicht gerade zu einem Spaziergang eingeladen hat. Der Täter hätte sich für den Mord an Hannelore Bloch keinen geeigneteren Zeitpunkt aussuchen können.«

»Die Befragung von Frau Blochs Arbeitskollegen ist bisher genauso ergebnislos verlaufen, Chef«, übernahm Ferdinand Huber wieder. »Anscheinend ist sie, was ihr Liebesleben angeht, mehr als verschwiegen gewesen. Mit keinem Wort hat Hannelore Bloch ihre Internetsuche nach Bekanntschaften gegenüber einem ihrer Arbeitskollegen erwähnt.«

»Wie ist der Stand der Ermittlungen bei Ihnen, Frau Mendelson?«, fragte Sibelius weiter.

»Inzwischen habe ich alle einschlägig bekannten Verdächtigen geprüft, aber keiner von ihnen kommt als Täter in Frage. Genauso wenig hat die Überprüfung eines vor zwei Wochen aus Österreich eingereisten, mehrfach vorbestraften Sadisten ergeben. Zurzeit checke ich gerade die Herrn Jacobsen nach der Beisetzung seiner Frau zugegangene Trauerpost auf mögliche Hinweise.«

»Und wie sieht es mit Hinweisen aus dem Internetforum aus? Sind Sie da weitergekommen?«, fragte Sibelius Marc Hellweg. »Haben die Mitarbeiter von ›Gute Männer für Sie‹ Hannelore Blochs Mailkontakte gespeichert?«

»Leider nein, Chef. Ein solches Vorgehen wäre auch aus datenschutzrechtlichen Gesichtspunkten ziemlich heikel. Ich habe heute Nachmittag aber einen Termin mit dem Firmeninhaber der Plattform, mal sehen, ob ich im persönlichen Gespräch weiterkomme.« Marc Hellweg lehnte sich zurück, wobei er einen kurzen Blick zu Anna hinüberwarf.

»Überhaupt ärgert es mich ungemein, dass ich den Mann aus dem Curiohaus selbst nicht gesehen habe«, fügte er hinzu. »Wenn ich schneller gewesen wäre, hätten wir den Kerl vielleicht noch erwischt und an Ort und Stelle befragen können.«

Amanda zündete sich eine Zigarette an und nahm einen tiefen Zug, bevor sie auf den Anhang von Cornelius' letzter Mail klickte und die erste von drei Dateien öffnete.

Das erste Foto zeigte einen in einem Straßencafé sitzenden Mann auf einem mediterranen Marktplatz. Das nächste zeigte denselben Mann, diesmal aber in einem blauen Arbeitsoverall über eine auf dem Boden ausgebreitete Zeichnung gebeugt. Auf dem letzten der Fotos war sein Gesicht in Großaufnahme zu sehen. Er schaute direkt in die Kamera, und seine grüngrauen, intensiv blitzenden Augen zogen Amanda auf der Stelle in ihren Bann. Seine Gesichtszüge waren gut geschnitten, er besaß ausgeprägte Wangenknochen und volles dunkelbraunes Haar, in dem sich die ersten grauen Strähnen bemerkbar machten.

Ohne Zweifel war er ein attraktiver Mann, doch das Anziehendste an ihm war sein Lächeln. Ein Lächeln, mit dem er die ganze Welt für sich einnehmen konnte, fand Amanda. Ein Lächeln, das demjenigen, dem es geschenkt wurde, selbst an Schlechtwettertagen den Himmel auf der Stelle blau färben konnte.

Schön und gut, dachte Amanda, aber welcher Mann besaß schon in Realität ein solches Lächeln? Sie kannte jedenfalls keinen einzigen. Wie auch immer, was würde sie sich schon groß vergeben, wenn sie sich mit ihm traf?

Gar nichts, sie würde nur gewinnen und feststellen können, ob sich hinter Cornelius' anziehender Fassade tatsächlich ein Mann verbarg, der hielt, was sein Lächeln versprach.

Amanda schrieb:

Gut Cornelius,
Du hast den Striptease angeboten, also möchte ich auch alle Details über den geplanten Ausflug wissen. In welchem Teil unserer schönen Stadt ankert Dein Boot überhaupt? Etwa bei Blohm und Voss auf dem Trockendock?

Deine Idee mit der Oper ist klasse, und danke für die Fotos,

die sind gar nicht mal übel.

Helena

Cornelius antwortete:

Ich habe Dir doch schon gesagt, dass ich ein Hausboot gemietet habe, und Du weißt auch, dass es stadtnah liegt. Wie auch immer, Du bist vom Boot aus auf jeden Fall mit ein oder zwei Schritten schon wieder an Land, versprochen. Wie ist es, willst Du jetzt einen Adler oder doch lieber wieder einen Spatz kennenlernen?

Wollen wir uns nicht erst einmal treffen, zusammen in die Oper gehen und anschließend entscheiden, wie es weitergeht?

Die Karten sind für die Vorstellung am Donnerstag um zwanzig Uhr reserviert. Ich werde um halb acht vor dem Haupteingang auf Dich warten.

Hoffnungsvoll,
Cornelius

Unglaublich, schimpfte Amanda. Immer wollte er bestimmen, wo es langging. Doch sollte sie nur aus diesem Grund hier und heute den Kontakt zu ihm abbrechen und weiterleben wie bisher? Und was bedeutete das überhaupt, überlegte Amanda.

Ja, wie fühlte es sich an, wenn man sich total festgefahren hatte? Wenn man ein Leben führte, in dem es kein Vorankommen mehr gab?

Was war dieser Schrecken schon verglichen mit ein wenig Kompromissbereitschaft und der Hoffnung, durch Cornelius schon bald eine neue Heimat und eine neue Basis für ihr Leben zu finden.

Schließlich war das, was sie quälte, vor allem die

Angst vor der Einsamkeit und die Befürchtung, alles, was sie besaß, zu verlieren. Mochten Max und Klara auch eines Tages von hier fortgehen, war sie selbst sich doch immer sicher gewesen, dass sie nie irgendwo anders leben würde als hier, an diesem Ort. Schließlich hatte sie hier gefunden, wonach sie immer gesucht hatte. Eine Heimat, in deren Boden sie tiefe Wurzeln geschlagen hatte.

Wäre sie doch nur in der Lage, Max auszuzahlen und zusammen mit Klara weiter in ihrem Haus wohnen zu können!

Für Amanda ging es nun schlicht und einfach ums Überleben. Nein, sie hatte wirklich kaum mehr etwas zu verlieren, vielleicht aber etwas zu gewinnen.

Amanda bezwang ihren Stolz und schrieb:

In Ordnung, Du bekommst Deine zweite Chance.

Ich werde pünktlich da sein, und dann lassen wir den Abend auf uns zukommen… versprochen.

Freu mich auf Dich,
Helena.

»Doris, ich habe mich entschieden«, meinte Amanda wenig später im Haus ihrer Freundin. »Ich gebe Cornelius noch eine zweite Chance. Kannst du mir bitte ein weiteres Mal helfen?«

»Was macht dich denn plötzlich so sicher, dass eine weitere Verabredung mit ihm keine Zeitverschwendung ist?«

»Ein Mann mit einem solchen Lächeln kann einfach kein total mieser Typ sein.«

Doris verkniff sich ein Grinsen. »Also hast du endlich ein Foto von ihm bekommen?«, fragte sie. »Zeig mal her!«

»Ich habe es nicht ausgedruckt«, wich Amanda aus. »Das wäre mir allein schon wegen Max viel zu gefährlich gewesen.«

»Gut, dann beschreibe mir deinen Prinzen. Wie sieht er denn aus?«

»Cornelius ist ein echter Traummann, und sein Lächeln bringt mich komplett aus der Fassung.«

»In Ordnung«, raufte sich Doris die Haare, »ich merke schon, dass wir auf diese Art nicht weiterkommen. Was ich brauche, sind etwas konkretere Aussagen. Fakten, mit denen ich etwas anfangen kann, um mir ein Bild zu machen, comprende? Wie alt ist er ungefähr? Was für eine Statur hat er? Haarfarbe? Augenfarbe? Trägt er eine Brille oder einen Bart?«

»Cornelius ist um die vierzig, schlank, hat graugrüne Augen und volles dunkles Haar mit der einen oder anderen grauen Strähne darin. Ich glaube, er ist ein Mann, der dir direkt in die Augen schauen kann, ohne nervös zu werden oder deinem Blick auszuweichen. Er trägt keine Brille und keinen Bart, aber seine Größe kann ich nur schätzen, weil er auf den Fotos entweder sitzt oder nur bis zu den Schultern zu sehen ist. Ich denke, er wird so an die ein Meter achtzig groß sein, vielleicht auch ein paar Zentimeter mehr. Aber das Schönste ist, dass er weder blasse, trockene Haut hat wie Max noch Pickel, Narben oder sonstige Makel. Nein, in seinem Gesicht passt einfach alles zusammen«, lächelte Amanda verträumt. »Solltest du jetzt aber noch die Marke seiner

Unterhosen wissen wollen, muss ich dich auf später vertrösten.«

»In Ordnung, Amanda«, lenkte Doris lachend ein. »Ich werde dir noch einmal helfen, versprochen. Allerdings nur unter der Bedingung, dass du mir sagst, wann und wie ich dich übermorgen Abend erreichen kann.«

»Stell dir vor, Cornelius hat mich in die Staatsoper eingeladen. Sie führen Puccini auf, Madame Butterfly. Du weißt doch, dass das eine meiner Lieblingsopern ist, Doris. Was meinst du, ob er das irgendwie geahnt hat?«

»Meine Güte, Amanda, jetzt komm mal langsam wieder runter! Das ist doch nur Zufall, weiter nichts.« Kopfschüttelnd ging Doris in ihr Arbeitszimmer hinüber und fuhr den Computer hoch. »Jetzt wollen wir gleich einmal nachsehen, ob dich der Kerl nicht schon wieder an der Nase herumführt.«

»Siehst du, es stimmt«, rief Amanda mit einem Blick auf den Bildschirm, auf dem sich der aktuelle Spielplan der Hamburger Staatsoper mit der Vorankündigung für »Madame Butterfly« aufbaute. »Doris, diesmal habe ich wirklich ein gutes Gefühl.«

»Was dich jedoch nicht davon abhalten darf, vorsichtig an die Sache heranzugehen. Lass bitte auf jeden Fall dein Handy den ganzen Abend über eingeschaltet. Und ich will, dass du dich zwischendurch bei mir meldest, hörst du?«

»Kein Problem«, nahm Amanda ihre Freundin dankbar in den Arm. »Und falls es tatsächlich mit Cornelius klappen sollte, bist du die Erste, die ihn kennenlernen wird.«

»Gucken Sie sich das an, Anna«, deutete Weber in der Kantine auf Marc Hellweg und Verena Mendelson, die getrennt von den übrigen Kollegen an einem Zweiertisch saßen. »Sieht so aus, als würde sich die Mendelson mächtig ins Zeug legen, um den neuen Kollegen zu beeindrucken.«

»Na und? Gönnen Sie ihr um Gottes willen doch den Spaß, Weber. Oder sind Sie etwa eifersüchtig, dass Marc und nicht Sie selbst ganz oben in Verenas Gunst steht?«

»Ach woher denn?«, gab Weber kleinlaut zurück. »Also, guten Appetit.«

Sorgsam begann Anna, ihr Zitronenhähnchen zu zerteilen, während sie beobachtete, wie sich Marc Hellweg seinen am Tellerrand klebenden Kaugummi in den Mund schob und sich plötzlich von seinem Platz erhob.

»Hallo, Anna«, winkte er zu ihr herüber. »Habe jetzt leider überhaupt keine Zeit, aber nachher komme ich noch wegen des Fußballspiels kurz bei dir vorbei«, sagte er, als auch schon Antonia Schenkenberg, die Abteilungssekretärin, auf ihren Tisch zuhielt.

»Da ist vor ein paar Minuten ein Anruf für Sie eingegangen, Anna. Eine Frau Stüben hat Ihre Durchwahl gewählt, aber als ich sie zu Herrn Haberland durchstellen wollte, hat sie mir ihre Telefonnummer hinterlassen und gesagt, dass Sie sie zurückrufen sollen. Frau Stüben wollte ausschließlich mit Ihnen reden. Da ich nicht wusste, ob Sie nach der Pause noch einmal ins Büro zurückkommen, dachte ich mir, ich gebe die Information am besten gleich direkt an Sie weiter.«

»Danke, Antonia«, nickte Anna, »ich werde mich sofort darum kümmern.«

»Stüben? Den Namen habe ich im Zusammenhang mit unserem Fall noch nie gehört. Wissen Sie, wer die Frau ist?«, wollte Weber wissen.

»Ich glaube, die Garderobiere aus dem Curiohaus heißt so«, schob Anna ihren Teller von sich fort und legte die zusammengeknüllte Serviette auf die Speisereste. »Essen Sie nur in Ruhe zu Ende, Weber. Ich gehe schon einmal vor.«

»Nett, dass Sie mich so schnell zurückrufen, Frau Kommissarin«, sagte Irene Stüben. »Ich habe noch einmal über den Mann nachgedacht, nach dem Sie sich erkundigt haben, und mir ist wieder eingefallen, dass er sich mir einmal als Martin Wittkamp vorgestellt hat. Außerdem habe ich zufällig mitbekommen, wie er zu einer Dame sagte, dass er in der Schröderstiftstraße wohnt. Hilft Ihnen das weiter?«

»Sehr sogar, und haben Sie vielen Dank für Ihren Anruf«, entgegnete Anna. Kaum hatte sie das Gespräch beendet, fuhr sie auch schon ihren Computer hoch, um in der Einwohnermeldekartei nach einem Mann namens Martin Wittkamp zu recherchieren.

Und als Weber kurz darauf das Büro betrat, stand Anna bereits aufbruchbereit in ihrem Wintermantel an der Tür und wartete auf ihn.

»Kommen Sie, Weber, ich habe die Adresse unseres Tänzers herausbekommen«, sagte sie und warf ihm seinen Parka zu.

Weber passierte den Dammtorbahnhof und fuhr danach auf der Schröderstiftstraße stadtauswärts. Als sie nur wenige Minuten später an Martin Wittkamps Haustür klingelten, wurden sie, obwohl es gerade einmal vierzehn Uhr war, sofort eingelassen.

»Vielleicht ist er ja eins von den armen Schweinen, die von Hartz 4 leben müssen«, mutmaßte Weber, während Anna schweigend vor ihm die Treppe zum ersten Stock hinaufging.

Martin Wittkamp öffnete ihnen die Wohnungstür, worauf Weber sofort seinen Dienstausweis zückte.

»Nanu, Polizei? Was kann ich für Sie tun?«

»Guten Tag, Herr Wittkamp. Das ist Kriminalkommissarin Anna Greve, ich bin Lukas Weber. Wir ermitteln in zwei Mordfällen, die hier in Hamburg verübt worden sind, und haben in dem Zusammenhang ein paar Fragen an Sie.«

»Treten Sie doch ein«, sagte Martin Wittkamp und bat sie in den Flur der Wohnung, wo Weber die Fotos der zwei ermordeten Frauen aus der Tasche zog und sie Martin Wittkamp unter die Nase hielt.

»Haben Sie eine der Frauen schon einmal gesehen?«, fragte er.

Aufmerksam betrachtete Wittkamp zuerst das Foto von Hannelore Bloch und schüttelte verneinend den Kopf, dann wandte er sich dem zweiten zu.

»Die hier kenne ich von irgendwoher«, tippte er auf Monika Jacobsens Foto. »Ich weiß nur nicht mehr, wo ich ihr begegnet sein könnte.«

»Ist Ihnen Frau Jacobsen vielleicht einmal bei einer Tanzveranstaltung aufgefallen?«, half Weber ihm auf die Sprünge.

»Sie haben Recht, Herr Kommissar, das ist allerdings

schon eine ganze Weile her. Ich glaube, ich habe sogar einmal mit ihr getanzt. Also ist sie doch die Frau, die tot am Elbstrand aufgefunden worden ist! Als ich ihr Foto in der Zeitung sah, dachte ich mir schon, dass sie es sein könnte, war mir jedoch nicht sicher. Aber wie kann ich Ihnen helfen?«

»Vorgestern Abend sind Sie bei einer Tanzveranstaltung im Curiohaus gewesen«, schaltete sich Anna Greve ein, »die Sie später zusammen mit einer Frau, die Sie erst kurz zuvor kennengelernt hatten, wieder verlassen haben. Kommt das öfter bei Ihnen vor, Herr Wittkamp?«

»Wenn mir eine Frau gefällt, kann so etwas schon mal passieren«, schmunzelte er. »Aber was hat das eine mit dem anderen zu tun?«

»Hat Ihnen Monika Jacobsen ebenfalls gefallen, Herr Wittkamp?«

»Das schon, aber ich bin nicht mit ihr fortgegangen, sollte Ihre Frage darauf abzielen. Verdächtigen Sie mich etwa?«

»Wir sind verpflichtet, allen Hinweisen nachzugehen, Herr Wittkamp«, übernahm Weber wieder. »Können Sie uns sagen, was Sie an den Abenden des sechsten und vierzehnten November getan haben?«

»Einen Moment«, nahm Wittkamp seinen Terminkalender zur Hand.

»Als Versicherungsmakler arbeite ich viel von zu Hause aus, führe aber an den Abenden oftmals noch Kundengespräche. Ja, am sechsten November bin ich mit dem Auto auf dem Rückweg von einem Kundenbesuch in Elmshorn gewesen. Und am vierzehnten war ich im Kino.«

»Welchen Film haben Sie sich angesehen?«

»›Slumdog Millionaire‹, in der Spätvorstellung des Holi-Kinos.«

»Gut, das wäre es erst einmal für heute«, sagte Weber und gab Martin Wittkamp eine seiner Visitenkarten. »Kommen Sie bitte morgen Vormittag um elf Uhr ins Präsidium, damit wir Ihre Aussage schriftlich aufnehmen können.«

»So, und jetzt sorgen wir dafür, dass Rudolf Wallner, der Kellner aus dem Fischrestaurant, morgen ebenfalls zur selben Zeit im Präsidium ist«, sagte Weber zu Anna, als sie wieder im Auto vor Wittkamps Haus saßen. »Vielleicht erkennt er in Martin Wittkamp ja den Begleiter von Monika Jacobsen wieder.«

Als sie wieder im Büro waren, rief Anna als Erstes ihre Freundin Paula an. »Hast du heute Abend schon etwas vor? Wenn nicht, würde ich nachher gern noch auf einen Sprung bei dir vorbeikommen.«

»Geht leider nicht, Anna, ich habe mich mit Mike und den anderen Jungs vom Tennisclub zum Muschelessen im Maschener Hof verabredet. Aber komm doch dazu, ich gebe dir auch auf jeden Fall ein paar von meinen Miesmuscheln ab, versprochen. Sei aber bitte gegen sieben Uhr da, die kleinen Dinger schmecken nur gut, solange sie heiß sind.«

»Paula, ich glaube nicht, dass es eine gute Idee ist, wenn ich dich inmitten deines Harems treffe. Ich wollte eigentlich ungestört mit dir reden.«

»Ach was, Harem. Es tut dir nur gut, auch einmal mit anderen Leuten als immer nur deinen Arbeitskollegen oder der Familie zusammen zu sein. Außerdem haben wir beide selbst im größten Trubel noch immer eine Gelegenheit gefunden, uns ungestört zu unterhalten. Also was ist, bist du dabei?«

»In Ordnung«, gab sich Anna lächelnd geschlagen. »Ich sehe zu, dass ich pünktlich Feierabend machen kann.«

Martin Volkers hatte sich gerade in die Kaffeepause verabschiedet. Endlich herrschte wieder Ruhe im Büro, und inzwischen schien Volkers auch begriffen zu haben, dass es keinen Sinn machte, ihn jedes Mal, sobald er Pause machte, zum Mitkommen aufzufordern. Außerdem hatte er seinen guten Willen an diesem Tag bereits unter Beweis gestellt, indem er eine Kollegin in die Kantine begleitet hatte, um sich kurz darauf mit dem Hinweis auf eine Magenverstimmung wieder zurückzuziehen. Nein, er hatte wirklich keine Lust, seine Zeit mehr als unbedingt nötig mit anderen Leuten zu verbringen. Schließlich war es schon quälend genug, tagtäglich viele Stunden mit so einem Blödmann wie Volkers in einem Raum arbeiten zu müssen.

Dämlicher Kerl, dachte er, während er die Akte vor sich zuschlug und es sich in seinem Bürostuhl gemütlich machte, was sofort ein unangenehmes Ziehen in seinem Bauch zur Folge hatte.

Normalerweise hätte er sich ein dickes Lob von seinem Dienststellenleiter verdient, weil er sich trotz der lästigen Magenschleimhautentzündung ins Büro geschleppt hatte. Andererseits war die gesamte Behörde ein solcher Hort von Dummköpfen, dass es nicht weiter verwunderlich war, wenn niemand seinen Einsatz bemerkte. In einem Job wie diesem stieg man sowieso wie von selbst die Karriereleiter nach oben. Dazu musste man sich seinen Arsch nur so lange geduldig und beharrlich breitsitzen, bis man in die nächste Altersstufe kam. Aus diesem Grund waren seine Vorgesetzten auch keine besonders fähigen Kollegen, sondern nur die mit den dicksten Ärschen und dem größten Phlegma. Es war daher mehr als dumm von ihm, von diesen Leuten eine Belohnung für seinen herausragenden Arbeitseinsatz zu erwarten.

Zweifellos war ein Mann seines Formats in einem Schuppen wie diesem völlig unterfordert. Allerdings bot der Job den nicht zu unterschätzenden Vorteil, dass er ihm genügend Zeit für seine privaten Projekte ließ.

Da er die Mittagspause für einen Spaziergang durch die Stadt genutzt hatte, musste er sich nun als Erstes um seinen kranken Magen kümmern. Er wärmte eine von zu Hause mitgebrachte Portion Haferschleim in der Mikrowelle auf und schenkte sich dazu einen Becher Pfefferminztee ein. Während er den lauwarmen, zähen Brei herunterwürgte, warf er einen ersten Blick auf seine neu eingegangenen Mails.

Amanda, die naive Gans, hatte sich für ihre Antwort nicht viel Zeit gelassen. Sie schien so dringend einen neuen Mann zu brauchen, dass sie nach seiner letzten Mail auf der Stelle eingeknickt war. Ja, mit ihr hatte er sich zweifellos die Richtige ausgesucht. Hatte er am Anfang noch gezweifelt, ob sich ein Versuch lohnen würde, hatten ihm gleich die ersten Mails, die sie miteinander getauscht hatten, ihre wahre Natur gezeigt. Sie wollte sich unterordnen, sie wollte leiden. Ja, schon in zwei Tagen würde er ihr ihren größten Wunsch erfüllen und bis dahin weiter brav seinen Haferschleim essen, damit er im entscheidenden Moment auch stark und gesund war.

Diesmal würde er keine Schwäche mehr zeigen, denn wer nahm schon umgekehrt Anteil an seinem Leben? Wer zeigte Mitgefühl mit ihm, wenn es ihm schlecht ging?

Endlich würde er in die Tat umsetzen, was zu tun er sich vorgenommen hatte, seitdem er aus Melanies Schatten herausgetreten war. Und wenn er die vierte Prüfung erst bewältigt hätte, würde er einen weiteren entscheidenden Schritt auf seinem Weg in die Freiheit vorangekommen sein.

Gedankenverloren beobachtete er den belebten Verkehr auf der sechsspurigen Straße, die direkt unter seinem Fenster vorbeiführte. Obwohl es noch früher Nachmittag war, hatten die meisten Autos bereits ihre Scheinwerfer eingeschaltet. Es war einer dieser nebligen, trüben Tage, an denen es nicht richtig hell werden wollte, denen er inzwischen aber sogar etwas abgewinnen konnte. Brauchte er sich doch nur daran zu erinnern, wie schlecht es ihm im November vergangenen Jahres noch gegangen war.

Damals hatte er geglaubt, ohne Melli nicht weiterleben zu können. Hatte sich angestrengt, ihr zu gefallen, obwohl er es Melli sowieso nie hatte recht machen können. Ständig hatte sie ihn mit anderen Männern betrogen. Damals hatte er noch gehofft, sich irgendwie mit der Situation arrangieren zu können, und es genossen, an den Abenden neben ihr zu liegen.

In solchen Momenten war Melli beinahe mütterlich gewesen. Hatte ihn nicht bedrängt. Doch er brauchte nur daran zu denken, wie klein er sich für diese Fotze gemacht hatte, und schon krampfte sich sein Magen wieder schmerzhaft zusammen. Was für eine jämmerliche Figur war er doch gewesen! Hatte sich zum Opfer machen lassen und aus Erleichterung darüber, dass Melli ihn nur noch selten zum Sex drängte, zu allem »Ja und Amen« gesagt.

Während jeder andere es ihr anständig besorgen und seinen Samengestank zwischen ihren Beinen lassen konnte. So hatte er einen hohen Preis dafür bezahlt, dass Melli trotz allem bei ihm blieb.

Schon von Kindheit an war sein Geruchssinn stärker ausgeprägt gewesen als der anderer Menschen. Er war in der Lage, einen Zirkus, seine Planwagen und Tierkäfige, schon lange bevor sie in die Stadt einzogen, zu riechen. Und später erkannte er jede Frau über den Duft ihrer Fotze hinaus auch am Geruch ihres Menstruationsblutes.

Wie auch immer, das Arrangement, mit Mellis Betrug zu leben, wenn sie ihn dafür in Ruhe ließ, schien ihm allemal besser zu sein, als allein zu leben oder in einem fort Mellis mühsam unterdrückter Enttäuschung ausgesetzt zu sein. Oder der Art und Weise, in der sie ihre Unzufriedenheit zu überspielen suchte, wenn es mit ihnen im Bett wieder einmal nicht klappte.

»Komm, das ist doch nicht so schlimm«, versuchte sie, ihm Mut zuzusprechen. »Beim nächsten Mal läuft es bestimmt besser. Lass uns einfach nur beieinanderliegen. Ich liebe dich.«

Vielleicht hätte er ihr Arrangement sogar noch länger ertragen, wenn Melli eines Tages nicht zu weit gegangen wäre.

Denn während sie sich eines Abends entspannt in seinen Arm kuschelte, hatte er plötzlich einen wohlvertrauten Geruch an ihr wahrgenommen. Ja, es gab keinen Zweifel, Melanie roch tatsächlich genauso wie eine der Wichsvorlagen seines jüngeren Bruders Mucki.

Warum, verdammt, hatte sie ausgerechnet mit dem kleinen Angeber herumvögeln müssen? Ausgerechnet mit Mucki, den er seit seiner Kindheit hasste.

Wofür es mehr als einen guten Grund gab. Da hatte er doch sofort wieder das Bild vor Augen, wie er vor der Wiege des Bruders stand und mühsam die Tränen zurückhielt. Seine Mutter hatte ihm soeben eine deftige Ohrfeige verpasst, und das nur, weil er versucht hatte, seinen kleinen Bruder zu füttern. Wobei ihm niemand erklärt hatte, dass ein Regenwurm aus dem Garten, den er auf Muckis Gesicht gelegt hatte, dafür völlig ungeeignet war.

Er verstand nicht, was er falsch gemacht hatte. Schließlich hatte er nur das getan, was auch die Amsel mit ihren Jungen im Nest tat.

Seine erste Erinnerung an Mucki, wie die Eltern den Bruder zärtlich nannten, war der Beginn einer ganzen Reihe weiterer Fehler und Versäumnisse seinerseits gewesen. Denn was er sich auch immer einfallen ließ, schien falsch zu sein, bis ihm die Mutter irgendwann den Kontakt mit dem Bruder gänzlich verbot.

»Wenn du Mucki noch einmal zu nahe kommst, weiß ich nicht, was ich tue!«, schrie sie ihn unter Tränen an.

Auch sonst hatte es viele Verbote gegeben, und fast alles, bis hin zur Auswahl seiner Kleidung oder dem Zeitpunkt, zu dem er sein Zimmer aufzuräumen hatte, war von den Eltern bestimmt worden. Überall hielten sie den Daumen drauf, nahmen ihm jede Kleinigkeit ab und ließen so gut wie keine Eigeninitiative zu. Bis er sich schließlich überhaupt nichts mehr zutraute und vor jeder noch so unbedeutenden Entscheidung nichts als Angst spürte.

Nein, er war es endgültig leid, in einem fort auf sich herumtrampeln zu lassen. Aber selbst wenn er viel zu lange gebraucht hatte, um seine Befreiung anzugehen, konnte er inzwischen stolz auf sich sein. Hatte er doch endlich damit begonnen, sich zu wehren.

Als Anna gegen neunzehn Uhr den Maschener Hof betrat, war das Wirtshaus bereits gut besucht. Die Kommissarin schaute sich suchend nach ihrer Freundin um und fand Paula zusammen mit dem harten Kern des Maschener Tennisclubs im Nebenraum, der in der Regel nur für geschlossene Gesellschaften genutzt wurde. Paula saß, eine riesige Portion Muscheln vor sich, an einem der großen Holztische und gab gerade eine ihrer Geschichten zum Besten. Wie immer stand sie dabei im Mittelpunkt des Interesses, denn wenn Paula erst einmal zu erzählen begann, zog sie stets alle Anwesenden in ihren Bann. Als Anna näher kam, sprang Paula von ihrem Stuhl auf und kam der Freundin lächelnd entgegen. Seit der schrecklichen Geschichte im letzten Jahr, in der Paula von Elsa Hollstein, einer Serienmörderin, die sie aus ihrer Schulzeit kannte, betäubt, niedergeschlagen und schwer verletzt worden war, hinkte sie leicht auf dem rechten Bein. »Schön, dass du noch gekommen bist«, begrüßte sie Anna und ging mit ihr an den Tisch zurück, wo sie einem Schönling mit Zopffrisur auf die

Schulter tippte. »Basti, mach bitte Platz für meine Freundin. So, und jetzt iss erst mal in Ruhe«, schob sie Anna kurz darauf einen tiefen Teller voller Miesmuscheln hinüber.

Kaum dass Anna die erste Muschel auf der Zunge hatte, fühlte sie sich auch schon besser. Schweigend genoss sie jede einzelne, bis sie so satt war, dass sie sich kaum mehr rühren konnte.

»So gefällst du mir«, rutschte Paula näher an ihre Freundin heran. »Endlich bist du mal entspannt und im Hier und Jetzt. Ich finde, du solltest viel öfter versuchen, den Moment zu genießen. Auch wenn sich deine Situation dadurch nicht grundsätzlich ändert, weißt du doch, meine Schöne, dass unser Leben aus nichts anderem besteht als aus Momenten. So, und darauf trinken wir jetzt«, Paula drehte sich mit ihrem leeren Schnapsglas in der Hand nach der Kellnerin um. »Elfie, bringst du uns noch eine Runde?«

Zwei Stunden später hatte sich die Gesellschaft aufgelöst, und Paula und Anna saßen nun allein an dem großen Tisch.

»Und wie läuft es bei dir zu Hause?«

»Nun, obwohl Tom und ich neulich einen netten Abend miteinander verbracht haben, gehen wir uns nach wie vor aus dem Weg. Er ist unglaublich empfindlich geworden, kümmert sich kaum um die Familie und regt sich wegen jeder Kleinigkeit auf. Tom hat sich verändert, Paula, und ich glaube, das Gleiche gilt auch für mich.«

»Willst du denn überhaupt noch mit Tom zusammen sein, Anna? Seit der Geschichte mit Jan bist du doch nur noch damit beschäftigt, irgendetwas auszuhalten, anstatt zu leben! Ich habe mir deinen Eiertanz mit Jan wirklich lange genug angesehen, ohne etwas dazu zu sagen. Aber jetzt ist Schluss damit, Anna! Ruf Jan endlich an, verabrede dich mit ihm, und finde endlich heraus, was du wirklich von ihm willst.«

»Ja, vielleicht sollte ich das tun. Denn manchmal fange ich vor lauter Liebesbedürftigkeit schon komplett zu spinnen an. Neulich, während der Ermittlung auf einer Tanzveranstaltung, habe ich mich dabei ertappt, wie ich mich einen Moment lang in die Arme eines wildfremden Mannes geträumt habe. Und das nur, weil er einigermaßen sympathisch wirkte, attraktiv war und gut tanzen konnte. Paula, hältst du es für möglich, dass man einfach aufhört, jemanden zu lieben?«

»Klar ist das möglich. Also geht es am Ende gar nicht um Jan, sondern wieder einmal um Tom?«

»Wenn ich eine Ahnung hätte, worum es geht, würde ich nicht hier sitzen und schon wieder anfangen, mich mies zu fühlen. Ich traue mich schon gar nicht mehr, über alles nachzudenken. Immerhin habe ich mich um Paul und Ben zu kümmern, ein Haus mit allem Drum und Dran, Verwandte, gemeinsame Freunde, den Hund und was sonst noch so alles an einer Ehe hängt.«

»Trotzdem wärst du nicht die Erste, die eine ausgelebte Liebe hinter sich lässt. Schließlich hast du Tom geheiratet, weil es sich für dich richtig anfühlte und nicht wegen irgendwelcher Sachzwänge, oder? Also hör endlich auf zu jammern, und geh die Sache an!«

»Der Kunde, den Martin Wittkamp am Abend des ersten Mordes in Elmshorn besucht hat, hat dessen Angaben weitgehend bestätigt«, berichtete Anna Weber am nächsten Morgen. »Allerdings erinnert er sich nicht mehr daran, wie lange der Termin gedauert hat. Das heißt, Wittkamp könnte sich nach dem Treffen und der anschließenden Rückfahrt sehr wohl mit Monika Jacobsen an der Elbe verabredet haben.«

»Wir müssen abwarten, was die Gegenüberstellung mit Rudolf Wallner bringt«, entgegnete Weber. »Ich bin gestern nach Feierabend noch auf einen Sprung rüber ins Holi-Kino gefahren und habe dem Personal dort ein Foto von Martin Wittkamp unter die Nase gehalten. Aber wie erwartet, konnte sich bei dem Trubel, der dort abends herrscht, niemand an ihn erinnern. Immerhin wissen wir jetzt, dass ›Slumdog Millionaire‹ tatsächlich zur fraglichen Zeit im Kinosaal eins gelaufen ist.«

»Ich muss schon sagen, es besteht eine gewisse Ähnlichkeit zwischen dem Mann hinter der Glasscheibe und unserem Gast«, meinte Rudolf Wallner wenig später bei der Gegenüberstellung. »Es ist der gleiche Männertyp. Allerdings hat der Mann dort drüben«, er deutete auf Martin Wittkamp, »pechschwarze, kurze Haare, während das Haar von Monika Jacobsens Begleiter länger und an einigen Stellen bereits ergraut war.«

»Ein Unterschied, der sich durch einen Friseurbesuch schnell beheben lässt«, gab Weber zu bedenken. »Stellen Sie ihn sich doch einmal mit einem anderen Schnitt und schwarzen Haaren vor.«

»Hmm«, machte Wallner, »ich bin mir nicht sicher, Herr Kommissar. Könnte der Mann vielleicht einmal aufstehen?«

Anna verließ das Büro und ging zu Martin Wittkamp in den Verhörraum.

»Ich habe noch eine letzte Frage, danach sind wir auch schon fertig«, sagte sie. »Welchen Heimweg haben Sie an dem Abend, als Sie Monika Jacobsen kennenlernten, genau genommen, nachdem Sie das Curiohaus verlassen hatten?«

Sie breitete einen Hamburger Stadtplan vor sich auf dem Tisch aus.

»Würden Sie mir die Strecke bitte auf der Karte zeigen?«

Martin Wittkamp stand auf, kam um den Tisch herum und beugte sich zusammen mit Anna über den Stadtplan.

Währenddessen beobachtete Rudolf Wallner hinter der Trennscheibe aufmerksam jede von Wittkamps Bewegungen.

»Der Mann, der unser Restaurant besucht hat, ist auf jeden Fall etwas größer und auch kräftiger gewesen. Nein, tut mir leid, Herr Kommissar, aber dieser Mann war es nicht. Jetzt bin ich mir ganz sicher.«

»Kommen Sie rüber, Anna, wir brechen ab«, rief Weber seine Kollegin aus dem Verhörraum.

»Danke, Herr Wallner, dass Sie sich heute zu unserer Verfügung gehalten haben«, verabschiedete er anschließend den Zeugen. »Möglicherweise werden wir Ihre Hilfe zu einem späteren Zeitpunkt noch einmal brauchen.«

Auf der Fahrt nach Hause bog Anna kurz nach der Autobahnabfahrt in einen unbefestigten Feldweg ein und hielt an. Sie stieg aus dem Wagen, knöpfte sich den Mantel zu, band sich ihren Schal fest um den Hals und ging ein paar Schritte in den Wald hinein. Tief sog sie die würzige Waldluft in ihre Lungen und hatte plötzlich große Lust, durch den Wald zu laufen. Früher hatte sie das oft getan und deshalb immer eine Tasche mit Sportkleidung im Auto gehabt, aber in der letzten Zeit war sie kaum noch dazugekommen.

Paula hat Recht, dachte Anna, ich muss endlich meinen Hintern hochkriegen. Zügig ging sie zu ihrem Wagen zurück, nahm ihr Handy aus der Freisprechkonsole und begann, Jans Nummer zu wählen. Sie wollte schon die letzte Zahl eintippen, als sie ihr Handy wieder zuklappte, sich auf die Motorhaube ihres Autos setzte und den Kopf in beide Hände stützte.

Vermutlich war Jan um diese Zeit sowieso nicht zu erreichen, überlegte sie, aber falls doch, was sollte sie ihm sagen? Wahrscheinlich war er gar nicht mehr an ihr interessiert, was sollte er auch mit einer Frau, die um so viele Jahre älter war als er selbst. Außerdem lebte er mittlerweile mit der attraktiven Paola zusammen. Wusste die vielleicht sogar von seiner kurzen Affäre mit ihr? Nein, Anna wollte sich nicht lächerlich machen, indem sie Jan aus heiterem Himmel und ohne jede Vorwarnung um ein Treffen bat. In Gedanken hörte sie ihn bereits höflich, wenn auch ein wenig verwundert, auf ihren Vorschlag antworten.

»Anna, du hast Recht, wir haben uns wirklich lange nicht mehr gesehen. Paola und ich freuen uns deshalb auch schon sehr, euch alle demnächst in Hamburg zu sehen.«

Nein, das muss ich anders machen, dachte Anna, während sie den Motor des Wagens startete. Zu Hause angekommen zog sie sich ins Schlafzimmer zurück, kuschelte sich mit dem Laptop auf den Knien unter die Decke und tippte:

Hallo Jan,
wie geht es Dir in London?

Wir beide haben schon lange nichts mehr voneinander gehört, und Tom hat mir erzählt, dass Du demnächst nach Hamburg kommst.

Hast Du Lust, mich zu sehen?
Liebe Grüße,
Anna

Meine Güte, wie förmlich. Was für ein ausgemachter Schwachsinn, dachte Anna, als sie die Zeilen noch einmal überflog, schickte sie dann aber dennoch ab, nachdem ihr trotz längerem Überlegen nichts Besseres eingefallen war.

Im unteren Stockwerk des Hauses war es plötzlich laut geworden, denn Ben und Paul waren kurz hintereinander nach Haus gekommen.

»Mama, bist du hier?«, brüllte Paul die Treppe hinauf.

»Einen Moment, ich komme gleich«, rief Anna zurück, schaute aber, bevor sie den Laptop ausschaltete, noch ein letztes Mal in ihren Posteingang. Und obwohl noch keine zwei Minuten vergangen waren, hatte Jan bereits geantwortet.

Liebe Anna,
schön, dass Du Dich meldest, ich habe Dich sehr vermisst.

Treffen jederzeit. Wie wäre es mit übermorgen Abend? Oder früher? Wenn du willst, buche ich sofort einen Platz für den nächsten Flieger.

Nee, jetzt mal ernsthaft. Ich habe mit Tom besprochen, dass ich euch in der Winterpause in ungefähr drei Wochen besuchen komme. Andererseits habe ich übernächstes Wochenende spielfrei und noch nichts Besonderes vor. Also, wie sieht es aus, Anna, wollen wir uns dann wieder unten am Hafen im »Lusitano« treffen?

Am Samstag vielleicht?

Jan

Anna antwortete schnell, bevor sie zu ihren Söhnen hinunterging:

Ja, Samstag gegen siebzehn Uhr im »Lusitano« ist gut. Werde zur Sicherheit einen Tisch für uns reservieren. Ich freu mich auf dich!

Anna

Diesmal schickte Anna ihre Mail an Jan ab, ohne ihre Wortwahl noch einmal zu überdenken. So, dachte sie, damit ist der erste Schritt getan, Paula wird stolz auf mich sein.

»Mama, was machst du denn so lange da oben?«, beschwerte sich Paul lautstark. »Du musst unbedingt meinen Aufsatz lesen!«

»Bin gleich da«, gab Anna zur Antwort. Danach löschte sie ihre E-Mails an Jan und beeilte sich mit dem Umziehen, um mit ihren beiden Söhnen bis zur Schlafenszeit noch einen gemütlichen Abend zu verbringen. Tom fehlte, wie so oft in den letzten Wochen. Allerdings hatte er ausnahmsweise einmal nicht in der Druckerei zu tun, sondern versuchte, auf einer Geschäftsreise quer durch Norddeutschland neue Kunden zu akquirieren.

Eine Reisetasche, in der sich ihr kleines Schwarzes, hohe Schuhe und ein Bolerojäckchen befanden, in der Hand machte sich Amanda auf den Weg zu ihrer Freundin Doris, bei der sie sich für die Oper umziehen wollte. Den Nachmittag hatte sie zusammen mit Klara verbracht und zuletzt noch den Abendbrotstisch für die Familie gedeckt.

»So, dann bin ich für heute weg«, rief Amanda zum Abschied ins Wohnzimmer, in dem ihre Tochter vor dem Fernseher saß.

»Mhmm«, brummte Klara.

»Musst du denn für die paar Meter zu Doris wirklich das Auto nehmen, Amanda?«, beschwerte sich Max aus der Küche. »Die ewigen Kurzstrecken werden den Motor eines Tages noch vollständig ruinieren.«

»Ja, muss ich, und dann tschüss bis morgen«, antwortete Amanda nur und warf die Haustür hinter sich zu.

Nachdem sie sich umgezogen und dabei Doris' Ermahnungen, nur ja vorsichtig zu sein, über sich hatte ergehen lassen, steuerte Amanda den Harburger Bahnhof an. Sie stellte den Wagen im danebenliegenden Parkhaus ab und stieg kurz darauf in die S-Bahn, wo sie sich mit ihrer festlichen Kleidung unter all den müden Leuten, die von der Arbeit kamen und in Richtung Innenstadt fuhren, ein wenig deplatziert vorkam. Sie suchte sich einen freien Platz im hintersten Abteil und starrte die ganze Fahrt über schweigend nach draußen in die dunkle Novembernacht. Dabei dachte sie an Cornelius.

Erst im allerletzten Moment registrierte sie, dass sie bereits am Dammtorbahnhof angekommen waren. Schnell stieg sie aus und setzte sich vor dem Bahnhofsgebäude in das vorderste Taxi am Stand, selbst auf die Gefahr hin, dass sich der Fahrer über die viel zu kurze Tour beschweren würde. Auf einmal hatte sie es sehr eilig, zu ihrem Treffpunkt zu kommen.

Ständig wollten die Weiber reden, knutschen oder kuscheln. Und sie gaben so lange keine Ruhe, bis sie sich sicher waren, dass ihr Auserwählter bei der Stange blieb. Er grinste, denn besser konnte man es nicht ausdrücken. Dabei hatten die wenigsten Weiber Spaß am Ficken so wie Melli. Nein, die allermeisten Frauen wollten nichts anderes als Sicherheit von einem Mann, und den wollten sie möglichst lebenslang an sich gefesselt sehen.

Fesseln, ja, diesmal würde er sich noch einmal mehr Zeit lassen als mit den anderen. Helena konnte sein Meisterstück werden, wenn er nur nicht die Nerven verlor.

Bevor er seinen Koffer zuklappte, überprüfte er noch einmal den Inhalt der Ausrüstung. Alles war an seinem Platz. Im Hinausgehen steckte er den Schlüssel für das Hausboot ein und schenkte seinem Spiegelbild noch ein aufmunterndes Lächeln.

Diesmal würde er keinen Fehler mehr machen, diesmal würde er die Sache bis zum Ende durchziehen. Als er kurz darauf den Koffer in sein Auto lud, öffnete er ihn noch einmal, um ihn ein allerletztes Mal zu kontrollieren.

Wo zum Teufel war der Fotoapparat? Er hatte ihn gestern Abend aus dem Koffer genommen, um die Batterien zu überprüfen ... Und dann? Hatte sein Nachbar Hinrichs an der Tür geklingelt und ihn von seinem Vorhaben abgebracht. Verdammt, das Mistding lag noch immer auf seinem Schreibtisch!

Schnell schloss er das Auto ab und rannte zum Haus zurück. Während er lief, sah er ständig auf die Uhr, denn wenn er etwas nicht leiden konnte, dann das Gefühl, unter Zeitdruck zu stehen oder sich unzureichend vorbereitet zu haben. Aber egal, er durfte jetzt bloß nicht nervös werden, denn nur in der Ruhe lag die Kraft.

Als er vor seiner Wohnung angekommen war und die Haustür aufschließen wollte, rutschte ihm der Schlüsselbund so unglücklich aus der Hand, dass er die Treppen bis ganz hinunter ins Erdgeschoss fiel. Weitere wertvolle Zeit verstrich, bis er ihn wieder in den vierten Stock hinaufgeholt und endlich die Haustür aufgeschlossen hatte. Er hetzte ins Arbeitszimmer zum Schreibtisch, schnappte sich den Fotoapparat und zusätzlich noch zwei Ersatzbatterien. Seine Finger zitterten, als er sie einsetzte, so dass er sich anschließend noch einmal vergewissern musste, sie auch ja richtig eingelegt zu haben. Dann steckte er die Kamera in die Manteltasche. Als er wieder unten auf der Straße war, hatte er mehr als zehn Minuten Zeit verloren. Er rannte die Straße bis zu seinem Auto entlang, stieg ein und startete den Motor. Was er jetzt brauchte, war ein bisschen Glück, keinen Stau und so wenige rote

Ampeln wie nur möglich, dann würde er es noch immer rechtzeitig bis zum Parkhaus am Gänsemarkt schaffen. Amanda sollte in keinem Fall vor ihm am ausgemachten Treffpunkt sein.

Als Amanda den verabredeten Treffpunkt vor dem Eingang der Staatsoper erreichte, stach ihr Cornelius unter all den anderen Wartenden sofort ins Auge. Dabei stand er weder abseits, noch ragte er sonst irgendwie aus der Menschenmenge heraus.

Kaum zwei Schritte weiter trafen sich ihrer beider Blicke, und obwohl es zu regnen begann und die Menschentraube sich auflöste und alle Opernbesucher hektisch dem Eingang zustrebten, rührte sich Cornelius nicht von der Stelle und schaute sie nach wie vor unverwandt an. Erst dann spannte er seinen Regenschirm auf und kam ihr entgegen. Als sie endlich voreinanderstanden, nahm Cornelius sie unter seinen Schirm.

»Na, bist du enttäuscht?«, fragte er leise.

»Kann ich noch nicht sagen, aber vermutlich hast du Qualitäten, die nicht auf den ersten Blick zu sehen sind«, gab sie aufgeregt zurück.

»Komm, lass uns reingehen, bevor wir noch ganz und gar nass werden.«

Täuschte sie sich, oder hatte sie Cornelius mit ihrer unpassenden Antwort soeben verletzt? Jedenfalls sprach er kaum ein Wort und machte sich stattdessen daran, ihre Mäntel an der Garderobe abzugeben.

»Setz dich doch, ich bin gleich wieder da«, ließ er sie im Foyer zurück.

Amanda beobachtete jede einzelne von Cornelius' Bewegungen. Die Art und Weise, wie er mit der Garderobiere scherzte, und auch seine Geduld beim Schlangestehen an der Bar. Alles war so wohltuend anders als bei Max. Amanda konnte ihr Glück kaum fassen und unterzog nun auch Cornelius' äußere Erscheinung einer ausgiebigen Prüfung.

Auf den ersten Blick trug er wie die meisten Männer einen schwarzen Anzug, ein weißes Hemd und eine dezent gemusterte Krawatte, aber wenn man genauer hinsah, erkannte man, dass Cornelius' Jacke und Hose einen lässigen Schnitt besaßen, der dem Anzug seine Steife nahm. Seine Haare waren länger als die der meisten anderen Männer, und eine widerspenstige Strähne fiel ihm permanent in die Stirn. Hätte er nicht den spöttisch abwartenden, ein wenig scheuen Blick und unzählige Fältchen im Gesicht gehabt, hätte er ohne weiteres ein Model für Herrenmode sein können, dachte Amanda stolz.

»Ich freue mich auf die Musik. Und ich finde es gut, dass wir die nächsten Stunden in einem abgedunkelten Raum miteinander verbringen werden«, sagte Cornelius, als er zu Amanda zurückkam und ihr ein Glas Champagner reichte. »Das gibt uns Zeit, und die brauche ich jetzt auf jeden Fall. Du bist eine sehr schöne, beeindruckende Frau, Helena.«

Amanda war froh, als das Orchester zu spielen begann, denn auch sie brauchte Zeit, musste sie doch unbedingt ihre Strategie ändern. Sie hatte Cornelius ganz offensichtlich komplett falsch eingeschätzt, denn wenn sie sich nicht täuschte, war er nicht nur ein äußerst sympathischer, sondern auch ein sehr schüchterner Mann. In jedem Fall ein Mann, den sie mit noch mehr Sätzen wie ihrem ersten schnell wieder verscheuchen würde. Amanda setzte sich auf den Logenplatz seitlich vor Cornelius und übte sich in damenhafter Zurückhaltung, während sie in einem fort an seine weich geschwungenen Lippen dachte. Ob sie ihn heute noch küssen würde?

9

Als der letzte Ton verklungen war, wischte sich Amanda unbemerkt eine Träne aus dem Augenwinkel. Puccini traf sie immer wieder mitten ins Herz.

Hoffentlich hatte ihre unangemessene Begrüßung von vorher keinen bleibenden Schaden angerichtet, hoffte sie und drehte sich vorsichtig zu Cornelius um. Denn obwohl die Aufführung der Madame Butterfly ein Genuss gewesen war, befürchtete sie immer noch, dass der weitere Abend ein Reinfall werden könnte. Hatte Cornelius ihre Logenplätze mit Absicht so ausgewählt, dass sie hinter- und nicht nebeneinander saßen? Weil er tatsächlich so schüchtern war oder weil er sich in Wahrheit kein bisschen für sie interessierte und den Abend nur aus reiner Höflichkeit mit ihr verbrachte? Wie auch immer, bisher hatten sie kaum ein Wort miteinander gesprochen. Wie sollte es nun weitergehen?

»Es war viel leichter, mit dir zu flirten, solange ich dich nicht gesehen habe«, sagte Cornelius schließlich, als habe er Amandas Gedanken erraten.

»Ja, da ist etwas dran«, gab sie mit einem verstohlenen Blick auf Cornelius' Lippen zurück. »Wenn ich unsicher bin und nicht weiß, wie ich mich verhalten soll, werde ich manchmal etwas flapsig. Aber das bedeutet nicht, dass ich enttäuscht von dir bin, ganz im Gegenteil.«

Jetzt grinste er jungenhaft.

»Was meinst du«, sah er sich im mittlerweile geleerten Foyer der Staatsoper um. »Wollen wir aufbrechen?«

Amanda nickte und hakte sich bei Cornelius unter.

»Wo geht es jetzt hin? An die Elbe oder in Richtung Alster?«

»Ich würde dich wirklich gern überraschen, aber wenn du nicht willst…«

»Nein, ist schon in Ordnung, wir machen es so, wie du vorgeschlagen hast«, legte Amanda ihre Hand in die seine. »Auch wenn es für eine Frau nicht ganz ungefährlich ist, sich einem ihr weitgehend unbekannten Mann anzuvertrauen«, lächelte sie. »Aber mit dir bin ich wohl kaum an einen Killer geraten. Also lass uns fahren, ich bin schon sehr gespannt auf dein ungestörtes Plätzchen am Wasser.«

»Mein Auto steht am Gänsemarkt, das ist nur ein paar Schritte von hier entfernt.«

Inzwischen hatte der Regen nachgelassen, so dass sie den Weg bis zum Gänsemarkt hinüberschlendern konnten, ohne ihre Schirme aufspannen zu müssen. Cornelius nahm Amanda in den Arm, und es fühlte sich gut an. Sie lachte.

»Was ist denn, habe ich dich gekitzelt?«, beugte er sich zu ihr hinunter.

»Irgendwie schon«, gab sie Cornelius einen flüchtigen Kuss auf die Wange.

»Daran denke ich auch schon den ganzen Abend«, schmunzelte er und küsste sie zurück. Amanda spürte Cornelius' Lippen auf ihrem Mund. Warme, weiche Lippen und eine Zungenspitze, die sie lockte. »Wow, wo hast du nur so gut küssen gelernt?« Cornelius griff sich an die Brust und tat, als hätte er Mühe, wieder zu Atem zu kommen. »Wahrscheinlich bist du ein Naturtalent, denn von deinem Spatz kommt das ganz sicher nicht.«

»Stimmt auffallend, Max kann vieles, aber seine Küsse sind eine echte Katastrophe.«

»Lieber Max, ich danke dir«, reckte Cornelius theatralisch seine Hände gen Himmel und zog Amanda dann an einer Fußgängerampel in Richtung Valentinskamp mit sich. »Wenn du nicht ein solcher Blödmann wärst, hätte ich deine Frau jetzt bestimmt nicht im Arm. So, wir sind da. Wenn es dir recht ist, fahre ich eben den Wagen aus der Garage und hole dich hier ab«, schlug er vor.

Kaum war Cornelius im Eingang des Parkhauses verschwunden, als auch schon Amandas Handy zu klingeln begann. Schnell zog sie es aus ihrer Tasche heraus und erkannte Doris' Telefonnummer im Display.

»Du wolltest dich doch bei mir melden. Ist alles in Ordnung, Amanda?«

»Ja, es könnte nicht besser sein, ich hatte nur noch keine Gelegenheit zu telefonieren. Wir sind gerade erst vor ein paar Minuten aus der Oper gekommen. Stell dir vor, wir hatten sogar einen Logenplatz.«

»Kannst du jetzt ungestört sprechen?«

»Ja, Cornelius holt gerade sein Auto aus dem Parkhaus. Du, ich glaube, diesmal habe ich wirklich einen Sechser im Lotto gewonnen. Cornelius ist einfach unglaublich.«

»Freut mich für dich. Und wohin geht es jetzt?«, fragte Doris gerade, als ein schwarzer Volvo aus der Parkgarage herausfuhr und neben Amanda auf dem Bürgersteig hielt.

»Keine Ahnung, irgendwo ans Wasser, wo er ein Boot für uns gemietet hat. Du, ich muss Schluss machen, Doris. Ich melde mich wieder, und mach dir bitte keine Sorgen, es ist alles bestens«, unterbrach Amanda abrupt das Gespräch und steckte das Handy schnell in die kleine Innentasche ihres Bolerojäckchens.

»Ist das ein Kontrollanruf gewesen?«, fragte Cornelius in scherzhaftem Ton. »Überhaupt, was glaubt denn der Spatz, wo du jetzt bist? Irgendwie kann er einem ja fast leidtun.«

Amanda lehnte sich in dem weichen Ledersitz zurück. »Klasse Musik, von wem ist die?«

»Hab schon verstanden«, Cornelius nahm eine CD-Hülle aus der Mittelkonsole, um sie Amanda hinüberzureichen. »Hier, das ist Paolo Nutini. Ich bin neulich nachts zufällig im Radio auf ihn gestoßen. Tut mir übrigens leid, Helena, dass ich andauernd von deinem Spatz anfange, aber damit ist ab sofort Schluss, versprochen.«

Es hatte wieder zu regnen begonnen, und Amanda schaute durch die Frontscheibe des Volvo auf die Straße hinaus. Sie hatte die letzten Minuten überhaupt nicht auf den Weg geachtet, den Cornelius genommen hatte, aber nun erkannte sie, dass sie auf den Elbbrücken stadtauswärts in Richtung Süden fuhren. Besser hätte es nicht kommen können, dachte Amanda erleichtert, denn dadurch verkürzte sich ihr Weg zurück nach Hause um einige Kilometer.

»Also liegt dein Boot an der Elbe und nicht an der

Alster«, stellte sie fest. »Ich muss sagen, das ist mir auch viel lieber.«

»Ja, hab nur noch ein bisschen Geduld, bald sind wir da. Ich hoffe, du hast ein bisschen Hunger mitgebracht.«

Amanda verfolgte, wie Cornelius die Ausfahrt »Harburg« auf der A1 nahm und von dort weiter zum Harburger Binnenhafen fuhr.

»Ich hatte keine Ahnung, dass hier auch private Boote liegen.«

»Ja, und bis vor kurzem hat sich mit Gunter Gabriel sogar ein Promi unter den Eignern befunden. Du wirst sehen, es ist gar kein so schlechter Platz.«

Am Veritaskai angekommen, deutete Cornelius auf ein kleines, grün-weiß angestrichenes Hausboot, das an der hintersten Stelle des Liegeplatzes festgemacht war. Cornelius holte eine Stabtaschenlampe aus dem Kofferraum des Volvo, um ihnen den Weg bis zum Boot auszuleuchten.

»Du musst aufpassen, Helena, die Betonplatten können ziemlich glitschig sein.«

Während Amanda vorsichtig auftrat, um nicht auszurutschen, registrierte sie, dass in keinem der Boote, an denen sie vorübergingen, Licht brannte. Auf der anderen Kanalseite, nicht weit entfernt von ihnen, befand sich jedoch ein Restaurant. Sein warmes Licht schien bis zu ihnen hinüber und löste Amandas Sorge, sie beide könnten hier weit und breit die einzigen Menschen sein, sofort wieder in nichts auf.

»So, wir sind da.« Cornelius schloss die Kajütentür des Bootes auf, ging hinein und entzündete als Erstes eine Petroleumlampe aus buntem Glas. »Komm rein und mach es dir bequem. Wenn dir kalt ist, habe ich auch noch ein paar warme Kleidungsstücke zum Überziehen da«, meinte er mit einem verschmitzten Blick auf ihr dünnes Kleid mit dem kurzen Bolerojäckchen darüber.

»Danke, ein warmer Pullover oder etwas Ähnliches wäre tatsächlich nicht schlecht.«

Cornelius reichte ihr eine Jacke aus weichem schwarzem Fleece, schlüpfte selbst in Jeans und einen Wollpullover und machte sich an die Arbeit. Während Amanda die vielen liebevollen Details, mit denen die Kajüte eingerichtet war, betrachtete, breitete er eine weiße Stoffdecke über den Holztisch.

»Kann ich dir irgendwie helfen?«

»Nein, komm, setz dich bitte, es ist schon alles fertig«, sagte Cornelius und stellte einen Korb mit aufgeschnittenem Weißbrot zu den anderen Leckereien auf den Tisch.

Kurz darauf saßen sie vor allerlei appetitlich anzusehenden Tapas, einem guten Glas Rotwein und einer Vielzahl von brennenden Kerzen und prosteten einander zu.

»Arbeitest du manchmal auch hier?«

»Nein, dazu ist das Licht zu schlecht«, entgegnete Cornelius. »Ich leihe mir das Boot von Zeit zu Zeit von einem lieben Freund aus, um zu entspannen.«

»Und dein Freund ist wahrscheinlich ebenfalls ein Künstler, oder aber eine Frau hat diese Kajüte eingerichtet.«

»Weder noch, ich selbst habe mir erlaubt, den Kahn ein wenig zu verschönern. Manuel lebt allein und ist Finanzmakler von Beruf. Er hat das Boot vor etwa zwei Jahren günstig erstanden und nutzt es seither vor allem an den Wochenenden, um sich aus dem Alltag auszuklinken.«

»Wie kommt es eigentlich, dass ein Mann wie du Kontaktanzeigen ins Internet stellt?«

»Wahrscheinlich aus dem gleichen Grund, weshalb du die deine ins Netz gestellt hast, Helena. Ist das überhaupt dein richtiger Name?«

»Was glaubst du denn?«

»Nun, ich könnte mir vorstellen, dass du dir zur Vorsicht ein Pseudonym zugelegt hast. Schließlich ist es nicht ganz ungefährlich, unter seinem richtigen Namen in virtuellen Kontaktbörsen aufzutreten. Sag mal, bin ich der erste Mann, mit dem du dich triffst?«

»Auf jeden Fall bist du der Einzige, mit dem sich eine Verabredung lohnen könnte«, erwiderte Amanda.

»Aber wie ist es mit dir, heißt du tatsächlich Cornelius Landmann? Und bin ich die einzige Frau, auf deren Anzeige du dich gemeldet hast, oder muss ich mich auf eine wahre Flut von Mitbewerberinnen einstellen?«

»Keine Angst«, schenkte er ihnen beiden nach, »ich bin wirklich der, für den ich mich ausgebe. Ohne Partnerin und im Großen und Ganzen sogar recht zufrieden mit meinem Leben.«

»Das heißt also, keine Konkurrentinnen?«, hakte Amanda nach.

»Genau das heißt es. Und wie lange bist du schon mit dem Spatz liiert?«

»Viel zu lange, aber ich konnte mich bisher schon allein wegen meiner Tochter Klara nicht dazu durchringen, ihn zu verlassen.«

»Und was hat die Situation nun geändert?«

»Ich glaube, die Erkenntnis, dass ich nicht ewig leben werde und Klara spätestens in ein paar Jahren sowieso ihren eigenen Weg gehen wird, hat den entscheidenden Ausschlag gegeben.«

»Hört sich plausibel an. Hast du eigentlich ein festes Engagement als Musikerin, oder arbeitest du freiberuflich?«

»Ich nehme es, wie es kommt. Zurzeit bin ich auf der Suche nach einer festen Anstellung, denn ich befürchte, dass Max uns in Zukunft nicht mit mehr Geld unterstützen wird, als er unbedingt muss.«

»Du bist eine mutige Frau, Helena. Und dazu noch eine sehr schöne.«

Er beugte sich über den Tisch zu ihr hinüber und küsste sie zärtlich. Aus dem Augenwinkel sah Amanda eine Pfauenfeder in einem Regal keine zwei Meter entfernt von ihnen liegen und beantwortete seinen Kuss mit einer Leidenschaft, die sie schon seit langem nicht mehr in sich gespürt hatte.

»Oha, da wird es einem ja fast schwindelig«, seufzte Cornelius. »Du bist echt gefährlich, ich hoffe, du weißt, was du tust.«

Amanda spürte das Handy in der Jacke vibrieren.

»Zuerst gehe ich für kleine Mädchen, dann sehen wir weiter«, löste sie sich aus Cornelius' Umarmung und betrat die enge Waschkabine des Bootes. Dort zog sie ihr Handy heraus und schrieb, da sie nicht wollte, dass Cornelius sie telefonieren hörte, eine SMS an ihre Freundin Doris. »Alles in Ordnung, ich melde mich morgen.«

Als sie wieder in die Kajüte zurückkam, bemerkte sie, dass Cornelius unterdessen den Tisch verschoben und das Sofa zu einer Liegefläche umgebaut hatte. Amanda legte das Handy unbemerkt in ihre Tasche zurück und hängte ihre Jacke über den Stuhl.

»War das eine bescheuerte Idee?«, fragte er, wobei wie schon zu Beginn des Abends Unsicherheit in seiner Stimme mitschwang.

»Kommt auf den Versuch an. Wenn es knarrt oder sich mir Sprungfedern in den Rücken bohren, werden wir uns einen anderen Platz suchen müssen«, ließ sich Amanda auf das Sofa fallen. »Nein, ich hab wirklich schon schlechter gelegen.«

Worauf Cornelius schallend zu lachen begann und ihnen noch einmal Wein nachschenkte. Danach kam er mit den vollen Gläsern zu Amanda herüber.

»Es ist so wunderbar entspannt mit dir«, prostete Amanda ihm zu. »Ich hätte nie gedacht, dass es mit uns beiden im realen Leben genauso gut klappt wie im virtuellen.«

Sie leerte ihr Glas in einem Zug und spürte sofort, wie der Wein zu wirken begann. Schwerfällig setzte sie sich auf, aber als sie aufzustehen versuchte, versagten ihr die Beine.

»Reich mir doch bitte ein Stück Weißbrot aus dem Korb herüber«, lachte sie. »Ich muss jetzt langsam gegensteuern, wenn ich dich demnächst nicht doppelt sehen will.«

Während Amanda auf ihrem Brot herumkaute, sah sie in die hell erleuchtete Fensterfront des auf der anderen Kanalseite gelegenen Restaurants, wo immer noch viele Tische besetzt waren. Erleichtert seufzte sie auf und kuschelte sich in Cornelius' Arme.

»Ruh dich ein wenig aus«, raunte er ihr ins Ohr und löste sich kurz darauf sanft aus ihrer Umarmung. »Wenn du erlaubst, würde ich gern ein paar Skizzen von dir machen.«

»Mhmm.«

Müde blinzelte sie in Cornelius' Richtung, der mit einem Zeichenblock auf den Knien vor dem Sofa saß und sie eingehend betrachtete. Sie schloss ihre Lider und glaubte noch kurz das Klicken einer Kamera zu hören, dann war sie auch schon eingeschlafen.

Als sie wieder aufwachte, fror sie erbärmlich. Die Kerzen waren heruntergebrannt, und auch sonst war es in der Kajüte bis auf einen dünnen Lichtstreifen, der unter der Tür der Waschkabine hindurchdrang, stockdunkel. Sie gähnte benommen, wurde aber schlagartig hellwach, als sie vergeblich versuchte, sich auszustrecken. Erst jetzt bemerkte sie, dass sie völlig nackt war, ihre Hände über dem Kopf gefesselt und ihre Beine gespreizt und wie auf dem Untersuchungsstuhl eines Gynäkologen fixiert waren. Verzweifelt zog sie an ihren Fesseln, die jedoch um keinen Millimeter nachgaben. Angstvoll sah sie sich in der Kajüte um. Über der Lehne des Holzstuhls, auf dem sie vorhin gesessen hatte, hing ihre Handtasche, darüber das Bolerojäckchen. Vielleicht konnte sie, wenn sie ihre Arme so weit wie möglich streckte, ja den Stuhl mit den Fingerspitzen erreichen und dann irgendwie an das Handy in ihrer Tasche gelangen. Es war noch immer eingeschaltet und, wenn Cornelius es in der Zwischenzeit nicht entdeckt und an sich genommen hatte, ihre einzige Chance, unbeschadet aus dieser Sache herauszukommen. Amanda konzentrierte sich und erwischte nach einigen vergeblichen Versuchen tatsächlich einen Zipfel ihrer Jacke. Sie zog daran, doch es gelang ihr nicht, den Stuhl dadurch ein wenig näher an sich heranzurücken. Verbissen versuchte sie es weiter, bis sie zuletzt so heftig an der Jacke zog, dass sie zu Boden fiel. Sie biss sich auf die Lippen und versuchte, ihre Verzweiflung zurückzudrängen. Sie durfte jetzt nicht die Nerven verlieren, sondern musste ihre Lage klar überdenken. Zum Glück war der Stuhl nicht mit zu Boden gegangen, sonst wäre Cornelius oder wie auch immer sein richtiger Name lautete, schon längst in der Kajüte aufgetaucht. Wahrscheinlich würde sie so oder so nicht mehr viel Zeit haben, um jemanden auf sich aufmerksam zu machen, denn würde Cornelius erst einmal bemerkt haben, dass sie zu sich gekommen war, wäre es zu spät. Amanda reckte den Kopf in die Höhe und starrte auf die Fensterfront des Restaurants gegenüber, das, bis auf einen schwachen Lichtschein, mittlerweile vollkommen dunkel war. Wenn sie nur eine Ahnung hätte, wie spät es inzwischen geworden war! Amanda hatte jegliches Zeitgefühl verloren. Außerdem fühlte sie sich noch immer so benommen, dass sie keinen Zweifel daran hatte, dass Cornelius sie mit irgendeinem Mittel betäubt hatte. Ihr Mund war völlig ausgetrocknet, dennoch versuchte sie, so viel Spucke wie nur möglich in ihrer Mundhöhle zu sammeln. Mit Sicherheit würde sie nur ein einziges Mal um Hilfe rufen können, bevor er in der Kajüte zurück war und sie ruhigstellen würde.

»Hilfe, ich brauche Hilfe!«, schrie sie, so laut sie nur konnte, als Cornelius' Faust sie wie aus dem Nichts heraus hart im Gesicht traf. Wenige Sekunden später hatte er ihr auch schon den Mund mit einem Isolierband verklebt.

Der Mann, der jetzt hasserfüllt auf Amanda hinunterstarrte, hatte keinerlei Ähnlichkeit mehr mit dem Cornelius, mit dem sie die letzten Stunden verbracht hatte.

»Blöde Kuh«, trat er ihr brutal gegen das rechte Bein und schmiss den Stuhl, den sie eben noch zu erreichen versucht hatte, samt ihrer Tasche quer durch die Kajüte. Voller Angst beobachtete Amanda, wie er gleich einem in die Enge getriebenen Tier in dem kleinen Raum auf und ab lief und sich dabei immer wieder mit der Hand hart gegen die Stirn schlug. »Diesmal keine Fehler, hab ich dir gesagt! Und, was passiert? Du bist einfach zu blöd, Steff!«

Panisch verfolgte Amanda jede seiner Bewegungen und Worte, während sie versuchte, einen klaren Gedanken zu fassen.

Diesmal keine Fehler, hatte er gesagt. Das heißt, ich bin nicht die erste Frau, die er in seine Gewalt gebracht hat.

Plötzlich tauchten die Zeitungsberichte über die zwei unaufgeklärten Frauenmorde, die sie in den letzten Tagen gelesen hatte, wieder vor ihrem inneren Auge auf. Aufgewühlt und wütend hatte sie alles, was dazu geschrieben worden war, verfolgt. Mit Sicherheit waren nicht alle Details veröffentlicht worden, doch Amanda erinnerte sich, dass beide Opfer schwere genitale Verstümmelungen aufgewiesen hatten. Plötzlich ergab alles einen Sinn. Cornelius war niemand anders als der gesuchte Killer!

Er wird mich genauso abschlachten wie die zwei Frauen vor mir. Ich habe keine Chance, es sei denn…

Cornelius verschwand im Waschraum, und als er zurückkam, schien er sich wieder ein wenig beruhigt zu haben.

»Du musst mir meine Unbeherrschtheit verzeihen«, sagte er. »Ich kann es nur nicht leiden, wenn ich einen Fehler mache, der leicht zu vermeiden gewesen wäre. Liegst du einigermaßen bequem?«

Amanda nickte und probierte trotz ihres verklebten Mundes zu lächeln.

»Wenn du willst, können wir noch einmal ganz von vorne anfangen. Ich habe mir etwas ganz Besonderes für dich ausgedacht. Ein Spiel, viel besser als das mit der Pfauenfeder. Aber dazu muss ich dir vertrauen können.«

Amanda nickte abermals.

»Wenn du brav bist und nicht gleich wieder zu schreien anfängst, entferne ich das Klebeband von deinem Mund.«

Amanda nickte noch einmal, worauf ihr Cornelius den Klebestreifen mit einem Ruck von den Lippen riss.

Amanda verkniff sich ein Stöhnen und antwortete stattdessen betont locker: »Eigentlich habe ich nichts gegen ausgefallene Spiele, aber ich finde, du hättest mich vorher fragen müssen. Außerdem tun mir die Fesseln an meinen Knöcheln weh, und ich friere schrecklich. Aber wenn du mich losmachst, können wir über alles reden.«

»Ich bin ganz sicher, dass dir gleich heiß werden wird, Helena. Vielleicht hätte ich dich tatsächlich fragen sollen, aber als du vorhin eingeschlafen bist, konnte ich der Versuchung einfach nicht widerstehen. Bist du noch böse?«

»Kommt drauf an, wie es jetzt weitergeht.«

Darauf trug Cornelius eine große Wassermelone aus der Kochnische zum Tisch und halbierte sie.

»Es war gar nicht leicht, diese Riesenfrucht mitten im Winter aufzutreiben. Aber als ich die Melonenszene neulich in einem japanischen Film gesehen habe, wusste ich gleich, dass dieses Spiel wie für uns geschaffen ist. Entspann dich einfach.«

Habe ich eine Chance zu überleben, wenn ich mitmache?, überlegte Amanda fieberhaft. Wie ist es bei den anderen Frauen gewesen? Haben sie ihre Angst nicht verbergen können? Haben sie sich geweigert, bei seinen perversen Spielchen mitzumachen? Mussten sie deshalb sterben, oder stand ihr Tod schon von vornherein fest? Aber hatte sie denn überhaupt eine andere Möglichkeit, als so lange zum Schein auf ihn einzugehen, bis sich eine Chance zur Flucht ergab.

Amanda starrte an die Kajütendecke und spürte, wie Cornelius die Melonenhälfte zwischen ihre Beine legte.

»Du musst sie mit den Schenkeln festhalten«, befahl er und fing dann an, in Höhe ihrer Vagina mit einem Finger ein Loch in das rote Fruchtfleisch zu bohren. Zu Beginn waren seine Bewegungen vorsichtig und beinahe zärtlich. Immer wieder vergewisserte er sich mit einem Blick in Amandas Gesicht, ob ihr das Spiel gefiel.

Amanda schloss die Augen und konzentrierte sich. Bleib ruhig. Du darfst deine Angst nicht zeigen, hämmerte sie sich immer wieder ein.

Inzwischen hatten Cornelius' Bewegungen einen schnelleren Rhythmus aufgenommen. Amanda spürte, wie seine Finger immer näher an ihre Vagina herankamen, wie das Fruchtfleisch spritzte und ihr der Melonensaft an den Innenseiten der Schenkel hinunterlief. Genüsslich leckte Cornelius den Saft von ihrer Haut und begann, das Loch in der Melone mit seiner Zunge zu erkunden.

Amanda wollte schreien und um sich schlagen. Mit aller Kraft zerrte sie an ihren Fesseln und stöhnte vor Schmerzen auf, als sich die Kabelbinder dabei nur noch tiefer in ihr Fleisch schnitten.

»Ich habe doch gewusst, dass dir das Spiel gefallen wird«, grinste Cornelius, um sie noch gieriger als zuvor mit seinem Finger durch das Fruchtfleisch hindurch zu bearbeiten. Nur die Melonenschale verhinderte jetzt noch, dass er sie direkt berührte.

Auf der Suche nach einem Ausweg, der sie aus diesem Albtraum erlöste, irrte Amandas Blick verzweifelt durch die Kajüte und über den Boden, wo sie in einer Ecke neben dem Tisch einen geöffneten Metallkoffer entdeckte. Darin jede Menge Zangen, Seile und ein mit scharfen Widerhaken besetztes Eisenrohr, das entfernt an einen überdimensionierten Penis erinnerte.

Er ist verrückt, dachte sie, er ist ein Psychopath, und ganz egal, was ich tue, er wird mich auf jeden Fall umbringen!

Tränen standen ihr in den Augen, als sie begriff, dass sie dieses Boot nicht mehr lebend verlassen würde. Nie wieder würde sie Klara sehen und mit ihr lachen können.

Amandas Körper krampfte sich voller Todesangst zusammen, und aus ihrer Kehle löste sich ein markerschütternder, verzweifelter Schrei.

Mehrmals hatte Doris Hagedorn am Vormittag die Handynummer ihrer Freundin Amanda gewählt, ihr jedoch immer nur auf die Mailbox sprechen können. Ihre diversen SMS mit der Bitte um Rückruf waren ebenfalls unbeantwortet geblieben. Wo zum Teufel steckte Amanda bloß? Doris mahnte sich zur Ruhe, schließlich musste man nicht immer gleich das Schlimmste denken. Vielleicht hatte Amanda ja tatsächlich den Mann ihres Lebens kennengelernt und war nach einer langen Nacht erst gegen Morgen zum Schlafen gekommen. Daher entschied sie, noch bis Mittag auf ein Lebenszeichen ihrer Freundin zu warten, nicht zuletzt, um Max nicht unnötig zu beunruhigen. Die Zeit bis dahin vertrieb sich Doris mit Hausarbeit, doch als sich Amanda gegen dreizehn Uhr noch immer nicht bei ihr gemeldet hatte, beschloss sie zu handeln.

Doris Hagedorn fuhr zum Haus der Meinhardts, parkte ihren Wagen direkt davor und stellte sofort fest, dass Amandas roter Honda nicht in der Garage stand. Entschlossen klingelte sie an der Haustür, die ihr Klara kurz darauf mit verschlafenem Blick öffnete.

»Nanu, hast du heute gar keine Schule?«

»Doch, aber jede Menge Freistunden«, log ihr Klara direkt ins Gesicht. »Wo bleibt denn Mama bloß, ich denke, sie wollte bei dir übernachten?«

»Das heißt, deine Mutter hat sich noch nicht bei dir gemeldet?«

»Wie denn, ich bin doch bis eben in der Schule gewesen.«

»Dann lass uns nachsehen, ob sie euch eine Nachricht auf den Anrufbeantworter gesprochen hat«, schob Doris Klara zur Seite und ging ins Haus.

Der Anrufbeantworter blinkte, aber die eingegangene Nachricht stammte nicht von Amanda, sondern von einem Hausmakler namens Eisenhut, der einen für die kommende Woche vereinbarten Besichtigungstermin verschieben wollte.

»Wie kann ich deinen Vater erreichen, Klara?«

Max Meinhardt hörte sich Doris' Geschichte in aller Ruhe an, schien jedoch nicht weiter in Sorge um seine Frau zu sein.

»Dann hat Amanda also endlich einen anderen Dummen gefunden, umso besser«, sagte er, nachdem Doris geendet hatte. »Das wird das Scheidungsverfahren entscheidend vereinfachen, vielleicht sogar beschleunigen. Allerdings finde ich es ziemlich mies von dir, dass du für Amanda gelogen hast.«

»Das ist doch jetzt nicht mehr wichtig. Deine Frau ist verschwunden, Max! Was willst du unternehmen?«

»Vorerst können wir nicht viel mehr tun als abwarten. Schließlich sind noch keine vierundzwanzig Stunden seit ihrem Rendezvous vergangen. Aber sollte sie morgen früh immer noch nicht zurück sein, gebe ich eine Vermisstenanzeige auf.«

»Hast du in den vergangenen Tagen etwa keine Zeitung gelesen und weißt nicht, was zurzeit in der Stadt los ist?«

»Was soll denn Besonderes los sein?«, sah Max Doris fragend an.

»Ich spreche von den beiden Frauenmorden. Da rennt ein durchgeknallter Psychopath durch die Stadt, und du machst dir um Amanda keine Sorgen?«

»Also gut, was schlägst du vor?«

»Wir müssen die Polizei auf der Stelle über Amandas Verschwinden informieren. Am besten wenden wir uns gleich an die für die Frauenmorde zuständigen Beamten.«

»Gut, ich bin einverstanden, trotzdem warten wir damit noch bis morgen früh, Doris. Ich habe wirklich keine Lust, mich bei der Polizei lächerlich zu machen, sollte meine Angetraute im Laufe des Tages doch noch auftauchen. Selbstverständlich rufe ich dich in diesem Fall sofort an«, beendete Max das Gespräch. »Bis morgen also.«

Den Rest des Nachmittags lief Doris Hagedorn unruhig in ihrem Haus auf und ab, bis sie sich entschloss, ihren Mann Rudi um Rat zu fragen, der nicht nur ein sehr ruhiger, sondern auch ein sehr kluger Mann war.

»Du hast vollkommen Recht, meine Süße, ihr dürft keine weitere Zeit mehr verstreichen lassen. Richte Max einen schönen Gruß von mir aus, und sage ihm, dass wir die Vermisstenanzeige noch heute und zur Not auch ohne ihn aufgeben werden, falls er nicht endlich seinen Arsch zur Polizei bewegt.«

Die Nachricht von Amanda Meinhardts Verschwinden erreichte die Kommissare Greve und Weber am Freitagabend kurz vor Dienstschluss. Der Dienst habende Beamte der örtlichen Wache im Landkreis Harburg, auf der Max Meinhardt zusammen mit Doris und Rudolf Hagedorn erschienen war, um das Verschwinden seiner Frau anzuzeigen, leitete den Vorgang sofort an die dafür zuständige

Dienststelle in Hamburg weiter, weshalb die beiden Kommissare auch nur knappe zweieinhalb Stunden später vor der Tür der Familie Meinhardt in Hittfeld standen.

»Wann hatten Sie den letzten Kontakt zu Ihrer Freundin?«, wollte Anna von Doris Hagedorn wissen, nachdem diese den Beamten die gesamte Vorgeschichte berichtet hatte.

»Gestern Abend gegen zweiundzwanzig Uhr dreißig haben wir kurz miteinander telefoniert, ungefähr eine Stunde später schrieb sie mir dann noch diese SMS«, meinte Doris Hagedorn und reichte Anna ihr Handy.

»Alles in Ordnung, ich melde mich morgen«, las Anna die letzte Nachricht von Amanda Meinhardt. Nachdenklich warf sie einen flüchtigen Blick auf die Familienfotos, die an der gegenüberliegenden Wand über einer Anrichte aus Buchenholz angebracht waren. Überrascht sah sie noch einmal genauer hin. Amanda Meinhardt passte verblüffend gut in das Opferprofil des unbekannten Frauenmörders. Mit einem kurzen Nicken machte sie Weber auf die Fotografien aufmerksam, bevor sie ihre nächste Frage stellte. »Sie sagten, dass Sie heute schon mehrmals versucht haben, Ihre Freundin auf dem Handy zu erreichen. War es denn noch eingeschaltet?«

»Ja, das war es«, nickte Doris Hagedorn. »Amanda hat sich vor kurzem erst ein neues Handy mit einem besonders langlebigen Akku angeschafft.«

»Dann hoffen wir mal, dass Ihre Freundin den Akku gestern auch noch aufgeladen hat, bevor sie das Haus verließ«, sagte Anna. »Mit welchem Provider hat Ihre Frau einen Handyvertrag abgeschlossen?«

»Das kann ich Ihnen nicht sagen«, gab Max Meinhardt

zur Antwort. »Amanda wechselt ständig den Anbieter, da muss ich zuerst in den Unterlagen nachschlagen.«

»Dann tun Sie das, aber bitte beeilen Sie sich, denn wenn das Handy erst einmal ausgeschaltet ist, haben wir keine Möglichkeit mehr, es eventuell über das GPS zu orten. Am besten, wir sehen gleich einmal gemeinsam nach«, schlug Weber vor und verließ zusammen mit Max Meinhardt das Zimmer.

»Gut, ich fasse noch einmal zusammen«, wandte sich Anna wieder Doris Hagedorn zu. »Ihre Freundin hat sich am Donnerstag gegen neunzehn Uhr dreißig mit einem Mann, der sich Cornelius nannte und den sie über eine Kontaktplattform im Internet kennengelernt hatte, zu einem Opernbesuch in Hamburg verabredet. Den weiteren Abend wollten die beiden zusammen auf einem Boot verbringen, von dessen genauem Liegeplatz Sie allerdings keine Kenntnis haben.«

Doris Hagedorn nickte.

»Können Sie uns sonst noch etwas über den Mann sagen? Hat Amanda Ihnen vielleicht einmal ein Foto von ihm gezeigt?«

»Das nicht, allerdings hat sie mir sein Äußeres ziemlich genau beschrieben.«

»Sehr gut, dann schauen Sie morgen früh bitte bei uns auf dem Präsidium vorbei, damit wir Ihre Aussage aufnehmen können.«

»Herr Meinhardt ist auf die Schnelle nicht fündig geworden«, kam Weber ins Wohnzimmer zurück. »Er ruft uns an, sobald er den Handyprovider in Erfahrung gebracht hat.«

»Für unsere Ermittlungen benötigen wir ein Foto Ihrer

Frau«, wendete sich Anna an Max Meinhardt, der sich kurz in der Wohnzimmertür zeigte. »Auch würden wir uns gern einmal in ihrem Zimmer umschauen.«

»Besitzt Ihre Frau einen eigenen Computer?«, wollte Weber wissen.

»Ja, der Laptop steht normalerweise in der Küche«, sagte Max Meinhardt. »Aber ein eigenes Zimmer, in das sie sich zurückziehen konnte, haben wir hier leider nicht. Amandas persönliche Sachen finden Sie im Nachtschrank neben ihrem Bett und in der Küche in dem blauen Regal über dem Geschirrspüler.«

Während Weber den Laptop checkte, machte sich Anna an die Untersuchung von Amanda Meinhardts persönlichen Sachen und entschied, alle CDs, DVDs sowie einige Schulhefte mit handgeschriebenen Notizen für eine genaue Überprüfung sicherzustellen.

Die Kommissare waren gerade ins Wohnzimmer zurückgekehrt, als im Flur plötzlich eine Mädchenstimme zu hören war: »Mama, bist du da?«

»Das ist unsere Tochter Klara«, erklärte Max Meinhardt. »Bitte sagen Sie ihr nicht, wie ernst Sie die Überfälligkeit ihrer Mutter nehmen. Ich will nicht, dass sich Klara vielleicht völlig unnötige Sorgen macht.«

»Wir sind im Wohnzimmer, Schatz«, rief Max Meinhardt zurück, während Anna und Weber irritierte Blicke untereinander austauschten, bevor sie die Tochter des Hauses begrüßten.

Als Weber seine Kollegin und sich selbst vorstellte, wurde das Mädchen schneeweiß im Gesicht. »Hat Ihr Besuch etwas mit den ermordeten Frauen zu tun? Ist meine Mama etwa ernsthaft in Gefahr?«

»Unsere Arbeit ist nur eine reine Formsache, mehr nicht, Klara«, entgegnete Anna, die meinte, das Mädchen von irgendwoher zu kennen. »Zurzeit werden alle Vermisstenanzeigen routinemäßig überprüft, soweit sie Frauen betreffen.«

Anna stand auf und nahm Klara, die mit ihrer schwarzen, hautengen Kleidung und dem blass geschminkten Gesicht beinahe wie eine erwachsene Frau wirkte, behutsam in den Arm. Anschließend drückte sie Max Meinhardt und Doris Hagedorn je eine ihrer Visitenkarten in die Hand.

»Wir sehen uns morgen.«

Weber verabschiedete sich von Max Meinhardt, dem Anna noch einmal zunickte, bevor sie wieder in die Novemberkälte hinausging. Die Kommissarin fror bis auf die Knochen, und das nicht nur, weil es an diesem Abend eisig kalt war.

»Als Erstes verständigen wir Sibelius, Weber, ich glaube, die Soko wird auch übers Wochenende im Einsatz bleiben müssen. Wenn ich an Amanda Meinhardt denke, habe ich ein ungutes Gefühl. Ihre Ähnlichkeit mit Monika Jakobsen und Hannelore Bloch ist wirklich verblüffend.«

Als Anna gegen Mitternacht nach Haus kam, fiel sie nur noch müde ins Bett, um am Samstagmorgen Punkt sieben Uhr mit quälenden Kopfschmerzen vom schrillen Alarmton des Weckers geweckt zu werden. Nach einem starken Kaffee, einer ausgiebigen Dusche, einem Marmeladentoast und einer Schmerztablette fühlte sie sich zwar noch immer wie zerschlagen, aber wenigstens waren die Kopfschmerzen auf ein erträgliches Maß zurückgegangen. Bevor Anna das Haus verließ, schrieb sie noch schnell eine Nachricht an Tom und ihre beiden Söhne und kratzte dann fluchend die Eisschicht von den Scheiben ihres Wagens, den sie gestern ausnahmsweise auf der Straße und nicht wie sonst unter dem Carport geparkt hatte.

Im Präsidium angekommen, hastete sie den langen Gang entlang und schlüpfte genau in dem Moment in den Konferenzraum, in dem sich die anderen Mitglieder der Soko an den langen Tisch setzten. Sie wunderte sich, dass Weber fehlte, nahm neben Günther Sibelius Platz und beantwortete dessen nachsichtigen Blick mit einem Lächeln.

»Guten Morgen, Kollegen«, eröffnete Annas Chef kurz darauf die Dienstbesprechung, als Weber zur Tür hereingestürmt kam.

»Es gibt Neuigkeiten, vor ein paar Minuten hat Herr Meinhardt den Provider des Handys seiner Frau durchgegeben. Das Signal ist gerade geortet worden, Chef! Es kommt von der Wilhelmsburger Reichsstraße in Höhe der Ausfahrt Wilhelmsburg, und die Kollegen der zuständigen Wache sind bereits dorthin unterwegs. Wenn es Ihnen recht ist, mache ich mich jetzt gleichfalls direkt auf den Weg dorthin.«

»Gut, aber halten Sie uns auf dem Laufenden«, nickte Günther Sibelius zustimmend und verteilte anschließend die anstehenden Aufgaben an die Mitglieder der Soko. Lars Haberland wies er die Aufgabe zu, den roten Honda von Amanda Meinhardt zu suchen, den diese laut Aussage von Doris Hagedorn irgendwo in der Nähe des Harburger Bahnhofes abgestellt haben musste, während

Ferdinand Huber möglichst viele Details aus dem Leben der Vermissten recherchieren sollte. Verena Mendelson wurde zu genaueren Nachforschungen in die Staatsoper geschickt.

»Kollege Hellweg, Sie schauen bitte nach, ob Amanda Meinhardts Laptop etwas Brauchbares ausspuckt«, wies er danach den Computerspezialisten an.

»Sie, Anna, kümmern sich um die von Ihnen sichergestellten persönlichen Dinge der Vermissten. Wir treffen uns gegen vierzehn Uhr wieder im Besprechungsraum, vielleicht wissen wir dank dem Kollegen Weber dann ja schon mehr.«

»Schade, jetzt werden unsere schönen Fußballkarten verfallen«, sagte Marc Hellweg nach der Besprechung auf dem Flur zu Anna. »Du wärst doch mitgekommen, oder?«

»Na klar, ich hatte mir für alle Fälle sogar schon einen extra dicken Wollpullover und Fellstiefel ins Auto gelegt. Aber wir holen das bei der nächsten Gelegenheit nach, und dann werde ich die Eintrittskarten besorgen. Bis nachher«, lächelte Anna ihrem Kollegen zu und ging in ihr Büro zurück.

Gegen dreizehn Uhr schlug Anna das letzte der drei Schulhefte auf, die sie aus Amanda Meinhardts Haus mitgenommen hatte. Doch wie schon in den beiden ersten waren auch die Seiten des dritten mit irgendwelchen, von einer verschnörkelten Mädchenhandschrift zu Papier gebrachten Gedichten gefüllt. Anna quälte sich durch die – zumindest für ihren Geschmack – kitschigen Liebesgedichte und fühlte sich inhaltlich dabei stark an die Bücher erinnert, die sie in Monika Jacobsens Nachttisch gefunden hatte. War das wirklich alles ernst gemeint, überlegte Anna. Sollte es tatsächlich immer noch Frauen geben, die eine derart romantisch-verklärte, ja, geradezu pubertäre Vorstellung von der Liebe hatten? Oder hatten die beiden Frauen diesen Kitsch nur gelesen beziehungsweise geschrieben, um sich zu entspannen? Genauso wie sie sich selbst gern Tierfilme im Fernsehen anschaute, wenn sie abschalten wollte?

Weiter kam Anna in ihren Überlegungen nicht, denn in diesem Moment kehrte Weber von seinem Außeneinsatz zurück und betrat triumphierend das Büro. Er hatte noch immer Gummihandschuhe an den Händen und schwenkte eine in einem durchsichtigen Plastikbeutel mit Clip-Verschluss steckende schwarze Ledertasche durch die Luft.

»Das ist Amanda Meinhardts Tasche, wir haben sie in einem Gebüsch am Randstreifen der Wilhelmsburger Reichsstraße gefunden. Ihre gesamten Papiere und ihr Handy sind noch darin, allerdings fehlt jegliches Bargeld. Ich wollte sie Ihnen nur kurz zeigen«, meinte er stolz wie ein Kind, das zum ersten Mal ohne Stützräder auf seinem Fahrrad fuhr, »in der KTU warten sie schon darauf.«

»Wo genau hat sie gelegen?«, fragte Anna.

»Zwischen den Abfahrten Wilhelmsburg und Veddel, im absoluten Niemandsland, Anna. Die Kollegen von der KTU sind noch vor Ort, um das Gelände weiträumig nach weiteren Spuren abzusuchen, aber ich glaube kaum, dass wir Frau Meinhardts Leiche dort ebenfalls finden werden. Möglicherweise hat der Täter die Tasche einfach aus dem Auto geworfen.«

Anna breitete eine Landkarte vor sich aus.

»Könnte sein, und wenn man bedenkt, dass zwischen Amanda Meinhardts Anruf und ihrer letzten SMS ungefähr eine Stunde vergangen ist, dürfte der Weg von der Staatsoper bis zum Liegeplatz des Bootes nicht viel länger als dreißig Minuten gedauert haben«, sagte sie, während sie die Landkarte studierte. »Die Reichsstraße passt in dieses Zeitfenster.«

»Allerdings könnte sie die SMS genauso gut auch während der Fahrt im Auto geschrieben haben«, gab Weber zu bedenken.

»Ja, da haben Sie Recht, aber schließlich müssen wir mit unserer Suche nach Amanda Meinhardt irgendwo beginnen. Warum also nicht in der Nähe des Fundortes ihrer Handtasche?«

»In Ordnung, Anna, gehen wir also so vor, aber das heißt, dass wir in dem in Frage kommenden Gebiet auch das verschwiegene Plätzchen mit dem Boot finden müssen. Müsste so etwas wie ein Anlegeplatz oder ein kleiner Hafen sein. Fällt Ihnen dazu etwas ein?«

»Da gibt es jede Menge Möglichkeiten. Im Hamburger Stadtgebiet wäre das zum Beispiel Wilhelmsburg, die gesamte Gegend um den Finkenrieker Hauptdeich herum oder aber der an der Süderelbe gelegene Harburger Binnenhafen. Beide Gegenden sind auf direktem Weg von der Hamburger City aus über die Reichsstraße zu erreichen. Jenseits der Stadtgrenze könnten Over, Fliegenberg und andere Elbdörfer in Frage kommen. Allerdings ...«

Anna wurde durch ein Klopfen an der Bürotür unterbrochen, hinter der kurz darauf Doris Hagedorn auftauchte.

»Ich bringe Frau Hagedorn für die Protokollaufnahme kurz zum Kollegen Huber hinüber, bin gleich zurück, Weber.«

Als sich der Konferenzraum füllte, hatten Anna und Weber bereits alle in Frage kommenden Bootsliegeplätze auf einer Landkarte markiert, die sie vorn am Flipchart befestigten.

»Seit dem Taschenfund müssen wir im Fall der vermissten Amanda Meinhardt wohl ebenfalls von einem Gewaltverbrechen ausgehen«, begann Günther Sibelius.

»Wir haben uns Folgendes überlegt, Chef«, ergriff Weber das Wort. »Wenn Amanda Meinhardt ihre letzte SMS vom Boot aus gesendet hat, müssen wir von einer ungefähr halbstündigen Fahrzeit von der Staatsoper bis zum Liegeplatz ausgehen. Daher schlage ich vor, dass wir in diesem Bereich hier«, er zeigte auf ein rot markiertes Gebiet auf der Landkarte, »mit der Suche anfangen.«

»Gut, durchkämmen wir also alle in diesem Bereich liegenden Bootsliegeplätze. Wir arbeiten in Gruppen von je ein bis zwei Mann und fordern zusätzlich die Unterstützung der jeweiligen Kollegen vor Ort an.«

»Ich schlage vor, wir konzentrieren uns zuerst auf das Hamburger Stadtgebiet«, trat Anna an die Landkarte. »Hier kommen die Stadtteile Veddel, Wilhelmsburg und der Harburger Binnenhafen als möglicher Liegeplatz des Bootes in Frage.«

»Aber wer sagt uns denn, dass die Sache mit dem Boot überhaupt stimmt und nicht nur ein Märchen war, das der Täter Amanda Meinhardt aufgebunden hat?«, gab Ferdinand Huber zu bedenken.

»Niemand, doch bisher ist die Bootsgeschichte der einzige Ansatzpunkt, den wir haben, und deshalb werden wir auch genau dort mit unseren Ermittlungen beginnen«, erwiderte Günther Sibelius und wandte sich anschließend an Lars Haberland.

»Haben Sie Amanda Meinhardts Auto inzwischen gefunden?«

»Noch nicht, Chef, aber gleich nach der Besprechung wollte ich wieder nach Harburg zum Bahnhof fahren, um die Suche fortzusetzen.«

»Gut, machen Sie das, und schließen Sie sich danach dem Kollegen Huber zur Fahndung nach dem Boot an. Sie sind ein bestens eingespieltes Team, genauso wie die Kollegen Greve und Weber. Ich möchte, dass Sie beide«, er wandte sich direkt an Anna und Weber, »alles andere stehen und liegen lassen und sofort mit der Fahndung beginnen. Wie weit sind Sie inzwischen mit der Computeranalyse vorangekommen, Herr Hellweg?«

»Leider bekomme ich Frau Meinhardts Rechner nicht zum Laufen, Chef, die Hardware muss irgendwie beschädigt worden sein. Auf jeden Fall schlägt der Leseschreibkopf auf die Magnetschicht der Festplatte, was einen Supergau, den sogenannten »Headcrash«, bedeutet. Mit anderen Worten, die Festplatte ist total kaputt, Herr Sibelius. Um trotzdem noch etwas herauszubekommen, müssen wir die Magnetplatten im Reinlabor, das ist ein absolut staubfreier Raum, herausnehmen, in ein Lesegerät einlegen und jedes einzelne Segment überprüfen.«

»Und wie lange wird das dauern?«

»Das kann man vorab nie so genau sagen, aber ich denke, mit ein paar Tagen müssen wir schon rechnen.«

»Haben Sie die Überprüfung der Magnetplatten bereits gestartet?«

»Die Sache läuft, Chef.«

»Und ist es zwingend nötig, dass Sie den Vorgang die ganze Zeit über selbst überwachen?«

»Nein, nicht zwingend, schließlich haben wir noch zwei weitere kompetente Kollegen in der Abteilung.«

»In Ordnung, dann übernehmen Sie also die Oberaufsicht über die Computerdiagnose und begeben sich in der Zwischenzeit zusammen mit der Kollegin Mendelson nach Veddel, während ich die Suche vom Präsidium aus koordiniere. Bei Bedarf kann außerdem Herr Mettmann aktiv in die Fahndung mit eingreifen. Nehmen Sie Verbindung zu den zuständigen Revieren auf, und lassen Sie sich von den Kollegen vor Ort unterstützen.«

Weber und Anna überquerten die Seehafenbrücke in Richtung Harburger Binnenhafen. An der Kreuzung zur Blohmstraße, der Zufahrtsstraße zum Binnenhafen, sahen sie einen Streifenwagen stehen. Die zwei Kollegen der örtlichen Revierwache, die in ihm saßen, warteten bereits auf sie. Weber stellte den Vectra ab und begrüßte zusammen mit Anna die Harburger Kollegen.

»Im Binnenhafen überwintern jedes Jahr viele Boote«, gab ihnen Hauptwachtmeister Schulz die Hand. »Aber ich denke, wir beginnen am Veritaskai, denn dort liegen größtenteils Hausboote, die sogar den gesamten Winter über bewohnt werden. Vielleicht haben wir ja Glück und treffen jemanden an.«

Anna setzte ihre Wollmütze auf und stemmte sich gegen den harten Ostwind, der in einem fort über den menschenleeren Anlegeplatz fegte. Die Hausboote schaukelten leicht auf dem Wasser, und der Wind drückte das Wasser so stark in das Hafenbecken hinein, dass man kaum glauben konnte, sich an einem durch eine Schleuse vom Fluss abgetrennten und geschützten Kanal zu befinden. Sieben Hausboote lagen entlang der Anlegestelle vertäut, doch auf den ersten Blick schienen alle unbewohnt zu sein. Nur bei einem einzigen war es möglich, einen Blick in den Innenraum zu werfen, bei allen anderen waren die Gardinen vor den Kajütenfenstern vollständig zugezogen. Auf den ersten Blick ließ sich an Bord der Schiffe jedoch nichts Ungewöhnliches entdecken. Und nachdem die Beamten eins nach dem anderen in Augenschein genommen hatten, ohne dabei etwas Verdächtiges festzustellen, schüttelte Hauptwachtmeister Schulz bedauernd den Kopf.

»So kommen wir nicht weiter, Kollegen. Nur ist das Büro der HPA, in dem wir die Namen der Schiffseigner in Erfahrung bringen könnten, heute leider nicht besetzt.«

»HPA, wofür steht dieses Kürzel?«, fragte Weber nach.

»Für die ›Hamburg Port Authority‹, die Behörde, die alles regelt, was im Hamburger Hafen mit der Vermietung von Schiffsliegeplätzen und Ähnlichem zusammenhängt. Ich schlage vor, wir fahren jetzt am Treidelweg vorbei, wo sich ebenfalls noch ein paar Schiffsliegeplätze befinden, und nehmen uns dann anschließend den Überwinterungshafen am Harburger Hauptdeich vor. Er liegt nicht weit entfernt von hier, und mit ein wenig Glück arbeitet dort um diese Zeit noch jemand an seinem Boot.«

Die Beamten setzten sich in ihren Streifenwagen, dem Weber langsam mit seinem Vectra folgte. Aus dem Wagenfenster heraus bestaunte Anna ein wenig wehmütig die alte Holzhafenbrücke zu ihrer Rechten, die wie so manches Gebäude im Harburger Binnenhafen demnächst abgerissen werden würde, um weiteren Platz für den Ausbau der »Harburger Hafen City« zu schaffen.

Unterdessen hatte der Streifenwagen vor einem Schwimmponton am Überwinterungshafen Halt gemacht.

»So, nachdem wir auch im Treidelweg nicht fündig geworden sind, kommt jetzt unsere letzte Anlaufstelle für heute. Das Zuhause für die Clipper-Schiffe«, deutete Hauptwachtmeister Schulz auf einen riesigen Schwimmponton mit dem Firmenschild »Clipper D.I.S. e.V.« vor ihnen.

»›Mississippi‹ heißt die schwimmende Insel mit ihren Werkstätten und allem, was man für das Überholen von Segelschiffen benötigt. Es gibt hier sogar Verpflegungs- und Übernachtungsmöglichkeiten. Zwischen November und März herrscht auf der Insel an den Wochenenden jede Menge Betrieb, aber heute sind wir, fürchte ich, schon zu spät dran. Wird an dem Mistwetter liegen.«

Anna schaute auf den menschenleeren Parkplatz vor dem Ponton, auf dem außer ihren beiden Wagen kein weiterer abgestellt war, und nickte.

»Gut«, meinte Weber, während er sich zum Vectra umwandte. »Dann treffen wir uns Montag früh gegen neun Uhr wieder hier.«

»Moment«, widersprach Schulz, »ein kurzer Besuch bei Rosi kann nicht schaden, denn Mike, der Chef vom ›Mississippi‹ kehrt dort nach getaner Arbeit gern noch auf ein Bier ein.«

»Respekt, Kollege Schulz, Sie kennen sich wirklich bestens aus in Ihrem Revier«, sagte Anna beeindruckt.

»Na ja, ich bin selbst Segler, da kennt man seine Pappenheimer.«

Rosi war die Pächterin einer um die Ecke im Dampfschiffsweg liegenden Kneipe mit dem Namen »Harburger Fährhaus«.

Als die vier Kriminalbeamten dort eintrafen, war sie gerade dabei, ihre vor dem Eingang stehende Schiefertafel wegzuräumen.

»Ist Mike noch da?«, fragte Hauptwachtmeister Schulz.

»Im Moment nicht, aber er kommt gleich wieder. Willst du ein Astra, mein Lieber, oder bist du noch im Dienst?«

»Eine Knolle zum Feierabend kann nie schaden«, grinste Schulz, während er Anna und Weber in die Kneipe bugsierte. »Du hast nicht zufällig noch etwas von deinem Kartoffelsalat da? Ich habe Hunger wie ein Wolf.«

»Da schließe ich mich an«, stimmte Weber begeistert zu, »ich habe heute auch noch so gut wie nichts zwischen die Zähne gekriegt. Gibt es vielleicht sogar noch eine Frikadelle zum Salat?«

Seit mehr als zwanzig Jahren lebte die Kommissarin Anna Greve inzwischen im Landkreis Harburg, aber das »Harburger Fährhaus« war ihr bis zum heutigen Tag unbekannt gewesen. Ein echtes Versäumnis, dachte Anna und trank einen Schluck Bier aus der Flasche. Denn das »Harburger Fährhaus« war ein Ort, wie sie ihn liebte. Eine Kneipe, in der die Musicbox in einem fort Schlager aus den Siebzigern spielte. Wo man sich schon nach dem zweiten Bier dazu entschloss, alle weiteren nur noch mit einem Freund teilen zu wollen. Ein Ort, an dem man nachts um halb drei nach unzähligen geteilten Bieren auf die Straße torkelte und sich trotzdem wunderbar fühlte. Und lebendig. Weil man tolle Geschichten gehört, mit Seebären getanzt, dem Schifferklavier gelauscht hatte und Zeuge großer Beziehungsdramen und nicht minder bedeutender Versöhnungen geworden war.

Die Kneipentür öffnete sich und holte Anna aus ihren Gedanken in die Wirklichkeit zurück, denn der Mann, der gerade den Gastraum betreten hatte, war Mike Hunke, der Pächter vom »Mississippi«.

»Hallo, Mike«, wurde er von Martin Schulz begrüßt, »setz dich zu uns, wir können deine Hilfe gebrauchen.«

»Worum geht es denn?«

»Zuerst möchte ich dir meine Kollegen Anna Greve und Lukas Weber vom LKA Hamburg vorstellen. Wir sind auf der Suche nach einer Frau, die möglicherweise ein weiteres Opfer des Frauenmörders sein könnte, über den derzeit so viel berichtet wird, und deren Leiche irgendwo im Bereich des Binnenhafens vermutet wird.« Schulz reichte eine Fotografie von Amanda Meinhardt sowie die Phantombilder des Täters an Mike Hunke weiter. »Hast du die beiden schon mal gesehen?«

»Nein, tut mir leid, Martin.«

»Und ist Ihnen in den vergangenen Tagen sonst irgendetwas Besonderes aufgefallen, Herr Hunke? Ein unbekanntes Fahrzeug vielleicht oder eine Person, die Sie noch niemals zuvor in dieser Gegend gesehen haben und die sich irgendwie seltsam benommen hat«, setzte Weber nach.

»Hallo erst mal«, prostete Mike Hunke den Kommissaren zu. »Da kommt Prominenz aus der Weltstadt Hamburg über die Elbe zu uns nach Harburg, das muss ich erst mal sacken lassen. Nee, jetzt mal ernsthaft, hier kommen jeden Tag so viele Menschen vorbei. Ständig fragt einer wegen eines Liegeplatzes an oder will sich ein Werkzeug von mir borgen. Wie sollte mir da ein Einzelner auffallen? Und merkwürdig benehmen sich die meisten Leute auch tagtäglich.«

»Mag ja sein«, entgegnete Anna. »Aber wir suchen einen Mann, der in der Gegend umhergestrichen, Fragen gestellt und sich dabei vielleicht für ein bestimmtes Boot interessiert hat.«

»Wie heißen Sie, schöne Frau?«

»Anna Greve«, sagte Anna.

»Gut, geben Sie mir bitte Ihre Telefonnummer, dann will ich noch mal in aller Ruhe darüber nachdenken, was sich in den letzten Tagen hier so getan hat. Sollte mir dazu tatsächlich noch etwas einfallen, sind Sie die Erste, die es erfährt. So, und jetzt ist endlich Feierabend.«

Als die Kommissarin gegen achtzehn Uhr zu Hause eintraf, fand sie ihre Familie einträchtig versammelt im Wohnzimmer vor. Ben und Paul flegelten auf dem Sofa herum, von dem aus sie die Übertragung eines Skirennens verfolgten, und fütterten gleichzeitig Henry, den Hund, mit Salzstangen. Tom saß dagegen in seinem Fernsehsessel, las Zeitung und ermahnte die Jungen zwischendurch immer wieder, damit aufzuhören.

»Auf geht's zum Kartoffelschälen, Männer«, trieb er Ben und Paul an, als sich Anna in ihren Lieblingssessel fallen ließ und unter ihre Wolldecke schlüpfte. »Wir wollen eurer Mutter doch einmal zeigen, wie selbstständig wir sind.«

»Das Essen ist bald fertig, Mum, du wirst staunen«, platzte Paul heraus. »Es gibt…«

»Halt bloß die Klappe, Kleiner«, unterbrach Ben drohend seinen jüngeren Bruder. »Sonst verdirbst du uns noch die Überraschung.«

»Wie wäre es mit einem Glas Rotwein, Anna, oder willst du zuerst lieber unter die Dusche springen?«, fragte Tom. »Wenn du möchtest, kann ich dir auch ein schönes heißes Wannenbad einlassen.«

»Nee danke, lass mal, eine Dusche reicht mir«, grinste Anna ein wenig verlegen. »Ich beeile mich.«

Als sich Anna das heiße Wasser über den Rücken laufen ließ, wurde ihr endlich wieder warm. Dennoch drehte sie nach einer Weile die Dusche wieder zu, wusch und trocknete sich ab und schlüpfte in ihren Jogginganzug. Aus dem unteren Stockwerk stieg ihr ein verführerischer Bratengeruch in die Nase, und Anna fiel ein, dass sie seit dem Frühstück nichts mehr gegessen hatte.

Tom und die Jungen hatten ein Wildschweingulasch gezaubert, zu dem es Rosenkohl, Kartoffeln und mit Preiselbeeren gefüllte Pfirsichhälften gab. Anna saß am Tisch und genoss das leckere Essen, sie hatte beinahe schon vergessen, wie gut Tom zu kochen verstand. Ben und Paul unterhielten sich über das Skirennen, während Tom ihr ein Glas Rotwein einschenkte. Ach, gäbe es nur öfter solche Momente wie diesen, dachte Anna, dann wäre sie niemals auf die Idee gekommen, an ihrem

Leben etwas ändern zu wollen. In ein paar Tagen treffe ich mich mit Jan, schoss es ihr plötzlich durch den Kopf. Warum eigentlich?

»Klasse habt ihr das gemacht, Männer. Ich habe wirklich Glück mit euch, danke noch einmal für die gelungene Überraschung.«

»Das ist doch Ehrensache, Mum, schließlich hast du heute den ganzen Tag arbeiten müssen«, gab Ben zurück.

Anna lächelte und schaute noch einmal vorsichtig zu Tom hinüber. Er wirkte in diesem Augenblick so jung und verletzlich, dass Anna eine große Zärtlichkeit für ihn spürte.

»So, ihr bleibt jetzt schön sitzen, während ich unten in der Gefriertruhe nachschaue, ob wir noch ein bisschen selbst gemachtes Schokoladeneis dahaben. Und dann machen wir uns einen gemütlichen Abend.«

»Tut mir leid, Anna, aber das geht leider nicht«, sah Tom auf seine Armbanduhr. »Ich muss gleich noch einmal in die Firma fahren. Warte besser nicht auf mich, es kann spät werden.«

Als kurz darauf die Haustür hinter Tom ins Schloss fiel, versuchte Anna, ihre Enttäuschung über sein Wegsein mit einer Riesenportion Schokoladeneis zu kompensieren. Anschließend holte sie die Spielkarten hervor, um ein paar Runden Skat mit ihren Söhnen zu spielen.

»Kennt einer von euch beiden vielleicht eine Klara Meinhardt?«, fragte Anna, während sie einen hohen Trumpf ausspielte und damit den Stich machte. »Sie müsste ungefähr in deinem Alter sein, Ben.«

»Na klar kenn ich die, mit der bin ich doch für kurze Zeit in einer Klasse auf dem Gymnasium gewesen.«

»Ist Klara auch schon einmal bei uns zu Hause gewesen? Sie kam mir jedenfalls irgendwie bekannt vor.«

»Ach woher, die doch nicht! Außerdem habe ich im Gym eigentlich niemanden näher kennengelernt, schließlich war ich dort nur ein halbes Jahr lang, bevor ich auf die Realschule gewechselt bin.«

»Stimmt«, sagte Anna. »Du hast zu dieser Zeit ja lieber gekifft und dich mit irgendwelchen wesentlich älteren Jungen umgeben, anstatt zu lernen. Ansonsten wärest du heute sicher noch immer auf dem Gymnasium und könntest in zwei, drei Jahren dein Abitur in der Tasche haben.«

»Du hast ja Recht, Mama, aber das ist doch nun wirklich Schnee von gestern. Und wer sagt dir eigentlich, dass ich nach dem Realschulabschluss nicht doch noch auf eine weiterführende Schule wechsele, um mein Abi zu machen. Auf jeden Fall ist Klara eine verwöhnte Zicke, die sich für was Besseres hält. Früher ist sie eine fürchterliche Streberin gewesen, aber ich glaube, das hat sich ziemlich geändert. Seit neuestem singt sie in einer bescheuerten Grunge-Band und kifft mehr, als ich es je getan habe.«

»Schön zu hören, dass dir inzwischen tatsächlich etwas Besseres einfällt, als dich ständig vollzudröhnen«, lächelte Anna. »Weißt du auch etwas über ihre Eltern, Ben?«

»Na ja, die Mutter karrt Klara ständig in der Gegend herum, und wenn es regnet, bringt sie sie sogar mit dem Auto zur Schule. Die reißt sich echt ein Bein für Klara aus, aber ihren Vater habe ich noch nie gesehen.«

Er war so kurz davor gewesen, ja, diesmal hätte wirklich nicht viel gefehlt, und er hätte das Foto seiner Träume im Kasten gehabt. Er erinnerte sich, wie sie laut gestöhnt und an ihren Fesseln gezogen hatte, als er die Melonenhälfte zwischen ihre Schenkel gelegt und das Spiel begonnen hatte. Ja, dieses Stöhnen hatte ihm augenblicklich klargemacht, wie ungeheuer groß ihre Lust gewesen war. Nur noch ein paar Minuten, dann wäre die blöde Kuh so heiß gewesen, dass sie es kaum noch hätte erwarten können, endlich von ihm gefickt zu werden. Und das, obwohl sie nackt, gefesselt und ihm komplett ausgeliefert gewesen war. Trotzdem hatte sie diesen Ausdruck in ihren Augen gehabt, den er unbedingt einfangen, den er unbedingt konservieren musste. Es war eine merkwürdige Mischung aus Angst, Leiden und maßloser Lust in ihrem Blick gewesen. Der letzte Rest Leben kurz vor dem Tod.

Dabei hatte sie ganz zu Anfang, als sie gerade wieder zu sich gekommen war, noch herumgeschrien und gezetert, aber schließlich war sie ganz versessen darauf gewesen, das Spiel mit der Melone zu spielen. Sie war dabei gewesen, sich in ihrer Geilheit komplett zu vergessen.

Warum zum Teufel mussten ihm bloß fortwährend dermaßen dämliche Fehler unterlaufen? Weshalb hatte er seinen Koffer mit den Instrumenten nur offen und in Sichtweite der blöden Kuh herumstehen lassen? Von da an hatte sie nur noch geschrien, und er hatte ihr sofort wieder das Maul verkleben und zum normalen Programm übergehen müssen.

Doch obwohl ihm der große Wurf auch diesmal nicht

gelungen war, konnte er insgesamt zufrieden mit sich sein, immerhin hatte er die Sache zu Ende gebracht. Er hatte sich weder durch ihr Geschrei noch durch das viele Blut davon abhalten lassen. Was für eine Riesensauerei das Ganze doch gewesen war. Aber schließlich war es weiß Gott ein großer Unterschied, sich eine Tote vorzunehmen oder aber ein Weib, das noch lebte, strampelte und quiekte wie ein angestochenes Schwein.

Ja, trotz aller Fehler war er zuversichtlich. Denn er wusste nun, würde er noch einmal eine ähnliche Frau wie Amanda finden und sein ultimatives Foto bekommen, würde alles gut werden.

10

Anna und Weber waren bereits auf dem Weg zum Harburger Binnenhafen, als sie gegen neun Uhr einen Anruf von Hauptwachtmeister Manfred Schulz erhielten, der sie ihre Pläne für den heutigen Vormittag ändern ließ.

»Ich habe denen von der HPA heute früh gleich zu Dienstbeginn ordentlich Dampf gemacht. Mit dem Ergebnis, dass uns die Liste der Schiffseigner im Gebiet des Harburger Binnenhafens soeben gemailt worden ist. Am besten, Sie kommen auf direktem Weg in unser Revier in der Denickestraße, damit wir uns gemeinsam an die Arbeit machen können.«

Anna und Weber fuhren sofort in die Denickestraße, wo sie sich zusammen mit den Kollegen durch die Liste der Schiffseigner arbeiteten. Gegen Mittag hatten sie mit einer einzigen Ausnahme alle in Frage kommenden Eigner telefonisch erreicht und zu ihren jeweiligen Bootsliegeplätzen bestellt.

»Am besten, wir nehmen zur Verstärkung noch vier Kollegen von der Streife mit und verteilen sie auf die betreffenden Liegeplätze, damit die Leute nicht unnötig lange bis zu ihrer Befragung warten müssen«, schlug Schulz vor. »Wenn es Ihnen recht ist, fangen wir mit den Hausbooten am Veritaskai an.«

Als die Kommissare am Veritaskai eintrafen, wurden

sie dort schon von einer Gruppe sich lebhaft untereinander unterhaltender Menschen erwartet. In der vergangenen Nacht war die Temperatur wieder deutlich unter null Grad abgesunken, dazu hatte es am frühen Morgen erneut zu schneien begonnen. Als sich jetzt auch noch feiner Regen unter die Flocken mischte, verwandelte sich die Schneeschicht auf dem Boden binnen kürzester Zeit in gefährliches Glatteis.

»Wenn sich das Wetter doch endlich mal für etwas entscheiden könnte«, murrte Weber, der auf dem rutschigen Boden ins Straucheln kam und gerade noch das Gleichgewicht halten konnte. »Verdammter Mist«, schimpfte er, »und überhaupt geht mir dieses ewige Grau in Grau so langsam auf die Nerven.«

»Holthusen, mein Name. Was soll denn eigentlich der ganze Aufstand hier bedeuten?«, kam ein älterer Mann mit einer typisch hanseatischen Schirmmütze, einem »Elbsegler«, auf dem Kopf auf die Polizisten zu. »Auf unseren Hausbooten ist ganz bestimmt alles in Ordnung.«

»Soll das heißen, dass Sie Ihre Schiffe bereits betreten haben? Sie hatten doch die klare Anweisung, damit so lange zu warten, bis die Polizei vor Ort ist.«

»Haben wir ja auch getan, selbst wenn es uns schwergefallen ist, uns bei dem Schietwetter hier für nichts und wieder nichts die Beine in den Bauch zu stehen. Worum geht es hier also eigentlich?«, fragte der Mann mit dem »Elbsegler«, während die Umstehenden zustimmend nickten.

»Ich verstehe, was Sie meinen«, erwiderte Anna und schaute in den grauen Winterhimmel. »Aber wir sind auf Ihre Mithilfe angewiesen, denn es gibt Hinweise darauf, dass sich in dieser Gegend, möglicherweise sogar auf einem Ihrer Boote ein Gewaltverbrechen ereignet hat. Daher werden Sie uns nun, und zwar einer nach dem anderen, zu Ihren Hausbooten führen, damit wir sie untersuchen können. Wollen wir bei Ihnen anfangen, Herr Holthusen?«, lächelte Anna den Wortführer an.

Nachdem die Beamten sechs der sieben Boote ergebnislos untersucht hatten, wollte sich Anna gerade auf den Weg zu dem letzten machen, als sich August Holthusen erneut zu Wort meldete.

»Tut mir leid, aber dort können wir nicht hinein. Der Kahn gehört Heinz und Ursel Fuchs, allerdings verbringen die beiden die Wintermonate dieses Jahr auf Lanzarote.«

»Besitzt denn niemand einen Ersatzschlüssel für das Hausboot?«, erkundigte sich Weber. »Gibt es hier keinen Hafenmeister?«

»Das schon, aber der hat auch keinen Schlüssel. Allerdings habe ich vorhin, als sie ankamen, Torsten verständigt, das ist der Sohn der Fuchsens. Er müsste jede Minute hier sein«, entgegnete Holthusen. »Aha, da kommt er ja schon«, deutete er auf einen sich dem Veritaskai nähernden dunkelgrünen Geländewagen.

Als Weber kurz darauf die Kajütentür des siebten Bootes zu öffnen versuchte, schien diese zu klemmen.

»Und Sie sind ganz sicher, dass das auch wirklich der richtige Schlüssel ist?«

»Natürlich, aber das Schloss ist manchmal etwas schwergängig«, erwiderte Torsten Fuchs. »Darf ich es mal probieren?«

Fuchs zog die Tür ganz fest zu sich heran und versuchte, den Schlüssel im Schloss zu drehen, doch er hatte mit seiner Methode ebenso wenig Erfolg wie Weber vor ihm.

»Merkwürdig«, sagte er. »Ich habe noch nie erlebt, dass die Tür dermaßen geklemmt hat.«

»Wir brauchen einen Schlüsseldienst am Veritaskai, und die KTU soll sich bereithalten«, reagierte Anna sofort und gab die Meldung auch schon an das Präsidium durch.

»Dieser Schlüssel passt tatsächlich nicht, hier muss vor kurzem ein neues Schloss eingebaut worden sein. Sehen Sie die Kratzer im Türblatt?«, zeigte der Angestellte vom Schlüsseldienst auf die Kajütentür. »Die Farbe rings um den Schließzylinder ist abgesplittert, und darunter kommt das nackte Holz zum Vorschein. Es weist noch keine Verfärbung auf, die Beschädigung kann also noch nicht lange zurückliegen.«

»Danke für den Hinweis«, nickte Weber, schob den Mann vom Schlüsseldienst beiseite und öffnete vorsichtig die Kajütentür.

Noch immer war der Weg vor dem Anlegeplatz von den Bootseignern bevölkert, die jetzt näher kamen, um einen Blick in das Innere des Hausbootes erhaschen zu können.

»Sperren Sie die Umgebung weiträumig ab, und halten Sie die Leute im Zaum«, wies Weber, der mit einem Blick in die Kajüte erkannt hatte, dass die Suche nach Amanda Meinhardt beendet war, Hauptwachtmeister Manfred Schulz an. »Kommen Sie, Anna. Und verständigen Sie vorher noch die KTU, sie soll sich sofort in Bewegung setzen.«

Anna nickte und streifte sich, nachdem sie das Startsignal für die Spurensicherung gegeben hatte, im Gehen ein Paar Handschuhe über. Dann folgte sie Weber in die Kajüte des Hausbootes.

Die Kommissarin stieg die vier Stufen in das Innere des Bootes hinunter und war überrascht, wie geräumig die holzverkleidete und ganz in Hellgrau gestrichene Kajüte war. Vor der Fensterfront des Raumes stand ein ovaler Esstisch, über den eine weiße Tischdecke gebreitet war, der ansonsten aber, bis auf ein paar Kerzenleuchter mit heruntergebrannten Wachsresten, vollkommen leer war. Unter dem Tisch lagen die Reste einer Wassermelone auf dem Teppich. Im Vorbeigehen registrierte die Kommissarin anhand der Flecken und Brotkrumen auf dem Tischtuch, dass hier vor kurzem wohl noch gegessen worden war.

Als Anna den Kopf drehte, sah sie Amanda Meinhardt mit blutüberströmtem Unterleib auf einer Schlafcouch liegen. Ihre Beine waren wie bei Hannelore Bloch weit auseinandergespreizt, in die Höhe gezogen und mit Seilen fixiert worden. Ihre Hände waren über dem Kopf gefesselt. Damit war Amanda Meinhardt dem Täter vollkommen wehrlos ausgeliefert gewesen. Die Tote war völlig nackt, und schon auf den ersten Blick ahnte Anna angesichts der Menge Blut auf der Couch, dass sich die Brutalität des Täters noch einmal gesteigert hatte. Wie bei Hannelore Bloch sprach alles dafür, dass Amanda Meinhardt ihr Martyrium bei lebendigem Leib hatte ertragen müssen. Es war kaum vorstellbar, welche Schmerzen und Ängste sie ausgestanden hatte, bevor sie gestorben war. Genaueres würde Dr. Severin erst nach der

Obduktion sagen können, doch Anna graute schon jetzt davor, seinen detaillierten Bericht lesen zu müssen.

»An ihrem Hals sind keinerlei Würgemale zu sehen, Weber.«

»Ja, ich sehe es, aber warten wir besser draußen auf die KTU, bevor wir am Ende noch wertvolle Spuren zerstören«, legte Weber seiner Kollegin einen Arm um die Schultern. Gemeinsam verließen sie die Kajüte und schlossen sie sorgfältig hinter sich ab.

Wieder auf dem Anlegesteg steckte sich Anna eine Zigarette an und zog ihre Wollmütze tiefer in die Stirn. Sie betrachtete die Reihe der sanft schaukelnden Hausboote vor sich und fragte sich, warum es oftmals gerade besonders friedlich wirkende Orte waren, an denen derart grausame Verbrechen wie der Mord an Amanda Meinhardt geschahen.

»Manchmal haben wir wirklich einen Scheißjob, Anna«, hörte sie Weber neben sich sagen.

»Ja, aber ich will, dass der Kerl, wer immer er sein mag, seine perversen Fantasien zum allerletzten Mal ausgelebt hat. Ich informiere jetzt Sibelius, damit er die Fahndung nach Amanda Meinhardt abbricht.«

»Tun Sie das, und sagen Sie auch Verena Mendelson Bescheid. Sie soll auf dem schnellsten Weg hierherkommen, um die Leitung der Spurensicherung zu übernehmen. Und während wir auf die Kollegen warten, befragen wir noch einmal die Bootseigner. Vielleicht hat einer von ihnen in den vergangenen Tagen ja doch irgendeine Beobachtung in der Nähe der Hausboote gemacht.«

Anna drückte ihre Zigarette auf dem Boden aus und begann die Befragung umgehend mit August Holthusen, dem Wortführer der Bootseigner. Doch bereits nach seinen ersten Sätzen unterbrach sie ihn wieder. »Einen Moment bitte«, winkte sie Weber zu sich heran. »Seien Sie doch so nett, und wiederholen Sie noch einmal, was sich am vergangenen Mittwoch auf dem Hausboot der Familie Fuchs ereignet hat, Herr Holthusen.«

»Wie schon gesagt, letzten Mittwoch habe ich auf meinem Boot nach dem Rechten gesehen. Ich mache das in regelmäßigen Abständen, schließlich kann man nie wissen, ob nicht irgendein Penner auf die Idee kommt, sein Nachtlager auf unserem Boot aufzuschlagen. Man muss hier ständig Präsenz zeigen, um das zu verhindern. Bei dieser Gelegenheit überprüfe ich auch immer kurz das Boot von Ursel und Heinz mit, und am vergangenen Mittwoch hatte ich dort ein nettes Gespräch mit einem Mann, der sich für das Boot von den Fuchsens interessiert hat.«

»Das heißt, ein Ihnen unbekannter Mann hat sich auf dem Boot zu schaffen gemacht? Und was heißt nett?«, fragte Weber nach.

»Nun ja, im ersten Moment habe ich einen ordentlichen Schrecken bekommen, als ich hörte, dass jemand nebenan herumstreunt und das Boot betritt. Ich habe sogar überlegt, die Polizei zu rufen, hatte aber mein Handy nicht dabei. Daher bin ich rausgegangen und habe den Mann zur Rede gestellt.«

»Und, wie hat er reagiert? Konnte der Mann eine schlüssige Begründung für seine Anwesenheit vorbringen?«

»Er erzählte mir, dass er mit dem Gedanken spiele, sich selbst ein Hausboot zuzulegen, und da ihm Heinz'

Kahn gefalle, hätte er nicht widerstehen können, einmal von außen in die Kajüte hineinzuschauen. Dabei wirkte er ausgesprochen freundlich und auch ein bisschen verlegen, weil ich ihn beim Betreten fremden Eigentums erwischt hatte. Hinterher haben wir noch einen Moment miteinander geplaudert, und ich muss sagen, er war wirklich sehr sympathisch. Ich kann mir nicht vorstellen, dass er zu irgendwelchen krummen Sachen fähig ist, was auch immer Sie in der Kajüte von Fuchs gefunden haben. Haben Sie denn überhaupt etwas gefunden?«

»Konnten Sie den Mann noch ein weiteres Mal beobachten? Ist er vielleicht am Donnerstag oder Freitag noch einmal aufgetaucht? Möglicherweise sogar in Begleitung einer Frau?«

»Wieso, ich verstehe Ihre Fragen nicht, Herr Kommissar. Oder geht es hier etwa um den Verrückten, der durch Hamburg zieht und Frauen umbringt? Soll das heißen, dass in Fuchs' Kajüte eine Tote liegt?«

»Ja, das ist zutreffend, Herr Holthusen. Das Boot Ihres Bekannten ist der Tatort eines Gewaltverbrechens«, bestätigte Anna. »Versuchen Sie sich deshalb bitte möglichst genau an den Mann zu erinnern. Wie hat er ausgesehen?«

»Er war groß und schlank und so um die vierzig, würde ich meinen. Ach ja, und er hat sich mir sogar vorgestellt, er sagte, er hieße Max Meinhardt, Frau Kommissarin, aber das ist wohl nicht sein richtiger Name gewesen.«

Anna schluckte, bevor sie ihre nächste Frage stellte.

»Welche Haarfarbe hatte der Mann? Gab es irgendwelche Besonderheiten in seinem äußeren Erscheinungsbild?«

»Er hatte längeres, dunkles Haar, das er sich mit Pomade oder etwas Ähnlichem aus dem Gesicht gekämmt hatte. Und er trug eine Brille, außerdem hatte er offensichtlich vergessen, sich am Morgen zu rasieren.«

»Gut, Herr Holthusen, Sie scheinen ein guter Beobachter zu sein, das sind schon eine ganze Menge Details. Ich lasse Sie jetzt ins Präsidium bringen, damit nach Ihren Angaben eine Zeichnung angefertigt werden kann«, verabschiedete sich Anna und rief einen ihrer uniformierten Kollegen herbei, der den Zeugen ins Präsidium nach Alsterdorf fahren würde.

»Haben Sie gehört, wie sich der Mann genannt hat, Weber? Max Meinhardt kommt aufgrund seines Äußeren als Täter so oder so nicht in Frage. Aber die Verwendung seines Namens bedeutet, dass der Täter die wahre Identität von Amanda Meinhardt gekannt hat.«

»Ja, sieht ganz so aus«, stimmte Weber seiner Kollegin zu. »Und das bedeutet weiterhin, dass er, falls er Frau Meinhardt tatsächlich über das Internet kennengelernt hat, ihr Pseudonym geknackt haben muss, wenn sie ihm ihren wirklichen Namen nicht selbst verraten hat.«

Als Verena Mendelson und Marc Hellweg am Veritaskai eintrafen, waren die Kollegen von der KTU bereits an der Arbeit.

»Und, wie sieht es aus?«, wandte sich Verena Mendelson an Anna, die am Anlegesteg vor dem Hausboot auf die beiden gewartet hatte.

»Das da drinnen ist wirklich kein schöner Anblick. Der Doktor ist kurz vor euch eingetroffen, er wird uns sicher schon bald eine erste Einschätzung zum Tathergang und der Art der Verletzungen geben können. Fährst du jetzt ins Präsidium zurück, Marc?«

Hellweg stand unschlüssig und ein wenig blass um die Nase vor seinen Kollegen.

»Sind Sie schon einmal bei einer Tatortbegehung dabei gewesen, Marc? Falls nicht, sollten Sie sich diese Gelegenheit auf keinen Fall entgehen lassen«, setzte Verena Mendelson hinterher. »Ihre Kollegen in der Computerabteilung kommen ganz bestimmt auch noch eine weitere Stunde ohne Sie klar.«

»Andererseits ist der Platz in der Kajüte begrenzt, und wir wollen uns doch nicht gegenseitig auf die Füße treten. Und da Marcs Anwesenheit weder für den Doktor noch für die KTU notwendig ist, frage ich mich wirklich nach dem Sinn Ihres Vorschlags, Verena«, entgegnete Anna.

»Der Kollege Hellweg hat jetzt die einmalige Chance, einen hautnahen Einblick in unsere Arbeit zu gewinnen, und die wollen Sie ihm tatsächlich verwehren?«

»Meine Güte, Sie drei stehen hier draußen herum und diskutieren über Nebensächlichkeiten, während auf dem Boot jede Menge Arbeit auf uns wartet«, schimpfte Weber. »Entscheiden Sie sich endlich, Hellweg.«

»Gut, wenn Sie meinen, Verena, dann komme ich halt mit.«

Zum zweiten Mal an diesem Tag stieg Anna, gefolgt von ihren Kollegen, die vier Stufen in das Innere des Bootes hinab, wo sie sogleich von Dr. Severin empfangen wurden.

»Amanda Meinhardt ist nicht, wie Monika Jacobsen, erwürgt worden, sondern wir müssen vielmehr davon ausgehen, dass sie an ihren inneren Verletzungen gestorben ist.«

»Das heißt, sie ist verblutet?«, fragte Weber nach.

»So sieht es zumindest auf den ersten Blick aus. Wenn Sie noch Fragen haben, dann stellen Sie sie bitte gleich, ansonsten machen wir uns jetzt auf den Weg in die Rechtsmedizin.«

»Einen Moment noch, Doktor«, sagte Anna und hockte sich neben die Tote. Sie sah Amanda Meinhardt lange ins Gesicht, bevor sie sich anschließend ihrem geschundenen Körper zuwandte.

Die blauen, blutunterlaufenen Striemen, die die Fesseln an ihren Knöcheln und Handgelenken hinterlassen hatten, der malträtierte Unterleib und das viele Blut überall auf ihrer Haut und auf der Schlafcouch, auf der sie gestorben war.

An Amanda Meinhardts halb geöffnetem Mund klebte ein langes schwarzes Haar, das Anna vorsichtig entfernte, um es in eine Plastiktüte zu stecken, die sie an Verena Mendelson weiterreichte.

Wie schon die anderen Opfer war Amanda Meinhardt eine überaus schöne Frau gewesen, aber das, was der Täter von ihr übrig gelassen hatte, war nicht viel mehr als ein blutiger Haufen zerfetzten, toten Fleischs. Wieder starrte sie der Toten ins Gesicht, als sie plötzlich laute Würgegeräusche hinter sich hörte.

Marc Hellweg krümmte sich nur wenige Schritte hinter ihr zusammen und übergab sich dann auf den Teppich.

»'tschuldigung«, stieß er anschließend hervor und machte, dass er aus der Kajüte kam.

»Ich habe echt kein Verständnis dafür, warum Sie den armen Hellweg derart aus der Reserve locken mussten, dass er sich den Anblick von Amanda Meinhardt angetan hat, Frau Mendelson. Schließlich ist er so etwas nicht gewöhnt«, sagte Weber. »Ich sehe kurz nach ihm, bin gleich zurück.«

»Weichei«, fuhr Verena Mendelson ungerührt mit der Spurensicherung fort. »Hat eine viel zu große Klappe, aber einen Magen wie ein Pennäler.«

»Finden Sie nicht, dass Sie jetzt ein wenig übertreiben, Verena?«, entgegnete Anna. »Denken Sie doch bitte einen Moment lang an Ihre erste Leiche zurück; haben Sie ihren Anblick etwa einfach so wegstecken können? Man könnte fast auf die Idee kommen, dass es Ihnen darum geht, Marc eins auszuwischen, weil er nicht wie Lars Haberland und auch Weber auf der Stelle von Ihnen beeindruckt gewesen ist.«

»Na ja, vielleicht habe ich ihn wirklich etwas zu hart angefasst«, grinste Verena Mendelson. »Sobald ich die Gelegenheit dazu habe, werde ich mich bei ihm entschuldigen.«

Gegen sechzehn Uhr waren Anna und Weber wieder im Büro, wo sich die Kommissarin sofort noch einmal Amanda Meinhardts Notizhefte vornahm. Vielleicht, dachte Anna, finde ich etwas, das mir hilft, das Schwein zu kriegen, das dich so zugerichtet hat.

Doch auch bei der zweiten Durchsicht von Amanda Meinhardts persönlichen Sachen fand die Kommissarin keinen Hinweis auf den Mann, der sie getötet hatte. Anna legte die Hefte zur Seite und nahm anschließend alle Filme und CDs aus der Klappkiste, die sie aus dem Haus des Opfers mitgenommen hatten, heraus.

»Casablanca«, »Dr. Schiwago«, »Krieg und Frieden«, »Die Dornenvögel«, las sie die Titel des ersten Videostapels. Nun ja, immerhin waren es Klassiker, auch wenn es in ihnen immer nur um das Eine ging, dachte Anna, während sie weiter nach einem Hinweis auf den Täter suchte, den sie in Kinderfilmen wie »Pippi geht an Bord«, »Die kleine Meerjungfrau« und »Karlsson vom Dach« höchstwahrscheinlich auch nicht finden würde. Als Nächstes wühlte sie sich durch die CDs, von denen die von »Reamonn« noch die ausgefallenste war, und durch ein paar Computerlernspiele für Kinder.

»Kommen Sie, Anna, wenn wir vor der Dienstbesprechung noch in die Kantine gehen wollen, müssen wir uns beeilen«, unterbrach Weber seine Kollegin bei ihrer Suche.

»Hast du dich wieder etwas erholt?«, ließ sich Anna wenig später in der Dienstbesprechung neben Marc Hellweg nieder.

»Danke, es geht, obwohl mein Magen noch immer ziemlich durchhängt. Aber wenn ich nur ans Essen denke, wird mir sofort wieder schlecht. Das ist ein echt harter Job, den ihr habt, Anna, und ich bin heilfroh, nicht an vorderster Front stehen zu müssen. Ich kann mir wirklich nicht vorstellen, dass man sich irgendwann an einen Anblick wie den von vorhin gewöhnen kann.«

»Man gewöhnt sich ja auch nie wirklich daran, und das ist auch gut so, denn das hieße wohl, die Dinge einfach so hinzunehmen, wie sie sind. Und genau das werde ich niemals tun.«

Unterdessen war Ferdinand Huber aufgestanden, um zwei weitere Täterbeschreibungen am Flipchart zu befestigen.

»Das sind die Phantomzeichnungen, die nach den Angaben der Zeugen Holthusen und Hagedorn angefertigt worden sind«, begann er. »Beide untermauern die bisherigen Täterbeschreibungen, auch wenn August Holthusen angibt, dass der Mann, den er auf dem Boot der Familie Fuchs gesehen hat, Bart und Brille trug.«

»Wie weit sind Sie mit der Befragung der Bootseigner vom Veritaskai?«, fragte Günther Sibelius nach.

»Wir sind noch mittendrin, Chef«, gab Weber zurück.

»Machen Sie so schnell wie möglich weiter, und sehen Sie sich außerdem gründlich in der Gegend um den Binnenhafen um. Möglicherweise können wir noch andere Zeugen auftreiben, die den Täter am vergangenen Donnerstag oder in den Tagen vor dem Mord dort gesehen haben. Auch müssen wir die Bootseigner noch nach dem Wagen des Täters befragen. Der muss ja schließlich irgendwie zum Binnenhafen gelangt sein. Zu Fuß oder mit öffentlichen Verkehrsmitteln dürfte er wohl kaum unterwegs gewesen sein. Durchaus möglich, dass jemandem ein fremdes Fahrzeug aufgefallen ist, das gegen Ende der vergangenen Woche in den späteren Abendstunden noch in der Gegend um den Veritaskai herum geparkt hat. Und beziehen Sie den Hafenmeister in Ihre Ermittlungen mit ein.«

»Dafür ist es uns inzwischen gelungen, Frau Meinhardts Honda sicherzustellen, Herr Sibelius«, übernahm

Lars Haberland. »Er war gleich im Parkhaus neben dem Harburger Bahnhof abgestellt und ist bereits in der KTU.«

»Gut gemacht. Und wie sieht es mit den am Tatort sichergestellten Spuren aus, Frau Mendelson?«

»Diesmal haben wir tatsächlich einiges gefunden, Chef, sind aber noch nicht mit der Auswertung fertig.«

»Können Sie uns schon etwas zum Todeszeitpunkt sagen, Dr. Severin?«, wandte sich Sibelius anschließend dem Rechtsmediziner zu.

»Die Tat liegt drei, höchstens vier Tage zurück, und wie ich schon vermutet hatte, ist Frau Meinhardt verblutet. Genaueres zur Art ihrer schweren inneren Verletzungen nach der Obduktion.«

»Wie sieht es mit der Fortführung der Mitarbeiterbefragung in der Hamburger Staatsoper aus, die ich von Frau Mendelson übernommen habe?«, wandte sich Ferdinand Huber an Sibelius. »Soll ich sie verschieben, um die Kollegen am Binnenhafen zu unterstützen?«

»Nein, wir haben mit Frau Greve und den Kollegen Weber, Haberland und Mettmann genügend Mitarbeiter vor Ort. Gehen Sie wie geplant an Ihre Arbeit.«

Den Rest des Tages verbrachten Anna und Weber mit dem, was im Polizeijargon »Klinkenputzen« hieß. Erneut waren sie zum Veritaskai gefahren, um Zeugenaussagen aufzunehmen und Befragungen fortzusetzen.

»Kommen Sie, Anna, jetzt sehen wir uns in dem Restaurant auf der anderen Kanalseite um«, schlug Weber vor, nachdem ihre Arbeit auf den Hausbooten getan war.

Das »Ristorante di Porto«, so hieß das Lokal, war vor einigen Jahren wegen seiner vorzüglichen italienischen

Speisen eine Zeit lang in aller Munde gewesen, und auch Anna hatte es zusammen mit Tom und ihren Söhnen einmal ausprobiert.

»Hier isst man nicht schlecht, allerdings etwas zu teuer«, meinte Anna zu Weber, als sie zusammen das Restaurant betraten.

»Kommissar Lukas Weber, meine Kollegin Anna Greve«, wies sich Weber gegenüber dem Restaurantleiter aus. »Wir ermitteln in einem Mordfall, der sich auf einem der Hausboote auf der anderen Kanalseite ereignet hat. Hatten Sie letzten Donnerstag in den Abendstunden geöffnet?«

Mario Testa musste nicht lange überlegen. »Sicuro«, sagte er. »Denn außer Montag hat unser Restaurant stets von siebzehn bis vierundzwanzig Uhr geöffnet.«

»Dann würden wir jetzt gern alle Ihre Mitarbeiter befragen, die vergangenen Donnerstag gearbeitet haben.«

Testa sah im Dienstplan nach. »Kein Problem, außer Maurizio sind zurzeit alle hinten, kommen Sie bitte mit.«

»Bitte mal herhören, Leute«, klatschte Testa in die Hände. »Die Polizei hat ein paar Fragen an uns.«

»Ja, es geht um das Hausboot, das gegenüber ganz hinten links liegt«, deutete Weber auf die andere Kanalseite. »Letzten Donnerstag muss nachts Licht auf dem Boot gebrannt haben, und vielleicht hat jemand von Ihnen dort zufällig etwas beobachten können.«

»Donnerstag hatten wir jede Menge Reservierungen«, schüttelte der Oberkellner bedauernd den Kopf. »An dem Abend haben wir alle in einem fort durchgearbeitet, wir hatten nicht einmal Zeit für eine Zigarettenpause.«

»Einen Moment, mir fällt da doch etwas ein«, meldete

sich ein junger Mann mit Namen Jan Blödorn zu Wort, der als Küchenhilfe im »Ristorante di Porto« arbeitete.

»Wenn es dermaßen brummt wie an diesem Abend, bin ich oft der Letzte im Lokal, weil es dann ewig dauert, bis ich das Chaos in der Küche beseitigt und Klarschiff gemacht habe. Als ich letzten Donnerstag gegen Mitternacht mit dem Putzen fertig war, habe ich in Ruhe noch eine geraucht, wie ich es immer tue, bevor ich abhaue. Ich sitze dann gern hier im Gastraum am besten Tisch, und da ist mir ein flackernder Lichtschein wie von brennenden Kerzen dort drüben auf dem Boot aufgefallen. Ich habe mich noch gewundert, wie jemand auf die Idee kommt, mitten im Winter bei dieser Schweinekälte auf einem Hausboot zu übernachten.«

»Vielen Dank«, nickte Weber dem jungen Mann zu. »Hat sonst noch jemand etwas beobachtet? Vielleicht einen Mann gesehen, der sich auf dem Hausboot zu schaffen gemacht hat, oder einen parkenden Wagen, der sonst nie in dieser Gegend abgestellt ist? Das muss nicht unbedingt vergangenen Donnerstag gewesen sein, sondern vielleicht auch ein paar Tage früher.«

»Ja, jetzt wo Sie es erwähnen«, meinte Mario Testa nachdenklich. »In der letzten Woche habe ich einen Mann mit einem Werkzeugkasten zu dem Hausboot gehen sehen. Muss am frühen Nachmittag gewesen sein, so gegen fünfzehn Uhr, aber ich erinnere mich nicht mehr, welcher Tag das war. Auf jeden Fall war es irgendwann Anfang der Woche.«

»Können Sie uns den Mann mit dem Werkzeugkasten näher beschreiben, Herr Testa?«, fragte Anna nach.

»Ich habe nicht weiter auf ihn geachtet, aber ich bin

mir sicher, dass es nicht der Mann gewesen ist, dem das Boot gehört. Ich kenne alle Hausbootbesitzer, schließlich sind sie ab und zu hier bei uns zum Essen.«

»Gut, dann danken wir Ihnen für heute, und denken Sie alle bitte noch einmal in Ruhe nach. Vielleicht fällt Ihnen nachträglich ja noch etwas ein«, verabschiedete sich Weber und drückte Mario Testa eine seiner Visitenkarten in die Hand.

Auf dem Parkplatz des Präsidiums stieg Weber in seinen Audi und verabschiedete sich mit den Worten »Einen schönen Abend noch und bis morgen« von seiner Kollegin.

»Ihnen auch, Weber, ich gehe im Büro noch etwas nachschauen.«

Während Anna durch die leeren Flure zu ihrer Abteilung ging, dachte sie noch einmal über die Beobachtung des Küchengehilfen aus dem »Ristorante di Porto« nach.

Jan Blödorn hatte einen Lichtschimmer auf dem Hausboot gesehen. Anna stellte sich Amanda Meinhardt bei Kerzenlicht vor und wie sie vielleicht sogar genau in dem Moment, in dem der Zeuge zu ihrem Boot hinübergesehen hatte, im Überschwang ihrer Gefühle geglaubt hatte, dass etwas Außergewöhnliches für sie beginnen könnte. Dass sie endlich eine neue Liebe gefunden hatte, einen Mann, mit dem zusammen ihr das Leben wieder Spaß machen würde.

Was aber war dann passiert? Hatte sich der Traumprinz von einer Sekunde zur nächsten auf Amanda gestürzt und in das Monster verwandelt, das er war, oder hatte es eine zu Anfang kaum merkliche Veränderung in seinem Verhalten gegeben? Und was hatte es mit den Melonenresten auf sich, die überall auf dem Fußboden und der Schlafcouch verstreut gewesen waren? Hatten sie gemeinsam davon gegessen, oder war die Frucht während eines Kampfes heruntergefallen?

An ihrem Schreibtisch angekommen beugte sich Anna über die Kiste, in der Amanda Meinhardts persönliche Dinge aufbewahrt waren. Erneut nahm sie die Filme und CDs aus ihr heraus. Dann setzte sie sich eine Kanne starken Kaffee auf und rief, während das heiße Wasser durch den Filter lief, kurz zu Hause an.

Es klingelte mindestens zehnmal, bevor sich Bens verschlafene Stimme am anderen Ende der Leitung meldete.

»Ist dein Vater nicht da?«, fragte Anna. »Ich wollte nur eben Bescheid sagen, dass es heute spät wird.«

»Ist gut, wir kommen schon alleine klar. Henry ist ja auch noch da.«

»Weißt du denn wenigstens, wo dein Vater steckt?«

»Ich nehme an, im Auto, er hat morgen früh irgendeinen Termin, wollte aber schon heute Abend ankommen. Ich habe aber vergessen, wo. Papa hat dir doch eine SMS geschrieben, oder nicht?«

»Schlaf schön, mein Großer. Und wenn etwas sein sollte, kannst du mich jederzeit übers Handy erreichen, in Ordnung?«

»Klar, Mum, mach dir keine Sorgen. Gute Nacht.«

Nachdem sie den Hörer aufgelegt hatte, zog Anna ihr Handy aus der Tasche, das sie während der Befragung auf stumm geschaltet hatte. Sie überflog Toms SMS, mit der er sie über seine vorgezogene Fahrt informierte, und schickte ihm anschließend einen kurzen Gruß zurück.

Die Füße auf den Schreibtisch gelegt, öffnete die Kommissarin die auf dem Filmstapel zuoberst liegende Hülle. Sie untersuchte deren Beilage und legte die DVD dann in das Abspielgerät ein. Sie sah die Anfangsszene von »Casablanca« und die Weltkugel, danach drückte sie die Stopptaste und legte den nächsten Film ein. Während sie mit einem Auge den Beginn von »Dr. Schiwago« verfolgte, durchstöberte sie nebenbei die CD-Sammlung. »Neues von Pettersson und Findus« hieß ein Computerlernspiel für Kinder, das Anna zwar nicht kannte, aber »Pettersson und Findus« waren ihr natürlich ein Begriff. Wie oft hatte sie früher ihren Jungen aus einem von Sven Nordqvists Kinderbüchern vorgelesen! Anna schaltete den DVD-Spieler aus und startete ihren Computer, schließlich hatte sie sich vorgenommen, nicht eher nach Hause zu fahren, bevor sie nicht jede einzelne CD und jede Verpackung auf mögliche Hinweise untersucht hatte. Warum sollte sie zwischendurch aber nicht auch ein wenig Spaß haben? Voller Vorfreude legte sie die selbst gebrannte CD in das Laufwerk und stockte, als statt eines Computerspiels ein Word-Dokument auf ihrem Bildschirm erschien.

Anna las:

Hallo Helena,
mir gefällt Dein Gesicht. Ich könnte mir gut vorstellen, nein, ich bin mir fast sicher, dass es zu einer ziemlich klugen und äußerst sympathischen Frau

gehört. Aber jetzt mal ernsthaft, liebe Helena: Willst Du tatsächlich schon wieder fremde Männer dazu bringen, sich wegen Dir in Kämpfe zu verstricken? Oder was fängst Du sonst mit Deinem Leben an?

Fragt sich
Cornelius.

Hallo Cornelius,
freut mich, dass ich Dir gefalle. Aber warum soll ich denn Männer in Kämpfe verstricken? Oder meinst Du eher »Männer bestricken«? Mit Wollpullovern oder Socken? Häkeln wäre o.k., denn ein paar Luftmaschen würde ich zur Not gerade noch hinbekommen. Aber stricken? Nein, ich habe wirklich keine Ahnung davon.

Herzliche Grüße von
Helena.

Anna klickte die letzte Datei an und begann zu lesen:

Ich habe Dir doch schon gesagt, dass ich ein Hausboot gemietet habe, und Du weißt auch, dass es stadtnah liegt. Wie auch immer, Du bist vom Boot aus auf jeden Fall mit ein oder zwei Schritten schon wieder an Land, versprochen. Wie ist es, willst Du jetzt einen Adler oder doch lieber wieder einen Spatz kennenlernen?

Wollen wir uns nicht erst einmal treffen, zusammen in die Oper gehen und anschließend entscheiden, wie es weitergeht?

Die Karten sind für die Vorstellung am Donnerstag um zwanzig Uhr reserviert. Ich werde um halb acht vor dem Haupteingang auf Dich warten.

Hoffnungsvoll,

Cornelius

Verdammt, das ist der Täter! Gebannt las Anna noch einmal jede einzelne Mail des Mannes, der sich Cornelius nannte, dann rief sie ihren Chef Günther Sibelius an.

Wie kommen wir bloß an den Mann heran?, fragte sich Anna Greve, während sie die E-Mails ausdruckte, die Amanda Meinhardt mit ihrem Mörder ausgetauscht hatte. Plötzlich schoss ihr eine Idee durch den Kopf.

Indem wir ihm ein Angebot machen, das er nicht ausschlagen kann!

Zuerst war es nicht mehr als ein flüchtiger Gedanke. Dann aber gewann er, wie ein Rinnsal, das auf seinem Weg durchs Gebirge immer mehr an Kraft gewinnt, bis es irgendwann sogar große Steine mit sich reißt und zum tosenden Wasserfall wird, immer mehr Klarheit. Auf einmal spürte Anna alle Energie, die sie bisher in die Ermittlungen gesteckt hatte, kraftvoll in sich zurückströmen, und die großen Steine, die ihr die ganze Zeit über den Blick auf das Wesentliche versperrt hatten, waren aus dem Weg geräumt. Endlich wusste Anna, was zu tun war. Vergessen war das auf der Stelle Treten, die Müdigkeit und all die Ereignisse, die sie in der vergangenen Zeit ausgelaugt hatten. Anna vergaß, dass ihre Kinder allein zu Hause waren, sie dachte keinen Moment mehr an Tom, sie vergaß sogar ihr bevorstehendes Treffen mit

Jan. Es war genau das, was sie an ihrer Arbeit schon immer fasziniert hatte. Dass sie in bestimmten Momenten in der Lage war, alles andere beiseitezuschieben, um sich hochkonzentriert auf die Fährte einer Spur zu machen, die sie der Lösung des Falles entscheidend näherbrachte.

Anna Greve hatte Witterung aufgenommen.

»Haben Sie schon die Mails gelesen, Weber?«, stürmte Anna ohne Gutenmorgengruß am nächsten Morgen ins Büro. »Ich glaube, es gibt eine Möglichkeit, wie wir den Kerl schnappen können. Was wir brauchen, ist ein Lockvogel, und ich habe auch schon eine Idee, wer diese Aufgabe übernehmen könnte.«

»Es mag ja gut möglich sein, dass sich Verena Mendelson gestern nicht von ihrer sensibelsten Seite gezeigt hat, Anna, aber müssen wir sie deshalb gleich so großer Gefahr aussetzen?«

»Verena? Blödsinn, natürlich übernehme ich die Sache selbst«, grinste Anna ihren Kollegen an. »Ich weiß jetzt, wie wir Kontakt zu dem Mann aufnehmen können. Ja, ich werde das Schwein im Internet ordentlich anfixen und so lange das perfekte Opfer spielen, bis wir ihn uns im geeigneten Moment schnappen können. Freuen Sie sich, Weber, so bekommen Sie möglicherweise endlich einmal die Gelegenheit, mich aus höchster Gefahr zu retten und mein Held zu sein.«

»Ich gehe davon aus, dass Sie sich inzwischen alle mit der von Frau Greve ermittelten Spur vertraut gemacht haben und jeder von Ihnen den Mailverkehr zwischen

Amanda Meinhardt und ihrem Mörder gelesen hat«, eröffnete Günther Sibelius die Dienstbesprechung. Als alle Mitglieder der Soko »Totenprinz«, wie sie nun ganz offiziell hieß, daraufhin nickten, gab er das Wort an Anna weiter.

»Auch wenn sich die ermordeten Frauen in ihrem äußeren Erscheinungsbild ähneln, sind sie ihrem Charakter und ihren Interessen nach sehr unterschiedlich gewesen«, begann Anna. »Deshalb kann ich mir auch nur sehr schwer vorstellen, dass alle drei auf ein und dasselbe Partnerprofil reagiert haben. Nein, ich glaube vielmehr, dass sich der Mörder jedes Mal eine komplett andere Vita, vielleicht sogar eine andere Erscheinung zugelegt hat, was im Internet ja nicht weiter schwierig ist. Wir suchen also nach einem Chamäleon, einem wahren Verwandlungskünstler. Dennoch sehe ich einen Weg, wie wir den Mann aus der Reserve locken können, und zwar indem ich mich ihm als Köder in den entsprechenden Kontaktbörsen anbiete. Wenn er dann anbeißt, schnappen wir ihn uns, noch bevor er merkt, dass er in Wahrheit eine Kröte geschluckt hat.«

»Und wie stellen Sie sich das praktisch vor, Frau Greve?«, fragte Günther Sibelius. »Wie wollen Sie allein schon einmal sicherstellen, dass der Täter auf Sie anspringt und Kontakt zu Ihnen aufnimmt?«

»Nun ja«, kam der Kriminalpsychologe Joachim Mettmann Anna zu Hilfe. »Wir haben durch die Mails ja so eine Art Psychogramm des Mörders erhalten. Wenn wir das nun analysieren und herausfinden, was den Mann anspricht, können wir gemeinsam auch eine Strategie für die Kollegin Greve entwickeln. Außerdem ist Anna genau wie

Frau Jacobsen, Frau Bloch und Frau Meinhardt ein zierlicher, dunkelhaariger Typ. Ich denke schon, dass es dem Kollegen Hellweg gelingt, eines von Frau Greves Fotos so zu verändern, dass es in das bisherige Opferschema des Täters passt.«

»In Ordnung«, nickte Günther Sibelius, »dann gehen wir so vor. Bereiten Sie mit Hilfe von Herrn Mettmann alles Nötige für eine Kontaktaufnahme vor, aber seien Sie um Gottes willen vorsichtig, Frau Greve. Ich will keine Alleingänge von Ihnen, haben wir uns verstanden?«

Anna nickte.

»Und wie sieht es bei Ihnen aus, Doktor?«

»Die Obduktion hat ergeben, dass Frau Meinhardt im Unterschied zu Monika Jacobsen nicht erwürgt wurde, sondern verblutet ist. Und ich bin mir sicher, dass die Metallrückstände, die wir in ihrer Scheide und im Rektum gefunden haben, die gleichen sein werden wie bei Frau Jacobsen und Frau Bloch. Die endgültige metallurgische Analyse wird uns aber erst morgen im Laufe des Tages vorliegen. Diesmal hat der Täter allerdings einen Fehler gemacht, denn er hat seine DNS an der Leiche zurückgelassen. Sie erinnern sich an die am Fundort vorgefundenen Wassermelonenstücke? Rückstände derselben Frucht haben wir auch auf Frau Meinhardts Bauch, im Genitalbereich und an ihren Beinen gefunden. Was immer der Mann mit der armen Frau veranstaltet hat, an den Innenseiten ihrer Schenkel haben wir große Mengen des klebrigen Saftes und auch Speichelreste des Täters gefunden. Scheint, als hätte er den Melonensaft von ihren Schenkeln geleckt. Wenn Sie mir also die DNS eines

Verdächtigen bringen, werden wir innerhalb kürzester Zeit auch wissen, ob er unser Täter ist.«

Lars Haberland, der während Dr. Severins Vortrag den Konferenzraum betreten hatte und anschließend unruhig auf seinem Stuhl hin und her gerutscht war, platzte nun, kaum dass der Rechtsmediziner geendet hatte, aufgeregt mit der Sprache heraus. »Wir haben dieses Band hier in Amanda Meinhardts Honda sichergestellt, Herr Sibelius«, schwenkte er eine Audiokassette durch die Luft und legte sie in das auf dem Konferenztisch stehende Abspielgerät. »Und wenn ich mich nicht irre, befindet sich die Stimme des Täters darauf.«

»Worauf warten Sie noch, Herr Haberland, starten Sie die Aufnahme«, forderte Sibelius ihn auf. Lars Haberland drückte die Starttaste. Kurz darauf hörten sie das Signal eines Anrufbeantworters und wenig später die von einem Rauschen begleitete, aber dennoch gut vernehmliche Stimme eines Mannes, die Folgendes sagte:

Ich möchte dir die Augen verbinden, vielleicht auch deine Arme über dem Kopf fixieren, damit du nicht so herumzappelst. Dann will ich dich nur anschauen und mit dir sprechen, um herauszubekommen, welches Spiel dir Freude machen könnte. Vielleicht wird es das mit der Feder sein. Ich nehme eine große, weiche Pfauenfeder in meine Hand. Kannst du sie an den Innenseiten deiner Schenkel spüren?
Wie gefällt dir das?

Nachdem die Aufnahme geendet hatte, war es totenstill im Konferenzraum. Günther Sibelius fand als Erster seine Sprache wieder. »Alle Achtung, Herr Kollege, das nenne ich eine Spur! Wir lassen die Aufnahme sofort von unserer Stimmen- und Sprachexpertin Frau Dr. Hindemith analysieren, mal sehen, was sie an Besonderheiten herausfindet. Kümmern Sie sich darum, Herr Haberland, dass ihr unverzüglich eine Kopie des Bandes zugeleitet wird. Später bringen wir den Mitschnitt den Zeugen Holthusen und Wallner, die direkten Kontakt mit dem mutmaßlichen Täter hatten, zu Gehör. Aber zunächst einmal müssen wir unsere Konferenz zu Ende bringen«, sagte Sibelius mit einem auffordernden Kopfnicken in Richtung Verena Mendelson.

»Ja, Chef, vonseiten der KTU gibt es noch keinen konkreten Hinweis auf den Täter.«

»In der Staatsoper erinnert man sich sehr wohl an Amanda Meinhardt, bedauerlicherweise aber nicht an ihren Begleiter«, referierte Ferdinand Huber, als die Reihe an ihm war. »Allerdings hat sich der Geschäftsführer einer Firma mit dem Namen Clipper D.I.S.S., er heißt Mike Hunke, vorhin bei mir gemeldet. Ich soll Ihnen, Frau Greve, übrigens schöne Grüße von ihm ausrichten. Herr Hunke erinnert sich an einen dunklen Volvo oder Saab, der am Mordabend am Veritaskai abgestellt war und den er noch nie zuvor dort gesehen hat. Vom Kennzeichen konnte er sich allerdings nicht sehr viel merken. In jedem Fall war es ein Hamburger Kennzeichen. Von dem, was danach kam, konnte er noch den Buchstaben S und die Zahl 8 entziffern.«

»Dunkel, was heißt das? Dunkelgrau, dunkelgrün oder dunkelblau? Konnte der Zeuge die Farbe des Wagens denn nicht etwas genauer bestimmen?«

»Nein, keine Chance, Chef, da hat sich Hunke nicht festlegen wollen.«

»Das erleichtert uns die Aufgabe, alle Hamburger Autokennzeichen mit einem S und einer 8 ausfindig zu machen, ja nicht gerade. Machen Sie also eine Aufstellung aller in Frage kommenden Fahrzeuge, und beginnen Sie anschließend mit der Überprüfung der Halter«, entschied Günther Sibelius.

Nach der Dienstbesprechung nahm Verena Mendelson ihre Kollegin Anna Greve auf dem Flur zur Seite.

»Wie ist es, haben Sie Zeit für eine kleine Pause?«

»Natürlich, kommen Sie mit, Verena. Gehen wir in unsere Kantine, dort gibt es einen abgetrennten Raum, in dem ich in Ruhe eine rauchen kann.«

»Danke noch mal, dass Sie mich zurückgepfiffen haben, Anna. Ich war gestern wohl wirklich etwas fies zu unserem neuen Kollegen«, rührte Verena Mendelson kurz darauf im separierten Raucherraum in ihrer Kaffeetasse.

Anna lächelte ihre Kollegin schräg von der Seite an. »Keine Ursache, das habe ich gern gemacht, denn schließlich müssen wir beide als die einzigen Frauen im Team doch zusammenhalten. Überhaupt finde ich, dass es an der Zeit ist, dass wir ›du‹ zueinander sagen.«

»Klasse, Anna, das sehe ich genauso«, hakte sich Verena Mendelson vor Freude strahlend bei ihrer Kollegin unter.

»Ja, aber zu Marc Hellweg bist du echt nicht besonders nett gewesen. Ich denke, du solltest dich wirklich bei ihm entschuldigen, wenn du es nicht schon getan hast.«

»Das mache ich, aber jetzt noch einmal zur Dienstbesprechung, Anna. Ich finde deine Idee zwar gut, doch sie könnte ziemlich gefährlich für dich werden. Versprich mir bitte, vorsichtig zu sein und keinen Schritt ohne Weber zu tun.«

»Darauf kannst du dich verlassen«, sah Anna auf ihre Armbanduhr. »So, jetzt muss ich aber ins Büro zurück, sonst komme ich zu spät zu meinem Gespräch mit Mettmann.«

Verena Mendelson zahlte und legte ihren Arm einen kurzen Moment um Annas Schultern, bevor sie sich wieder auf den Weg ins Präsidium machten.

»Mir ist aufgefallen, dass sich der Täter in der griechischen Mythologie auszukennen scheint«, sagte der Kriminalpsychologe wenig später im Konferenzraum zu Anna. »Jedenfalls hat er gleich eine passende Entgegnung auf Amanda Meinhardts Pseudonym ›Helena‹ parat gehabt. Möglicherweise ist die Auswahl dieses Namens, neben dem guten Aussehen von Frau Meinhardt, sogar der Auslöser für ihn gewesen, auf ihre Kontaktanzeige zu antworten.«

»Sie meinen also, dass wir auf diesen Zug aufspringen und für mich ebenfalls ein Pseudonym aus der griechischen Sagenwelt wählen sollten?«, fragte Anna den Kriminalpsychologen. »Wie wäre es denn dann mit Aphrodite, das könnte doch zu unserem Täter passen?«

»Diese Göttin kennt doch jeder, besser gesagt, weiß fast jeder, dass Aphrodite für Schönheit und geschlechtliche Liebe steht. Nein, wir wollen die Intelligenz des Täters doch nicht beleidigen und sollten daher lieber nach etwas Außergewöhnlicherem Ausschau halten. Nach einer Göttin, die ihn neugierig macht, weil sie antagonistische Züge trägt, und die ihn dadurch herausfordert, dass entweder ihr Ursprung oder ihre Bedeutung nicht auf den ersten Blick erkennbar sind. Kommen Sie, Anna, wir verlagern unser Gespräch in mein Büro. Wenn ich mich nicht irre, müsste dort noch irgendwo ein Lexikon der griechischen Mythologie herumliegen.«

»Hier«, deutete Anna mit dem Finger auf eine Buchseite des Lexikons, »wie wäre es mit ›Eos‹? Bei den Griechen und Römern war sie die Göttin der Morgenröte. Aber offensichtlich hat sie sich nicht nur auf diese Rolle beschränken lassen wollen. Eos scheint eine offensive und sexuell sehr aktive Göttin gewesen zu sein. Unter anderem hat sie mit dem Kriegsgott Ares, Aphrodites Geliebtem, angebändelt, woraufhin sie von Aphrodite wiederum mit einem Fluch belegt wurde. Fortan hat sie sich immer wieder und ausschließlich in sterbliche Jünglinge verlieben müssen. Das ist ein hartes Schicksal, wenn man bedenkt, dass fünfzig Menschenjahre für eine Göttin wohl nicht viel mehr als ein Wimpernschlag sein dürften.«

»Nicht schlecht, Frau Greve, das bringt mich auf eine Idee. Wenn Sie erlauben?«, nahm Mettmann das Lexikon zur Hand und begann darin zu blättern. »Ja, Astarte, da haben wir sie ja. Ursprünglich war sie eine semitische Fruchtbarkeitsgöttin, die dann später vor allem bei den Syrern und Ägyptern großen Anklang fand. Dort weist der Kult der Astarte sogar Züge von Prostitution und Bisexualität auf. Bei den Griechen wurde sie als Liebes-

und Himmelsgöttin verehrt und daher auch teilweise mit Aphrodite gleichgesetzt. Hören Sie sich das an: ›Astarte, die Üppige, Prächtige‹; Göttin der Liebe, Fruchtbarkeit und der Nacht. Sie wurde im Laufe der Zeit immer ambivalenter und zu einer Göttin mit zwei Gesichtern, denn sie repräsentiert zwei Prinzipien, die sich gegenseitig entweder ergänzen oder ausschließen. Zuletzt verkörperte Astarte auch noch den Kampf zwischen Gut und Böse. Was meinen Sie, trifft das nicht ebenfalls sehr gut auf Ihre Aufgabe zu? Darüber hinaus könnte der Täter denken, dass Sie mit Ihrem Pseudonym auf Ihre verborgene, Ihre dunkle Seite anspielen wollen. Gut möglich, dass ihn das scharfmacht.«

»Ja, Sie haben Recht, das passt wirklich gut. Jetzt müssen wir uns nur noch einen passenden Text überlegen, und sobald Marc Hellweg mein Foto dem Aussehen der bisherigen Opfer angepasst hat, kann meine Karriere als ›Internetsingle‹ beginnen.«

Endlich war es vollbracht, zum allerersten Mal war er den Weg bis ganz zu Ende gegangen. Und nun? Wie fühlte es sich an? Hatte er an Energie hinzugewonnen? Fühlte er sich jetzt wie neugeboren?

Ganz im Gegenteil, denn als er sich auf dem Bett ausstreckte, spürte er nichts als Erschöpfung in seinen müden Knochen. Dazu kam seit gestern Abend auch noch ein unerträglicher Juckreiz, so als ob sein verspannter Nacken und die bohrenden Schmerzen im Magen nicht schon quälend genug wären. Zuerst war es nicht mehr als ein leichtes Kribbeln gewesen, das sich allerdings von Minute zu Minute verstärkt hatte, so dass es ihn jetzt nicht mehr schlafen ließ. Gut, wenn er schon kein Auge zubekam, konnte er ebenso gut aufstehen, um sich die Fotos anzusehen, die er von »Helena« aufgenommen hatte.

Was für eine Frau! Ihre Augen waren so tief wie das Meer. Und anstatt sich zu schützen, hatte sie all ihre Waffen vor ihm abgelegt und sich ihm ausgeliefert. Jedenfalls war es ihm genau so vorgekommen, nachdem sie sich, ohne zu zögern, kopfüber in die Situation hineingestürzt, ihm Vertrauen geschenkt und ihn in einem fort mit ihren Blicken scharfgemacht hatte. Ja, diese Frau hatte tatsächlich um jeden Preis lieben wollen. Aber gab es denn wirklich keinen anderen Weg als den der grenzenlosen Zerstörung, um sich von den Schatten der Vergangenheit zu befreien? Möglicherweise hätte er zu einem anderen Zeitpunkt seines Lebens sogar auf Helena eingehen und ihr ihre Wünsche erfüllen können. Doch bis wann wäre ihm dies überhaupt noch möglich gewesen? In den Jahren, bevor er sich in Melli verliebt hatte? Wäre er damals in der Lage gewesen, sich in Augen wie diese hineinfallen zu lassen? Er wusste es nicht, und inzwischen war es auch bedeutungslos geworden, denn die Geschichte mit Helena war zu Ende. Alles, was er wusste, war, dass er unbedingt eine weitere Chance brauchte. Er durfte jetzt nicht nachlassen, sondern musste sich sofort auf die Suche nach einer neuen Frau machen. Nach einer Frau, der es wie Helena gefiel, Schmerzen zu erleiden, und die Spaß daran hatte, sich ihm zu unterwerfen. Nach einer Frau, die ihm zuliebe über ihre Grenzen hinausging.

»Wo steckt eigentlich Weber?«, fragte Joachim Mettmann, der mit Anna in deren Büro saß und an einem Profiltext für sie feilte.

»Er sitzt im Konferenzraum und telefoniert zusammen mit Ferdinand Huber und Lars Haberland die Liste aller in Frage kommenden Fahrzeughalter ab. So, ich glaube, der Text ist gar nicht mal so schlecht. Was halten Sie davon?«, schob Anna Mettmann ihren Entwurf hinüber.

Lieber Unbekannter,
hier kommt ein kleines Rätsel für Dich …
Wenn Du mir sagen kannst, warum ich mich »Astarte« nenne,
könnte es sein, dass ich mich Dir anvertraue.
Ruhelose Frau (38) sucht einen klugen Mann mit zärtlichen Händen.

»Das hört sich gut an, Frau Greve«, sagte Mettmann. »Haben Sie eine Ahnung, wie weit unser Computerfachmann inzwischen mit der Retusche Ihrer Fotos gekommen ist?«

»Von mir aus können wir loslegen«, meinte Marc Hellweg, der in diesem Moment, ein DIN-A4-Blatt in seiner Hand, zur Tür hereinkam. Er legte Annas Foto vor seine beiden Kollegen auf den Schreibtisch und ließ ihnen die Zeit, es ganz genau zu betrachten.

»Respekt«, meinte Mettmann, »das haben Sie gut hinbekommen, Hellweg. Und ich muss schon sagen, dass Ihnen lange Haare wirklich gut stehen, Frau Greve. Auf dem Foto wirken Sie mindestens um zehn Jahre jünger.«

»Dabei habe ich außer der Frisur kaum etwas verändert. Nur hier und da ein paar Konturen weichgezeichnet und geglättet.«

»Und doch ist es Ihnen damit gelungen, unserer Kollegin einen mädchenhafteren Gesichtsausdruck zu verleihen. Das ist genau das, was wir brauchen, um den Täter zu ködern. Sehr schön, denn wir sind gerade mit unserem Text fertig geworden.«

»Gut«, nickte Hellweg, »dann stelle ich das Foto samt Text jetzt ins Netz. Ich habe fünf Kontaktbörsen ausgewählt, darunter natürlich auch ›Gute Männer für Sie‹, in denen du ab sofort präsent bist, Anna. Du wirst zudem informiert, sobald eine Nachricht auf einem deiner Konten eingeht.«

»Wie wäre es jetzt mit einem anständigen warmen Essen?«, schlug Joachim Mettmann Anna vor. »Wer weiß, ob wir später noch dazukommen.«

Die Kommissarin nickte und schaute auf dem Weg zur Kantine bei Weber hinein, den sie nicht lange zum Mitkommen überreden musste.

»Die Recherche nach dem Wagen ist mehr als mühsam«, stöhnte Weber, während er auf seinem Schweinebraten herumkaute. »Es kann Tage dauern, bis wir den in Frage kommenden Personenkreis eingegrenzt haben. Eine elende Schufterei, und das, obwohl es keinen einzigen Hinweis darauf gibt, dass der Saab oder Volvo tatsächlich im Zusammenhang mit dem Mord steht.«

»Was soll's, ich reiße mich schließlich auch nicht gerade darum, den Köder im Internet zu spielen, Weber. Andererseits müssen wir alles tun, um zu verhindern, dass unser Mann ein weiteres Mal zuschlägt.«

Als Anna ins Büro zurückkam, waren bereits zwei Mails auf ihren »Astarte«-Konten eingegangen. Die Kommissarin öffnete die erste Nachricht, die bei »Gute Männer für Sie« angekommen war, und begann zu lesen:

Von »Tollmann« an »Astarte«

Hallo Astarte,

Dein Rätsel ist eine klasse Idee! Ich würde Dich gern treffen, Du machst mich wirklich neugierig. Denn genau wie Du bin auch ich ein ziemlich rastloser Mensch und könnte mir gut vorstellen, dass wir uns eine ganze Menge zu sagen haben.

Hier kommt mein Lösungsvorschlag: Auch wenn ich viel eher auf ein kühles Hefeweizen stehe als auf ein Pils, tippe ich mal ganz klar darauf, dass Du auf eine bestimmte Biersorte anspielen wolltest.

Astra – stimmt doch, oder?

Liebe Grüße von

Thomas

P.S. Solltest Du neben gutem Bier auch noch Lust auf anständigen Fußball zum Beispiel bei »Pauli« am Millerntor haben, wärst Du echt meine Traumfrau!

Die zweite Mail war bei »Traumpartner« für Astarte eingegangen und lautete:

Von »Ralfi72« an »Astarte«

Hallo geheimnisvolle Unbekannte,

bin nicht zum ewigen Mailen hier und auch nicht, um irgendwelche Rätsel zu lösen. Falls Du allerdings ernsthaft einen Mann suchst, der Dich verwöhnt und dem Du Dich mit gutem Gefühl anvertrauen kannst, dann bist Du bei mir genau richtig.

Freu mich auf Deine Telefonnummer,

Ralf.

Meine Güte, von Tollmann einmal ganz zu schweigen, macht sich dieser Ralf, oder wie auch immer er in Wirklichkeit heißt, ja nicht einmal bei der allerersten Kontaktaufnahme die Mühe, so zu tun, als würde er auf die Wünsche einer Frau eingehen, dachte Anna, als eine weitere Mail in der »Gute Männer für Sie«-Kontaktbörse für Astarte einging. Anna las:

Von »ohne Nick« an »Astarte«

Sieh an,

die wunderschöne Liebesgöttin Astarte kommt in die Welt der Sterblichen, um einen Gefährten für sich zu suchen. Herrscht denn mittlerweile Notstand auf dem Olymp?

Liebe Astarte, mir gefällt Dein Gesicht. Und ich möchte zu gern wissen, ob Du tatsächlich eine solche Naturschönheit bist, wie es Dein Foto verspricht. Bin gespannt und freu mich, von Dir zu hören.

Hoffnungsvoll,

Sebastian.

P.S. Was tust Du denn sonst so, außer ruhelos die Nächte durchzumachen und armen Sterblichen geheimnisvolle Rätsel aufzugeben?

Bei Deinem positiven und strahlenden Lächeln könnte ich mir gut vorstellen, dass Du einen ganz irdischen Nebenjob hast. Therapeutin vielleicht oder

Krankenschwester? Was sagst Du? Heiß, lauwarm oder kalt?

»Krankenschwester? Nein, mein Freund, damit liegst du völlig daneben«, murmelte Anna, nachdem sie die letzte der drei eingegangenen Mails gelesen hatte. »Mir gefällt Dein Gesicht« hatte der Mann geschrieben und damit exakt dieselben Worte benutzt wie »Cornelius« in seiner ersten Mail an Amanda. Nein, das war mehr als ein bloßer Zufall, und ihr Instinkt sagte Anna, dass der Mann, der sich Sebastian nannte, durchaus der gesuchte Täter sein konnte. »Ich bin auch keine Therapeutin, sondern die Frau, die dich zur Strecke bringen wird.«

Sie rief Weber und Joachim Mettmann zu sich, damit sich die beiden die Nachricht ebenfalls anschauten.

»Sehen Sie sich nur die Wortwahl an«, sagte Anna. »Genau dasselbe hat er auch an Amanda Meinhardt geschrieben.«

»Ja, er könnte es tatsächlich sein«, pflichtete Weber ihr bei. »Auch scheint er sich ganz gut in der griechischen Mythologie auszukennen.«

»Signalisieren Sie ihm Ihr Interesse, Anna. Wir müssen ihm unbedingt noch mehr Futter geben, damit er am Ball bleibt.«

»Und was soll ich schreiben?«, drehte sich Anna Hilfe suchend zu dem Kriminalpsychologen um.

»Einen Moment«, begann Mettmann auf seinem Notizblock herumzukritzeln. »Hier«, meinte er und reichte Anna seine Kladde herüber. »Falls er wirklich unser Mann ist, könnte es auf diese Art vielleicht funktionieren.«

Anna schrieb:

Hallo Sebastian,
vielen Dank für die Blumen. Natürlich freue ich mich darüber, dass ich Dir gefalle, aber noch viel interessanter ist doch, ob auch Du mir gefällst. Denn obwohl Du bisher der erste Mann bist, der zumindest einmal weiß, wer »Astarte« gewesen ist, hast Du bisher keinen Versuch gemacht, meine Frage zu beantworten. Also sag mir, was glaubst Du? Warum habe ich gerade dieses Pseudonym gewählt?

Fragt sich gespannt

Astarte,

die weder Therapeutin noch Krankenschwester ist, aber, und insofern hast Du Recht, in einem sozialen Beruf arbeitet.

Nachdem Joachim Mettmann die Mail abgeschickt hatte, warteten sie eine Weile auf eine neue Nachricht von »Sebastian«, wobei keiner von ihnen den Bildschirm aus den Augen ließ. Tatsächlich war der Teilnehmer mit dem Pseudonym »ohne Nick« nach wie vor »online«, rührte sich aber nicht mehr.

»Mist«, sagte Joachim Mettmann. »Hoffentlich sind wir nicht zu offensiv gewesen, es könnte sein, dass wir den Mann damit verschreckt haben.«

»Oder er hat einfach nur Spaß daran, ›Astarte‹ noch ein wenig zappeln zu lassen. Immerhin haben wir so schnell geantwortet, dass er davon ausgehen kann, den richtigen Ton ihr gegenüber getroffen zu haben«, entgegnete Anna. »Gehen Sie also ruhig wieder in Ihr Büro, ich werde Sie sofort verständigen, wenn er sich noch einmal meldet.«

Während Anna allein am Schreibtisch saß und auf eine Nachricht von »ohne Nick« wartete, schweiften ihre Gedanken zu dem bevorstehenden Treffen mit ihrem Schwager Jan ab. Sie hatten einander nun seit fast einem Jahr nicht mehr gesehen, doch noch immer verfolgte Jan sie bis in ihre Träume hinein. In Träume, die fast immer erotischer Natur waren und in denen seine Hände ihren Körper liebkosten.

Und mochte Anna ihre kurze Affäre mit Jan in der Rückschau auch als »One-Night-Stand« abtun, wusste sie doch, dass es damit nicht getan war. Deshalb befürchtete sie nun vor allem, dass sie für Jan nicht mehr als eine Episode und seine prompte Antwort auf ihre Mail vor ein paar Tagen nichts anderes als Höflichkeit gegenüber einem Menschen gewesen war, den er nach wie vor sympathisch fand. Anna seufzte und wollte sich statt einer Zigarette schon ein Pfefferminzbonbon in den Mund stecken, als ihr Mailkonto den Eingang einer weiteren Nachricht von »ohne Nick« anzeigte. Bevor sie die Nachricht anklickte, informierte sie Weber und Mettmann, die sofort in ihr Büro herüberkamen.

Entschuldige mal, meine Liebe,
sollte ich denn mit einer Göttin kommunizieren, ohne mir zuvor nicht jedes meiner Worte genau überlegt zu haben? Nein, das wäre nicht nur unklug, sondern geradezu vermessen. Obendrein steht in meinem Handbuch der griechischen Mythologie, dass wir als Sterbliche den Kontakt zu den Göttern langsam und

überaus sorgsam angehen müssen. Schließlich will ich weder geblendet noch verflucht werden, also bitte ich Dich um etwas Geduld.

Außerdem habe ich nur gesagt, dass mir Dein Gesicht gefällt, mehr nicht. Dabei ist ja nicht einmal klar, ob es tatsächlich echt ist oder ob darin nicht jemand mit einem scharfen Skalpell nach Deinen Wünschen herumgeschnippelt hat. Und um den Rest von Dir beurteilen zu können, müssten wir uns schon sehen.

Arbeitest Du vielleicht als Ärztin?

Fragt sich

Sebastian.

Inzwischen war Günther Sibelius ebenfalls in Annas Büro gekommen. »Holen Sie sofort Marc Hellweg her«, wies er Weber an, nachdem er die zweite Nachricht von »ohne Nick« in Annas Posteingang gelesen hatte, um sich nur wenige Minuten später dann direkt an den Computerspezialisten zu wenden.

»Sehen Sie zu, dass Sie etwas über die Identität des Teilnehmers herausbekommen, Marc. Klemmen Sie sich sofort dahinter!«

Unterdessen konzentrierten sich Anna Greve und der Psychologe bereits auf ihre nächste Antwort.

»Wir müssen versuchen, ihn ein wenig mehr aus der Reserve zu locken, indem wir ihm Fragen stellen, die Astartes Interesse an seiner Person signalisieren«, sagte Mettmann.

Anna schrieb:

Nein, lieber Sebastian, mit kranken Menschen habe ich nichts am Hut, sondern, als Erzieherin, mit kleinen. Und was machst Du so? Bist Du ein professioneller Geschichtenerzähler, oder womit verdienst Du Dir Deine Brötchen? Aber was ist nun mit meinem Rätsel? Solltest Du tatsächlich dermaßen ängstlich sein, dass Du nicht einmal den Versuch wagen willst, es zu lösen und damit meine andere Seite kennenzulernen? Ich habe nämlich das Gefühl, dass es eine Leichtigkeit für Dich wäre, die richtige Antwort zu finden. Bist Du denn kein bisschen neugierig, mehr von mir zu erfahren? Also los!

Erwartungsvoll
Astarte.

Diesmal mussten die Beamten nicht lange auf eine neue Nachricht von »Sebastian« warten. Er schrieb:

Liebe »Astarte«,
sag mir, was treibt eine Göttin überhaupt »ins Netz«? Und könnte sich eine solche, die, wie wir aus den Überlieferungen wissen, zwei Gesichter hat, eventuell für etwas so Banales wie Wassersport interessieren? Denn das ist es, was ich am liebsten mache. Leider habe ich es nie geschafft, damit dauerhaft ins professionelle Lager zu wechseln. Deshalb habe ich auch einen Brotjob, der mich ziemlich viel in der Weltgeschichte unterwegs sein lässt und mir weder Zeit noch Muße für zufällige Begegnungen mit charmanten Damen wie Dir lässt…

Geht es Dir ebenso? Aber sag mal, gibt es denn auf dem Olymp tatsächlich keine spannenden Männer mehr?

Liebe Grüße von

Sebastian.

P.S. Deine gute Seite kann ich mir langsam vorstellen, wie aber sieht Deine dunkle aus? Richtet sie sich gegen die anderen oder eher gegen Dich selbst? Was willst Du mir anvertrauen?

Eine letzte Frage: Wäre es nicht langsam an der Zeit, Dich zu erkennen zu geben und mit Deinem richtigen Namen zu unterschreiben?

Hallo Sebastian,

Wassersport? Na ja, ich schwimme sehr gerne, falls Du das meinst.

Doch warum so geheimnisvoll? Welche Art von Brotjob hält Dich denn nun so in Atem, dass Dir nicht einmal die Zeit bleibt, ab und an unter die Leute zu gehen?

Liebe Grüße von

Astarte.

P.S. Das, was mich »ins Netz« gehen ließ, ist kompliziert und kaum in einem Satz zu beschreiben. Doch es hat mit meinen Wünschen und einem Mann zu tun, dem es egal geworden ist, ob ich neben ihm liege oder nicht. Was allerdings nicht bedeutet, dass er mich nicht nach wie vor kontrolliert und jeden meiner Schritte überwacht. Daher werde ich auch den Teufel tun, meine Identität jetzt und hier preiszugeben!

Nachdem Anna die Mail abgesendet hatte, kam plötzlich ein Klingelgeräusch aus dem Computerlautsprecher, und ein rot blinkendes Fenster auf ihrem Bildschirm lud sie zum »Lifechat« ein.

»Was soll das, Joachim?«, drehte sich Anna zu dem hinter ihr stehenden Kriminalpsychologen um.

»Ihr erster Kontakt ›Tollmann‹ fordert Sie gerade zum ›Lifechat‹ auf, Anna«, antwortete Mettmann, der mit einem Lächeln registriert hatte, dass seine Kollegin ihn bei seinem Vornamen genannt hatte. »Nehmen Sie seine Einladung unbedingt an. Wir wollen doch mal sehen, ob diese Aktion ›ohne Nick‹ nicht aus der Reserve lockt.«

Anna klickte auf »Einladung annehmen«, und sogleich öffneten sich zwei kleine Fenster auf ihrem Bildschirm, von denen das eine mit »Tollmann«, das andere mit »Astarte« überschrieben war.

Klasse, dass Du mit mir chatten magst, liebe Göttin. Aber sag mal, warum hast Du bisher nicht auf meine Mail geantwortet? Zu viele interessantere Anfragen?
Liebe Grüße von »Tollmann« Thomas.

Von »Astarte« an »Tollmann«:

Interessante Männer? Nein, das nicht gerade, aber ich lasse mir mit allem gerne ein bisschen Zeit. Immerhin scheinst Du mein Pseudonym inzwischen gegoogelt zu haben.
Vermutet
Astarte.

Von »Tollmann« an »Astarte«:

Ja, und ich ärgere mich, dass ich es nicht gemacht habe, bevor ich meine erste, zugegebenermaßen ziemlich dämliche Mail an Dich geschickt habe. Wie bin ich bloß auf etwas dermaßen Blödes wie eine Biersorte gekommen?

Verzeihst Du mir?

LG, Thomas.

Von »Astarte« an »Tollmann«:

Schon vergessen, aber Du hast Recht, das war nun wirklich keine besonders originelle Idee. Willst Du es noch einmal versuchen, oder warum hast Du mich »angeklickt«?

Von »Tollmann« an »Astarte«:

Klar, wenn es nötig ist, probiere ich es gern noch einmal. Vorher würde ich allerdings ganz schüchtern bei Dir anfragen wollen, ob es denn gar keine andere Möglichkeit gibt? Sollen wir den Rätselquatsch nicht besser lassen und gleich zum nächsten Schritt übergehen?

»Wozu soll es gut sein, dieses unnütze Gerede noch weiter fortzuführen?«, drehte sich Anna gereizt zu ihren Kollegen um, als ein rot blinkender Briefumschlag auf der rechten Seite des Bildschirms den Eingang einer neuen Nachricht anzeigte.

»Soll ich den Lifechat unterbrechen, um nachzusehen, ob unser ›ohne Nick‹-Mann Sebastian geschrieben hat?«

»Nein, ich bin dafür, wir lassen den Täter, falls er es tatsächlich sein sollte, noch eine Weile zappeln«, entgegnete Joachim Mettmann.

»Gut, aber dann übernehmen Sie den ›Tollmann‹ für eine Weile«, stand Anna von ihrem Bürostuhl auf. »Mir geht das Gechatte mit dem Mann echt auf die Nerven, und mir fällt schon jetzt keine einigermaßen intelligente Antwort mehr ein.«

»Niemand verlangt, dass Sie ihm noch einmal antworten, Anna, bleiben Sie einfach online. Hauptsache, unser Mann denkt, dass Sie nach wie vor mit einem anderen chatten.«

Anna öffnete das Bürofenster und zündete sich eine Zigarette an, wofür sie heute ausnahmsweise einmal keinen Anpfiff von Weber kassierte. Im Gegenteil, während sie in die Dunkelheit des Stadtparks und dann auf die regennasse Straße unter sich starrte, auf der sich das Scheinwerferlicht vorbeifahrender Autos spiegelte, hatte er sich mit einem Becher Kaffee in der Hand hinter sie gestellt.

»Möchten Sie?«, reichte er Anna den Becher hinüber.

»Danke Weber«, nickte Anna erschöpft. »Glauben Sie, dass das, was wir hier tun, irgendeinen Sinn macht? Ist ›ohne Nick‹ der Täter, nach dem wir suchen, oder nur einer von vielen Idioten, die im Internet unterwegs sind?«

»Kommen Sie, Anna, lassen Sie uns weitermachen. Der Mann wartet jetzt schon lange genug auf eine Antwort«, forderte Joachim Mettmann die Kommissarin auf, worauf sie sich wieder an den Computer setzte und die vor ein paar Minuten eingegangene Nachricht öffnete.

Von »ohne Nick« an »Astarte«

Hallo »Astarte«, meine launenhafte Göttin mit den zwei Gesichtern. Kaum bist Du vom Olymp heruntergestiegen, scheinst Du Dich schon mit mehr als nur einem Mann zu vergnügen. Stimmt's oder chattest Du bloß aus purer Langeweile? Ist es die Lust am Rätsel und an Deinem Spiel, in dem Du uns arme Würstchen gegeneinander antreten lässt, um zu sehen, ob am Ende einer übrig bleibt, der Deinen Ansprüchen gerecht werden kann? Andererseits, wer könnte Dir einen Vorwurf daraus machen, wenn es so wäre? Ich ganz bestimmt nicht, denn schließlich sind wir fast alle wegen der großen Auswahl an potenziellen Partnern hier.

Jetzt würde ich nur zu gern wissen, worin Deine Ansprüche an einen Mann überhaupt bestehen. Und was genau sind Deine Wünsche? Sind sie so außergewöhnlich, dass Du sie tatsächlich hinter dem Pseudonym einer Göttin verstecken musst? Hattest Du ein gutes Gespräch?

Fragt sich
herzlich
Sebastian.

Von »Astarte« an »ohne Nick«

Bist Du etwa eifersüchtig? Und überhaupt, woher willst Du wissen, was ich in der Zwischenzeit getan habe? Vielleicht bin ich ja bloß im Keller gewesen, um meine Wäsche aufzuhängen …

»Vorsicht, Anna«, warnte Joachim Mettmann. »Schicken Sie diese Nachricht auf keinen Fall los! Sie dürfen nicht zu offensiv werden, sonst bekommt der Mann Angst und springt wieder ab. Ein bisschen frech sein ist in Ordnung, aber er sollte immer das Gefühl haben, derjenige zu sein, der bestimmt, wo es langgeht. Lassen Sie mich mal ran.«

Mettmann setzte sich an Annas Computer und schrieb:

Hallo Sebastian,
schön, von Dir zu hören!

Du, ich muss wohl vorhin nach dem Lesen meiner neuen Nachrichten tatsächlich vergessen haben, mich auszuloggen. Ich denke die ganze Zeit darüber nach, welche Wassersportart Dich derart begeistert, dass Du sie sogar zu Deinem Beruf machen wolltest. Schwimmen vielleicht? Heißt das, Du hast ein paar Schwimmhäute zwischen Deinen Fingern und Zehen?

Fragt sich
Astarte.

P.S. Meine Ansprüche an einen Partner sind überschaubar. Ich wünsche mir einen Mann an meiner Seite, der sich auf gleicher Augenhöhe mit mir befindet, sinnlich und liebevoll ist, andererseits aber auch ganz genau weiß, was er will und wie er es bekommt. Ja, und von meinen Wünschen werde ich Dir vielleicht erzählen, wenn wir uns etwas besser kennengelernt haben.

Mettmann schickte die Mail ab, stand auf und schenkte sich einen Becher Tee ein. Als er wieder an seinen Platz zurückgekehrt war, hatte sich »Sebastian« bei »Gute Männer für Sie« ausgeloggt.

Weber sah auf seine Armbanduhr, die exakt achtzehn Uhr anzeigte.

»Sieht ganz so aus, als ob der Kerl pünktlich zur Sendezeit des Sandmännchens seinen Griffel fallen lässt«, sagte er. »Oder aber er hat Feierabend. Halten Sie es für möglich, Doktor, dass der Mann während seiner Arbeitszeit auf Opfersuche geht?«

Bevor der Kriminalpsychologe antworten konnte, kam ihm Günther Sibelius zuvor. »Warum wissen wir noch immer nichts über den Absender dieser Mails? Hat sich denn der Hellweg noch nicht zurückgemeldet?«, schaute er Weber fragend an. »Hab ihn seit vorhin noch nicht wiedergesehen, Chef«, gab Weber zurück, als Antonia Schenkenberg ihren Kopf zur Tür hereinsteckte.

»Bevor ich gehe, habe ich eine kurze Info für Sie, es geht um den Kollegen Hellweg. Zur Identität des unbekannten Mailschreibers hat er leider noch nichts herausbekommen. Und er lässt ausrichten, dass er heute rechtzeitig gehen muss, da seine geschiedene Frau erkrankt ist und er sich deshalb um sein Kind kümmern muss. Außerdem werden Sie gebeten, Frau Dr. Hindemith zurückzurufen, Herr Sibelius. Ich soll Ihnen sagen, dass sie jetzt mit der Stimmen- und Sprachanalyse des Mitschnitts, den wir im Auto des letzten Opfers sichergestellt haben, fertig ist. Sie können Frau Hindemith unter dieser Nummer an der Uni erreichen«, drückte Antonia Schenkenberg ihrem Chef einen Notizzettel in die Hand und verabschiedete sich danach in den Feierabend.

11

»Du hast dir deine Auszeit gestern wirklich zum ungeeignetsten Zeitpunkt genommen, Marc«, begrüßte Anna ihren Kollegen am nächsten Morgen in seinem Büro. »Hast du die letzten Mails des Mannes schon gelesen? Und wie steht es mit seiner Identifizierung über die Internetplattform?«

»Klar, ich bin auf dem Laufenden. Die allerletzte Mail wurde übrigens gestern Abend gegen halb neun an deine Adresse gesendet, was bedeutet, dass ich dir gegenüber sogar einen Informationsvorsprung habe. Mit der Identifizierung gibt es dagegen Probleme, Anna, aber wie das Ganze zusammenhängt, erkläre ich euch nachher auf der Dienstbesprechung.«

»Und, geht es Deiner Ex wieder besser? Sag mal, wieso hat sich ihr neuer Partner eigentlich nicht um eure Tochter gekümmert?«

»Weil der ebenfalls mit einem Magen-Darm-Virus flachliegt. Das war schon ein merkwürdiges Bild gestern, Ulrike mit ihrem neuen Lover in unserem früheren Ehebett liegen zu sehen. Zum Glück hielt sich die Idylle in Grenzen, denn die beiden hatten jeweils einen Eimer vor der Nase und haben sich die Seele aus dem Leib gekotzt«, grinste Hellweg gehässig. »Ansonsten hätte ich aber auch auf der Stelle wieder kehrtgemacht.«

»Armer Kerl, dir scheint wirklich nichts erspart zu bleiben. Aber jetzt sei so gut, und lass uns die letzte Mail gleich hier und jetzt öffnen, damit wir sie uns zusammen ansehen können.«

Anna las:

Hallo Astarte,
ja, schwimmen musste ich in meinem Sport auch schon, nämlich immer dann, wenn ich eine Halse nicht geschafft und mich selbst dabei über Bord manövriert habe. Und falls Du jetzt automatisch auf Segeln tippst, hast Du vollkommen Recht damit. Als junger Kerl habe ich sogar Geld damit verdient und als Mann fürs Vorschiff an großen Regatten teilgenommen, bis ich mir durch das ständige Dichtholen (für Nichtsegler: Heranholen) und Fieren (Öffnen) der Segel eine chronische Sehnenscheidenentzündung einfing. Dieses Zipperlein führte dazu, dass meine Profikarriere so schnell endete, wie sie begonnen hatte, denn als Steuermann oder Taktiker (Positionen, bei denen es nicht um körperliche Arbeit geht) fehlte es mir an Erfahrung. In der ersten Zeit danach stand ich ziemlich unter Schock. Ich wusste überhaupt nichts mit mir anzufangen, aber dann habe ich darüber nachgedacht, was mich vor dem Segeln begeistert hat, habe mich auf den Hintern gesetzt und mein Architekturstudium zu Ende gebracht. Inzwischen bin ich seit vielen Jahren bei einem internationalen Baukonzern angestellt, für den ich die meiste Zeit durch die Welt reise und Großprojekte betreue.

Und Du? Wie bist Du zu Deinem Beruf gekommen? Arbeitest Du in Hamburg in einem staatlichen Kindergarten, oder bist Du eher alternativ in einem Kinderladen unterwegs?

Liebe Grüße von

Sebastian

P.S. Inzwischen weiß ich ganz genau, was ich will, und meist auch, wie ich es bekommen kann. Und da mir etwas sagt, dass Deine Wünsche möglicherweise auch die meinen sein könnten, habe ich mir in den Kopf gesetzt, Dir auf jeden Fall näherzukommen.

»Darauf möchte ich wetten«, sprang Anna von ihrem Stuhl auf. »Aber du wirst dich noch wundern, wer hier am Ende wem näherkommt!«

Anna sah auf ihre Armbanduhr. »So, ich werde jetzt zusammen mit Mettmann eine Antwort für unseren Segelfreund schreiben, wir sehen uns nachher in der Dienstbesprechung.«

»Versucht ein paar Fakten aus ihm herauszubekommen, zum Beispiel wo und in welchen Bootsklassen er an Regatten teilgenommen hat oder Ähnliches. Jeder Hinweis kann hilfreich sein, um hinter seine wahre Identität zu kommen.«

Mettmann nickte Anna zu, nachdem er die Nachricht an »Sebastian« noch einmal gelesen hatte, dann betätigte er die Enter-Taste und schickte sie ab.

Du segelst? Respekt, mein Lieber, das gefällt mir. Ich habe das auch immer lernen wollen, bin aber leider nie dazu gekommen. Sag mal, wenn Du von Regatten sprichst, geht es dabei um richtig große Schiffe und Wettbewerbe wie den America's Cup, oder muss ich mir Dich eher auf einer Jolle an der Müritz beim Wettkampf um die Mecklenburg-Vorpommern-Meisterschaft vorstellen?

Und was macht ein Segler im Winter? Sportlich gesehen, fragt sich

mit lieben Grüßen

Astarte.

»Sebastians« Antwort ließ nicht lange auf sich warten.

Im Winter jogge ich durch die Gegend und gehe ins Fitnesscenter, damit meine Muskeln nicht einrosten.

Bisher habe ich allerdings weder am America's Cup noch an einer Meck-Pom-Meisterschaft teilgenommen, denn die Schiffe, auf denen ich mitgesegelt bin, liegen größenmäßig gesehen irgendwo in der Mitte.

Aber jetzt habe ich so viel von mir erzählt und von Dir dagegen bisher noch kaum etwas erfahren. Wie ist es denn nun mit Deinem Beruf als Erzieherin? Staatlicher Kindergarten oder doch eher alternatives Projekt? Ist es Dein Traumjob?

Bin gespannt auf Deine Antwort.

Herzlich,

Sebastian.

P.S. Astarte, richtig klasse finde ich, dass Du Interesse am Segeln hast. Wer weiß, vielleicht können wir im Frühjahr mal zusammen auf Tour gehen…

»Anna, verständigen Sie bitte den Chef, dass wir später kommen«, sagte Joachim mit einem Blick auf die Uhr. »Wir dürfen den Kontakt jetzt auf keinen Fall abreißen lassen.«

Mettmann schrieb:

Wo Du Recht hast, hast Du recht, und dann will ich jetzt doch einmal Deine Fragen beantworten. Ja, lieber Sebastian, ich mag meinen Beruf wirklich gern, auch wenn er in den letzten Jahren immer schwieriger und anstrengender geworden ist. Und da ich ein anständiges Mädchen bin, arbeite ich selbstverständlich in einer kirchlichen Einrichtung.

Bist Du jetzt enttäuscht?

LG, Astarte

P.S. Wer weiß, vielleicht habe ich mit Dir tatsächlich einen Segellehrer für mich aufgetan. Ich würde zu gern mal ein Bild von Dir und einem der Boote sehen, auf denen Du schon gesegelt bist. Sag mal, werden die Schiffe nicht in Klassen eingeteilt, oder habe ich da etwas falsch verstanden? Überhaupt, kannst Du mir nicht netterweise ein Foto von Dir schicken, damit ich weiß, mit wem ich es zu tun habe? Oder siehst Du so schrecklich aus, dass Du das nicht riskieren willst?

P.P.S. Ich muss jetzt leider kurz weg, bin aber in ungefähr einer Stunde zurück und freu mich schon darauf, eine neue Mail von Dir vorzufinden.

»So«, schaltete Mettmann den Computer aus, »jetzt haben wir den Mann erst mal ordentlich mit Fragen bombardiert. Mal sehen, was er daraus macht.«

Als Anna und Joachim Mettmann kurz darauf den Konferenzraum betraten, hatte die Dienstbesprechung schon begonnen.

»Die Vergleichsuntersuchung zwischen dem Kaugummi, den wir in Hannelore Blochs Gartenlaube sichergestellt haben, der Haarprobe aus dem ersten Fall und den Speichelresten an den Schenkeln von Amanda Meinhardt liegt jetzt vor. Es gibt eine hundertprozentige Übereinstimmung«, bekamen Anna und Mettmann gerade noch den Schlusssatz von Verena Mendelsons Bericht mit.

»Danke, Frau Mendelson«, entgegnete Günther Sibelius, als sich Marc Hellweg zu Wort meldete.

»Entschuldigung, dass ich an dieser Stelle unterbreche, Chef, aber es gibt wichtige Neuigkeiten. Und da wir jetzt vollzählig sind«, nickte der Computerspezialist Anna und dem Psychologen zu, »möchte ich nicht länger damit warten, Sie alle zu informieren. Ich bin bei der Analyse von Hannelore Blochs Computer gerade einen entscheidenden Schritt vorangekommen. Das Ergebnis sehen Sie hier«, erhob er sich und verteilte einen Stapel DIN-A4-Seiten an die Mitglieder der Soko. »Es handelt sich dabei um ein E-Mail-Fragment, das Hannelore Bloch zwei Tage vor ihrer Ermordung von einem gewissen ›Gregor‹ zugeleitet wurde. Der Mann verwendet darin nahezu die gleichen Worte, die wir bereits von der Audiokassette aus Amanda Meinhardts Auto kennen.«

Anna las:

... möchte Dir die Augen mit einem Seidenschal verbinden, der gleichzeitig das Einzige sein soll, das Du am Körper trägst. Dann will ich Dich nur anschauen und Deine Aufregung genießen, wenn ich mit Dir spreche und herauszufinden versuche, welches Spiel Dir Freude macht ...

»Das ist wirklich interessant«, pfiff Anna durch die Zähne. »Der Täter wiederholt sich, was heißt, dass er längst nicht so einfallsreich ist, wie ich gedacht habe. Ich meine, wir sollten in unserer nächsten Mail ein bisschen konkreter werden und Astartes Wünsche mit Inhalt füllen. Vielleicht bekommen wir von ›ohne Nick‹ daraufhin erneut eine Antwort, die so ähnlich ist, wie eine schon einmal herausgefilterte. Außerdem werde ich versuchen, ihn zu einem Telefonat mit mir zu animieren. Und falls das gelingt und seine Stimme mit der von Amanda Meinhardts Kassette übereinstimmt, wissen wir mit hundertprozentiger Sicherheit, dass wir den richtigen Fisch an der Angel haben.«

»Einverstanden, versuchen Sie Ihr Glück, Frau Greve«, stimmte Günther Sibelius zu. »Übrigens habe ich inzwischen das Ergebnis der Stimmenanalyse vorliegen«, fuhr er fort. »Frau Dr. Hindemith beschreibt den Sprecher als einen gebildeten Mann zwischen fünfunddreißig und fünfzig Jahren, der sich gewählt und prononciert auszudrücken vermag. Er spricht deutlich, wenn auch mit einem kaum merklichen, doch eindeutig vorhandenen hessischen Tonfall. Frau Hindemith meint, dass er sich diesen Tonfall wahrscheinlich abtrainiert hat, den Dialekt der Gegend, in der er aufgewachsen ist, sprachlich aber dennoch nicht ganz verbergen kann. Als Beispiel führt sie die Aussprache des Wortes ›gleichzeitig‹ an, bei der das ›t‹ sehr weich, beinahe wie ein ›d‹ ausgesprochen wird. Gut, das wär's fürs Erste von meiner Seite, und was haben wir sonst noch?«

»Wir haben inzwischen zwei Drittel der in Frage kommenden Fahrzeughalter überprüft, Chef, sind bisher allerdings noch nicht fündig geworden«, informierte Weber danach die Kollegen über den Stand seiner Ermittlungen. »Außerdem haben wir die Zeugen Holthusen und Wallner zur Stimme des mutmaßlichen Täters befragt. Während der Kellner, Herr Wallner, hierzu keine Aussage machen kann, ist sich Herr Holthusen jedoch sicher, am Harburger Binnenhafen mit dem Besitzer exakt dieser Stimme eine Unterhaltung über Hausboote geführt zu haben.«

»Und weshalb dauert es so lange, anhand der Mail-Adresse etwas über die Identität des Täters herauszubekommen?«, wandte sich Sibelius erneut an Marc Hellweg. »Haben seine Aktivitäten auf der Internetplattform denn keinerlei Spuren hinterlassen?«

»Natürlich hat er Spuren hinterlassen, nur kann es noch so circa an die zwei Tage dauern, bis ich an die Informationen rankomme. Der Täter hat ja keine E-Mail-Adresse benutzt, die wie bei einer Homepage direkt einer Person zuzuordnen ist, sondern nutzt einen Anbieter, der anonyme E-Mails zulässt. Daher bedarf es einiger Nachforschungen und der Mitarbeit des E-Mail-Anbieters, um den Absender zu ermitteln.«

»In Ordnung, machen Sie weiter, Herr Hellweg.«

»Hat ›ohne Nick‹ mittlerweile etwas Konkretes über sich verraten, mit dem ich arbeiten kann?«, wandte sich Marc

Hellweg jetzt direkt an Anna. »Wisst ihr inzwischen, in welcher Bootsklasse er gesegelt hat?«

»Nein, der Mann windet sich wie ein Aal, wenn es darum geht, konkret auf unsere Fragen zu antworten. Aber wir bleiben dran«, entgegnete die Kommissarin.

»Ja, versucht unbedingt mehr von ihm in Erfahrung zu bringen, und setzt bei seinem Beruf oder seinen Hobbys an. Wenn es uns gelingt, mehrere Einzelinformationen über ihn miteinander zu verknüpfen, kommen wir ihm unter Umständen sehr viel schneller auf die Spur als auf dem Weg über seine Internetadresse.«

»Glauben Sie wirklich, dass das Sinn macht, Hellweg?«, gab Weber zu bedenken. »Was soll es bringen, Informationen miteinander zu verknüpfen, die höchstwahrscheinlich so oder so keine sind? Ich kann mir jedenfalls nicht vorstellen, dass der Mann auch nur ein wahres Wort von sich gibt, sobald er den Mund aufmacht.«

»Damit mögen Sie auf den ersten Blick sogar Recht haben, Weber, aber wer weiß, vielleicht macht der Mann irgendwann den Fehler, Astarte doch noch die eine oder andere wahre Geschichte zu erzählen.«

»Wie funktioniert das Verknüpfen von Informationen eigentlich?«, wandte sich Staatsanwalt Sebastian Reinhardt an Marc Hellweg. »Man hört und liest ja immer wieder, dass alle möglichen Informationen über jeden Einzelnen von uns irgendwo gespeichert sind, aber ich gestehe, dass ich diesbezüglich völlig ahnungslos bin.«

»Ja, so geht es vielen Leuten, aber Sie haben völlig Recht, Dr. Reinhardt, der gläserne Mensch ist schon seit geraumer Zeit Wirklichkeit. Spätestens seitdem wir uns immer mehr untereinander vernetzen und diverse Informationen über uns in Netzwerken verbreiten, um uns Vorteile an Wissen oder Kontakte zu verschaffen. Umgekehrt heißt das allerdings auch, dass man durch das Zusammenziehen dieser Informationen von überallher und ihre anschließende Verknüpfung sehr viel mehr über eine Person in Erfahrung bringen kann, als ihr bewusst ist. Die Verknüpfung von Informationen ist wirklich ein brisantes Thema unserer Zeit und entwickelt sich immer mehr zu einem unüberschaubaren Problem für jeden von uns, ganz gleich, ob wir uns dessen bewusst sind oder nicht.

»Und was bedeutet das alles auf unseren Fall bezogen?«, fragte Reinhardt weiter.

»Nun ja, der Mann gibt an, Architekt in einem internationalen Baukonzern mit einer Hamburger Niederlassung zu sein und sich fürs Segeln zu begeistern. Wir geben daher auf einer der sozialen Netzwerkplattformen die Suchbegriffe ›Architekt, internationaler Baukonzern, Hamburg, Segeln‹ ein und hoffen, auf deren Seiten, auf denen ja private und berufliche Informationen miteinander verknüpft sind, einen Treffer zu finden. Wenn wir so nicht weiterkommen, versuchen wir es über die Sportschiene, indem wir Informationen wie das Segeln in einer bestimmten Bootsklasse oder die Teilnahme des Mannes an bestimmten Regatten in Erfahrung bringen, um diese beiden Informationen mit seinem Beruf als Architekt zu verknüpfen. Mit etwas Glück bleiben auf diese Weise nicht mehr als eine Hand voll Personen hängen.«

»Meine Güte«, entgegnete Reinhardt sichtlich betroffen. »Heutzutage muss man sich wirklich ganz genau überlegen, welche Informationen man von sich preisgibt.«

»Ja, am besten, man macht, so wie ich, erst gar nicht in der vernetzten Welt mit«, warf Anna ein.

»Wie auch immer«, meinte Günther Sibelius abschließend, »jeder von Ihnen kennt seine Aufgaben. Also los, zurück an die Arbeit, Leute.«

Nach der Besprechung gingen Anna und Joachim Mettmann sofort ins Büro zurück, wo bereits eine weitere Nachricht von »ohne Nick« in »Astartes« Posteingang auf sie wartete.

Nein, liebe Astarte, ich bin überhaupt nicht enttäuscht von Dir, ganz im Gegenteil!

Denn wenn Du über Deine Arbeit redest, hört es sich für mich so an, als wäre das »Deine« Leidenschaft, und mehr kann man von seiner Arbeit nicht erwarten. Und Dein Arbeitgeber ist tatsächlich ein kirchlicher Kindergarten in Hamburg? Welcher denn? Und hast Du mit Deinem Vertrag auch gleichzeitig eine Verpflichtung zu täglich praktiziertem Christentum, Keuschheit und permanenter Frömmigkeit mit unterschrieben? Ich hoffe doch sehr, dass das nicht der Fall ist.

Liebe Astarte, wie kommt es eigentlich, dass Du mir während der Arbeitszeit Nachrichten schreibst? Müsstest Du nicht eigentlich gerade mit »Deinen« Kindern spielen, oder hast Du heute einen freien Tag?

Jetzt aber zu Deinen Fragen: Solltest Du jetzt anfangen, Dich tatsächlich für bestimmte Bootsklassen zu interessieren, dann schau doch mal bei den 11-Meter-Jachten nach; »X 35« heißt der Boots-

typ, auf dem ich gesegelt bin. In Deutschland schippern diese Schiffe meistens auf der Ostsee herum, aber es geht auch spannender, denn die »X 35« ist für widriges Wetter gebaut und deshalb natürlich hochseetauglich.

Ja, und wegen des Fotos kann ich Dir versichern, dass ich nichts zu verbergen habe, sondern nur genau wie Du ein vorsichtiger Mensch bin, der erst einmal sorgfältig prüft, mit wem er es zu tun hat, bevor er sich zu erkennen gibt.

Wer würde das besser verstehen als Du,

sagt mit lieben Grüßen

Sebastian

P.S. Du hast Dich ganz sicher aus gutem Grund Astarte genannt, das heißt, Du musst ein Mensch mit zwei Gesichtern sein. Allerdings ist alles, was Du bisher über Dich erzählt hast, so uneingeschränkt positiv, dass ich mich frage, worin Deine dunkle Seite wohl bestehen mag. Magst Du mir vielleicht irgendwann einmal davon erzählen?

P.P.S. Vielleicht verrate ich Dir dann auch bei Gelegenheit einen meiner Träume. Für mich ist er der Inbegriff von Hingabe und Vertrauen, den ich aber bisher noch nie mit einem anderen Menschen ausgelebt habe. Interessiert?

Wie konnte es nur sein, dass er auf einmal dermaßen viel Glück hatte? Schließlich war er viele Wochen lang erfolglos auf der Suche nach einer bestimmten Sorte Frau gewesen. Er hatte unzählige Profile auf den verschiedensten Internetplattformen durchforstet, um dann endlich auf Helena zu stoßen. Aber nicht im Internet, sondern im Supermarkt, wo er rein zufällig das Gespräch zwischen ihr und ihrer Freundin belauscht hatte. Und jetzt hatte er innerhalb kürzester Zeit gleich einen zweiten Treffer gelandet. Er betrachtete Astartes Bild, das er großformatig ausgedruckt hatte und seitdem ständig in seiner Aktentasche bei sich trug.

Äußerlich war Astarte genau das, wonach er suchte. Dunkelhaarig, mit feinen Gesichtszügen und einer mädchenhaften Ausstrahlung. Das Bemerkenswerteste war jedoch der unverwechselbare Ausdruck in ihren Augen. Ein Ausdruck, wie er ihn in dieser Intensität nur von Helena kannte. Zweifellos lag in Astartes Blick genau der gleiche unbedingte Wunsch nach Unterwerfung.

Noch stand er ganz am Anfang seiner Recherche, weshalb Astartes Ordner bisher auch nicht mehr als ihr Foto, den dazu verfassten, mageren Profiltext und die an ihn geschriebenen Mails enthielt. Er benötigte unbedingt noch mehr Informationen über seine Favoritin, denn wenn man sich so gut wie er aufs Recherchieren verstand, war es nicht schwer, anhand von zwei oder drei handfesten Hinweisen an die wahre Identität eines Menschen zu gelangen.

Er schob sich einen Kaugummi in den Mund, loggte sich in die Suchmaschine ein und startete seinen ersten Versuch mit den Stichworten »Ev. Kindergärten, Hamburg«.

Doch als er die Treffer durchging, wurde ihm schon auf den ersten Blick klar, dass er auf diesem Weg nicht weit kommen würde. Nein, wenn er nicht in mühsamer Kleinarbeit jede einzelne Kindertagesstätte direkt kontaktieren oder aufsuchen wollte, musste er im nächsten

Schritt erst einmal in Erfahrung bringen, in welchem Stadtteil von Hamburg, noch besser in welcher Kita Astarte beschäftigt war. Er notierte sich seine Stichworte, um es auf einem anderen Weg mit weiteren Schlagworten zu versuchen. Er gab ein »Astarte, Netzwerke« und erhielt keinen einzigen Treffer.

»Endlich kommt der Mann zur Sache«, meinte Anna grimmig zu Joachim Mettmann, nachdem sie die letzte Mail von »ohne Nick« gelesen hatten. »Ich würde ihm nur zu gern mein unentdecktes Land geheimer Sehnsüchte vorführen, indem ich ihm anständig in die Eier trete, nachdem ich ihm Handschellen angelegt habe.«

»Holla, holla, Anna, aber wenn es Ihnen hilft, konzentriert bei der Arbeit zu bleiben, spricht nichts dagegen, auch einmal ein bisschen Dampf abzulassen. Aber jetzt sollten wir in Hellwegs Büro hinübergehen, damit er sich daranmachen kann, die Fakten auszuwerten. Ich bin schon sehr gespannt zu sehen, wie er dabei vorgeht.«

Kurz darauf schauten Anna und Joachim Mettmann dem Computerspezialisten über die Schulter, während er die Schlagworte »X 35, Regatten« in die Suchmaschine eingab. »So, jetzt schauen wir, wie viele Treffer wir bekommen«, wandte sich Marc Hellweg wieder seinem Bildschirm zu.

»Nein, so wird das nichts«, meinte er beim Überfliegen der ersten von insgesamt fünftausend Ergebnissen. »Wir müssen die Suche weiter eingrenzen. Was ich brauche, ist zum Beispiel der Name einer ganz bestimmten Regatta, an der der Mann teilgenommen hat.«

»Gut, wir versuchen, dazu etwas aus ihm herauszukitzeln. Aber wie sollen wir anhand irgendwelcher dünner Fakten, von denen wir nicht einmal wissen, ob sie zutreffen, jemals die Identität des Mannes herausfinden, Marc? Wir haben bisher ja nicht einmal ein Foto von ihm.«

»Indem wir, wie schon gesagt, eine Verknüpfung zu seinem angegebenen Beruf herstellen, Anna. Mal sehen, wie viele Männer übrig bleiben, die Teilnehmer einer ganz bestimmten Regatta waren und gleichzeitig Architekten sind. Übrigens scheint der Täter das Spiel, das ich spiele, ebenfalls zu kennen. Warum sonst hätte er ein so großes Interesse daran, Astartes genaue Arbeitsstelle in Erfahrung zu bringen. Ab sofort möchte ich einen Blick auf jede Nachricht werfen, und zwar bevor ihr sie abschickt.«

»In Ordnung«, nickte Mettmann. »Ich mache mich daran, die nächste Mail zu schreiben, und gebe sie Ihnen anschließend zu lesen.«

Während Marc Hellweg die Stichworte »Internationale Baukonzerne, Hamburg« in die Suchmaschine eingab und anschließend die erzielten Treffer nach ins Profil passenden Architekten durchforstete, hatte Mettmann die nächste Nachricht für »ohne Nick« entworfen.

Marc Hellweg und Anna lasen:

Wow, mein Lieber,
ich habe mir Deine Boote angesehen und bin beeindruckt, denn sie machen echt was her. Aber wahrscheinlich wird es für eine Anfängerin wie mich schwierig, wenn nicht sogar unmöglich sein, ein solches Schiff zu segeln, oder?

Zu gern würde ich mir einmal Fotos von einer Regatta ansehen, an der Du teilgenommen hast. Ist das möglich, oder fühlst Du Dich damit bereits unwohl?

Lieber Sebastian, ich kann Deine Vorsicht wirklich sehr gut verstehen. Andererseits frage ich mich, wie wir uns näher kennenlernen wollen, wenn sich keiner von uns aus der Deckung wagt. Wir sollten uns gegenseitig ein wenig mehr zu vertrauen versuchen, und ich brauche ein paar handfeste Fakten über Dich, die es mir leichter machen, mich Dir anzuvertrauen.

Also schick mir doch bitte ein Foto von Dir, und ich werde Dir im Gegenzug auch etwas Persönliches über mich verraten.

Deine Astarte

P.S. Verletzt Dein Traum irgendein Tabu, oder warum gibst Du Dich so geheimnisvoll? Ja, und wenn es so wäre, hätten wir tatsächlich eine Nähe zueinander, denn auch meine Wunschträume könnten von Menschen, denen es an Klugheit fehlt, leicht missverstanden werden.

P.P.S. Ich würde zu gern einmal Deine Stimme hören.

»Gut gemacht, Herr Mettmann«, lobte Marc Hellweg, nachdem er den Entwurf gelesen hatte. »Von mir aus können Sie die Mail auf die Reise schicken.«

»Ich glaube, ich habe eine Idee, wie wir dem Täter auf die Spur kommen können, Chef«, ergriff Marc Hellweg auf der wenig später folgenden Dienstbesprechung das Wort. »Der Mann ist, genau wie wir auf der Suche nach Fakten über ihn sind, an konkreten Informationen über Astarte interessiert. Was halten Sie davon, ihm einen fingierten Hinweis unterzuschieben und ihm auf diese Weise eine Falle zu stellen?«

»Sie sollten uns erklären, was Sie damit meinen, Marc.«

»Nun ja, wir könnten ihm den Namen des Kindergartens nennen, in dem Astarte arbeitet. Das heißt, der Mann müsste sich aus der Deckung wagen und direkt an den von uns genannten Ort begeben, um beobachten zu können, wer dort ein und aus geht. Wenn wir da dann zwei oder drei Kolleginnen postieren, die ihre Augen und Ohren offen halten, könnte es uns vielleicht gelingen, den Mann an Ort und Stelle festzunehmen.«

»Nein«, entschied Sibelius, ohne zu zögern. »Ein interessanter Gedanke, Herr Hellweg, aber das Risiko ist viel zu groß. Stellen Sie sich bloß einmal vor, wie es wäre, wenn der Täter etwas bemerkt und sich eines der Kinder als Geisel nimmt.«

»Du hast Recht, Günther«, ergriff Staatsanwalt Sebastian Reinhardt das Wort. »Ein solches Vorgehen ist undenkbar. Denkbar ist dagegen, einen fiktiven ›Tag der offenen Tür‹ in einer Kita zu veranstalten, den wir zuvor mit unseren Mitarbeitern gründlich vorbereiten können. Wir müssten nur einen Zeitpunkt finden, zu dem sich keine Kinder dort aufhalten.«

»Und wie sollen wir in der Kürze der Zeit eine Einrichtung finden, die uns ihre Räumlichkeiten für die Aktion zur Verfügung stellt?«, gab Weber zu bedenken.

»Ich glaube, ich hätte da vielleicht eine Idee«, entgegnete Sebastian Reinhardt. »Zufällig leitet eine gute Freundin von mir eine evangelische Kindertagesstätte in Ottensen, und ich könnte mir gut vorstellen, dass wir bei Dagmar mit unserem Anliegen nicht auf taube Ohren stoßen werden. Spätestens wenn sie hört, dass es bei dieser Aktion darum geht, einen dreifachen Frauenmörder dingfest zu machen, wird sie mit Sicherheit alles tun, um ihren Vorgesetzten unsere Idee zu verkaufen. Und glauben Sie mir, Dagmar ist unglaublich überzeugend, wenn es darum geht, andere Menschen für eine gute Idee zu begeistern. Wenn es dir recht ist, Günther«, sagte er, »rufe ich sie sofort an und schildere ihr unser Problem.«

Als Günther Sibelius zustimmend nickte, hängte sich Reinhardt sofort ans Telefon und kam kurz darauf mit der Nachricht zurück, dass Dagmar Loges sich dazu bereit erklärt hatte, die Polizeiaktion in ihren Räumlichkeiten stattfinden zu lassen. Die endgültige Zustimmung des kirchlichen Trägers würde zwar erst in zwei oder drei Stunden erfolgen, aber Frau Loges habe versichert, dass dies nicht mehr als eine Formsache sei.

»Trotzdem müssen wir die offizielle Entscheidung abwarten«, entgegnete Sibelius. »Und wenn wir grünes Licht bekommen, avisieren wir unseren ganz speziellen ›Tag der offenen Tür‹ gleich für den kommenden Sonntag. Also los, Kollegen, bereiten Sie alles vor, damit ›ohne Nick‹ seine heiß begehrte Information über Astarte bekommen kann, sobald das ›go‹ der evangelischen Kirche vorliegt.«

Im Büro zurück sahen die Kommissare, dass eine weitere Mail von »ohne Nick« in Astartes Postfach eingegangen war, die Mettmann sofort öffnete.

Liebe Astarte,
ich bin mit Deinem Vorschlag einverstanden und beginne mit einer Segelgeschichte. Vor ungefähr drei Jahren habe ich im Rahmen der Kieler Woche zum letzten Mal an einer internationalen X-35-Regatta teilgenommen. Unser Schiff hat sogar einen der ersten zehn Plätze belegt, und ich möchte noch anfügen, dass wir bis auf eine Ausnahme eine rein deutsche Crew gewesen sind. Trotzdem wirst Du Dich ein wenig anstrengen müssen, um Fotos von mir zu finden.

So, und jetzt bin ich schon sehr gespannt auf Deine Geschichte.

Herzlich,
Sebastian.

P.S. Zu meinem Traum: Wie würdest Du es finden, nackt und mit verbundenen Augen ausgiebig und zärtlich an jeder Stelle Deines Körpers von mir gestreichelt zu werden? Es gibt so viele Dinge, die sich auf der Haut ganz wunderbar anfühlen, wie Federn oder Pinsel zum Beispiel. Nur zu gern würde ich auf diese Art einmal ein Ratespiel mit Dir veranstalten!

»Mist, der Mann hat unseren Vorschlag, miteinander zu telefonieren, komplett ignoriert«, sagte Anna enttäuscht zu Joachim Mettmann. »Eines finde ich allerdings sehr bemerkenswert: Er will mich nackt und mit verbundenen Augen vor sich sehen, etwas Ähnliches hat er auch an Hannelore Bloch und Amanda Meinhardt geschrieben.«

»Ja, die Ähnlichkeit der Wortwahl ist wirklich auffällig, auch wenn das Szenario, das er damit heraufbeschwört, durchaus eines ist, das er meiner Erfahrung nach mit mehr als nur einem Mann teilt. Aber jetzt müssen wir unsere aktuellen Erkenntnisse zuerst einmal an Marc Hellweg weitergeben«, griff Mettmann zum Telefon. »Wir haben einen neuen Hinweis vom Täter, ›ohne Nick‹ hat uns eine Regatta genannt, an der er angeblich teilgenommen hat«, informierte er den Computerspezialisten. »Wir kommen sofort zu Ihnen rüber.«

Nachdem Marc Hellweg zusammen mit seinen Kollegen aus der Computerabteilung, Peter Janitz und Andreas Rieck, die neuen Suchbegriffe eingegeben und eine Vielzahl von Treffern erhalten hatte, drehte er sich zu Anna und Joachim Mettmann um. »Wir werden eine Weile brauchen, um die Infos auszuwerten. Sobald wir etwas Interessantes gefunden haben, melde ich mich bei euch.«

»Gut«, entgegnete Anna. »Ich gehe kurz zu Weber rüber, um zu sehen, wie weit die Kollegen mit der Fahndung nach dem dunklen Wagen gekommen sind.«

»Ja, wir können jetzt so oder so nicht viel mehr tun, als zu warten, bis wir grünes Licht von der evangelischen Kindertagesstätte bekommen«, gab Joachim Mettmann zurück. »Ich bin in Ihrem Büro, Anna, und entwerfe schon einmal die nächste Nachricht für unseren Totenprinzen. Wenn es Ihnen recht ist, treffen wir uns anschließend bei Sibelius, um geeignete Kolleginnen für die Aktion im Kindergarten auszuwählen.«

Anna traf Weber zusammen mit Lars Haberland und Ferdinand Huber auf dem Flur vor dem Konferenzraum, wo die Kollegen gerade dabei waren, sich auf den Weg zu den restlichen noch zu überprüfenden Fahrzeughaltern zu machen.

»Das sind die letzten sechs der in Frage kommenden Personen«, reichte Weber seiner Kollegin Greve eine Namensliste. »Wir klappern die Leute jetzt ab, danach sehen wir weiter. Und wie sieht es bei Ihnen aus, Anna?«

»Eigentlich wollte ich Sie gerade in die Kantine entführen, Weber, denn wir müssen jetzt erst einmal warten, bis Marc und seine Mitarbeiter die übers Internet eingegangenen Hinweise ausgewertet haben.«

»Schade, Anna, ich wäre nur zu gern auf ein Jägerschnitzel mit in die Kantine gekommen, aber Sie sehen ja, die Pflicht ruft«, lächelte Weber seine Kollegin an und spurtete dann Lars Haberland und Ferdinand Huber hinterher.

Nachdem Anna eine Kleinigkeit gegessen und sich ein wenig ausgeruht hatte, betrat sie wenig später das Büro von Günther Sibelius, wo Joachim Mettmann schon auf sie wartete und sich sofort zu Wort meldete.

»Wir haben inzwischen einige Kolleginnen für die Aktion ›Tag der offenen Tür‹ eingeteilt. Mit Ihnen zusammen wären dann sechs Beamtinnen vor Ort, die sich als Erzieherinnen ausgeben würden.«

»Ja, und ich habe schon einmal bei der für die Kita zuständigen Revierwache einundzwanzig in der Mörkenstraße vorgefühlt, schließlich benötigen wir zusätzlich ein paar Beamte, die sich als Besucher der Veranstaltung ausgeben«, übernahm Sibelius. »Und obwohl das für manchen Kollegen eine zusätzliche Schicht bedeutet, werden wir voll und ganz auf ihre Unterstützung zählen können.«

Es klopfte kurz an der Tür, und gleich darauf betrat Marc Hellweg das Büro, um die Kollegen über die Ergebnisse seiner Internetrecherche zu informieren.

»Der Mann ist wirklich clever, Chef. Er hat uns auf eine Spur gesetzt, die höchstwahrscheinlich ins Leere läuft, gleichzeitig aber eine Menge Zeit bindet, bis man das überhaupt erst einmal herausfindet. Hier sehen Sie einige Fotos der an der betreffenden Regatta teilnehmenden Schiffe von vor drei Jahren. Leider ist es uns bisher nur gelungen, ein Foto der Crewmitglieder, die gewonnen haben, zu finden. Von denen kommt allerdings niemand in Frage, da sie allesamt dänische Staatsbürger sind. Ich werde gleich einmal den Veranstalter der Kieler Woche anrufen und mir eine komplette Teilnehmerliste der betreffenden Regatta besorgen, dann mache ich mich wieder an die Identifizierung des Täters anhand seiner Mail-Adresse. Meine Kollegen Janitz und Rieck werden währenddessen die Teilnehmerliste auf Überschneidungen zu den von ›ohne Nick‹ genannten Hinweisen überprüfen. Allerdings bin ich mir ganz und gar nicht sicher, ob wir auf diese Art weiterkommen, Chef. Denn es ist zu befürchten, dass uns der Mann, was seine Segelleidenschaft betrifft, wahrscheinlich eh nur an der Nase herumführt.«

»Machen Sie trotzdem weiter, Marc«, entschied Sibelius, der auf seiner Dienstleitung einen Anruf hereinbekam und den Hörer abnahm. »Dr. Reinhardt bittet uns zur Besprechung in den Konferenzraum«, sagte er, nachdem er das Gespräch beendet hatte.

»Dagmar Loges hat uns für den ›Tag der offenen Tür‹ am kommenden Sonntag grünes Licht gegeben«, informierte Dr. Reinhardt seine Soko-Kollegen. »Sie hat vorgeschlagen, dass wir uns für eine Begehung der Räumlichkeiten übermorgen, also am Samstag, gegen elf Uhr in der Zeißstraße treffen. Sie können die Mail mit der Fehlinformation also losschicken.«

»Gut, dann müssen wir uns jetzt nur sputen, um bis Sonntag alle Vorbereitungen getroffen zu haben«, trieb Sibelius die Kollegen zur Eile an. »Wo stecken eigentlich Weber, Ferdinand Huber und Lukas Haberland?«

»Die drei klappern die letzten sechs in Frage kommenden Fahrzeughalter dunkler schwedischer Limousinen ab, Chef«, gab Anna zur Antwort. »Soll ich sie zurückrufen?«

»Nein, aber sie sollen so schnell wie möglich zurückkommen, um uns bei den Vorbereitungen für den Sonntag zu helfen. Herr Mettmann, wenn Sie die Mail abgeschickt haben, sehen Sie zu, dass wir ein Gruppenfoto aller an der Aktion beteiligten Kolleginnen hinbekommen. Das werden wir im Eingangsbereich der Kita aufhängen, damit alles einen möglichst professionellen Eindruck macht. Ich werde mich sofort mit den Kollegen aus der Mörkenstraße kurzschließen und dafür sorgen, dass diese ebenfalls zur Begehung der Kita kommen. Und ich wäre dir verbunden, wenn du, Sebastian, noch einmal mit der Leiterin der Kita sprechen würdest, um sie darüber zu informieren, dass demnächst Rolf Peters, ein Mitarbeiter unserer Computerabteilung, sowie Astrid Lautheimer, eine Beamtin aus dem Team des Kollegen Müller, bei ihr eintreffen werden. Rolf Peters wird über das Internet eingehende Anfragen an die Kita prüfen, während Frau Lautheimer die nähere Umgebung der Kita im Auge behält.«

Nach der Dienstbesprechung lasen Anna und Marc Hellweg als Erstes die von Mettmann verfasste Mail. Da niemand etwas an ihrem Inhalt zu beanstanden hatte, schickte der Kriminalpsychologe die Nachricht an »ohne Nick« ab und läutete damit die Aktion »Tag der offenen Tür« ein.

Die Nachricht lautete:

Hallo Sebastian,
ich habe Fotos der Regatta gefunden und muss sagen, es ist klasse, die Boote über die Ostsee fegen zu sehen. Allerdings kann ich mir leider nach wie vor kein Bild von Dir machen. Mit Sicherheit wirst Du nicht der kleine Dicke auf dem Boot der Dänen sein, die den vierten Platz belegt haben, schon weil er der einzige Deutsche auf dem Schiff gewesen ist. Ich warte gespannt auf einen weiteren Hinweis von Dir, der die Möglichkeiten noch mehr eingrenzt, denn das Spiel beginnt mir Spaß zu machen.

Und wie versprochen bekommst Du jetzt ebenfalls ein wenig Futter für Deine Neugier. Ich arbeite in der ev. Kita in der Zeißstraße in Ottensen und habe dort neben der normalen Betreuung zusätzlich eine ganz spezielle Aufgabe übernommen, die Du mit ein bisschen Fingerspitzengefühl sicher erraten wirst.
So, damit soll es genug sein für heute.

Freu mich schon auf Deine nächste Nachricht.
LG,
Astarte

P.S. Was meinst Du, wollen wir nicht einmal miteinander telefonieren? Bist Du wirklich kein bisschen neugierig zu erfahren, wie meine Stimme klingt?

P.P.S. Vielleicht motiviert es Dich zu hören, dass Dein Traum dem meinen gar nicht mal so unähnlich ist. Ja, die Vorstellung, Dich nicht sehen zu können, während Du auf mich konzentriert bist, klingt aufregend. Noch spannender und außerdem mein absoluter Vertrauensbeweis an Dich wäre es allerdings, wenn ich darüber hinaus auch keine Chance hätte, mich aus eigener Kraft wieder aus dieser Situation zu befreien. Na, wie klingt das für Dich?

Er wartete noch eine Weile, bis er ganz sicher war, dass seine Kollegen alle zur Kaffeepause in die Kantine gegangen waren. Dann loggte er sich ins Internet ein, um seine Posteingänge zu prüfen.

Nachdem er Astartes Nachricht gelesen hatte, ging er zum Fenster, öffnete es und ließ die kalte Winterluft in den Raum. Er lehnte sich weit hinaus und sog die klare Luft tief in seine Lungen ein. Mit jedem Atemzug begann auch sein Kopf wieder klarer zu werden. Hatte er sich in Astarte getäuscht? Die Zeichen falsch gedeutet und etwas in ihren Blick hineininterpretiert, was überhaupt nicht vorhanden war? Auf jeden Fall passte die Offensivität, mit der sie vorging, nicht zu dem Bild, das er sich von ihr gemacht hatte. Andererseits entsprach der Traum, den sie beschrieben hatte, exakt dem seinen und zeigte, wie sehr sie sich danach sehnte, ganz und gar von ihm unterworfen zu werden. Noch war er verwirrt und hatte keine Ahnung, wie er sich entscheiden würde, auch wenn er mehr als alles andere ihren Traum Wirklichkeit werden lassen wollte. Wahrscheinlich würde er sich dazu jedoch noch etwas weiter aus der Deckung wagen müssen, eine Befürchtung, die sich bestätigte, gleich nachdem er sich auf die Homepage der Kindertagesstätte eingeloggt hatte. Er fand dort zwar alle möglichen Informationen über Öffnungszeiten und Räumlichkeiten, über Angebote, pädagogische Konzepte, Verpflegung und das dort beschäftigte Team. Allerdings waren die Mitarbeiter weder namentlich genannt noch auf irgendwelchen Fotos der Homepage zu sehen, so dass er genauso klug war wie zu Beginn seiner Recherche. Nein, wenn er Astartes wirklichen Namen herausbekommen wollte, musste er ihren Arbeitgeber kontaktieren und, sollte man ihm auch am Telefon keine Auskunft geben, der Kita direkt einen Besuch abstatten.

Für alle Fälle notierte er sich dennoch die E-Mail-Adresse des Kindergartens, dann schloss er die Seite und fuhr den Computer herunter. Vielleicht sollte er sich zur Ablenkung heute ausnahmsweise einmal seinen Kollegen anschließen. Außerdem würde er auf die Schnelle so oder so keine Entscheidung treffen, sondern das Problem in aller Ruhe durchdenken und eine Nacht darüber schlafen.

»Wenn es Ihnen recht ist, Frau Loges, übernehme ich alle über das Internet eingehenden Nachrichten und Anfragen an Ihre Einrichtung«, schlug Rolf Peters, der Computerspezialist vom LKA, am nächsten Morgen der

Kitaleiterin Dagmar Loges vor, die darauf zustimmend nickte. »Sie gehen ans Telefon wie immer«, fuhr Peters fort, »aber sollte jemand eine Neuanmeldung vornehmen wollen oder sich auffällig für einen Ihrer Mitarbeiter interessieren, leiten Sie das Gespräch sofort an mich weiter.«

Während Rolf Peters alle Geräte für die Aufzeichnung eingehender Gespräche vorbereitete, bezog Astrid Lautheimer, eine Kollegin von Anna und Weber aus einer anderen Abteilung des LKA, unterdessen Stellung in einem der Räume, von dem aus sie den gesamten Eingangsbereich der Kita gut im Auge behalten konnte.

Die vergangene Nacht hatte er so gut wie nicht geschlafen, und entsprechend müde und zerschlagen fühlte er sich auch, als er sich nun aus dem Bett quälte. Doch obwohl er nach wie vor ein wenig verwirrt von Astartes offensivem Auftreten war, gab es für ihn jetzt keinen Zweifel mehr, dass sie die richtige Frau für ihn war. Denn ihr Traum sprach eine andere Sprache und drückte nichts anderes als den Wunsch aus, sich ihm komplett zu unterwerfen. Ja, er hatte sich entschieden, den nächsten Schritt auf sie zuzugehen, auch wenn das ein Risiko darstellte, er damit das Tempo forcierte und sich eventuell nicht optimal auf das Treffen mit ihr würde vorbereiten können. Doch was machte das schon, wenn er dafür eine Frau kennenlernte, die sich ihm freiwillig mit Haut und Haaren auslieferte. Zuerst musste er aber noch den wichtigsten Teil seiner Hausaufgaben erledigen und in Erfahrung bringen, wer sich hinter dem Pseudonym »Astarte« verbarg.

Im Büro wartete er erneut, bis sich Martin Volkers zur Kaffeepause verabschiedet hatte, dann holte er sein Handy aus der Schreibtischschublade hervor und wählte die Nummer der Kindertagesstätte in Ottensen.

Am anderen Ende meldete sich eine sympathisch klingende Frauenstimme, die ihn, als er sein Anliegen vorbrachte, sofort zum stellvertretenden Leiter des Kindergartens durchstellte.

»Wie schon gesagt, wir überlegen, unsere Tochter Nelli in Ihrer Kita anzumelden, möchten uns vorher aber gern noch persönlich ein Bild von Ihrer Einrichtung machen.«

»Das kann ich gut verstehen, und Sie haben Glück, Herr Harder«, entgegnete Rolf Peters. »Am kommenden Sonntag veranstalten wir um fünfzehn Uhr einen Tag der offenen Tür, zu dem ich Sie herzlich einlade.«

»Ja, das passt uns gut, wir werden da sein. Darf ich Ihnen vorher trotzdem noch ein paar Fragen stellen, die ich Ihrer Homepage nicht entnehmen konnte?«

»Natürlich, schießen Sie los.«

»Meiner Frau ist vor allem die Qualifikation Ihrer Mitarbeiter wichtig. Gibt es noch weitere, über das normale Programm hinausgehende Angebote? Und wie sieht es bei Ihnen mit dem Betreuungsschlüssel aus? Wie viele Mitarbeiter betreuen wie viele Kinder?«

Rolf Peters überflog seine Notizen, bevor er antwortete. »Nun ja, in unserer Kita gibt es sieben feste Gruppen, die von insgesamt zehn Erzieherinnen und fünf pädagogischen Assistenten betreut werden. Dazu kommen noch unsere Praktikanten, zurzeit sind es drei, sowie unsere Leiterin, mit der Sie eben kurz gesprochen haben, und ich selbst als stellvertretender Leiter. Und da Ottensen ein multikultureller Stadtteil ist, bildet die Sprache einen Schwerpunkt unseres pädagogischen Konzepts. Wir fördern die deutsche Sprache, aber auch andere Muttersprachen. Unser Team besteht daher teilweise aus mehrsprachigen Erzieherinnen, die allesamt über langjährige Berufserfahrung verfügen.«

»Wären Sie so freundlich, mir vorab eine Liste Ihrer Mitarbeiter samt einem Foto zu mailen? Sie würden meiner Frau damit eine große Freude machen.«

»Nein, ich bedaure, Herr Harder, aber am Telefon oder per Mail geben wir grundsätzlich keine Informationen über unser Team heraus. Wenn Sie uns am Sonntag besuchen, können Sie jedoch einige unserer Erzieherinnen persönlich kennenlernen und ihnen Ihre Fragen direkt stellen.«

Nachdem Rolf Peters den Hörer aufgelegt hatte, informierte er sofort Günther Sibelius über das Gespräch mit dem Mann, der sich Harder genannt hatte, und veranlasste, dass der Mitschnitt des Telefonats in die Dienststelle gebracht wurde.

Bei der nachfolgenden Dienstbesprechung war Rolf Peters telefonisch zugeschaltet.

»Haben Sie sich das Gespräch schon angehört?«, fragte der Computerspezialist seine Kollegen über das auf Mithören geschaltete Telefon. »Ich finde, der Mann zeigt ein auffälliges Interesse an den in der Kita beschäftigten Erzieherinnen, meinen Sie nicht auch?«

»Der Mitschnitt ist eben erst bei uns eingetroffen, Herr Peters. Und, was denken Sie, gibt es eine Ähnlichkeit zwischen der Stimme des Mannes, der bei Ihnen angerufen hat, und der unseres Täters?«

»Ich bin mir nicht sicher«, schluckte Peters. »Allerdings muss ich zugeben, dass ich mir die Stimmaufnahme auf dem Band, das mir Herr Hellweg heute Morgen in die Hand gedrückt hat, bisher nur einmal auf dem Weg zur Kita angehört habe.«

»Meine Güte, Peters, das nenne ich wirklich eine gute Vorbereitung. Sie hören sich jetzt auf der Stelle das Band noch einmal an und halten dabei die Stellung, vielleicht gehen ja noch weitere Anfragen bei Ihnen ein. Ich rufe Sie dann später zurück«, beendete Sibelius das Gespräch. »So, und jetzt seien Sie so nett, und legen Sie sofort dieses Band des Kollegen Peters ein, Weber.«

Anna hörte wie alle anderen Kollegen aufmerksam zu, und es bedurfte keines Stimmenexperten, um schon nach den ersten Sätzen zu wissen, dass der unbekannte Kitaanrufer und der gesuchte Täter ein und dieselbe Person waren.

»Er klingt eigentlich recht sympathisch«, sprach Weber, nachdem die Aufnahme zu Ende war, aus, was Anna dachte.

»Das ist tatsächlich unser Mann«, rief Ferdinand Huber überrascht. »Ich hätte nicht gedacht, dass er sich so weit aus der Deckung wagen würde, um an mehr Informationen über ›Astarte‹ zu kommen.«

»Nun ja«, erwiderte Sibelius, »ich glaube nicht, dass sich der Täter seines Fehlers überhaupt bewusst ist. Denn er ist ganz bestimmt nicht davon ausgegangen, dass Amanda Meinhardt seine Nachricht an sie auf ein Band überspielen und aufbewahren wird. Geschweige denn, dass dieses dann auch noch von der Polizei gefunden wird. Aber wie auch immer, das erleichtert unsere Arbeit, den Täter in der Kita festzunehmen. So, und jetzt möchte ich erst einmal wissen, wie weit Sie inzwischen mit den Vorbereitungen für den Sonntag sind.«

»Die Mitarbeiterfotos sind bereits gemacht, Chef«, begann Lars Haberland. »Wir haben jede Menge Material, um es im Eingangsbereich der Kita aufzuhängen.«

»Und der Dienstplan für die Kollegen vom Revier einundzwanzig steht auch«, sagte Ferdinand Huber, als die Reihe an ihm war. »Wir werden zwölf Kollegen aus der Mörkenstraße vor Ort haben. Glücklicherweise sind die Hälfte von ihnen Frauen, so dass sie die Infoveranstaltung als interessierte Elternpaare besuchen werden.«

»Gut, ich möchte, dass mit Ausnahme des Kollegen Huber und mir alle Sokomitglieder am Sonntag an der Veranstaltung teilnehmen. Wir beide koordinieren die Aktion von Frau Loges' Büro aus«, klopfte er Ferdinand Huber auf die Schulter. »Denn ich fürchte, wir beide sind zu alt und würden in der Vaterrolle von noch nicht einmal schulpflichtigen Kindern alles andere als glaubwürdig wirken. Und denken Sie daran, Frau Greves Aussehen mit einer Perücke und ein wenig Schminke dem des Internetfotos anzupassen und sie außerdem in jedem Fall mit einem Sender auszustatten. Ich möchte jederzeit wissen, wo Sie stecken, Anna.«

»Wir haben inzwischen alle Fahrzeughalter bis auf einen überprüft, Chef«, meldete sich Weber zu Wort. »Er heißt Sebastian Hofer, fährt einen dunkelblauen Volvo mit einem Hamburger Kennzeichen, das auch die von Herrn Hunke in seiner Zeugenaussage genannten Ziffern aufweist, und passt auch sonst ganz gut in unser Täterprofil. Allerdings haben wir ihn unter der beim Kraftfahrtbundesamt in Flensburg und der beim Hamburger Einwohnermeldeamt gespeicherten Adresse leider nicht angetroffen. Doch wir hatten ein recht interessantes Gespräch mit einer Nachbarin von Herrn Hofer, der wir unsere Phantomzeichnungen gezeigt haben und die daraufhin meinte, dass diese mit dem Aussehen ihres Nachbarn übereinstimmen würden. Nach der Besprechung versuchen wir gleich noch einmal, Herrn Hofer zu erwischen. Ich habe seine Personendaten bereits überprüft, doch er ist ein völlig unbeschriebenes Blatt und bisher noch nicht einmal durch eine Verkehrswidrigkeit aufgefallen.«

»In Ordnung, versuchen Sie Ihr Glück weiter, aber schließen Sie sich bitte morgen Mittag der Begehung des Kindergartens an, Weber. Ich will, dass sich alle an der Aktion beteiligten Kollegen mit den Räumlichkeiten vertraut machen, bevor es losgeht.«

»Ich hoffe bloß, wir können verhindern, dass sich Besucher, die nicht ins Täterprofil passen, Zutritt zur Veranstaltung verschaffen«, gab Staatsanwalt Dr. Reinhardt zu bedenken.

»Das sehe ich genauso, Sebastian«, gab Sibelius zurück. »Doch dagegen können wir, so fürchte ich, gar nichts tun. Denn es wäre viel zu auffällig, vor der Tür so eine Art Gesichtskontrolle durchzuführen. Nein, wir können nichts anderes unternehmen, als Männer, auf die unsere Täterbeschreibung zutreffen könnte, während der gesamten Veranstaltung gut im Auge zu behalten. Und wir müssen natürlich versuchen, mit ihnen ins Gespräch zu kommen, denn sobald sie den Mund aufmachen, wissen wir, wer von ihnen der Täter ist. Allerdings glaube ich kaum, dass besonders viele Leute kommen werden, schließlich hängen wir das Infoplakat über den ›Tag der offenen Tür‹ erst am Freitag gegen Abend, nachdem wir die Vorbereitungen abgeschlossen haben, an die Eingangstür. Außerdem ist der Täter nur an Anna und nicht an irgendwelchen anderen Leuten interessiert, aber natürlich bleibt ein Restrisiko. Deshalb müssen wir ausgesprochen aufmerksam sein.«

»Es gibt eine neue Nachricht von ›ohne Nick‹«, rief Joachim Mettmann, der vom Computer des Konferenzraums aus gerade »Astartes« Posteingang überprüft hatte, seinen Kollegen zu, die daraufhin sofort aufstanden und sich um den Bildschirm herum versammelten.

Sie lasen:

Na Du, jetzt hast Du es mir aber mit gleicher Münze heimgezahlt. Denn es ist für mich mindestens genauso schwer, über Deinen Arbeitgeber an Informationen über Dein Spezialgebiet heranzukommen, wie für Dich übers Internet an eines meiner Segelfotos. Ich tippe mal, Du bietest Bewegungskurse für Kinder an, aber Du kannst sicher sein, dass ich nicht so schnell aufgebe, bis ich die tatsächliche Lösung finde. Schließlich habe ich jede Menge zu gewinnen, wenn ich dahinterkomme.

Liebe Astarte, nur zu gern möchte ich der Mann sein, dem Du Dich anvertraust. Aber ich möchte Deine Stimme nicht über das Telefon, sondern schon bald hautnah, direkt neben mir hören und Deinen Atem dabei in meinem Gesicht spüren…

Dein Sebastian

P.S. Zur Info: Wir haben vor drei Jahren mit unserem Schiff in Kiel den siebten Platz belegt.

»Gehen Sie diesem Hinweis sofort nach, Marc«, wies Günther Sibelius den Computerspezialisten an. Und Sie setzen sich bitte gleich an den Computer, um eine Antwortmail zu schreiben, Herr Mettmann.«

»Soll das etwa heißen, du wirst das gesamte Wochenende über arbeiten müssen?«, funkelte Tom seine Frau am Freitagabend wütend an, nachdem sie ihn über die geplante Aktion in der Kita informiert hatte. »Und das, obwohl ich in der kommenden Woche, wie du weißt, dermaßen viel in der Druckerei zu tun habe, dass wir uns wahrscheinlich kaum sehen werden?«

»Ich kann es nicht ändern, Tom. Leider nehmen Täter nur selten Rücksicht auf meinen Dienstplan. Hast du eigentlich schon ein Geschenk für den Geburtstag deines Vaters gekauft?« Als er den Kopf schüttelte, fügte sie an: »Also gut, wenn es dir recht ist, fahre ich morgen vor Dienstbeginn noch schnell in die Stadt, um eine schöne neue Pfeife für ihn zu besorgen.«

»Na, klasse, das ist ja wirklich eine angemessene Entschädigung für ein verpatztes Wochenende.«

»Lass es gut sein, Tom«, strich Anna ihrem Mann versöhnlich über die Wange. »Was hältst du davon, wenn wir uns dafür zum Ausgleich ein gemeinsames Bad in der Wanne gönnen?«

»Gut, ich lasse uns schon einmal das Wasser ein«, versuchte er ein Lächeln.

Tom saß bereits in der Wanne, als Anna sich auszog und zu ihm ins warme Wasser stieg.

»Sag mal, hast du zugenommen?«, sah Tom mit prüfendem Blick an Anna herab. »Mir ist aufgefallen, dass du in der letzten Zeit überhaupt keinen Sport mehr treibst. Wann bist du eigentlich das letzte Mal beim Laufen gewesen?«

»Wie bitte? Jetzt reicht es mir aber endgültig«, stieg Anna so abrupt aus der Wanne, dass das Wasser über den Rand schwappte. »Warum musst du nur ständig an mir herumkritisieren, Tom? Ich dachte, wir hätten uns vorgenommen, heute Abend nicht mehr zu streiten? Aber da habe ich mich wohl getäuscht. Viel Spaß noch beim Baden!«

Am Samstagmorgen betrat Anna Greve zielstrebig das Pfeifengeschäft am Mönckebergbrunnen mit dem Namen »Wolsdorff-Zigarren«, das ihr Schwiegervater bislang noch bei jedem seiner Hamburgbesuche angesteuert hatte. Anna war nach wie vor wütend auf Tom und fragte sich, warum sie ihm trotz des vor ihr liegenden anstrengenden Arbeitstages nur immer wieder aus der Patsche half.

Zum Glück wurde sie in dem Pfeifenladen schnell fündig und hatte daher noch ein wenig Zeit, bevor sie sich zur Kita nach Ottensen aufmachen musste.

Erst jetzt bemerkte sie, dass die große Tafel vor dem Eingang des Pavillons am Mönckebergbrunnen verschwunden war. Jahrelang hatte die den Pavillon schon von weitem als Filiale einer amerikanischen Fast-Food-Kette ausgewiesen, und Anna hatte sich noch bei ihrem letzten Besuch vor Ort in eine Unterschriftenliste eingetragen, mit der die Stadt dazu bewegt werden sollte, den Pachtvertrag mit der Fast-Food-Kette aufzukündigen. Stattdessen sollte in dem schönen alten Gebäude wie früher eine Bibliothek eingerichtet werden. Anscheinend hatten die Proteste der Bürger Erfolg gehabt, auch wenn der Pavillon noch immer keine Bibliothek, sondern das »Elbphilharmonie Kulturcafé« und einen Coffeeshop beheimatete. Doch immerhin präsentierte sich Hamburg seinen Besuchern damit endlich wieder mehr als die kulturelle Weltstadt, die es auch war. Anna betrat den Pavillon, nahm sich eine der Veranstaltungsbroschüren vom Tresen des Kulturcafés und kaufte sich schnell noch einen großen Milchkaffee zum Mitnehmen, bevor sie zu ihrem Wagen zurückging.

Als die Kommissarin kurz darauf in der Zeißstraße eintraf, waren die meisten ihrer Kollegen bereits vor Ort.

»Anna, kommen Sie mit, Sie müssen sich unbedingt die vielen kleinen Stühle angucken«, meinte Sabrina Messi, eine normalerweise beinharte Kommissarin des LKA aus der Abteilung für Drogendelikte. Und auch wenn Anna kaum etwas über Sabrina Messi wusste, ging sie nach dieser Bemerkung davon aus, dass ihre Kollegin keine Kinder hatte. »Und die Fächer mit Krimskrams, Hausschuhen und Gummistiefeln! Ich komme mir hier fast so vor wie im Haus der sieben Zwerge.«

»Ja, da haben Sie Recht«, gab Anna schmunzelnd zurück. »Kinder sind schon was Wunderbares.«

Inzwischen hatte sich Weber zu ihnen gesellt und geleitete Anna vom Eingangsbereich in den Gemeinschaftsraum, in dem morgen die Infoveranstaltung stattfinden würde. Dort machte er sie mit Dagmar Loges, der Kitaleiterin, bekannt, die Anna bereits auf den ersten Blick sympathisch war.

»Ich habe schon ein bisschen Angst, wenn ich an morgen denke«, strich sich Dagmar Loges eine dunkle Haarsträhne aus dem Gesicht. »Hoffentlich fange ich nicht zu stottern an, wenn ich meinen Vortrag halte. Außerdem trage ich auch noch die Verantwortung für drei meiner Mitarbeiterinnen, die sich bereit erklärt haben, ebenfalls an der Veranstaltung teilzunehmen.«

»Das kann ich gut verstehen, Frau Loges, aber wir werden gut auf Sie und Ihre Leute aufpassen. Auf jeden Fall möchte ich Ihnen für Ihre spontane Zusage danken. Ihr Engagement ist alles andere als selbstverständlich.«

»Ach was, wenn es Ihnen recht ist, zeige ich Ihnen jetzt unsere Räumlichkeiten und erzähle Ihnen ein bisschen etwas über die Kita, damit Sie morgen so auftreten können, als wären Sie eine von uns.«

Nacheinander besichtigten sie alle elf Räume, von denen neben den normalen Gruppenräumen zwei Zimmer sogenannte Ateliers waren, dazu kam ein Bewegungsraum, ein Schlafraum, diverse kleine Nebenräume sowie der schon gesehene Gemeinschaftsraum, der der größte von allen war.

»Was meinen Sie, werden Sie die Aktion morgen erfolgreich über die Bühne bringen?«, fragte Dagmar Loges, nachdem sie Anna anschließend noch die Küche, den Vorrats- und den Waschraum sowie zuletzt den circa zweihundert Quadratmeter großen Außenspielplatz gezeigt hatte. »Ich habe mich bei meinem Träger ziemlich weit für diese Sache aus dem Fenster gelehnt und hoffe jetzt nur, dass alles gut ausgeht.«

Anna registrierte den stabil wirkenden hohen Zaun, der die Außenanlage umgab, und zündete sich eine Zigarette an. Wenn der Täter das Grundstück erst einmal betreten hatte, würde es schwer für ihn werden, ungehindert wieder von hier zu verschwinden.

»Ich wünschte, ich könnte Ihnen jetzt sagen, dass unsere Aktion gut verlaufen wird, aber wir wissen nicht einmal, ob der Mann morgen überhaupt kommen wird. Doch wenn er kommt, werden wir in jedem Fall versuchen, ihm ein Bein zu stellen.«

Als Anna ausgeraucht hatte, wickelte sie ihre Zigarettenkippe in ein Papiertaschentuch und gesellte sich zu ihren Kollegen in den großen Gemeinschaftsraum.

»Die unübersichtliche Küche, die verschachtelten Nebenräume sowie der Sanitärbereich sind ein Problem«, fasste Weber seinen Eindruck von den Räumlichkeiten zusammen. »Wir müssen dort unbedingt je einen Kollegen postieren, um den Überblick zu behalten. Übrigens werden Sie morgen während der Infoveranstaltung für alle sichtbar neben Dagmar Loges und Rolf Peters am Konferenztisch sitzen, Anna. Das war allerdings nicht meine Idee, sondern die unseres Chefs«, sagte Weber leise zu seiner Kollegin.

Als es nichts mehr zu besprechen gab, löste Günther Sibelius um fünfzehn Uhr dreißig die Veranstaltung auf, worauf sich alle Beamten voneinander verabschiedeten und danach dem Ausgang zustrebten.

»So, wie sieht es aus, kann ich Sie noch zu einem kleinen Imbiss in der Pizzeria dort drüben überreden?«, hakte sich Weber bei Anna unter.

»Nein, tut mir leid, ich habe noch eine Verabredung«, gab Anna Weber die Hand, stieg in ihren Vectra und fuhr in Richtung Landungsbrücken, wo sie kurz darauf sogar einen der raren Parkplätze ergatterte. Und da sie bis zu ihrem Treffen mit Jan noch etwas Zeit hatte, machte sich Anna zu einem Spaziergang entlang der Elbe auf, wo sie sich den Wind ordentlich um die Nase wehen ließ, um ihren anstrengenden Arbeitstag hinter sich zu lassen.

Er wartete auf den Einbruch der Dunkelheit, bevor er aus seinem Wagen stieg und die Zeißstraße in Richtung des Kindergartens überquerte. Eine Stunde zuvor war er dort angekommen und hatte gerade noch beobachten können, wie sich drei Frauen vor dem Eingang der Kita voneinander verabschiedeten, doch Astarte war nicht unter ihnen gewesen. Seitdem die Frauen das Gelände verlassen hatten, hatte sich dort nichts mehr geregt, und die Fenster des Gebäudes lagen in völliger Dunkelheit.

Leise schlich er sich zum Haupteingang hinüber und betrachtete das an der Eingangstür befestigte Informationsplakat zu dem für den morgigen Nachmittag angekündigten »Tag der offenen Tür«. Auf dem Plakat war neben den Eckdaten der Veranstaltung auch ein Foto der Kitaleiterin zu sehen, die sich, wie zu lesen war, schon sehr auf die Veranstaltung freute. Schade, nur zu gern hätte er statt ihrem Foto eines von Astarte auf dem Plakat gesehen. Er stellte sich vor, wie seine Favoritin vielleicht schon morgen vor ihm stand und ihn anlächelte.

Es würde ihm sicher nicht schwerfallen, ihr Vertrauen zu gewinnen und dann schon bald darauf ganz allein mit ihr zu sein. Ja, für Astarte wollte er sich noch einmal richtig anstrengen. Ein neues Spiel erdenken, das sie von Anfang an so sehr in seinen Bann zog, dass sie sich ihm unterwerfen und sogar bereit sein würde, für so viel Lust zu sterben. Was für ein Glück er doch hatte, eine Frau wie Astarte gefunden zu haben.

Bei diesem Gedanken lächelte er und schaute, bevor er das Gebäude umrundete, noch einmal aufmerksam die Zeißstraße entlang, um sicherzugehen, dass seine Anwesenheit unbemerkt geblieben war. Der das gesamte Gelände umgebende hohe Zaun würde für den Fall, dass er sich morgen schnell aus dem Staub machen musste ein nicht zu unterschätzendes Hindernis darstellen. Andererseits, warum sollte er morgen überstürzt von hier verschwinden müssen? Schließlich war er nur einer von vielen Kita-Besuchern, von dessen Hobby kein Mensch etwas ahnte. Wahrscheinlich würde er sich so oder so im Hintergrund halten und nur, wenn sich zufällig eine günstige Gelegenheit ergab, Kontakt zu Astarte aufnehmen, die sich vermutlich sehr über den Besuch ihrer neuen Flamme »Sebastian« freuen würde. Ansonsten würde er abwarten, bis die Veranstaltung zu Ende war, um seine Favoritin anschließend bis zu ihrer Wohnung zu verfolgen.

An der Rückseite des Kitagebäudes angekommen, trat er ganz nah an eines der dunklen Fenster heran und spähte durch die Glasscheibe nach innen, wo er die Umrisse vieler kleiner, zu einem Kreis zusammengestellter Stühle erkannte. Es freute ihn, dass Astarte ihm keine falsche Fährte gelegt hatte, denn alles war genau so, wie sie behauptet hatte. Damit hieß es also: Auf morgen!

Während sie die drei Stufen zum Eingang des »Lusitano« hinunterstieg, nahm sich Anna fest vor, einen netten Abend mit Jan zu verbringen. Das kleine portugiesische Restaurant war bis auf den letzten Tisch besetzt, doch die Kommissarin hatte ihren Schwager bereits entdeckt. Er saß in die Speisekarte vertieft an einem Ecktisch und hatte sie noch nicht bemerkt.

»Hallo, Jan«, begrüßte Anna ihn, worauf Jan den Kopf hob und ihr auf eine Art und Weise zulächelte, die ihren Puls sofort beschleunigte. Nein, es gab keinen Zweifel, Jans Blick traf Anna nach wie vor mitten ins Herz.

Sie hängte ihren Wintermantel an die Garderobe, begrüßte zuerst den Wirt und gab dann Jan die Hand.

»Klasse siehst du aus, Anna, die zwei oder drei Kilo mehr stehen dir wirklich gut. Offensichtlich ist es dir in der Zwischenzeit nicht schlecht ergangen. Meine Güte, wie ich mich freue, dich zu sehen«, nahm er Anna in den Arm, ließ sie jedoch sofort wieder los, als er spürte, dass sie sich versteifte. Sie setzten sich einander gegenüber und bestellten Seeteufelspieße und Vinho Verde, mit dem sie einander kurz darauf zuprosteten. »Und was gibt es Neues, Anna, was macht die Verbrecherjagd?«

»Na ja, ich stecke zurzeit in einem ziemlich vertrackten Fall, den wir aber mit ein wenig Glück schon morgen erfolgreich abschließen werden. Allerdings muss ich mich dafür weit aus dem Fenster lehnen und den Lockvogel spielen.«

»Wie? Ich hoffe doch, dass ich mich da gerade verhört

habe. Heißt das, dass du dich schon wieder ernsthafter Gefahr aussetzen willst, um einen Täter festzunehmen? Gibt es in eurer Dienststelle denn keine andere Kollegin, die das für dich übernehmen kann? Eine, die keine Kinder hat?«

»Ach was, die Sache klingt gefährlicher, als sie ist, Jan. Und falls es nötig werden sollte, sind meine Kollegen ja immer noch zur Stelle. Mach Dir keine Sorgen, ich werde schon in keine Situation kommen, in der ich mit dem Täter allein bin«, entgegnete Anna lässig und konnte es sich, während sie von ihrem Fisch probierte, nicht verkneifen, die Frage zu stellen, die ihr seit Tagen unter den Nägeln brannte. »Aber jetzt erzähl mal, wie geht es dir in London? Und was macht Paola?«

»Du und nicht allein mit dem Täter sein? Na, ich weiß nicht. Denk doch nur einmal an den Fall im letzten Winter mit dieser vollkommen durchgeknallten Frau, und erinnere dich, in welch großer Gefahr du damals gewesen bist. Also sei bloß vorsichtig«, sagte Jan mit besorgtem Blick. »Jetzt aber zu deiner Frage. Willst du wirklich wissen, wie es mir geht, Anna?«, blitzten seine Augen sie an.

»Sicher, sonst hätte ich ja nicht gefragt.«

»Paola und ich sind sehr verschieden, vielleicht sogar zu sehr, um miteinander leben zu können.«

»Soll das heißen, dass ihr euch überlegt, euch voneinander zu trennen?«

»Ehrlich gesagt, leben wir schon seit einer ganzen Weile nur noch nebeneinanderher. Und wie läuft es mit dir und Tom?«

»Na ja«, lächelte Anna traurig. »Ich hätte die Lage, soweit es Tom und mich betrifft, nicht besser ausdrücken können, als du es gerade in Hinblick auf dich und Paola getan hast, Jan.«

»Und was lässt uns dann trotzdem beide nach wie vor an einer längst gescheiterten Beziehung festhalten?«, schob Jan seinen Teller zur Seite. »Warum suchen wir stattdessen nicht nach neuen Perspektiven? Das Leben ist einfach zu kurz, um unglücklich zu sein.«

»Guter Gedanke, aber für mich ist es eben nicht so einfach, von einem Tag auf den anderen aufzugeben, was mein halbes Leben lang von großer Bedeutung für mich gewesen ist. Außerdem trage ich die Verantwortung für Ben und Paul.«

»Natürlich kann man unsere Lebenssituationen nicht miteinander vergleichen, schließlich bin ich mit Paola erst seit einem Jahr zusammen, und Kinder haben wir auch nicht. Trotzdem, Anna, selbst auf die Gefahr hin, dass du mich jetzt für einen kompletten Spinner hältst, möchte ich dir erzählen, was mir seit Tagen im Kopf herumspukt. Gleich nachdem du mir gemailt hast, fing ich an mir vorzustellen, wie du dich wohl in meinem Apartment in den Docklands fühlen würdest. Und ich bin zu dem Ergebnis gekommen, dass es genau das Richtige für dich sein könnte, Anna. Es gibt einen Platz in meiner Wohnung, der sogar wie geschaffen für deinen Schreibtisch wäre. Wir müssten nur ein bisschen umbauen, damit du eine traumhafte Aussicht auf den Fluss hättest. Und wenn du willst, könntest du auch problemlos in London arbeiten, schließlich werden überall gute Polizisten gebraucht. Ich habe mich schon einmal nach den genauen Bedingungen für einen Jobwechsel nach

London erkundigt, Anna, und wie es aussieht, würdest du dazu nur einen Englisch-Crashkurs benötigen. Das wäre aber auch schon das einzige Hindernis.«

»Dir scheint es ja tatsächlich ernst mit uns zu sein«, lächelte Anna ihn zärtlich an.

»Na hör mal«, nahm Jan sie behutsam in den Arm. »Hast du daran etwa jemals gezweifelt? Glaubst du denn wirklich, ich riskiere wegen einer Affäre den vielleicht endgültigen Bruch mit meinem Bruder? Ich habe dir doch schon einmal gesagt, dass du die Frau bist, mit der ich leben möchte. Ganz egal wie und zur Not fürs Erste auch in einer Wochenendbeziehung.«

»Jan, seit unserer gemeinsamen Nacht im letzten Jahr habe ich wirklich alles versucht, um dich wieder aus meinem Kopf zu kriegen. Hat nur nicht geklappt«, küsste sie ihn sanft auf die Schläfe. »Dennoch klingt das für mich alles mehr nach einem wunderbaren Traum, von dem ich nicht weiß, wie wir ihn in der Realität leben sollen. Schließlich sind wir nicht allein auf der Welt. Von Toms Reaktion einmal abgesehen, was wäre denn dann mit Ben und Paul? Die beiden sind noch längst nicht alt genug, um ohne mich zurechtzukommen.«

»Sie können natürlich mit uns nach London ziehen, aber falls du lieber in Hamburg bleiben möchtest, werde ich Mittel und Wege finden, um wieder nach Deutschland zurückzukehren.«

»Trotzdem werden wir alle gegen uns haben, Jan. Bis auf Paula wird vermutlich keiner meiner Bekannten und Freunde je wieder ein Wort mit mir sprechen.«

»Deine Freunde werden es mit der Zeit schon verstehen, weil sie dich lieben und dich vor allem glücklich sehen wollen. Und auf irgendwelche Bekannten, die sich das Maul über uns zerreißen, können wir doch eh verzichten.«

»Aber was ist mit unseren Familien?«, fragte Anna weiter, als Jan ihr den Mund mit einem Kuss verschloss.

»Schluss jetzt, hör bitte auf damit, den letzten Schritt vor dem ersten zu machen. Komm lieber mit in mein Hotel, damit wir spüren können, wie es sich anfühlt, wenn wir zusammen sind.«

Am Sonntagmorgen machte sich Anna Greve frühzeitig auf den Weg nach Ottensen. Sie frühstückte nach dieser Nacht lieber allein in einem Café in der Nähe des Kindergartens, als ihrem Mann Tom am gedeckten Tisch gegenübersitzen zu müssen.

Während Anna im Büro der Kitaleiterin von Maria Reinhold, einer Visagistin, mit der das LKA schon des Öfteren zusammengearbeitet hatte, geschminkt wurde, schaute sie unruhig aus dem Fenster in den bedeckten Winterhimmel.

»Wird es noch lange dauern, bis Sie mit der Maskerade fertig sind?«

»Einen Moment noch«, entgegnete Maria Reinhold mit sanfter Stimme. »Ich muss nur noch die Perücke auskämmen, dann können Sie einen ersten Blick in den Spiegel werfen.«

»Verblüffend«, rief Weber aus, der gerade zur Tür hereinkam und die Augen nicht von seiner Kollegin lassen konnte. »Sie sehen genauso aus wie auf dem von Marc Hellweg retuschierten Foto.«

Anna betrachtete sich im Spiegel und musste Weber recht geben. Natürlich war sie noch immer sie selbst, wirkte aber durch das Make-up und die langen Haare um einige Jahre jünger, mädchenhafter und zerbrechlicher.

Gegen vierzehn Uhr dreißig waren die Vorbereitungen in der Kindertagesstätte abgeschlossen, und nachdem auch noch der Sender an Annas Körper befestigt und funktionstüchtig war, nahm die Kommissarin Marc Hellweg zur Seite.

»Kommst du auf eine Zigarettenlänge mit hinaus und leistest mir ein bisschen Gesellschaft?«

»Bist du nervös, Anna? Ich glaube, an deiner Stelle würde ich mir jetzt in die Hosen machen.«

»Es geht schon, aber bevor es losgeht, möchte ich dich noch etwas Wichtiges fragen«, zog Anna ihren Kollegen durch den Nebeneingang, der von der Straße aus nicht zu sehen war, ins Freie. »Marc, du hast mir doch neulich erzählt, dass du eine Affäre mit der Freundin deines Bruders hattest und dass das der Auslöser dafür war, dass sich deine Frau endgültig von dir getrennt hat.«

»Ja, das stimmt, da kannst du mal sehen, wie sehr ich dich ins Vertrauen gezogen habe, obwohl ich dich erst seit kurzem kenne. Aber warum fragst du mich gerade jetzt nach einer Sache, auf die ich nun wirklich nicht stolz bin?«

»Weil ich ein ganz ähnliches Problem habe wie du damals, mein Lieber. Hast du inzwischen eigentlich wieder Kontakt zu deinem Bruder?«

»Ich wusste gar nicht, dass du eine Schwester hast, Anna.«

»Keine Schwester, Marc, es geht vielmehr um meinen Mann Tom und seinen Bruder Jan.«

»Mit dem du eine Affäre hast?«, fragte Marc Hellweg mit großen Augen.

»Eigentlich eher hatte, doch seit gestern Abend bin ich, was ihn betrifft, mehr denn je durcheinander. Ich weiß einfach nicht mehr, wie ich mich entscheiden soll, aber bitte erspare mir die Einzelheiten, Marc.«

»Verstehe. Nun ja, mittlerweile spricht mein Bruder Henrik wieder mit mir, und er ergreift auch nicht mehr sofort die Flucht, sobald er mich sieht, was vor allem dem Einsatz unserer Mutter zu verdanken ist. Aber unser Verhältnis ist nicht mehr das, was es einmal war, und ich bin sicher, Henrik würde niemals, so wie früher, zu mir kommen, wenn er in Schwierigkeiten steckt«, schloss er traurig. »Wahrscheinlich baut dich das nicht gerade auf, Anna, aber so stehen die Dinge nun einmal zwischen Henrik und mir.«

»Ich danke dir trotzdem für deine Offenheit. So, und jetzt lass uns wieder reingehen, die Arbeit ruft.«

Gegen vierzehn Uhr fünfzig füllte sich der Gemeinschaftsraum mit den Beamten aus der Mörkenstraße und sieben weiteren Personen, die nicht der Polizei angehörten. Es handelte sich um drei Frauen, die offensichtlich jeweils in Begleitung ihrer Ehemänner gekommen waren. Von diesen waren zwei schlank und dunkelhaarig und entsprachen auch sonst äußerlich durchaus der Phantomzeichnung des Täters. Genauso wie der allein gekommene Besucher. Die Mitarbeiterinnen der Kita hatten in der hintersten Sitzreihe Platz genommen.

Nervös schaute Dagmar Loges zu dem vorn im Gemeinschaftsraum neben ihr sitzenden Rolf Peters, bevor sie sich räusperte und mit ihrem Vortrag begann.

Ingrid Bracht, eine Kollegin von der Revierwache einundzwanzig, verteilte noch kurz die Informationsbroschüren an die Zuhörenden, die Anna währenddessen aufmerksam beobachtete. Die Kommissarin ließ den dunkelhaarigen, allein sitzenden Mann nicht aus den Augen. Während des Vortrags versuchte sie immer wieder, in direkten Augenkontakt mit ihm zu treten, doch der Mann schien dem Vortrag konzentriert zu folgen und Annas Blicke nicht weiter zu bemerken.

»So, Sie haben nun im Anschluss noch die Gelegenheit, sich in aller Ruhe unsere Räumlichkeiten anzuschauen und Gespräche mit den heute anwesenden Mitarbeitern zu führen«, schloss Dagmar Loges ihr Referat.

»Versuchen Sie, als Erstes mit dem Mann dort hinten ins Gespräch zu kommen, Weber«, raunte Anna ihrem Kollegen im Vorbeigehen zu. »Und vergleichen Sie seine Stimme mit der des Täters.«

Als Anna in den Eingangsbereich des Kindergartens hinüberging, fielen ihr sofort vier weitere Personen auf, die keine Kollegen waren und den Kindergarten wahrscheinlich erst während des laufenden Vortrags betreten hatten. Es handelte sich um ein Pärchen sowie zwei Männer, deren Äußeres ebenfalls mit der Täterbeschreibung übereinstimmte.

Anna spürte, wie ihr vor Aufregung die Wangen glühten. Es war ein unangenehmes Gefühl, möglicherweise unter Beobachtung zu stehen, aber nicht zu wissen, aus welcher Ecke die Gefahr drohte. Vor lauter Anspannung hatte sie stechende Kopfschmerzen bekommen, gegen die, wie sie aus Erfahrung wusste, nur eine starke Schmerztablette oder eiskaltes Wasser half. Sie schaute sich noch einmal um, dann ging sie zu den direkt vor ihr liegenden Waschräumen der Kinder hinüber. Dort musste Anna die Knie beugen, um ihr müdes Gesicht im Spiegel betrachten zu können. Ja, Sabrina Messi hatte mit ihrer Bemerkung, dass sie sich hier in einem Zwergenhaus befinden würden, absolut Recht, lächelte sie in sich hinein, denn sogar die Armaturen und Waschbecken waren in Kinderhöhe angebracht worden.Während sich Anna das kalte Wasser über die Handgelenke laufen ließ, begannen sich ihre Kopfschmerzen zu bessern. Wie gern hätte sie sich jetzt das Wasser auch noch über ihr Gesicht laufen lassen, doch da sie damit ihr Make-up ruiniert hätte, wollte sie sich zumindest noch die Armbeugen kühlen. Sie beugte sich etwas tiefer hinab, kam dabei aber so unglücklich unter den Wasserstrahl, dass sie sich versehentlich die ganze Vorderseite ihrer Bluse einnässte. So ein Mist, hoffentlich ist der Sender nicht nass geworden, dachte die Kommissarin, während sie sich wieder aufrichtete, um sich mit einem Handtuch trocken zu reiben. Da sah sie im Spiegel plötzlich einen dunkelhaarigen Mann hinter sich stehen.

»Wo steckt eigentlich Frau Greve?«, erkundigte sich Weber im Eingangsbereich bei Lars Haberland, während er sich weiter suchend nach seiner Kollegin umsah.

»Ich habe keine Ahnung, gerade eben ist sie noch hier gewesen.«

Mit schnellem Schritt ging Weber den Gang zu Dagmar Loges' Büro entlang, um dort Annas Standort über den an ihr angebrachten Sender zu orten. Als er die Bürotür öffnete, traf er Günther Sibelius und Ferdinand Huber in heller Aufregung an.

»Wir hatten bis eben noch Kontakt zu Frau Greve, kriegen jetzt aber nur noch ein Rauschen rein«, rief Sibelius und funkte darauf alle im Gebäude verteilten Posten an. Doch keiner von ihnen konnte Anna von seinem Platz aus sehen oder wusste, wo sie sich konkret befand. »Wo steckt sie bloß?«

»Am besten sehe ich gleich noch einmal in allen Räumen nach dem Rechten«, meinte Weber alarmiert und setzte sich in Bewegung.

»Es muss schön sein, an einem so friedlichen Ort arbeiten zu können«, hörte Anna den Mann hinter sich sagen und erkannte seine Stimme augenblicklich als die des gesuchten Täters.

»Na ja, so friedlich, wie Sie denken, geht es in meinem Job nun auch wieder nicht zu. Aber Sie haben schon Recht, die Arbeit macht mir wirklich großen Spaß. Wollten Sie auch einmal einen Blick auf die sanitären Anlagen für unsere Kinder werfen, oder was machen Sie hier, Herr...?«

»Ach, entschuldigen Sie, dass ich mich noch gar nicht vorgestellt habe, hoffentlich habe ich Ihnen eben keinen Schrecken eingejagt. Ich heiße Joachim Harder«, hielt er Anna seine Hand hin. Die Kommissarin übersah diese aber geflissentlich und rieb stattdessen ihre Bluse weiter mit dem Handtuch trocken. »Und Sie werden wohl Frau

Henning sein, eine Erzieherin aus dem Team, stimmt's? Ich habe Ihr Foto eben auf dem Flur hängen sehen.«

»Stimmt genau, ich heiße Anna Henning und leite seit mehr als zehn Jahren eine feste Kindergruppe in dieser Kita.«

»Und jetzt haben Sie Kopfschmerzen?«

»Es geht schon wieder, aber ich könnte wirklich eine Tasse Tee vertragen. Kommen Sie mit?« Anna ging an dem Mann vorbei auf die Tür zu und drückte schon die Klinke herunter, als er erneut direkt hinter ihr auftauchte und seine Hand auf die ihre legte. Anna machte einen raschen Ausfallschritt zur Seite, dann drehte sie sich blitzschnell um und zückte ihre Dienstwaffe.

»Genug gespielt, Sebastian«, schrie sie den Mann an, als Weber und Marc Hellweg auch schon zur Tür hereinstürmten, den Mann zu Boden warfen und ihm Handschellen anlegten.

Nachdem die Verhöre von Sebastian Hofer zu einem vierfachen Mordgeständnis geführt hatten, nahm sich Anna einen Tag frei, um mit Paula einen Ausflug nach Hamburg zu unternehmen. Nach einem langen Spaziergang an der Elbe waren die Freundinnen in der »Fischerhütte« in Blankenese eingekehrt, wo sie nun an einem Tisch in der Nähe des gemütlichen Kachelofens saßen und es sich gut gehen ließen. Genau wie Anna es sich bei ihrem ersten Besuch vorgenommen hatte.

»Das heißt, Weber stand, ohne etwas von den Vorgängen im Waschraum zu wissen, schon vor der Tür?«

»Genau, denn nachdem mein Sender ausgefallen war, hat er nach mir gesucht und zum Glück den richtigen

Riecher gehabt. Als er mich dann im Waschraum auch noch schreien hörte, war er sofort zur Stelle. Allerdings hätten wir den Täter, falls er uns bei der Aktion in der Kita entwischt wäre, am nächsten Tag wahrscheinlich so oder so festgenommen. Denn Sebastian Hofer hieß auch einer der in Frage kommenden Fahrzeughalter, die wir auf der Liste hatten. Er fährt einen dunkelblauen Volvo und hatte großes Glück, dass die Kollegen ihn beim ersten Mal nicht zu Hause antrafen.«

»Und was ist der Hofer nun für ein Typ Mann? Waren die getöteten Frauen nur ungeheuer naiv und hätten eigentlich bemerken müssen, mit wem sie sich da eingelassen haben?«

»Das kann ich nicht beurteilen, Paula, aber Sebastian Hofer ist in jedem Fall sehr attraktiv und wirkt ausgesprochen sympathisch. Dazu ist er intelligent, wortgewandt und höflich; ein Totenprinz im wahrsten Sinne des Wortes.«

»Habt ihr etwas über sein Motiv herausbekommen?«

»An dieser Nuss hat unser Psychologe noch zu knacken, aber es geht alles in Richtung eines Mannes, der aufgrund einer freud- und lieblosen Kindheit komplett beziehungsunfähig ist und außerdem mit erheblichen sexuellen Problemen zu kämpfen hat. Auf den ersten Blick hat Hofer als Angestellter des Einwohnermeldeamtes in Eimsbüttel ein recht unauffälliges und zurückgezogenes Leben geführt. Seine Arbeitskollegen beschreiben ihn als freundlichen und höflichen Kollegen, der allerdings keinerlei Interesse an etwas privateren Kontakten zu ihnen hatte und lieber für sich allein gewesen ist. Dieses Bild hat auch die Untersuchung seiner Zweizimmerwohnung in Winterhude bestätigt. Eine typische Junggesellenbude, in der es nicht die Spur einer weiblichen Hand gab. Erst als wir seinen Schreibtisch untersuchten und die Akten fanden, die er von seinen Opfern angelegt hat, haben wir einen Blick in seine kranke Innenwelt werfen können, die die Welt eines vierfachen Mörders ist. Den ersten Mord an seiner früheren Freundin hat Hofer bereits vor einem halben Jahr begangen, was wir nie herausbekommen hätten, wenn er uns die Tat nicht freiwillig gestanden hätte.«

»Du meine Güte«, schüttelte Paula ihre blonde Mähne. »Wie hältst du diesen Job nur aus? Aber jetzt erzähl mir lieber mal, wie dein Abend mit Jan verlaufen ist.«

»Ziemlich erfreulich«, grinste Anna und erzählte ihrer Freundin von den gemeinsam in Jans Hotelzimmer verbrachten Stunden und den Zukunftsplänen, die er für sie beide hatte. »Doch wie und ob es überhaupt mit uns weitergeht, kann ich dir wirklich nicht sagen, Paula. Jedenfalls hat mir Jan endgültig die Augen geöffnet, dass es an der Zeit ist, mich von Tom zu trennen. In ein paar Wochen ist Weihnachten, und sobald das neue Jahr beginnt, werde ich mit Tom sprechen.«

»Das hört sich gut an«, nahm Paula ihre Freundin in den Arm. »Du kannst immer auf mich zählen, und wenn du willst, werde ich dich im Alltag auch gern unterstützen. Gerade was Ben und Paul betrifft. Zur Not gründen wir beide eine Frauen-WG. Obwohl London auch nicht gerade schlecht klingt, was meinst du?«

»Ich habe keine Ahnung, Paula, aber das wird sich in der Zukunft schon zeigen.«

Danksagung

Mein besonderer Dank gilt meiner Lektorin Frau Dr. Heike Fischer, die mir mit der Zeit zur Vertrauten geworden ist.

Liebe Heike, mit Deinem Gespür für Logik, die Sprache und das Machbare, Deiner großen Erfahrung, Deiner Verlässlichkeit und jeder Menge hilfreicher Tipps hast Du einen beträchtlichen Anteil an der Fertigstellung dieses Romans.

Ganz herzlich bedanken möchte ich mich auch bei Herrn Peter Herdes, der als Polizeihauptkommissar i.R. den Roman begleitet und, soweit es die Ermittlungsarbeit betrifft, auf Authentizität überprüft hat und den ich jederzeit anrufen konnte, wenn ich ratlos war.

Vielen Dank an Herrn Wolfhard Mallwitz, der mir als erfahrener Facharzt für Psychiatrie und Psychotherapie bereits bei meinem zweiten Roman »Liebeskind« wie auch jetzt beim »Totenprinz« verständlich und geduldig meine Fachfragen beantwortet und darüber hinaus stets wertvolle Rückmeldungen zu meinem Schreiben gegeben hat.

Besonderen Dank an Matthias Wagner, der mir alle möglichen Zusammenhänge aus der Computerwelt nicht nur nähergebracht, sondern so wunderbar verständlich erklärt hat, dass sogar ich sie begriffen habe.

Herzlichen Dank auch an Dagmar Bressel für die tollen Autorenfotos.

Und zum Schluss noch ein längst fälliger, riesiger Dank an Michael Eggers, der mich von Anfang an bei meinem Schreiben begleitet, stundenlang Korrektur gelesen, unverzichtbare Verbesserungsvorschläge gemacht, Kontakte hergestellt, herrlich bissige Durchhaltekarten und Care-Pakete mit großartiger Musik geschickt und immer an mich geglaubt hat.